山东师范大学中国语言文学山东省一流学科资助

文史哲研究丛刊

丁耀亢及其文学创作研究

刘洪强　著

上海古籍出版社

图书在版编目(CIP)数据

丁耀亢及其文学创作研究 / 刘洪强著. —上海：
上海古籍出版社，2021.12
（文史哲研究丛刊）
ISBN 978-7-5732-0106-5

Ⅰ.①丁… Ⅱ.①刘… Ⅲ.①丁耀亢(1599-1669)
－文学研究 Ⅳ.①I206.2

中国版本图书馆 CIP 数据核字(2021)第 226096 号

文史哲研究丛刊
丁耀亢及其文学创作研究
刘洪强 著
上海古籍出版社出版发行
（上海市闵行区号景路 159 弄 A 座 5F 邮政编码 201101）
（1）网址：www.guji.com.cn
（2）E-mail：guji1@guji.com.cn
（3）易文网网址：www.ewen.co
上海市展强印刷有限公司印刷
开本 890×1240 1/32 印张 12.375 插页 3 字数 310,000
2021 年 12 月第 1 版 2021 年 12 月第 1 次印刷
ISBN 978-7-5732-0106-5
I·3593 定价：52.00 元
如有质量问题，请与承印公司联系
电话：021-66366565

目　录

上　研究编

绪　论

——丁耀亢研究综述

　　丁耀亢是清初最重要的小说家之一,[①]又是著名的戏曲家与曲论家,还是受王士禛等人称赞的诗家。然由于其矫矫不群的个性以及清初森严的文网,他被埋没了近300年。以前的研究,与其说是丁耀亢研究,还不如说是《续金瓶梅》研究,虽然二者有相当部分的交叉,但侧重点毕竟有些不同。后者只是前者的一部分。到目前为止,关于丁耀亢研究依然相当薄弱,小说、戏曲研究相对好一点,但对其诗歌的研究依然不足:如现在通行的袁行霈《中国文学史》对丁耀亢其人只在小说部分提到一笔,诗歌只字未提;在清诗研究中,严迪昌《清诗史》只有在论述王士禛部分提到"齐鲁诗坛"时才点到一下;[②]刘世南《清诗流派史》对他只字未提。虽然丁耀亢在地方文学史上确有一席之地:在《山东分体文学史丛书》"小说卷"中,"《醒世姻缘传》与《续金瓶梅》"被专设一节来论述;[③]在"戏曲卷"中"清初诸城重要传奇作家丁耀亢"占据两节篇幅;[④]在"诗歌卷"中关于丁耀亢的部分独占了

　　① 欧阳健:《陈忱丁耀亢小说合论》,《贵州大学学报》2004年第2期。
　　② 严迪昌:《清诗史》,浙江古籍出版社2001年版,第429页。
　　③ 王恒展:《山东分体文学史·小说卷》,齐鲁书社2005年版,第471—478页。
　　④ 许金榜:《山东分体文学史·戏曲卷》,齐鲁书社2005年版,第158—189页。

一节,①但这又从侧面反映了关于他的研究被囿于齐鲁文坛,还没有被整个文学史所重视。

据赖慧娟统计,丁耀亢的诗歌(不包括《问天亭放言》)共有1 364篇,2 710首,再加上笔者统计的《问天亭放言》79篇,105首,共1 443篇,2 815首,这样一位拥有近3 000首诗歌作品的诗人,应该在中国文学史上有他应得的地位。

随着丁耀亢被世人发现,研究文章越来越多,与丁耀亢相关的学术研究综述也相应出现。比较重要的有张兵《丁耀亢研究的回顾与思考》、②朱萍《丁耀亢研究小史述略》。③ 前者的重心在于《醒世姻缘传》的研究,暂略而不论;后者将丁耀亢研究分为三个阶段:一是肇始期——《续金瓶梅》研究阶段;二是发展期——丁耀亢是否为《醒世姻缘传》作者的探讨阶段;三是繁荣期——丁耀亢家世、生平及其戏曲、诗词、杂著等作品研究阶段。朱文对当时出现的文章进行了叙评,关于丁耀亢研究的各个热点、重点及不足均有涉及,显示了其学术上的高屋建瓴。后随着时代的进步、学术的发展,关于丁耀亢研究的论文层出不穷,且随着新材料的发现,这些综述已经不能涵盖所有,因此有必要对丁耀亢的研究现状再作一番整理。而且丁耀亢的作品在清代就受到其友人及四库馆臣的关注,这在朱萍等人的文章中亦未被提及,这对一部综述作家的研究史来说是不完备的。

笔者认为,有关丁耀亢的研究可分为三部分:古典期、现代期与当代期。第一古典期是以丁耀亢的友人为中心、以序跋及评点为主要形式对其作品的评价;第二现代期是鲁迅、胡适、孙楷第等对《续金瓶梅》与《醒世姻缘传》的评论与考证;第三当代期是现当

---

① 李伯齐:《山东分体文学史·诗歌卷》,齐鲁书社2005年版,第450—456页。
② 张兵:《丁耀亢研究的回顾与思考》,《中国文学研究》1997年第4期。
③ 朱萍:《丁耀亢研究小史述略》,《江淮论坛》2001年第1期。

代学人对丁耀亢小说、戏曲、诗歌的全面研究。其中当代期又可细分为《续金瓶梅》研究、《醒世姻缘传》研究、丁耀亢全面研究三个阶段。关于上述研究的分期除了有时代的考量外，还兼顾了研究的形式与方法。

第一期——丁耀亢生前到 1924 年

丁耀亢研究的萌芽期，也即古典期，主要包含丁氏的朋友及其后人以序跋及评点的形式对其诗文、戏曲的评价。这是不自觉的研究时期，由于研究者与丁氏的特殊关系，虽不免有溢美之词，但对其作品风格及意蕴也都作了适当的评介。

据笔者统计，丁耀亢作品的序跋约有 42 篇（不包括丁本人的自序），其中《化人游词曲》中每出后有不同人的评点不计在内，重复的人除外，约有 34 人参与丁耀亢作品的评价和鉴定，这些人中不乏当时名气颇大的董其昌、宋琬、龚鼎孳、查继佐及赵执信等人。由序跋者的身份可知，丁氏的作品主要在亲朋好友中传播阅读，这些评点者主要分布在山东境内（占大多数）和山东境外（少部分）：山东境内主要是丁耀亢的子侄晚辈，如其子慎行、侄孙守存等，同时稍晚的有张侗、赵清等，多为名声不太显者，诗名显赫者有山东莱阳宋琬、诸城李澄中；山东境外的主要是丁的师长及友人，如董其昌、龚鼎孳及查继佐等。从这些人的评价亦可看出，丁氏的名气在当时是很大的。

这些序跋的视角主要集中于丁氏的人格风采、不平之鸣及作品的道德关怀。龚鼎孳序《逍遥游》称其人"伉爽磊落，为豪杰之士"，有"屈子之哀，江淹之恨"，其作"诙奇激宕"，采用传统文学批评的"知人论世"之法；王铎序《陆舫诗草》称"野鹤今年强未仕，遭世坎懔，多奇遇，抱鲁连、子房之志，不逢其时"；赵进美序《陆舫诗》

称"野鹤方有志于时,抱盛才绝学,名高著作之林,海内多知己。左橐鞬右,铅管怀志,为天下雄,而眷怀君国,悯念天人,幽愤慷慨,发为啸歌,此岂徒嗟行李之艰,悲一代之遇哉"。

在他们的笔下,丁耀亢志行高洁,怀才不遇,心忧天下,堪比古之屈原、阮籍之流,朋友之言有溢美之词诚不足怪。

钟羽正在《〈天史〉序》中说:"夫史何为而作也?将以劝善而惩恶也。以劝善而惩恶,而独取夫恶者惩之,何也?善恶一心也……丁君高材旷度,有心持世,于兹表其深衷,真佳刻也。"天隐道人在《〈续金瓶梅〉序》中说:"此则假饮食男女讲阴阳之报复,因鄙夫邪妇推世运之生化,涤淫秽而入莲界,拔贪欲以返清凉。"点明丁耀亢作品的淑世意图。

方文甚至认为王渔洋比肩丁耀亢。《嵞山续集》卷二(清康熙二十八年王㮣刻本)《题王阮亭仪部像》:"济南既有王阮亭,山东无复李沧溟。屈指何人堪比拟,莱阳宋与诸城丁。(自注:宋荔裳丁野鹤)"①丁耀亢的友人对《续金瓶梅》评价很高。

然而刘廷玑却说:"《金瓶梅》亦有续书,每回首载《太上感应篇》,道学不成道学,稗官不成稗官,且多背谬妄语,颠倒失伦,大伤风化。"②平步青说:"(《续金瓶梅》)借因果以论报应,蔓引佛经《感应篇》,可一噱也……不知紫阳道人有何杀父之仇,亡国之恨,而为此貂尾也,徒为罪孽,自堕泥犁而已矣。"③

还有的人从作品的审美价值入手。如高珩序《椒丘诗》说:"野鹤英分踔厉,学涉渊通,能兼古人之所长,而去其累,卓然自名于时趋之表,良为未易材也。"

赵执信《敬读诸城野鹤先生〈表忠记〉有感》说:"碧血丹忱孰与

_____

① 方文:《嵞山续集》,《清代诗文集汇编》第38册,上海古籍出版社2011年版,第593页。

② 刘廷玑:《在园杂志》,中华书局2005年版,第125页。

③ 平步青:《霞外捃屑》,上海古籍出版社1982年新1版,第664页。

传？如椽史笔足千秋。个中多少兴亡泪，今昔才人貉一丘。此种色目，易犯板滞。先生作此婉而多风，可歌可泣。比之《鸣凤记》，不啻上下床之别。"①这个评价是比较高的。

龚鼎孳《〈逍遥游〉序》评论尤高："已复尽读其《逍遥游》诸诗，天海空寥，回翔自适，以杜陵之声律，写园吏之襟情，无响不坚，有愁必老，至其苍古，真朴比肩，靖节唐以下未易几也。"

除了上面的整体评价外，对其诗歌也有个案分析。如王士禛说："吾乡风雅，明季最盛。……诸城丁耀亢野鹤、丘石常海石……皆自成家。"②又说："丁《天史诗》，多奇句，如《老将》云：'低头怜战马，落日大江东。'《老马》云：'西风双掠耳，落日一回头。'此例皆警策。"③把丁耀亢放在整个齐鲁文坛进行观照。卢见曾《雅雨堂文遗集》卷四《征选山左诗启》："本朝称诗之士，必以山左为最盛，良有以夫。往渔洋山人尝欲辑刘节之、丁野鹤等数十家为集传之，而未果。此数十家之外，与数十年以来作而未传，传而未广者又多矣。"④李滢《质庵文集》卷四《九仙纪行》称《橛龙歌》："得此歌（《橛龙歌》）及张君言，则龙湫之奇，固历历在余目中矣。"⑤杨钟羲《雪桥诗话三集》卷二称其《屠牛歌》"亦香山之遗也"，⑥即有白居易之平淡。

有意思的是有些人对丁耀亢诗的评价会截然相反。杨际昌《国朝诗话》卷二称："诗不拘何派，情韵总不可离，离则非纤人即伧父也。姑举所见近体句，如孙子长永祚'一身多病犹为客，二月连

①　李增坡主编，张清吉校点：《丁耀亢全集》，中州古籍出版社1999年版，第915页。按，赵执信这首诗不见于《赵执信全集》，也不见于丁守存同治年间所刊刻的《表忠记》（古吴莲勺庐抄本）。

②　王士禛撰，赵伯陶点校：《古夫于亭杂录》，中华书局1988年版，第77页。

③　王士禛撰，赵伯陶点校：《古夫于亭杂录》，中华书局1988年版，第115页。

④　卢见曾：《雅雨堂文遗集》，《清代诗文集汇编》第268册，第85页。

⑤　李滢：《质庵文集》，《四库未收书辑刊》第9册，第29页。

⑥　杨钟羲撰集，刘承干参校：《雪桥诗话》，北京古籍出版社1991年版，第65页。

阴不见春'。丁野鹤耀亢'异域相逢俱万里,名山小别即千年'……
此种情韵,堪鼓吹诸巨公。"①而谈迁在《北游录·纪邮上》:"得诸
城丁野鹤耀亢词二,剧为鼓掌。又诗若干首,齿牙流利。或不免伧
父耳。"②其实这是对丁耀亢不同的诗作而言,确实,丁耀亢一些应
和诗、祝寿诗确实"伧夫",也就是粗疏寒酸。不过,谈迁对丁氏作
品还是以赞赏为主。

丁耀亢在当时蜚声诗坛。孙介黄序《陆舫诗草》:"今来燕都,
《陆舫诗》海内争传之。"这当然有夸大,但也不是无根据之语。沈
德潜《清诗别裁集》卷十二选其诗《老马》《再答山阴王玉映并宗弟
睿子》《久客浦城台使屡檄不放夜坐达旦》三首。③ 张维屏《国朝诗
人征略》卷十四对丁耀亢也做了介绍。④《晚晴簃诗汇》卷三十二
也有丁耀亢的诗五首《瓜洲》《屠牛叹呈张中柱学士》《哀陈章侯》
《梨口村》《听笛》。⑤

四库馆臣对其评价也不低,但因为其诗有"激楚之音","违碍
语甚多",后被抽版销毁,《四库提要》介绍说:"耀亢少负隽才,中更
变乱,栖迟羁旅,时多激楚之音。自入都以后,交流渐广,声气日
盛,而性情之故亦日薄。"⑥这个定位还是恰当的。

《诸城县志》卷三十六《文苑》载:"丁耀亢,字野鹤,少孤,负奇
才,倜傥不羁……为诗踔厉风发,少作即饶有丰韵,晚年语更壮浪,
开一邑风雅之始,县中诸诗人皆推为先辈。"⑦

---

① 杨际昌:《国朝诗话》,郭绍虞编选,富寿荪校点:《清诗话续编》,上海古籍出版
社1983年版,第1714页。

② 谈迁撰,汪北平点校:《北游录》,中华书局1960年版,第67页。

③ 沈德潜等:《清诗别裁集》,上海古籍出版社1984年版,第564页。

④ 张维屏编撰,陈永正点校:《国朝诗人征略》,中山大学出版社2004年版,第
204—205页。

⑤ 徐世昌编,闻石点校:《晚晴簃诗汇》第2册,中华书局2018年版,第1138页。

⑥《钦定四库全书总目》(整理本),中华书局1997年版,第2546页。

⑦《诸城县志》,乾隆刻本。

综上所述,丁耀亢的友人对其诗歌、戏曲、小说都进行了品评,和现当代的评价相较,对诗歌、戏曲的评价多,而小说的评价相对少,这与小说当时不受重视及《续金瓶梅》被禁有较大的关系。这些评价中,有许多人是丁的朋友,溢美之言在所难免,且时代又近,缺乏一个恰当的时间维度对他的诗进行审视。如王嗣槐《桂山堂文选》卷八《赠山左丁野鹤序》:

> 余友丁子野鹤,青海人龙,济阳名杰,人门葱蒨,梦继松生,地望清华,孝追凫集。所至迎门,岂止一人下榻;相逢解带,何须千里赍粮。既而流氛猖炽,展侧戒行。掉鲁连之舌,久处危城;砺子房之椎,阴交报士。①

这里丁耀亢成了一个鲁仲连、张良之类的人了,这对丁耀亢来说有点夸张。同治年间平步青《霞外捃屑》卷九说《续金瓶梅》"意在刺新朝而泄黍离之恨",②也属穿凿之论。

第二期——1925 年到 1980 年

此期为发展期,也即现代期。这个时期的研究主要围绕《续金瓶梅》为中心兼及其他作品。鲁迅《中国小说史略》开始了现代意义上的丁耀亢研究,也构建了后来《续金瓶梅》的研究范式。《续金瓶梅》作为《金瓶梅》研究的附庸及作为续书研究,成为研究的两大热点与两个模式。鲁迅在《中国小说史略》中

---

① 王嗣槐:《桂山堂文选》,《四库未收书辑刊》第 7 辑第 27 册,北京出版社 1997 年版,第 493 页。

② 平步青:《霞外捃屑》,上海古籍出版社 1982 年新 1 版,第 664 页。

首次指出《续金瓶梅》的作者为丁耀亢,指出《续金瓶梅》"立意殊单简",①余嘉锡在《王觉斯题丁野鹤陆舫斋诗卷子跋》中对丁耀亢之著作、生平、戏曲、诗歌都作了言简意赅的介绍与评价,未提《续金瓶梅》,也不知丁耀亢下狱为何事。② 此文虽短,但为第一篇具有现代意义、全面研究丁耀亢的学术论文,文章分析丁耀亢诗文也极到位:"其诗颇隐秀,然在清初,尚未足与钱、吴抗手,文尤纤仄,不脱明末习气。"③邓之诚《清诗纪事初编》卷六有《丁耀亢》,并选其诗数首,勾勒丁的生平并考其著述。④

郑骞《善本传奇十种提要》对丁耀亢的传奇作了较高的评价。如评《表忠记》:"结构谨严,关目生动,词藻尤清丽遒健,远胜《鸣凤记》之拉杂散漫。"⑤

周贻白《丁耀亢〈蚺蛇胆〉》对丁耀亢的生平与戏剧作了客观的评价,指出丁氏戏曲的不少疏漏之处,"遣词失当处""为自身标榜,大可不必"。⑥

严格地讲,《醒世姻缘传》的研究并不能归于丁耀亢研究,且此时的《醒世姻缘传》也与丁耀亢无甚关系,但它的研究对后来《醒世姻缘传》是否为丁耀亢所撰关系密切,对后来的丁耀亢研究提供了一个鹄的。

1931年,胡适为上海亚东图书馆重印《醒世姻缘传》,写了《〈醒世姻缘传〉考证》,认为是蒲松龄所作。⑦ 孙楷第也做了大量

---

① 鲁迅:《中国小说史略》,《鲁迅全集》第9卷,人民文学出版社1981年版,第184页。

② 余嘉锡:《余嘉锡文史论集》,岳麓书社1997年版,第594—597页。

③ 余嘉锡:《余嘉锡文史论集》,岳麓书社1997年版,第597页。

④ 邓之诚:《清诗纪事初编》,上海古籍出版社1965年版,第682—686页。

⑤ 郑骞:《善本传奇十种提要》,《燕京学报》第24期,1936年12月,第140—147页。

⑥ 周贻白:《周贻白戏曲论文选》,湖南人民出版社1982年版,第300—304页。

⑦ 西周生撰,黄素秋校注:《醒世姻缘传·附录》,上海古籍出版社1981年版。

的工作,写了《一封考证〈醒世姻缘〉的信》同意此说。① 这些论文本身与丁耀亢研究没有直接关系,但后来却成为丁耀亢研究不能绕开的研究。

《醒世姻缘传》的作者为丁耀亢最早是由台湾学者王素存提出的,他在《〈醒世姻缘〉作者西周生考》中提出了四点理由,认为是丁耀亢所作。② 1962年出版的中国科学院文学研究所《中国文学史》中,关于《醒世姻缘传》作者,"也有人说是丁耀亢的作品",③并无证据。

1962年张维华在《跋丁耀亢的〈出劫纪略〉和〈问天亭放言〉》中对丁氏生平与著作作了简单的勾勒与考证,并对丁耀亢的《出劫纪略》和《问天亭放言》的史学价值重点作了四点介绍。④

这个时期的研究为当代丁耀亢研究打下了基础。

第三期——1980 年至今

这个时期为有目的、有意识研究期,可称为当代期。分两个层次论述,一是作家研究;一是作品研究。

一、丁耀亢生平研究

在生平研究中,其生卒年的讨论最为热烈。其中柯愈春《清代

---

① 西周生撰,黄素秋校注:《醒世姻缘传·附录》,上海古籍出版社1981年版。
② 王素存:《〈醒世姻缘〉作者西周生考》,《大陆杂志》第17卷3期,1958年8月。
③ 中国科学院文学研究所:《中国文学史》,人民文学出版社1962年版,第1027页。有的本子以小注的形式出现。
④ 张维华:《晚学斋论文集》,齐鲁书社1986年版,第255—266页。

戏曲家疑年考略(二)》称有六种说法;①孙玉明《丁耀亢其人其事》
称有四种说法。② 除去重复,得九种说法,再加其他几种,至少有
十二种说法,分歧不谓不大。孙玉明《丁耀亢其人其事》定为
1599—1670,没有作具体考证,只说以《小说琐谈》为是,柯愈春
《清代戏曲家疑年考略(二)》定为 1599—1669,主要依据其子丁
慎行的《乞言小引》中的话。综观上述种种说法,除鲁迅等因年
代较早加之材料缺乏而明显不合理外,以 1599—1669 最为学
界认同。现在看来,1599—1669 年是正确的,然不同意见仍
迭出。

　　1989 年郝诗仙、郭英德《丁耀亢生平及其创作》把其生平分为
五个阶段。③ 1996 年张清吉又撰《丁耀亢年谱》,全书分六部分,为
丁耀亢的研究提供了重要的资料,也是丁耀亢研究的第一个年
谱。④ 但这个年谱限于资料的缺乏以及其他的原因有待于改进。
如资料仅限于丁耀亢的集子;对其友人的生平缺乏必要的介绍,有
的地方或有误断,如曹贞吉《赠街南先生(野鹤)》,⑤而实际上,街
南先生为清代吴肃公的别号,吴肃公字雨若,号晴岩,著有《街南文
集》。⑥ 而《丁耀亢年谱》认为"街南先生"是丁耀亢。这个年谱问
世较早,当时资料匮乏,此年谱的出现实属难得,在内容等方面导
夫先路,启迪后学。

　　1997 年 5 月在山东诸城举办"海峡两岸丁耀亢学术研讨会",
并产生了第一部丁耀亢研究论文集——《丁耀亢研究——海峡两

　　① 柯愈春:《清代戏曲家疑年考略(二)》,《文献》1996 年第 4 期。
　　② 孙玉明:《丁耀亢其人其事》,吉林大学中国文化研究所编:《金瓶梅艺术世界》,
吉林大学出版社 1991 年,第 307—332 页。
　　③ 郝诗仙、郭英德:《丁耀亢生平及其创作》,《齐鲁学刊》1989 年第 6 期。
　　④ 张清吉:《丁耀亢年谱》,中州古籍出版社 1996 年。
　　⑤ 张清吉:《丁耀亢年谱》,中州古籍出版社 1996 年,第 95 页。
　　⑥ 李灵年、杨忠:《清人别集总目》,安徽教育出版社 2000 年,第 898 页。

岸丁耀亢学术研讨会论文集》，共收论文 19 篇。①

　　1999 年 3 月《丁耀亢全集》由中州古籍出版社出版，分上中下三册，这是丁耀亢研究史上第一件大事，张清吉厥功甚伟。但《全集》也白璧微瑕，正如《中国古代小说总目·白话卷》所说："《丁耀亢全集》收集资料丰富，但编辑和校对问题甚多，研究使用时要用影印本核对。"②

　　单篇论文也对丁氏生平著述有重要研究。1988 年石玲《明末清初作家丁耀亢生平考》③对丁氏之家世、生卒年、生平等三方面进行了考证梳理，这是丁耀亢现代期研究中的一篇最早、很有分量的论文。

　　1991 年 7 月孙玉明《丁耀亢其人其事》④从三个方面对丁耀亢的家世生平进行研究，其中定丁氏卒年为 1670 年有误。1991 年11 月张清吉《〈醒世姻缘传〉新考》一书由中州古籍出版社出版，全书共有八章，从化名、方言多方面论证，认为《醒世姻缘传》为丁耀亢所作。

　　1996 年周洪才在《齐鲁学刊》上发表《丁耀亢及其著作考论》，对丁耀亢的作品作了全面详细的论述，资料翔实，考证精当。⑤

　　随着新史料的浮出，关于丁耀亢的谜团也渐趋明朗。2000 年《历史档案》刊登《顺康年间〈续金瓶梅〉作者丁耀亢受审案》，⑥将丁耀亢在 1664—1665 年间因写小说下狱的过程展现出来，并对

---

　　① 李增坡：《丁耀亢研究——海峡两岸丁耀亢学术研讨会论文集》，中州古籍出版社 1998 年版。

　　② 石昌渝：《中国古代小说总目·白话卷》，山西教育出版社 2004 年版，第463 页。

　　③ 石玲：《明末清初作家丁耀亢生平考》，《山东师大学报》1988 年第 3 期。

　　④ 孙玉明：《丁耀亢其人其事》，吉林大学中国文化研究所编：《金瓶梅艺术世界》，吉林大学出版社 1991 年版。

　　⑤ 周洪才：《丁耀亢及其著作考论》，《齐鲁学刊》1996 年第 5 期。

　　⑥ 中国历史第一档案馆，安双成编译：《顺康年间〈续金瓶梅〉作者丁耀亢受审案》，《历史档案》2000 年第 2 期。

《续金瓶梅》的成书年代也有重要的参考价值。

2000 年张崇琛《丁耀亢佚诗〈问天亭放言〉考论》对丁氏的佚作有新的发现。① 张先生得到一种《问天亭放言》抄本，"共收诗 83 题、103 首"，而张清吉《丁耀亢全集》收录《问天亭放言》有 79 题、105 首，通过张先生的文章至少可知有《田家歌》《山居歌》为《丁耀亢全集》所不收。由此推断，丁氏的佚作尚不在少数。

2001 年周洪才《关于丁耀亢佚诗〈问天亭话言〉的几个问题》称见到《问天亭放言》的过录本，认为他所见到的本子与张崇琛所见本子不是一个系统。② 但从周先生所列题目来看，与《丁耀亢全集》本完全相同，只是《丁耀亢全集》没有附录的《田家乐》《山居乐》。而张崇琛与周洪才二人所见本子均有《田家乐》《山居乐》。

2001 年王慧《山左诗人丁耀亢》介绍了丁耀亢的生平。③ 2003 年李伯齐《山东文学史论》，以"丁耀亢与诸城诗人"作为一节，对丁氏的生平与创作作了简要的评价。④ 然文中认丁耀亢之卒年为 1665 年，又"丁耀亢生当明季，深感朝政腐败而又回天无力，著传奇《蚺蛇胆》，借黄门之口，予以抨击"，事实上《蚺蛇胆》写于清朝定鼎后十余年。

2007 年王谨《丁耀亢交游考略》对与丁氏关系密切且在文坛上影响较大的文人作了考述。⑤ 丁耀亢在诗中提到的友人就有数百人，这篇文章提到的交游并不算太多，但这是第一篇关于丁耀亢的交游考。

---

① 张崇琛：《丁耀亢佚诗〈问天亭放言〉考论》，《济宁师专学报》2000 年第 1 期。

② 周洪才：《关于丁耀亢佚诗〈问天亭话言〉的几个问题》，《济宁师专学报》2001 年第 2 期。

③ 王慧：《山左诗人丁耀亢》，《文史杂志》2001 年第 5 期。

④ 李伯齐：《山东文学史论》，齐鲁书社 2003 年版，第 310—312 页。

⑤ 王谨：《丁耀亢交游考略》，《理论界》2007 年第 7 期。

二、作品研究

(一)《续金瓶梅》研究

《续金瓶梅》研究是丁耀亢研究中的热点。1984 年朱眉叔《论〈续金瓶梅〉及其删改本〈隔帘花影〉和〈金屋梦〉》；[①]1988 年齐鲁书社出版《金瓶梅续书三种》，[②]前有黄霖作前言，对《金瓶梅》的三种续书均予评价，尤其对《续金瓶梅》有精彩分析；1989 年余嘉华《评〈续金瓶梅〉的续书〈隔帘花影〉》对《续金瓶梅》的删改本《隔帘花影》得失及艺术特色进行分析。[③]

1989 年叶桂桐《从〈续金瓶梅〉看〈金瓶梅〉的版本及作者》，从《凡例》中有"词话"得出丁耀亢所看的为《金瓶梅词话》，并又从其他内证上得出丁耀亢看的是初刊本《金瓶梅》。[④] 按，叶先生此文得出丁耀亢所看为词话本《金瓶梅》成立，但得出此词话本为初刊本，证据还嫌不足。

1991 年孙言诚《〈续金瓶梅〉的刻本、抄本和改写本》对《续金瓶梅》的版本进行剥丝抽茧地分析，一些罕见版本才为世人所知，并给人以启发。[⑤] 如丁耀亢的《天史》被焚案，至今无任何线索，但在一抄本有朱笔眉批"奸杞句疑指庄列殉国事"，这个提示未必有用，但会给问题的解决带来线索。此文全面而精当。

---

① 朱眉叔：《论〈续金瓶梅〉及其删改本〈隔帘花影〉和〈金屋梦〉》，《明清小说论丛(1)》，春风文艺出版社 1984 年。

② 黄霖：《金瓶梅续书三种·前言》，齐鲁书社 1988 年版。

③ 余嘉华：《评〈续金瓶梅〉的续书〈隔帘花影〉》，《湖北师范学院学报》1989 年第 4 期。

④ 叶桂桐：《从〈续金瓶梅〉看〈金瓶梅〉的版本及作者》，《吉林大学社会科学学报》1989 年第 2 期。

⑤ 孙言诚：《〈续金瓶梅〉的刻本、抄本和改写本》，吉林大学中国文化研究所编：《金瓶梅艺术世界》，吉林大学出版社 1991 年版。

　　石玲《〈续金瓶梅〉的作期与其他》考证出《续金瓶梅》作于1660 年、《续金瓶梅集序》的作者"西湖钓史"为查继佐。① 这些正确的结论都给后来的研究打下了基础。

　　1992 年周钧韬、于润琦《丁耀亢与〈续金瓶梅〉》认为《续金瓶梅》自有进步之处，但"宣传一种腐朽的宗教观念：因果报应"；②张俊在《清代小说史》把《续金瓶梅》归入"续补前书类"；③2005 年齐鲁书社出版《山东分体文学史·小说卷》以"《醒世姻缘传》与《续金瓶梅》"作为一节来讨论。④ 在不少研究续书的著作中，《续金瓶梅》都被提到。⑤

　　《续金瓶梅》的成书年代是一个热点。关于此点请参看本书关于《续金瓶梅》的部分。

　　对《续金瓶梅》的思想与艺术研究更是蔚为大观。时宝吉《续金瓶梅所表现的爱国主义精华》，⑥罗德荣《续金瓶梅主旨索解》⑦都对小说的主旨谈了自己的看法；王汝梅《丁耀亢的〈续金瓶梅〉创作及其小说观念》认为丁耀亢"造就了小说作品的另一种类型""综合经史、笔记、长篇小说于一体。就小说而言，又综合世情、神魔、演义于一体。不拘格套，自成一体"⑧。

---

　　① 石玲：《〈续金瓶梅〉的作期与其他》，吉林大学中国文化研究所编：《金瓶梅艺术世界》，吉林大学出版社 1991 年版。

　　② 周钧韬、于润琦：《丁耀亢与〈续金瓶梅〉》，《明清小说研究》1992 年第 1 期。

　　③ 张俊：《清代小说史》，浙江古籍出版社 1997 年版，第 41—42 页。

　　④ 王恒展：《山东分体文学史·小说卷》，齐鲁书社 2005 年版，第 471—478 页。

　　⑤ 高玉海：《明清小说续书研究》，中国社会科学出版社 2004 年版；王旭川：《中国小说续书研究》，学林出版社 2004 年版；段春旭：《中国古代长篇小说续书研究》，生活·读书·新知三联书店 2009 年版。

　　⑥ 时宝吉：《〈续金瓶梅〉所表现的爱国主义精华》，《殷都学刊》1991 年第 2 期。

　　⑦ 罗德荣：《续金瓶梅主旨索解》，李增坡主编：《丁耀亢研究——海峡两岸丁耀亢学术研讨会论文集》，中州古籍出版社 1998 年版。

　　⑧ 王汝梅：《丁耀亢的〈续金瓶梅〉创作及其小说观念》，李增坡主编：《丁耀亢研究——海峡两岸丁耀亢学术研讨会论文集》，中州古籍出版社 1998 年版。

1995年胡晓真《〈续金瓶梅〉——丁耀亢阅读〈金瓶梅〉》,侧重于丁耀亢期望中对"色情描写"的正确解读与事实上总是存在被误读的危险,而这正是"续书与原作(指《金瓶梅》)之间关系的具体呈现"。① 2003年胡衍南《"世情小说"大不同——论〈续金瓶梅〉对原书的悖离》认为《续金瓶梅》"情节显得益常纷杂,结构更是十分松散""《续金瓶梅》最大的缺点,恰恰正是结构松散、叙事凌乱"。得出《续金瓶梅》比起《金瓶梅》来,"小说世情摹写纯度的减低""小说细节描写的退化"等。②

这两篇论文的共同特点是与一般分析思想艺术的论文不同,没有通常的思想、艺术分析,而是从文本内部进行剖析,语言犀利,征引广泛,开人心智。但胡晓真之文开首说《续金瓶梅》的作者丁耀亢下狱是因为他写了"淫书",但后来新出文献证明丁氏下狱是因为他在书中讽刺了清廷,而不是因为"淫书"。

1997年王运堂、王慧《略论馆藏足本〈续金瓶梅〉》对山东图书馆藏《续金瓶梅》作了描述:"就其内容的完整、回目与顺治刻本完全相同,书前诸序作者之署名完全相同等方面来看,我馆收藏本应是价值非凡的较早抄本。"③

2004年欧阳健《陈忱丁耀亢小说合论》认为:"陈忱和丁耀亢是清初最重要的小说家,在身历明清鼎革人生进程的陡然转折,被迫作出痛苦的'进退出处'的角色选择后,他们从不同的起点出发写出了独特的作品,从而揭开了清代小说史的序幕。"④采用对比的手法来剖析丁耀亢的心态与创作。

---

① 胡晓真:《〈续金瓶梅〉——丁耀亢阅读〈金瓶梅〉》,《中外文学》1995年第23卷第10期。

② 胡衍南:《"世情小说"大不同——论〈续金瓶梅〉对原书的悖离》,《淡江人文社会学刊》2003年第15期。

③ 王运堂、王慧:《略论馆藏足本〈续金瓶梅〉》,《山东图书馆季刊》1997年第3期。

④ 欧阳健:《陈忱丁耀亢小说合论》,《贵州大学学报》2004年第2期。

　　还有三篇硕士论文值得重视。一是 2003 年山东师范大学张振国《伤时劝世 生新续奇——〈续金瓶梅〉价值重估》,论文分五章,主要对《续金瓶梅》的写作主旨进行分析;一是 2005 年湖南师范大学陈小林《〈续金瓶梅〉研究》,论文共分三章,除分析了小说的思想,还引入西方叙事学对《续金瓶梅》的叙事艺术进行了研究,这在《续金瓶梅》研究史上尚不多见;一是 2008 年首都师范大学姜克滨《〈续金瓶梅〉"反清"主旨再探》,他认为《续金瓶梅》里面有对明朝的眷恋与清朝的讽刺。此外,还有台湾东海大学中文系林雅铃 1981 年硕士论文《〈续金瓶梅〉研究》,然未见其文,甚是遗憾。

　　总之,《续金瓶梅》的研究是目前进行较多、较好的研究。

(二) 戏曲及其理论的研究

　　周妙中《清代戏曲史》把丁耀亢列为专人研究,认为"丁氏作品不论从数量看还是从质量看,不论从思想性看还是从艺术性看,都不逊于当时的名家,是个饱受战火之害的诗人兼戏曲家,情况和吴伟业极类似"①。石玲《蛇神牛鬼,发其问天游仙之梦——〈化人游〉初探》,分析了《化人游》的时代背景及寓意;②她的《丁耀亢剧作论》是对丁氏戏曲全面研究的论文。③ 郝诗仙、郭英德《丁耀亢生平及其创作》第四部分对其戏曲进行了评价,后来郭英德在其《明清传奇综录》④《明清传奇史》⑤中对丁氏戏曲版本、艺术作了分析。陈美林、吴秀华《试论丁耀亢的戏曲创作》认为丁氏戏曲艺术

---

① 周妙中:《清代戏曲史》,中州古籍出版社 1987 年版,第 33 页。

② 石玲:《蛇神牛鬼,发其问天游仙之梦——〈化人游〉初探》,《山东师范大学学报》1990 年第 3 期。

③ 石玲:《丁耀亢剧作论》,李增坡主编:《丁耀亢研究——海峡两岸丁耀亢学术研讨会论文集》,中州古籍出版社 1998 年版。

④ 郭英德:《明清传奇综录》,河北教育出版社 1997 年版,第 564—572 页。

⑤ 郭英德:《明清传奇史》,江苏古籍出版社 2001 年版,第 428 页。

形象生动、意境宏阔等。①

2003 年廖奔、刘彦君《中国戏曲发展史》为丁氏安排了专门一节，认为："他的传奇创作，不但给我们以经由其场面与情境渠道来认识明清易代时期丰富社会生活的可能性，而且通过其中的人物世界，以及通过渗透在作品形象中的作者的心理倾向，使我们有机会了解当时文人一些重要的精神侧面及其心理体验。"②

2006 年台湾中山大学赖慧娟的硕士论文《丁耀亢戏曲传承与创新之研究》对丁耀亢的戏曲进行了全面的研究，她主要采用对比的方式，把丁耀亢的戏曲与前代同题材的戏曲相比较来看丁氏在哪些方面作了继承与超越。

早在 1985 年，王运熙、顾易生主编《中国文学批评史》就对丁耀亢的戏曲观进行了分析，认为"对戏曲的艺术性、写作技巧、思想内容、脚色安置诸问题有简略论述，其中不无真知灼见，可惜文字过简，并未展开，读者无法窥其见解的全貌"。又说"所谓'曲折''安详''关系'，虽然作了解释，仍然不甚明确"③。

1986 年叶长海《丁耀亢的〈啸台偶著词例〉》中认为"《啸台偶著词例》是一份较完备的戏曲创作要领"。④

1989 年秦华生《丁耀亢剧作剧论初探》共分六部分，对丁耀亢的家世、思想、创作进行了评价。在第四节以"布局第一与喜以悲反"为标题，对其剧论做了探索。⑤ 1998 年黄霖《略谈丁耀亢的戏曲观》，以《〈赤松游〉本末》《〈赤松游〉题词》为参照，从自然观、布局

---

① 陈美林、吴秀华：《试论丁耀亢的戏曲创作》，李增坡主编：《丁耀亢研究——海峡两岸丁耀亢学术研讨会论文集》，中州古籍出版社 1998 年版。

② 廖奔、刘彦君：《中国戏曲发展史》，山西教育出版社 2003 年版，第 273 页。

③ 王运熙、顾易生：《中国文学批评史》，上海古籍出版社 1985 年版，第 272 页。

④ 叶长海：《中国戏剧学史稿》，上海文艺出版社 1986 年版，第 354—356 页。

⑤ 秦华生：《丁耀亢剧作剧论初探》，《戏曲研究》，文化艺术出版社 1989 年第 31 辑。

论、悲喜剧论三个角度,探讨了丁氏戏曲观,并认为丁氏戏曲观对李渔有影响,提示了丁耀亢戏曲论在戏曲论史上的意义。①

然而在丁耀亢戏曲理论研究中有个小小的误区,就是《表忠记》中每出后面的评语其实为丁耀亢所写,并有一定的理论价值,然而很少有人提到并阐释。只有郑骞、赖慧娟等少数研究者认识到了。

(三)《醒世姻缘传》研究

1982年田璞《〈醒世姻缘传〉的作者是丁耀亢》一文,从各个方面认为丁耀亢是《醒世姻缘传》的作者,后其又发表多篇文章来阐释自己的主张;②张清吉紧跟此说,他的论文多篇论证此说,以专著《〈醒世姻缘传〉新考》达到顶峰。③持这个观点的还有凌昌《〈醒世姻缘传〉的作者是丁耀亢》④与冯春田《"西周生"即丁耀亢——〈醒世姻缘传〉辑著者证》。⑤

反对者有孙玉明、徐复岭、王瑾等。孙玉明先后发表《丁耀亢是〈醒世姻缘传〉作者吗》《〈醒世姻缘传〉作者"丁耀亢"驳议》等,从学理与内证等几个方面对张清吉等人的说法做了反驳,其中最有反驳力的如"丁耀亢兄弟六人,都是依星宿取名的,但在《醒世姻缘传》中,却塑造了严列星、严列宿兄弟二人,并将他们

---

① 黄霖:《略谈丁耀亢的戏曲观》,李增坡主编:《丁耀亢研究——海峡两岸丁耀亢学术研讨会论文集》,中州古籍出版社1998年版。

② 田璞:《〈醒世姻缘传〉的作者是丁耀亢》,《河南大学学报》1982年第5期。后来其著《〈醒世姻缘传〉作者新探》(《河南大学学报》1985年第5期)也认为是丁耀亢作。

③ 张清吉:《〈醒世姻缘传〉新考》,中州古籍出版社1991年版。他的论文为《〈醒世姻缘传〉的作者是丁耀亢》(《徐州师范大学学报》1989年第3期)、《〈醒世姻缘传〉的作者补证》(《明清小说研究》1995年第1期)、《〈醒世姻缘传〉的作者再补证》(《明清小说研究》1997年第3期)。

④ 凌昌:《〈醒世姻缘传〉的作者是丁耀亢》,《文汇报》1997年7月29日第12版。

⑤ 冯春田:《"西周生"即丁耀亢——〈醒世姻缘传〉辑著者证》,李增坡主编:《丁耀亢研究——海峡两岸丁耀亢学术研讨会论文集》,中州古籍出版社1998年版。

写得十分不堪"。① 徐复岭在《〈醒世姻缘传〉作者丁耀亢说平议》中从小说的成书年代、作者里贯与方言等问题反驳了张清吉《〈醒世姻缘传〉新考》中的证据，进而否定了丁耀亢说。② 王瑾《论〈醒世姻缘传〉非丁耀亢所著》从《醒世姻缘传》的成书年代与丁耀亢的创作时间抵牾、思想内容与丁耀亢生平思想不符等方面否定了丁耀亢之说。③

事实上，《醒世姻缘传》作者丁耀亢之说现在渐渐落了下风，但由于没有新的材料来肯定或否定它，以后对这个问题还将讨论下去。

（四）诗歌杂著研究

相对小说戏曲来说，其诗歌杂著的研究一直寂寞得多。1991年鲁海在《丁耀亢著述考》中对诗歌等的版本做了梳理。④

张崇琛《丁耀亢佚诗〈问天亭放言〉考论》声称得到了丁耀亢《问天亭放言》的一个抄本，并对此做了艺术分析，他认为："《问天亭放言》中的诗歌，就其总体风格而言，的确与野鹤后来的亢厉激越诗风颇不一致。"2001年周洪才《关于丁耀亢佚诗集〈问天亭放言〉的几个问题》中称见到一个《问天亭放言》的抄本的过录本，与张崇琛所见不同。经比勘，周洪才所见与《丁耀亢全集》所收《问天亭放言》本子相同。

钟淑娥《山东清人秘籍三种》对《问天亭放言》做了"妙篇佳作，多不胜举"的评价。⑤ 李伯齐《齐鲁诗歌论略》言简意赅，指出"清

① 孙玉明：《丁耀亢是〈醒世姻缘传〉作者吗》，《蒲松龄研究》1993年第2期；《〈醒世姻缘传〉作者"丁耀亢"驳议》，《明清小说研究》1994年第2期。
② 徐复岭：《〈醒世姻缘传〉作者丁耀亢说平议》，《〈醒世姻缘传〉作者和语言考论》，齐鲁书社1995年版。
③ 王瑾：《论〈醒世姻缘传〉非丁耀亢所著》，《广州大学学报》2002年第10期。
④ 鲁海：《丁耀亢著述考》，《山东图书馆季刊》1991年第1期。
⑤ 钟淑娥：《山东清人秘籍三种》，《山东图书馆季刊》2003年第1期。

初莱阳宋琬、诸城丁耀亢炳耀文坛"。① 周潇、裴世俊《晚明山东文坛宗尚》指出："诸城诗人丁耀亢早年亦推崇雅正雄浑,对竟陵诗风多有批评。"②

王瑾在《论丁耀亢诗中的人生感受》中认为丁氏之诗有三个主题:恬淡的情怀、乱世的悲音、逃禅的无奈。③ 此文虽短,但是继余嘉锡后少有的一篇全面研究丁氏之诗的论文。

魏红梅《简析丁耀亢诗集〈问天亭放言〉》把《问天亭放言》的诗作分了三类并做了相应的评价。④

总之,对丁耀亢诗歌杂著的研究相对冷得多。《增删补易》等子书几无人问津。当然,《增删补易》是否为丁氏所著也是一个问题。

① 李伯齐:《齐鲁诗歌论略》,《烟台大学学报》2004 年第 2 期。
② 周潇、裴世俊:《晚明山东文坛宗尚》,《山东师范大学学报》2006 年第 1 期。
③ 王瑾:《论丁耀亢诗中的人生感受》,《广州大学学报》2005 年第 9 期。
④ 魏红梅:《简析丁耀亢诗集〈问天亭放言〉》,《文艺理论与批评》2007 年第 5 期。

上

研
究
编

第一章　生平心态研究

第一节　丁耀亢的生平

丁耀亢（1599—1669），字西生，号野鹤、紫阳道人、何野航、漆园游鹗、西湖鸥史、放鹤亭主人，①晚号木鸡道人。跨明清两代，越崇祯、顺治等六朝，家世清华，学殖深厚。在他七十年的人生历程中，书写了诗歌、戏曲、小说、鼓词等文学样式。下面对其生平作一番勾勒。

丁耀亢出生在山东诸城（现属五莲县）一个中级官僚家庭。祖父丁纯尚侠好学，稽古能诗，以明经授于乡。其父丁惟宁为进士，授清苑知县，后任四川道监察御史，任官期间，不阿附权相张居正，万历七年任陇右兵备佥事，后授郧襄兵备副使，后因兵变受上峰诬贬官，四十余岁解绶回家，居家刚正，后卒于家。

关于丁耀亢生卒年，学界公认生于 1599 年而卒于 1669 年，然仍有争议与疑问。这一方面情况比较复杂（下详），另一方面是研究者只从丁耀亢的集子中找材料，没有"它证"来支持。

---

① 放鹤亭主人为丁耀亢之号见于清顺治刻本《西湖扇》的卷首，《西湖扇》的康熙刻本署"紫阳道人"。

一、生年与卒年补证

生于 1599 年。其《自述年谱以代挽歌》(下简称《挽歌》)有"自余之生,明季己亥",也就是 1599 年,除了这个证据,在丁耀亢刊刻的钟羽正《崇雅堂集》序前也有"今刻成于顺治戊戌,亢以己亥生计今六十年而亢以诗传",①可知其生年确为己亥。

关于卒年 1669 年,现都取其子丁慎行的说法,正确。但又嫌孤证。李焕章《丁野鹤先生诗集序》:"己酉春,自山中手函及织水庐,约同修史。时余有江南游,归而野鹤已告终矣。"②虽然李焕章没有明言是己酉年丁氏死的,但揣摩文意,其归与野鹤告终当在同一年,也就是己酉年。下面再解释一下李澄中、赵清的序的问题。同丁耀亢交游的李澄中和赵清在康熙癸丑十二年(1673)为丁耀亢诗集《江干草》所作的序有"先生殁且二年所""先生殁之两年"的说法,向上推两年,则为康熙十年,这是康熙十年说的来历。对此柯愈春《清代戏曲家疑年考略(二)》说:"《丁野鹤遗稿》前有李澄中、赵清康熙癸丑序,称耀亢已殁两年,当是概而言之,作为根据,似嫌孤弱。"③

其中的原因是把"序中提到的时间"和"作序的时间混为一谈"。两人作序的时间为康熙癸丑无疑,但"先生殁之二年"的时间是"颙若(其子慎行)要他们作序的时间",换句话说,颙若请求他们作序的时间为丁耀亢殁二年,而他们真正作序却是在"康熙癸丑年"。李氏序中说:"先生殁且二年所,颙若以遗稿属余序。"赵氏序中说:"野鹤丁先生殁之二年,遗诗序,颙若亦且属余。"同样作序的

① 钟羽正:《崇雅堂集》,《四库全书存目丛书》集部第 167 册,第 701 页。
② 李焕章:《织水斋集》,《四库全书存目丛书》集部第 208 册,第 781 页。
③ 柯愈春:《清代戏曲家疑年考略(二)》,《文献》1996 年第 4 期。

龚鼎孳说得更明白："先年余病中,颉若入燕,以此事告予。予欣欣觉故人生。今果梓矣,复不惮河山,伻来将颉若意属予序之。"他的落款也是"康熙癸丑",可见嘱托别人作序的是"先年",作序是"今"。其子慎行《乞言小引》还有一证,能证明嘱托作序和真正开始作序不是同步的。丁慎行准备刻其父亲的书稿,说:"罄厥家资,勉付剞劂,日者工垂竣矣。乞怜于巨公长者。"他的序也是作于"康熙癸丑"。

二、生平经历概论

郝诗仙、郭英德《丁耀亢生平及其剧作》把丁耀亢的生平经历分为五个阶段,给后学很大的启发,本书在此基础上把丁氏的生平经历分为四个阶段,来看他的生平崖略。

(一)裘马自快,负笈游吴——读书壮游(23岁前)

丁耀亢幼即聪慧,十一岁父死,十六岁挑起生活的担子。但他狂狷的性格在少年就展露出来。"性任侠,耽情诗酒"(丁慎行《家政须知跋》),"与俗多忤,每不合于中"(《山居志》),喜交游,17岁与张贞之父"以文章意气相慕悦",[①]结为生死交。

为了营造一个可以用功举业的地方,同时也是为了远离世俗之人,他在山中居住,"因得城南橡榾沟一邱,甚幽,遂购筑焉"(《山居志》)。按,有学者认为此时丁氏自号"橡榾山人"。[②] 可从。

二十岁时,即1619年师从董其昌、乔剑圃等。《江游·野鹤自纪》有:"忆昔己未(1619)渡江,负笈云间,从董玄宰、乔剑浦游。"在姑苏与陈古白、赵凡夫、徐暗公结社。《江游·野鹤自纪》:"庚申僦石虎丘,与陈古白、赵凡夫结山中社。"丁氏一生至少结过七个社

① 张贞:《杞田集》,《四库未收书辑刊》第7辑第28册,第598页。
② 张清吉:《丁耀亢年谱》,中州古籍出版社1996年版,第17页。

（山中社、东武六隽社、九仙社、稷门社、山左社、大泽社、椒社），这当是最早的一个。与学界名流在一起，扩大了他的视界，也使他得到了学术训练，"名誉日起，藻丽以敷"（《自述年谱以代挽歌》），两年后，他就回家了，然而有人说丁耀亢与董其昌父子不和睦，①但窃以为与实情不符，因为在 1634 年前，丁耀亢还请求董其昌为其《天史》作序，陈际泰（字大士）说："予不识丁君，而知为董玄宰先生门下士。先生归属予为序，予以先生之序者序之也。"（《天史序》）。

（二）皎皎独逴，浪博文名——山居读书应举（23 岁至 45 岁）

从江南回家，丁氏就在山中居住，《自述年谱以代挽歌》说"厌薄时艺，皎皎独逴"，虽然"厌薄时艺"但不得不读它，因为它是走入仕途的敲门砖，一直到老，丁氏对科举都抱有深深的感情。才华横溢而不得中，使丁氏心中有一种怨抑之气。李焕章《丁野鹤先生诗集序》：

> 前辈丁野鹤先生，家鲁诸之墟。负绝慧向学，与丘青门海石相砥励。郡人氏闻而慕之，招入稷门社。后著撰日多，六郡人氏闻而慕之，招入山左社。当其时，野鹤年方壮，气方盛，束牲执盟书坛坫上，学者翕然从之，于是二东有丁氏词赋学。就有司试弗合，其弟若侄皆举贤书，野鹤愈自愤，终弗合，乃著书曰《天史》。持谒钟尚书公，尚书公大奇异之。②

从中可以看出他的才华与个性。然而"大战则困，小战则勇"（《自述年谱以代挽歌》），入世之念渐消，入山之志愈坚。早在 1625 年营造东溪书舍，在那里埋头读书。丁氏喜交游且又富有

---

① 王素存说，丁耀亢南游时曾受到董其昌仲子祖常的不礼貌待遇，因而郁郁而归，作《醒世姻缘传》，以"笔伐董其昌父子"（转引段江丽《〈醒世姻缘传〉研究》，第 27—28 页）。不知何据。

② 李焕章：《织水斋集》，《四库全书存目丛书》集部第 208 册，第 781 页。

才华，在他的周围就有一个文人小圈子。1628年，他与当时"名士丘子如、子禀、陈木公、戴宾廷、刘翼明结文社，号东武六隽"。①丁氏与朋友经常谈诗，有时竟几挥老拳，王士禛《古夫于亭杂录》卷五：

> 诸城丁耀亢野鹤与丘石常海石友善，而皆负气不相下。一日饮铁沟园中，论文不合，丘拔壁上剑拟丁，将甘心焉，丁急上马逸去。②

铁沟园为丘石常读书之所。丘石常《楚村文集》卷四有《铁沟园记》"海步乃西蓬宫，浅出之澹场是曰铁园"，③李澄中《表兄丘海石文集序》："后乃闭关铁园，集诸名士刘子羽、陈木公、戴宾庭辈掺觚角诗文。"④指的就是他们在铁园读书之事。

在这期间，他仍然持之以恒地参加科举考试，然一次次败北。1630年秋天其弟耀心考中举人，丁氏没有考中。大凡物不得其平则鸣，丁的思想中又特别相信因果报应，历史上的一些大奸大恶之事或人令他愤懑无比，又加之怀瑾握瑜而不中，他决定发愤著书。他在1632年前后就构思一部书《天史》，这部书取材于《左传》《史记》《汉书》等史书，分大逆、淫、残等十案，共195条，集中了历史"乱臣贼子、幽恶大憝"之恶行，写出了他们的恶报，"纪罪而不纪功，言祸而不言福"（《天史自序》）类似明代颜茂猷劝善惩恶的《迪吉录》，但只有恶行，这表现了他伤世警世之意，也表现了他性格中"偏颇"的一面，与他后来的《续金瓶梅》在思想上是一脉相承的。他写完后，曾经让同乡宿儒钟羽正审阅。钟羽正大奇之，结为忘年

---

① 李焕章：《织水斋集》，《四库全书存目丛书》集部第208册，第661页。
② 王士禛撰，赵伯陶点校：《古夫于亭杂录》，中华书局1988年版，第113页。
③ 丘石常：《楚村文集》，《山东文献集成》第2辑第30册，第100页。
④ 丘石常：《楚村文集》，《山东文献集成》第2辑第30册，第52页。

交,这多少给科举不第的他些许安慰。

在山中隐居的日子近十年,《天史自序》说"濩落岩居,盖九年于兹矣",大概是感到寂寞,因为丁氏是一个喜欢游山玩水的人,而且"穷愁一室,不能进而与有道之士君子游"(《天史自序》),在1635、1637、1638三年中,他登泰山,游济南,游大泽,结识了不少友人也写了不少的诗歌。

1639年清兵攻破济南,丁欲在金陵定居,因老母重故土不想移居未果。此年春秋之际他到江南游,在扬州与朋友张自烈(乐公)、丁魁楚(光三)、王稚公、王海旸、张侣沧、方颖等游,秋天返回故里。1641年长子玉章死,对丁耀亢打击很大。

1642年,清兵攻打明甚急,明风雨飘摇,岌岌可危。十月丁公自京师归,对亲友说事情危急,当早做准备,然没有人理解、理会他。十一月,朝廷正式下文让各地严加守城,而这时人心涣散。十一月二十日,他携全家出逃于南山旧庐。十二月初,情况更加危急,十二月中下旬清兵占据诸城,二兄耀昂、九弟耀心、侄子大縠守城殉难。此时家中旧业托付明空上人,东西丢失很多,连《罗汉卷》也在动乱中失去。

1643年正月在海岛上,二月遇故人戴子厚等,受到招待,三月初,清兵退出诸城,此时在海中已经一百多天。经过日照把全家安排在本家丁右海家中,只身回诸城,家中被焚。田产也被人占去。八月埋葬二兄,十月埋葬九弟,情景极为悲惨。然他不辍创作,作《赤松游》。此时丁既有"灭秦复韩"之志,又有出尘之想。

1644年明清鼎革,中原板荡。丁公在动乱中不断地移居。他洞悉政治、军事形势,表现出了相当高的军事才能,他的才能也受到权要人物的青睐,能利用自己的影响来保护老百姓。七月,遇故友王遵坦,字太平,山东益都人,有诗名,他让王遵坦与当地的武装联手来壮大队伍,王听从了。此时,有十万"流寇"攻打渠邱,正好王遵坦与丁耀亢带领队伍前来，"流寇"以为来了增援大军，溃败。正好刘正宗在城楼上观望，看到二人，惊喜异常，倘再晚来几步，刘正宗等人就有性命之虞。后来刘正宗入清官至文华殿大学士，他与一介布衣之丁耀亢始终交好，与此段经历不无关系。而丁对此事也记在诗中，《椒丘诗》中《呈刘相国忆昔行》有"君偶里中居，予入海东岛。土寇逼渠城，杀掠恣焚燎。时余寓戎幕，信陵欲救赵……遂解三县围，逢君喜不了"。这一贵一贱的友谊，除了乡党因素之外，丁氏有恩于刘氏，也是一个原因。

王遵坦的部下捉住了李龙衮，李为山东高密人，要杀害他，也是丁氏百计维护，才使李保全生命。以后李龙衮做官到兵科给事中，也经常与丁氏诗酒往来，与此事情有很大的关系。此外，丁公还用计保全了景芝镇，在莒县有姓庄之人勾结"土贼"向丁右海等人复仇，原因是丁右海等人曾经打击过庄氏，丁耀亢只身见到庄氏，片言解纷，二人成为好友，一场战争弭于无形。

九月遇刘泽清，授赞画之职。上计于刘泽清，多不用，此时清朝定鼎，随后又到王遵坦军中，授纪监司理。野鹤先生"日与王帅诗酒自娱"（《从军录事》）。

（三）曳裾见客，振铎容城——仕宦时期（46岁到62岁）

这段时间为丁氏参与政治、参与社会、与政客、诗人交往的关键期，宜分为三个阶段：第一阶段为清朝刚定鼎时彷徨期；第二阶段为京师教习期；第三阶段为教谕容城期及辞官。

第一阶段为清朝刚定鼎时彷徨期。清朝定鼎中原，对自幼接受儒家观念的知识分子来说无疑是一场灾难。在这天崩地裂、血洗山河的时代，对知识分子的政治节操是一场无法逃避的考验。《清史稿》设有"贰臣"，但没有"贰民"，这说明统治者对"臣"与"民"的要求及标准不同，虽然没有"贰民"，却有"遗民"，因为在明清鼎革之时，任何一个人都要进行选择，而丁耀亢在明朝没有功名，不能算官员；且在动乱之际家产也丧失殆尽，也不能算乡绅，所以他没有入"贰臣"的可能,这也使他避免了许多尴尬与指责,因为没有家产也不会因为"树大招风"而引来骂名。

　　然而他毕竟是一个知识分子,其父丁惟宁是明朝的官员,弟耀心是孝廉,且死于清兵,对此他绝不会忘记。他与王遵坦、刘泽清之流交,并非没有抗击清朝之意,而且他还在 1645 年春夏之间拒绝了王遵坦向多铎投降之举,"邀入淮往见豫王,期叙功别用"(《从军录事》),丁氏以"老母思乡急"为借口婉拒。但是面对"鼎革"这样的大事,他还是选择了"顺天应人"的方法,积极向清朝投靠。在 1645 年,他就跑到北京,"大清顺治乙酉,出海归里,八月入都,以旧廪例贡于乡"(《避风漫录》),这是向新政权表明心迹的一个态势。他的这个行动在遗民眼中看来是不妥的,当时也无可奈何。其中的原因,固然与血腥的政治压迫有关,也与丁公一贯之思想有关,这可以称为"明哲保身"。他在劝说王遵坦不要劫掠青州之民时说:"天下事未可知,君不留北岸一退步地,如事不成,将安所假道乎?"(《航海出劫始末》)这也可以看成他在大乱中一种观望心态,也属于人之常情,大丈夫相时而动。

　　一句话,丁耀亢在鼎革之时与绝大多数人一样,充满了彷徨,但由于他在明朝没有做官,所以不必如钱谦益、吴梅村、龚鼎孳一样有沉重的心理负担。

　　第二阶段为京师教习期。1648 年丁氏为"升斗计"赴北京,由顺天籍拔贡充任镶白旗教习。关于此职位的获得,他在《皂帽传经笑》有记载,与刘正宗、薛行坞等山东同乡与朋友有重要关系。此时刘正宗已在北京,《清史列传》说:"顺治二年,以山东巡按李之奇奏荐,起授国史院编修。"[1]且刘正宗在清初深得皇帝之喜爱,刘正宗与陈名夏是当时北党与南党的首领。龚鼎孳也在北京任职,"顺治元年五月,睿亲王多尔衮定京师,鼎孳迎降,授吏科右给事中,寻

---

① 王钟翰:《清史列传》,中华书局 1987 年版,第 6572 页。

改礼科。二年九月,迁太常少卿"。①

　　在京师六年(1648—1654),丁公与朋友刘正宗、张缙彦、王铎、龚鼎孳、赵进美、张端、孙廷铨、杨思圣、宋琬、房可壮、曹尔堪、王崇简等人游。需要指出的是,上面提到的人大多是进士出身,身居要职,与他一介布衣相比,他的心中一定不能无动于衷。尽管友人之间不会流露轻视他的意思,但在其他方面还是能显示出来的。如有人在诗集中很少或根本没有提到他,王崇简《青箱堂诗集》只有一首提到丁,然而丁的集子中却有不少写给王崇简的诗,宋琬的集子无一首有关丁的诗歌。更为重要的是,他处在南北党争之间,而刘正宗、张端、孙廷铨、宋琬、张天石、冯溥等人都是山东人,"南北各亲其亲,各友其友",②可以想象,他在京城中过得谨小慎微。一方面不能不与刘正宗来往,因为毕竟同乡关系是一笔财富,而事实上他也从朋友那里得到了不少的帮助;另一方面,城门失火,殃及池鱼,自己虽然"不知腐鼠成滋味",但别人"猜忌鹓雏竟未休",这样与刘正宗等人交往很容易成为刘氏政敌攻击的牺牲品。虽然自己并无意党派之争,且他的微小身份也不能参与,但到时谁能分得清?③

　　我们看丁氏在京师的诗歌,发现有些事情根本没有提到,如宋琬在 1650 年之下狱,④还有龚鼎孳在 1655 年末被降八级等,⑤凡是友人有难,他都避而不写,再大一点说,政治事件大多在他的作品中缺席,《陆舫诗草·挽陈章侯》是一个例外,却也吞吞吐吐,曲折百端。他这种小心翼翼的心态一定程度上妨

---

①　王钟翰:《清史列传》,中华书局 1987 年版,第 6593 页。

②　赵尔巽等:《清史稿》第 32 册,中华书局 1977 年版,第 9636 页。

③　参看王成兰:《清初京师汉官的生活空间和关系网络——以陈名夏和刘正宗为个案》,《江海学刊》2007 年第 6 期。

④　叶君远、高莲莲:《宋琬年表》(上),《沈阳师范大学学报》2004 年第 5 期。

⑤　《清史编年·顺治朝》,中国人民大学出版社 1985 年版,第 432 页。

碍了他的创作,也确实使他免于无谓的党争。丘石常在《祝丁太母八帙序》:"先生言满天下无口过,交遍天下无朋祸,则以其与世推移,玩弄澹宕也。"①不免有溢美之词,但实际也是如此。

在京师中,教学工作并不很愉快。满族学生带剑上课,"少拂其意则怒去"(《皂帽传经笑》),后来在1651年改镶白入镶红,学生比较听话了。对于教书,对丁氏来说是一个不错的工作,"教书都为稻粱谋",对一个读书人来说,不能入仕而教书是最正常不过的事情。但当时满族入主不久,华夷之防还留在人们的心中,这毕竟是给外族人做事。② 所以丁氏常对此事做些"无意"的辩解。如他在《皂帽传经笑》中把自己教书比作"管宁以避乱投辽,洪皓以朔漠谈经",并在《续金瓶梅》第五十八回把洪皓写成一忠臣,也教辽人的子弟,"供养着一个洪皓,好似得了圣人一般",在《西湖扇》中也有一个教书异域的陈道东,第十九出《辽帐》中他说:"俺陈道东因上书得罪,出使北朝,将俺北迁辽海。此地人习射猎,不喜诗书。幸喜本部达官,知俺忠直,请俺教训子弟,这也是圣人大道传之绝域了。向来弟子渐知理义,颇慕华风。"

在京城丁与友人倡和极多,创作也相当丰富,《陆舫诗草》就是创作于此时。丁依然是郁郁不得志而嗜酒狂放。生活虽有朋友救济但仍是不好,王嗣槐《赠山左丁野鹤序》:

> 遂乃拂衣河上,长揖海滨。叹梅尉之先几,踵管宁而独处。筑袁闳之土室,不睹慈颜;浮杜孝之筒鱼,难供母膳。言旋旧里,乞养上都。长安贳酒,时卖赋而取金;洛市题扉,亦佣书而载粟。③

---

① 丘石常:《楚村文集》,《山东文献集成》第2辑第30册,第68页。
② 鲁迅:《呐喊》,《鲁迅全集》第1卷,人民文学出版社2005年版,第427页。
③ 王嗣槐:《桂山堂文选》,《四库未收书辑刊》第7辑第27册,第493页。

其放狂兹举一例。张缙彦《燕笺诗集》卷二《野鹤于京兆座中投我〈大醉行〉，为〈有鹤行〉答之》：

> 有鹤有鹤凌空翘，巢云负天无所避。胡为乎垂头抢地与鸡鹜同啄息。蝼蚁糠糙未一饱，终日蹭蹬长安道。长安道上喧高轩，绦镟不及海云间。野田漠漠黄尘暗，俦侣不复分枭鸾。京兆高气偏突兀，霓裳夜吹南内曲。或舞或罢又痛哭，剥啄相射嘴欲秃。车轮倐忽高掠天，雷雨掀翻老波澜。树杪星稀乌正宿，酒徒脱帽起相逐。鹤兮鹤兮且来还。泰山石烂东溟宽。黄雀投罗毛已焚，鹡鸰畏风息鲁门。①

第三阶段为教谕容城期及辞官。1654 年丁氏到容城任教谕。教谕即县学教谕，掌文庙祭祀，教育所属生员。按惯例，三年考满是可以做官的，比如知县一类的官，丁氏在《皂帽传经笑》中说："三年考满，已得隽，当选有司，后改广文，授容城谕。固知有定数云。"从有司下降到广文，丁氏心中不满。当时丁氏的大部分同事也都是做教谕的，如《易州逢赵文成何调之颜驻景旧同训辽塾皆分铎上谷》(《椒丘诗》)可证。

从京城到容城，丁氏的工作性质没有多大的变化，但环境变化却不小。首先京师作为政治文化等中心，而容城远离京城；其次，在京师所交游都是大官，而容城只是一个小城市，所遇大多为市井细民；最后，学生也由满族子弟成为汉人，也比较驯服。一句话，在容城，虽然生活待遇不如京师，但压抑比较少了，所以丁氏能任性而行了。王晫《今世说》卷七载其一事：

> 丁野鹤在椒邱，每晏起不冠，搁管倚树高哦。得佳句，呼

---

① 张缙彦：《燕笺诗集》，清顺治刻本，藏于上海图书馆。

酒秃发酣叫,傍若无人。间以示椒邱诸生,多不解,因抵地直
上床,蒙被而睡。①

　　野鹤先生孤清自傲,"晏起不冠""呼酒秃发酣叫"颇有魏晋风
流,大有"不恨古人吾不见,恨古人不见吾狂耳",受难使人思索,思
索使人受难,有思想的人往往是最痛苦的人。况且以前在京师时,
友人均为才学之士,彼此倡和,颇不寂寞,但是现在却是"知音少,
弦断无人听",丁只好"蒙被而睡"。
　　"魏晋风流"并不仅仅是一个时代概念,大部分中国文人都仰
慕魏晋风流。据冯友兰先生的意见,构成魏晋风流的条件是玄心、
洞见、妙赏、深情;其外在特征为颖悟、旷达、真率,而野鹤先生都一
一具备。没有了朋友之间的切磋,他有种"恨无知音赏"的愤懑。
王晫《今世说》卷六载其一事:

　　　丁野鹤官椒丘广文,忽念京师旧游,策长耳驴,冒风雪,日
　驰三四百里。至华岩陆舫中,召诸贵游山人、琴师剑客,杂坐
　酣饮,笑谑怒骂,笔墨淋漓,兴尽策驴而返。②

　　这则事情极似《世说新语》中"王子猷访戴",确能看出他的真
性情来。关于此事,李焕章认为这是他在北京时的事情,恐怕不
确。他在《丁野鹤先生诗集序》中说:

　　　国初北入大都,尚书王公觉斯、龚公芝麓、侍郎薛公行屋、
　翰林杨公犹龙咸折节与之交。大冰雪中乘蹇扣扉诸公,大呼

① 王晫:《今世说》,中华书局1985年新1版,《丛书集成初编》,第87页。
② 王晫:《今世说》,中华书局1985年新1版,《丛书集成初编》,第67页。

曰:"野鹤来矣! 野鹤来矣!"饮酒欢甚。①

所说当不确,因为当时丁公就与王铎等人为邻居,没有必要大呼"野鹤来矣",而与《今世说》的情节极为榫合,所以这个事情应当是他从容城到北京的作为。《丁野鹤先生诗集序》还说:"辇上诸贵人惮之,以荣(原文为荣)城谕困野鹤。至则拜忠愍祠下,声呜呜,哀诗益工,益疏落自放。"其实"辇上诸贵人惮之"应该没有此事,因为丁野鹤在接人待物方面并不飞扬跋扈。

在这期间,丁氏创作《表忠记》表达了对前辈杨继盛的敬仰之情。然而丁已近六十岁的人,精力大不如前,而且他的视力也越来越不好,他在《椒丘诗》有《衰至》诗,写了"久客夸身健,今年觉我衰",真有"不知筋力衰多少,但觉新来懒上楼"的感觉。据谈迁《北游录》的记载,他在容城创作了散曲《青毡乐》《青毡笑》,②在《青毡笑》中写道:"功名困顿真苦海,误把儒冠戴。风波世路难,日暮光阴快,早学个归去来彭泽宰。"这不是一时心血来潮之语,而是归纳了许多辛酸、痛苦之经历而得出的经验之谈。

最后是丁氏的辞官。丁氏是由祝、梁两位大臣的推荐而任惠安县令的,其实他任惠安县令与1654年他捐俸助灾有很大的关系。《清史编年》1654年3月30日工科左给事魏裔介奏:"连岁水灾频仍,直隶、河北、山东饥民逃亡甚众,请敕督抚严饬有司,凡流民所至不行收恤者,题参斥革;若能设法抚绥,即分别多寡,准以优等保荐。并请派官携银沿途接济。"③1654年4月11日:"(派大臣)携入畿辅八府地方赈济饥民。谕巴哈纳等:有殷实之家捐谷

---

① 李焕章:《织水斋集》,《四库全书存目丛书》集部第208册,第781页。

② 谈迁:《北游录》,中华书局1980年版,第381页。

③ 林铁钧、史松:《清史编年》第1卷"顺治朝",中国人民大学出版社2000年版,第400页。

或减价出粜以济饥民者,经以旌表。"①

在此灾荒中,他捐出自己微薄的俸禄给他人。《椒丘诗·易州随赈陪上台宴集》有注:时捐俸养士四百,人给三十升。《甲午春畿南大饥捐俸纪事》序云:"顺治甲午,发内帑,遣重臣,巡行散赈,许各官量助。亢教谕容城,谨捐岁俸百金,以赡士之赤贫者五十二家,量给谷麦,尽俸而止。奉部堂祝、梁二侍部特荐于朝。虽小惠无补,少伸涓志,为诗自纪。"事实上从朝廷文件来看,丁公授惠安令虽与人推荐有关,亦与他捐助也有相当大的关系。说明这些,是为了表明他很想在仕途中做一番事业,他的授惠安令是他人推荐与自我推荐的共同结果,而他的辞官也不是很情愿的。

然而丁氏最终辞官,还与其身体不好有很大的关系。在《江干草》中有多首写其眼睛不好的诗歌,这个并非作假。后来他有《答任少玉见留》"衰龄思出世,多难悔辞官。今日离东武,犹如去惠安"之诗就曲折道出了他后悔辞官的心情。

1659年10月到1660年秋天,他一直在杭州,结识了著名文人李渔、查继佐、范骧、胡介、张惣等。秋天他才向惠安进发,游玩了武夷山,写下了不少优美的诗篇,并向当局提出辞官的请求,后来得到批准。在这期间,他写了《续金瓶梅》,为后人留下了宝贵的财富,也为日后埋下了牢狱之灾。

(四)移竹乞松,构我文章——晚年生活(63岁以后)

自惠安回家以后,丁氏除了在家闲居,就是与友人诗酒谈天。关于丁耀亢的辞官回家,丘石常《楚村文集》卷一《祝丁太母八帙序》说:"先生重门洞开,罗隐之治也;宝剑名篇,郭元振之奇逸也;回纥咋舌,段文昌之弄蛇调虎也,然而卒赋归来者,则以太母八十,

---

① 林铁钧、史松:《清史编年》第1卷"顺治朝",中国人民大学出版社2000年版,第401页。

惜太真之裾,恨王陵之忍耳。"①丘氏认为丁氏辞官是为了照顾母亲,则有饰美之意。

丁把自己辞官后的诗集命名为《归山草》,第一篇就是《归山不易诗》,有十九首,表明了他对辞官与归隐的复杂态度。做官与归隐是矛盾的对立,很少有人做到"既欢怀禄情,复协沧洲趣",他还说过"家贫为辞官"的话。总之,不做官随之带来了生活上的很多不便。

晚年的生活并不愉快。1661年"孟秋之望,仲子病陨",老来伤子,黯然销魂、伤心断肠固不必说,还有许多意想不到的麻烦。《自述年谱以代挽歌》中描述生平一段辛酸的经历:"赤狐玄乌,揶揄相侵。黎丘幻鬼,病疢在心。岁行癸卯,年日已老。赋重田荒,形衰神槁。令严捕逃,忧心如捣。衅起孤侄,鬻产不保。"从诗中可知,在1663年,因侄子引起一场很大的官司,几乎"鬻产不保"。对方有意株连,他在夏天进都,找友人帮忙,眼睛不好,除夕回到山中。

祸不单行。在1664到1665年之间他又因《续金瓶梅》案陷入官司。现据《顺康年间〈续金瓶梅〉作者丁耀亢受审案》把过程介绍如下:

1664年(康熙三年)十月五日以前,诸城县捕役张铨向张达(诸城人,原知县王国柱家人)说,丁耀亢写有《续金瓶梅》一书,丁耀亢时迁惠安县令,但他借口眼疾不赴任而在西湖撰写《续金瓶梅》,并到处售卖,书中借宋金之事影射清廷,且有言宁古塔之事,属于讽刺清廷。张铨向刑部报告,因为禁书属礼部管理,所以后移往礼部。

十一月又将首告张达并十三卷书(《续金瓶梅》)移往刑部。清廷下令缉拿丁耀亢未获。诸城知县亲自拿丁耀亢,然不见其踪影。

---

① 丘石常:《楚村文集》,《山东文献集成》第2辑第30册,第68页。

只好拿其子丁慎行与家人王一明囚禁于牢。

1665年（康熙四年）二月二十日，行文五城及顺天府，缉拿丁耀亢。三月初五遇恩赦，将丁慎行与王一明释放。八月二十四日山东按察使王廷谏拿丁耀亢归案。审讯丁耀亢开始。

据丁耀亢称，他在1664年（康熙三年）八月去顺天府，因有眼疾到河南少林寺治病，十月张达因有事要挟他，没能满足张达之要求，就借《续金瓶梅》一书来诬告他。在1665年（康熙四年）三月七日到府（按文义当指诸城县）自首，诸城县发给批文，但由于他患病于安丘不能及时到达。清廷此时严缉，于八月被缉拿回到刑部。①

此案有个焦点是丁耀亢是否为自首，因为这关系到定罪与量刑。丁耀亢自称是自首，然而刑部却认为不是自首。经调查，是诸城知县周才之过，因他"呈报不详"，周才交吏部议罪。丁耀亢因为是自首从轻发落，免其罪，《续金瓶梅》交礼部焚毁。

在狱中丁氏受到狱吏热情招待，又加上友人时任刑部尚书龚鼎孳的大力斡旋，丁耀亢仅在狱中一百二十天，季冬出狱。至此《续金瓶梅》案结。

此案对这个老人的打击之大不言而喻。而且被焚书还要表示感恩、后悔，如《归山草·焚书》："帝命焚书未可存，堂前一炬代招魂。心花已化成焦土，口债全消净业根。奇字恐招山鬼哭，劫灰不灭圣王恩。人间腹笥多藏草，隔代安知悔立言。"

关于丁野鹤如此之早被释放的原因，黄霖认为："康熙帝之所以还是将丁耀亢释放，恐怕由于他刚下诏：'如有开载明季时事之书，亦着送来。虽有忌讳之语，亦不治罪。'"②但是王泛森却有不

---

① 中国历史第一档案馆藏，安双成编译：《顺康年间〈续金瓶梅〉作者丁耀亢受审案》，《历史档案》2000年第2期。

② 黄霖：《金瓶梅续书三种·前言》，齐鲁书社1988年版。

同的看法,他在《人间腹笥多藏草,隔代安知悔立言》中说:"这(指康熙的诏)是《清实录》的话,不过,这是康熙四年八月下的诏书,主要目的是呼应顺治五年九月因修《明史》缺乏天启甲子、丁卯两年实录及戊辰以后事迹而下的诏书。康熙四年八月也正是丁氏被逮之时,如果丁氏是因此而被放归,则先不必有逮捕之举,更何况丁书不是'开载明季时事之书',而是小说,不在可以不治罪的理由中。丁氏获释的真正理由一般猜测是龚鼎孳居中运动的结果,不过,这也需等待其他史料的出现才可以确定。"①从现在的新材料来看,据《续金瓶梅》案的材料:"理应绞决丁耀亢,但有司所查送之文内则称,丁耀亢自首属实。又于康熙四年三月初五日所颁恩赦内一款曰,凡查拿之重犯,若有自首者,可着免罪。故此,议免丁耀亢之罪。"可见被释放最主要是因为"自首",当然离不开朋友从中斡旋。

　　在晚年丁氏并没有忘记著述。李焕章《丁野鹤先生诗集序》:"丙午冬,野鹤在衰绖中,揖余沧浪园,谬相推重。己酉春,自山中手函及织水庐,约同修史。"②丁氏修的史为一部什么样的史书呢?早在1657年在北京时他就想与魏裔介商讨编撰《隐史》,诗集《椒丘诗》有《魏石生都宪留住都门订修隐史未果》,诗云:"偶于尘市忆羲皇,欲凭高春借寺廊。举世谁能从所好,古人多半善为藏。青门松桂云难老,白社兼葭水自苍。搜史编题分绮皓,商山今定采芝方。"他想修一部关于古代隐士的书。然天不假其年,未能完成这部著作。

　　李焕章《丁野鹤先生诗集序》中的一段话记载了丁氏的晚年生活:

　　① 王泛森:《人间腹笥多藏草,隔代安知悔立言》,《中国文化》第12期。
　　② 李焕章:《织水斋集》,《四库全书存目丛书》集部第208册,第782页。

易僧名，隶嵩山伏牛，无何，自署木鸡道人，学陶贞白、葛稚川（雉，原文如此），学人不终。归里门，省其老母，遂目盲不见物。栖橡槲沟，万籁刁刁号号，悉入耳根，忽忻然乐，忽凄然悲也。竟蹉跎以死。①

丁公最后几年失明卧床，在 1669 年去世。

三、丁耀亢的身份定位

丁耀亢多才多艺，他是一位诗人、小说家、戏曲家，同时也是一位画家。他还留了至少七首词，三套散曲，鼓词三种，从这方面讲，丁氏又是一个通俗文学家。文献记载他的绘画有下面几种：

《丁野鹤行乐图》，诸城博物馆藏，现在张清吉整理的三卷本《丁耀亢全集》封面即是。②

《丁野鹤先生鱼龙卷》，这是野鹤先生所画一幅有关海中景物之诗。李澄中有《题丁野鹤先生鱼龙卷》："何人怀此跋浪情，下笔快写沧州鲸。世间万事难自料，为蝼为龙须臾成。荇藻交戛细如缕，小鱼琐屑何足数……呜呼龙变不可测！画工具有神明力。"③可见确为一幅气势生动的海景图。

《丁野鹤先生行历图》十三幅。张贞《丁野鹤先生行历图记》："戊辰冬日，余访先生仲子颙若于沧浪园，一见握手道故，感慨今昔，无异与先生对谭时。将别，出先生自写行历一卷，属余为记，指而曰：'此其辛酉南游泛金山寓虎阜者，此其观梅玄墓者，此访董文

---

① 李焕章：《织水斋集》，《四库全书存目丛书》集部第 208 册，第 782 页。

② 张清吉：《醒世姻缘传新考》，中州古籍出版社 1991 年版，第 331 页。

③ 李澄中：《卧象山集》，山东大学出版社影印山东省图书馆藏稿本，《山东文献集成》第 1 辑第 35 册，第 16 页。

敏于云间者,此甲子隐居橡谷者,此壬申而遇青霞仙人者,此丁丑结社大泽者,此戊寅登岱宗观日出者,此壬午避兵海中者,此乙酉骑驴燕市者,此戊子授经戚里者,此开陆舫结客长安者,此壬辰览胜西山者,此乙未朝天盟松慈仁者'。凡十三帧,先生之生平可概见矣。其笔意则杂仿北苑、襄阳、子久、叔明诸家,至分布结构,纡徐掩映,若远若近,若浅若深,若有意若无意,妙出丹青蹊径外。"①

在《江干草》有《作桐江霞岭图本付翁寿如山人为卷》,可见丁公曾作《桐江霞岭图》。

高珩《栖云阁诗》卷四有《题丁野鹤梦游赤城卷》:"五城十二楼,连娟若烟鬟。不识今宵梦,将寻何处山。罡风吹绿发,影落沧海间。沧海兮渺渺,华芝兮瑶草。游八表兮澹忘归,拂若木兮天鸡晓。"②这《梦游赤城卷》应该是丁耀亢所作的画。

金德嘉《居业斋别集》卷十《陆舫图说》:"《陆舫图》者,山东丁野鹤笔也。"③则《陆舫图》也是丁耀亢所作的画。

附:

丁耀亢的名号很多,其中一个"湖上鸥吏"很奇怪,很多人认为这是他的名字。如朱萍在《"名是无名字无字"——明清之际小说作家的"无名"现象》中说:"丁耀亢的别号有'野鹤''紫阳道人''野航居士''华表人''木鸡道人''湖上鸥吏'等六七个。"④周钧韬、于润琦《丁耀亢与〈续金瓶梅〉》也说"丁耀亢有湖上鸥吏等别号"。⑤

---

① 张贞:《杞田集》,《四库未收书辑刊》第7辑第28册,第598页。

② 高珩:《栖云阁诗》,《四库全书存目丛书》集部第202册,齐鲁书社1997年版,第33页。

③ 金德嘉:《居业斋别集》,《清代诗文集汇编》第121册,上海古籍出版社2010年版,第700页。

④ 朱萍:《"名是无名字无字"——明清之际小说作家的"无名"现象》,《中国典籍与文化》2004年第1期。

⑤ 周钧韬、于润琦:《丁耀亢与〈续金瓶梅〉》,《明清小说研究》1992年第1期。

但这个名字其实不是丁耀亢之名。

"湖上鸥吏"出自《西湖扇》的序,与《续金瓶梅》的"西湖鸥吏丁耀亢"只有一字之差,这很容易让人想到二者都是丁耀亢,但是我们如果仔细来分析《西湖扇》之叙就会发现有矛盾。原文如下:

> 自古绝世才媛,不经流离播迁,其幽思不出,而其名必不传。如明妃、文姬,皆有汉一代名姝,使当时者羁縻不行,烽烟净息,则两人且弱质老于宫中,摛词不出牖下,顾安得声施至今。令闻其事者感慨唏嘘,读其词者婉转欲绝,如墨客词人所云云哉? 故曰:佳人薄命,非命薄也,夫固以命薄传其佳也。余昔走马向长安道上,见所谓蕙湘诗者四首,清婉悲怨,使人感痛欲泣下,每思传其事而未得。来湖上,则放鹤主人已携友人成本矣。主人事业文章炳宇内,所过甘霖霈四野,所著作篇章皆成霹雳声。何有于香奁数小诗而为传奇若此? 然而为此者,正如以宋广平而赋梅花,欲使览者知绝世才媛,遭时不偶,以播迁而发其幽思,因沦落而传其姓字,为天下怜才者一浇块垒也云尔。湖上鸥吏识。

疑点在于,如果这篇叙真的是湖上鸥吏丁耀亢所作,我们读这篇叙就会发现一个不合情理处,即:丁耀亢既然给自己的《西湖扇》作叙,为什么说"余昔走马向长安道上,见所谓蕙湘诗者四首,清婉悲怨,使人感痛欲泣下,每思传其事而未得。来湖上,则放鹤主人已携友人成本矣",那么就成了"放鹤主人"写的《西湖扇》了。如果认为"放鹤主人已携友人成本"即是丁耀亢写《西湖扇》,则"湖上鸥吏"必不是丁耀亢。事实上在顺治刻本中《西湖扇》第一回署"放鹤亭主人述",则放鹤亭主人才是丁耀亢。

丁耀亢曾署"西湖鸥吏",他的友人查继佐曾署"西湖钓史",张缙彦曾署"西湖藩吏"。①

第二节　丁耀亢对清朝的态度

当下研究诗人,尤其改朝换代之诗人,往往把诗人不与新朝合作作为有气节之象征,以此来拔高诗人的思想境界。就拿丁耀亢来说也有如此之情况。丁耀亢处在明清换代之时,清廷定鼎时他46岁,此事对他影响之大是不言可知的,但他对清廷之态度是怎么样的呢?他在《续金瓶梅》第六十二回写有一个"朱顶雪衣的仙鹤",而他又自称"丁野鹤"。

朱眉叔认为作者"自称为明人","描写自己朱顶雪衣,实即隐喻自己是朱明王朝的人,身著丧服凭吊被满清统治集团蹂躏的人民和国土"。② 黄霖同意此说并认为:"这是很有眼力的见解。实际上,这里也提示了丁耀亢之所以'野鹤'为号的奥秘:自己就犹如一只'朱顶雪衣'的野鹤!"③石昌渝在《中国古代小说百科全书》之《续金瓶梅》条说:"作者在第六十二回中自称是朱顶雪衣的野鹤,'朱顶'隐喻自己是朱明王朝的人,'雪衣'隐喻身着吊亡故国的丧服,借小说寄托亡国之痛与故国之思,不言自明。"④

还有丁耀亢写的《蜀葵花》:"向日颜何壮,朱明羡尔时。"有

---

① 见张缙彦为《逋斋诗》写的序署"西湖藩吏张缙彦拜题"。刘正宗:《逋斋诗》,《四库未收书辑刊》第8辑第16册,第245页。

② 朱眉叔:《论〈续金瓶梅〉及其删改本〈隔帘花影〉和〈金屋梦〉》,《明清小说论丛(1)》,春风文艺出版社1984年版。

③ 黄霖:《金瓶梅续书三种·前言》,齐鲁书社1988年版。

④ 刘世德:《中国古代小说百科全书》(修订本),中国大百科全书出版社2006年版,第644页。

人认为"'向日'、'朱明'等字都足资联想"。① 事实上这首诗只是一首平常咏物诗,"足资联想"可能是由"朱明"而产生,实际上用"朱明"指称明代大约是晚清以降的事,朱明只是指夏天或太阳,这里指夏天。《尔雅·释天》卷上:"春为青阳,夏为朱明(气赤而光明),秋为白藏,冬为玄英。"②张清吉《丁耀亢年谱》在顺治八年也选了此首,未作任何评论。事实上此诗在丁氏之诗中并无奇特之处,盖选此诗是见"朱明"二字以为丁耀亢怀念"朱明"。

从上面各位先生的论证可以推出丁耀亢为一位心系明朝之人。但从实际来看,却不是如此。现在虽然不能确考其何时称为"野鹤",但从"鹤"在中国文化中传统意象及在丁氏作品中的应用,再加上他的经历来看,这只"鹤"只是"闲云野鹤"之"鹤"而非身着丧服之鹤。

首先,在中国传统文化中,鹤象征了自由自在与长寿。无论传统中的"松鹤延年"还是神话的"昔人已乘黄鹤去",鹤都是远离政治与尘俗的一种象征。"朱顶雪衣"是对鹤外貌的描述。如《戒庵老人漫笔》卷一有:"素身洁白顶圆朱,曾伴仙人入太虚。昨夜藕花池畔过,鹭鸶冤却我偷鱼。"③这只是对鹤的形象刻画。这首诗也出现在明代笑话《山中一夕话》与清初小说《飞英声》中,石昌渝认为:"丁耀亢……自号野鹤,显然是以朱明遗民自命,'风月禅'此诗谓'素身洁白顶圆朱',与'朱衣雪衣'同义。"④窃以为不妥。因为在明清时期这首诗经常作为笑话出现。除见于此三处外,至少还见于褚人获《坚瓠集》三集卷二等。

① 李伯齐:《山东分体文学史·诗歌卷》,齐鲁书社 2005 年版,第 454 页。
② 郭璞注,邢昺疏:《尔雅注疏》,上海古籍出版社 1997 年版,第 2607 页。
③ 李诩:《戒庵老人漫笔》,中华书局 1982 年版,第 21 页。
④ 石昌渝:《中国古代小说总目·白话卷》,山西教育出版社 2004 年版,第 71 页。

再如《韩湘子全传》第一回也有一只鹤，"树上有一只白鹤，乃是禀精金火，受气阴阳，顶朱翼素，吭员趾纤，为胎化之仙禽，羽毛之宗长也"。① 在《西游记》第十三回："那公公遂化作一阵清风，跨一只朱顶白鹤，腾空而去。"②也同样为朱顶雪衣。苏轼在《后赤壁赋》对"孤鹤"的描写："适有孤鹤，横江东来。翅如车轮，玄裳缟衣，戛然长鸣，掠予舟而西也。"在这幽深孤寂的境界中，出现这一缟衣孤鹤，与戴孝毫无关系。这样的例子不胜枚举，还有宋林逋的"梅妻鹤子"，《红楼梦》中"寒塘渡鹤影，冷月葬花魂"等，这些"鹤"都是表达一种遗世独立的态度或其他各种情怀，但与"着丧服"无涉。

其次，在丁耀亢的诗集中有大量的鹤出现，我们来观察它们出现的语境。

似怜阶鹤形容古，高步空林影独亲。
——《陆舫诗草·再答杨犹龙翰林》

寒林鹤唳飞无迹，远壑泉澌落又生。
——《陆舫诗草·援琴不得旧曲》

春市人烟随野马，故宫鹤话吊残晖。瑶台寂寞云幢在，何处辽阳访令威。
——《陆舫诗草·游白鹤观》

归云别鹤尚思山，落魄堪留酒瓮间。
——《椒丘诗·都门再和黄心甫》

---

① 杨尔曾撰，佘德余标点：《韩湘子全传》，上海古籍出版社1990年版，第2页。
② 吴承恩：《西游记》，人民文学出版社2020年第4版，第159页。

路鬼揶揄应大笑,广陵骑鹤隔泥尘。

————《椒丘诗·刘秋士新授扬州》

鹤舞云门晓,龙吟海路宽。

————《椒丘诗·黄心甫延陵高士》

《续金瓶梅》第五十二回"刘学官弃职归山 龙大师传丹入海"中有明确解释,《青霞仙师留别刘学官》(刘学官即丁耀亢的原型)一律云:"为访辽阳丁令威,千年华表未言归。翎垂白雪无今古,顶结丹砂少是非。海潋云涛回羽仗,石门烟月锁岩扉。一杯酒尽天风起,指点虚空路莫违。"这分明是指点"仙鹤"借"天风"逍遥于"云涛烟月"而"顶结丹砂少是非",这在作者的《山鬼谈》中有几乎完全一样的描述,而且"刘学官"已经变成了丁耀亢本人。第十三回"又有那绿足赤顶的老鹤三五群,一声长唳,谷应山鸣"。小说第十六回有句诗"鹤归华表人难识,犬过东门世已非"。"鹤"在丁氏作品中很常见。

用奇装异服来表明对统治者的不合作,这在遗民之中是有的。如傅山在明亡后穿朱衣居土穴自称朱衣道人。"朱衣"与"朱顶雪衣"倒有几分相似,其实大不同,傅山与统治者不合作是明确的,而"朱顶雪衣"只是对鹤外表的直观写照,"朱顶雪衣"是与世无争的仙鹤之外表。论者都认为是为朱明王朝戴孝,这都是为了拔高丁耀亢的形象而做的推测之论。

最后,丁耀亢在 1645 年就到北京"以旧廪例贡于乡",又在北京做满人教习,在容城做教谕,在 1659 年被任命为惠安县令,后辞官。在古代文人辞官总被致以"洁身自好""不为五斗米折腰"等誉称,这诚然是值得尊敬的。但丁耀亢之辞官却与"洁身自好"关系不大。

关于丁耀亢之辞官,《楚村文集》卷一《祝丁太母八帙序》:

"然而卒赋归来者,则以太母八十,惜太真之裾,恨王陵之忍耳。"①按,丘石常之说法,丁辞官是为了天伦之乐,其实真正原因是丁氏的眼睛不好,这在他的《江干草》诗中有多次反映,如《江干草·松陵皇甫尧寄归鹤诗次孝宽韵答之》有"堪伴云栖随老衲,双瞳待拨有金针"等,这是真实情况,不可能作伪。

观其友则可知其人。丁耀亢的友人龚鼎孳、王铎、张缙彦、曹溶、冯溥、党崇雅等都为清朝的高官,不少友人是"贰臣",或从明入清而做官的人。当然也有不仕清朝的孙奇逢、阎尔梅等,但是为数很少。按照"同声相应,同气相求"的规律,丁不可能对清廷有二心。

按丁慎行《〈听山亭草〉乞言小引》中所说,丁耀亢的生平知己为"龚大宗伯、傅大司空",也就是龚鼎孳、傅维鳞。龚鼎孳(1615—1673),前明崇祯七年(1634)进士,历官兵科给事中。为人有才干,后李自成破北京,降大顺军,后又降清。傅维鳞(1608—1667)明崇祯十五年举人,清顺治三年进士。官至工部尚书,加太子太保,为顺治及康熙初年之廷臣。王铎(1592—1652)明天启二年进士,改庶吉士,明福王时,阿附权奸马士英,顺治二年降清。张缙彦(1599—?),李自成陷京被捕,后逃归故里。顺治元年九月上表降清,旋即藏匿,福王授以总督。顺治三年于江宁再次降清,清廷以其"逡巡来归"而未录用,后任山东右布政使,十七年以刻李渔《无声戏》流徙宁古塔。尝自称"不死英雄",就其人格来说,确实算不上高尚。丁耀亢在《陆舫诗草·冬夜过张天石京兆逢大司马张坦公泥饮歌声慨发因为大醉行》有"英雄不死或立言"之句。在顺治甲午(1654)仲春丁耀亢在张缙彦《菉居诗集》序中称:"甲申后,□出东垣,百曜从光;马渡浑同,九州合派。先生法窦融之义,全师还

---

①　丘石常:《楚村文集》,《山东文献集成》第2辑第30册,第68页。

朝;诵班彪之赋,尊王知命。种瓜阙下,散发都门。"①对张缙彦之
行为曲,为回护。

上面对丁耀亢的四个朋友做了介绍,是说明在丁耀亢的友人
中,不是清朝所说的"贰臣"就是投降清朝的明代官吏,观其友知其
人,这就表明丁耀亢已经在行为与思想上接受了清政府,不会"身
在曹营心在汉"了。如《续金瓶梅》第五十二回中,刘学官分明是
丁耀亢的化身,然而他的儿子却做了金朝的进士。第二十二回
翟大娘道:"这人终不得好,一处无恩,百处无恩。就是金兵也是
个人,将来还作下了。""金兵也是个人"也暗暗表明了"清兵也是
个人"。

诚然,甲申之乱中清兵杀死了他的九弟耀心、侄大谷等,丁耀
亢在心中不会不痛恨清廷,但这种痛恨在很大程度上被丁耀亢归
结为"天意"。他在《航海出劫始末》中说:"使前此听吾卜居于南,
可无失家之祸;即今听吾出避于外,可无亡身之祸。人耶? 数耶?"
在《山鬼谈》中,他自称结识一仙人青霞仙师,而这仙师已经把他九
弟之死与侄子之丧隐约告诉他了。他事后回想起来说:"壬午大
乱,因忆青霞之言,浮海全家,而弟侄俱殉难。岂前此所遇为予指
迷出劫耶? 及老母自海东归,忽遇飓风,其樯橹倾折,昏夜不可救。
有一星绕舟如火,任其漂而不覆,乃送舟于旧渡。有返舟之异,此
非冥有以护之,安能出险乎?"

在有清一代诗人中,大约丁耀亢是最相信因果报应的。他的
《续金瓶梅》前面有《太上感应篇阴阳无字解序》《太上感应篇阴阳
无字解》两篇文,无不充满因果报应之思想。他的《天史》也"专尊
圣经,借演因果"(见《凡例》)。

一个相信"因果"、相信"天意"之人会把他遇到的福祸都归
结为"因果"或"天意"的,这样他对清廷之仇恨会大大减弱,当然

_____

① 张缙彦:《菉居诗集》,清顺治刻本,藏上海图书馆。

这也是他本人愿意忘掉这种仇恨，大家都如此，自己何必这样执着呢。

上面从三个方面说明了"朱顶雪衣"的鹤并不是给明王朝戴孝之鹤，而是"闲云野鹤"之鹤，又分析了丁氏的友人中多数为忠于清廷之人，那么不存在丁耀亢"思明恨清"之举。则丁耀亢为什么要用"野鹤"为号呢？这是因为他的性格使然。他的朋友对他的评价为：

> 闻君新构好亭子，仿佛米家书画船。几处虚明邀皓月，有时偃仰向高天。
>
> 波翻陆海尘空黑，门闭松阴草自玄。直欲便随渔父棹，武陵溪水信悠然。
>
> ——薛所蕴《桴庵诗·闻野鹤新构陆舫有作》①

> 落拓狂歌酒后删，羽衣缥缈到人间。娉婷欲惜波还媚，车马频过客自闲。
>
> 帘外百灵听白雪，雨中小树见青山。五湖烟水鸥难定，且取停云照醉颜。
>
> ——冯溥《佳山堂诗集·雨中过丁野鹤陆舫斋赋赠》②

丁耀亢满腹才华然始终不第，牢骚满腹、嗜酒狂放在所难免。"达则兼善天下，穷则独善其身"的想法几乎在每个文人身上都能表现出来，其实"达"与"穷"的两种做法并不冠冕堂皇，只是很实在的话，何也？因为如果不"达"，还能做什么？只能"穷"就是了，"穷则独善其身"也只是辛酸与无奈之托词。

---

① 薛所蕴：《桴庵诗》，《四库全书存目丛书》集部第197册，第299页。
② 冯溥：《佳山堂诗集》，《四库全书存目丛书》集部第215册，第94页。

丁耀亢之"野鹤"来自《搜神后记》卷一之"丁令威":

> 丁令威,本辽东人,学道于灵虚山,后化鹤归辽,集城门华表柱。时有少年举弓欲射之,鹤乃飞,徘徊空中而言曰:"有鸟有鸟丁令威,去家千年今始归,城郭如故人民非,何不学仙冢累累!"遂高上冲天。①

这个丁令威与丁耀亢同姓"丁",于是他就用"丁野鹤"之名。元朝也有一个全真道士丁野鹤,在紫阳庵修行。"丁野鹤,钱塘人,元延祐(1314—1320)初祖徐太师法,弃家为全真道士,居吴山之紫阳庵,导引辟谷者二十余年。"②这在《续金瓶梅》第六十二回也有详细记载:

> 后来南宋孝宗末年,临安西湖有一匠人善于锻铁,自称为丁野鹤。弃家修行,至六十三岁,向吴山顶上结一草庵,自称紫阳道人。

他之称"紫阳道人"也本于此,这与他一生的经历也相符,他也多次提到了丁令威。还有他在年轻时家中曾有一只鹤,他在《问天亭放言·怀鹤序》中说:

> 家蓄一鹤数年矣。戊辰携家入山,共载之,殆作林下清侣也。日来健翮初修,玄裳似沐。翘首望空,却青霄而顾影;梳翎曝日,濯白露以长鸣。余因愧乏稻粱,亦知翩翩者非篱下物

---

① 陶潜撰,汪绍楹校注:《搜神后记》,中华书局1981年版,第1页。
② 卿希泰:《中国道教史》(修订本)第3卷,四川人民出版社1996年版,第368页。

也。于九月初旬之夜，忽戛然孤唳者久之。及晨，则高视阔
步，俯仰徘徊，振翼而起，及乎天半。渺阆风之九万，渡弱水之
三千。仰睇云霄，杳然无际。虽情不能已，余实为鹤得意焉。

观此可知，丁耀亢之名"野鹤"实与此有关也。从"野鹤"到"木
鸡"是他生平之一大转捩。丁氏晚年罹《续金瓶梅》难，受打击很大，
改号为"木鸡道人"，李焕章《丁野鹤先生诗集序》："以文字获罪，下司
冠狱，出易僧名，隶嵩山伏牛，无何，自署木鸡道人，学陶贞白、葛雉
川。"①这只向往自由自在的"野鹤"终于成为一只呆呆的"木鸡"。

早在清顺治康熙年间卓尔堪《明遗民诗》就没有选他。钱仲联
先生《清诗纪事》单独列明遗民诗人，并无丁耀亢，而把丁耀亢归在
顺治朝诗人中，②这些都反映出很多人并不认为丁耀亢是遗民。
因此，丁氏不是一个遗民。

第三节　丁耀亢作品考述

今人对丁耀亢作品的版本多有研究，如鲁海《丁耀亢著述
考》、③周洪才《丁耀亢及其著作考论》、④张清吉《丁耀亢全集校点
后记》⑤及林卫东、高永生《丁耀亢作品的版本及其他》⑥等。现参
酌各家意见并参以己见，将丁耀亢作品简述如下。

---

① 李焕章：《织水斋集》，《四库全书存目丛书》集部第 208 册，第 782 页。
② 钱仲联：《清诗纪事》，江苏古籍出版社 1987 年版，第 2263 页。
③ 鲁海：《丁耀亢著述考》，《山东图书馆季刊》1991 年第 1 期。
④ 周洪才：《丁耀亢及其著作考论》，《齐鲁学刊》1996 年第 5 期。
⑤ 张清吉：《丁耀亢全集·校点后记》，中州古籍出版社 1999 年版。
⑥ 林卫东、高永生：《丁耀亢作品的版本及其他》，《山东图书馆季刊》2004 年
第 1 期。

一、诗集六种

	《丁野鹤诗集》，顺治刻本	《丁野鹤集》，顺治康熙间刻本	《丁野鹤遗稿》，丁慎行刊刻	《丁野鹤诗抄》	《丁野鹤先生诗词稿》，顺治年刻本、康熙间刻本	《丁野鹤全集》，康熙间刻本
《逍遥游》		二卷	二卷		二卷	二卷
《陆舫诗草》	五卷	五卷	五卷	五卷	五卷	五卷
《椒丘诗》		二卷	二卷	二卷	二卷	二卷
《江干草》			一卷	一卷		一卷
《归山草》	一卷		一卷	一卷		一卷
《听山亭草》	一卷		一卷	一卷		一卷
《丁野鹤遗稿》		三卷			三卷	

　　据林卫东、高永生《丁耀亢作品的版本及其他》考："除以上合集外,另有《丁野鹤先生遗稿》三卷、《陆舫纪年诗》五卷补遗一卷、《椒丘诗》二卷、《逍遥游》二卷几种,均著录为《丁野鹤先生诗词稿本》。"

　　这六种诗集版本不同但内容基本相同。就笔者所见只有《问天亭放言》有两个本子,但差别很小。①

　　丁耀亢还有一本诗集《漆园草》,已佚,《逍遥游·李小有先生惠〈漆园草〉序赋谢》提到《漆园草》;余嘉锡曾得到《丁野鹤全集》,称"其目为……大泽游(稿缺)、燕赵游(未刻),故山游、山阳游(未刻)……"②《燕赵游》未见,沈复曾《逍遥游序》也曾提到,还有《山阳游》《燕赵游》均未见。

二、《续金瓶梅》

　　《续金瓶梅》的版本情况以孙言诚《〈续金瓶梅〉的刻本、抄本和改写本》③介绍最为详尽。《续金瓶梅》现在可分三个系统:一是刻本,二是抄本,三是改写本。

　　现存最早的刻本是傅惜华藏本,现藏中国艺术研究院戏曲研究所。六十四回,已残,佚失部分以他本补入,此本有上海古籍出版社影印本,收入《古本小说集成》中。这个最早的顺治刻本被康熙焚毁之后,流传极少。后来文网稍疏以后,坊间又翻刻过《续金瓶梅》,一是本衙藏板,二是务本堂藏板,这两个翻刻本都与原刻本有较大的差异,且都有不同程度的修改。

---

　　① 参见张崇琛:《丁耀亢佚诗〈问天亭放言〉考论》,《济宁师专学报》2000年第1期。周洪才:《关于丁耀亢佚诗集〈问天亭放言〉的几个问题》,《济宁师专学报》2001年第1期。张、周所见本子不同,周氏所见本现收入张清吉《丁耀亢全集》。

　　② 余嘉锡:《余嘉锡文史论集》,岳麓书社1997年版,第594页。

　　③ 孙言诚:《〈续金瓶梅〉的刻本、抄本和改写本》,吉林大学中国文化研究所编:《金瓶梅的艺术世界》,吉林大学出版社1991年版。

上海图书馆藏有两部《续金瓶梅》,一是刻本,残,少第一回到第十九回,剩第二十回到六十四回,共 21 册。《中国通俗小说总目提要》说存第二十一到四十四回,①误。在每回中,有的标"续金瓶梅,紫阳道人编,湖上钓叟评",如第六十回,这是仅有的一回;有的标"续金瓶梅后集,紫阳道人编,湖上钓叟评",如第三十一回,也是仅有此回,注意不是"湖上钓史"。其余的都作"续金瓶梅后集 紫阳道人编 湖上钓史评"。有的"续金瓶梅后集"有卷五等,有的则没有,很不统一。

上海图书馆藏《续金瓶梅》,共十册,六十四回。每回题"紫阳道人编"。"续金瓶梅序"有"慈禧太后御玩"朱印。不同的是《续金瓶梅集》序署"西湖钓叟书于东山云居",顺治刻本为"时顺治庚子季夏西湖钓史书于东山云居"。此本尚未著录,当与"坊刻本,本衙藏本,半叶 10 行,行 24 字,图 24 页,小本(或称巾箱本),藏首都图书馆、大连市图书馆,日本天理图书馆"为同一个版本,②与孙言诚描述相符。此本随意删除内容,如第一回"吕真人《赠刘处士歌》"等字删去。

抄本系统有多种,主要的有五种。一是周越然所藏旧抄本;二是北京图书馆藏旧抄本;三是山东省图书馆藏清抄本;四是山东省图书馆藏旧抄本;五是山东省图书馆藏原抄本。

改写本主要有清康熙时的《隔帘花影》与清末民初的《金屋梦》。

《续金瓶梅》一名《玉楼月》,据《中国古代小说总目提要》说:"此书十二卷六十四回,有抄本,首有烟霞方外天隐、西爽抱瑾翁等人序及著者《太上感应篇阴阳无字序》,西爽抱瑾翁云此书以小玉、孟玉楼、吴月娘三人姓名中各取一字,以作书名为《玉楼月》。"③王

①　江苏省社科院:《中国通俗小说总目提要》,中国文联出版公司 1990 年版,第 337 页。

②　孙言诚:《〈续金瓶梅〉的刻本、抄本和改写本》,吉林大学中国文化研究所:《金瓶梅的艺术世界》,吉林大学出版社 1991 年版,第 321 页。

③　朱一玄等:《中国古代小说总目提要》,人民文学出版社 2005 年版,第 560 页。

增斌认为此本为《续金瓶梅》较早的本子,当为顺治年写本,藏辽宁图书馆",据描述,此本比通行本多一西爽抱瑾翁之《叙》。①

有《脂粉斗浪》,经查即《续金瓶梅》,不存在删节等问题,以清顺治刻本为底本,但不知为何叫《脂粉斗浪》。笔者见到的《脂粉斗浪》分上下两册,为《中国古代禁书文库》之一种,远方出版社2001年版,彭诗良主编。全书除正文外不见任何说明。

三、戏曲

丁耀亢的戏曲有《化人游》《赤松游》《表忠记》《西湖扇》《非非梦》《星汉槎》等。② 现存前四种。

《西湖扇》有顺治原刊本、康熙煮茗堂刊本。《古本戏曲丛刊》第五集据康熙重刻本影印。

《化人游》现存顺治间野鹤斋刊本,藏中国科学院文学研究所,《古本戏曲丛刊》第五集据以影印。

《赤松游》有顺治原刊本,《古本戏曲丛刊》第五集据以影印,又有康熙煮茗堂刊本。

《表忠记》有顺治原刊本,《古本戏曲丛刊》第五集据以影印,又有康熙煮茗堂刊本,还有同治间刊本。③

关于《非非梦》,丁耀亢子慎行在《重刻〈西湖扇〉传奇始末》曾提到,但张清吉《丁耀亢全集校点后记》中说:"有些未著录者,虽有人提及亦为丁耀亢所著,如《非非梦》等,经本人审核为丁耀亢好友查继佐所著,因而未予收录。"

张先生否定《非非梦》但未示之证据,窃以为不确。事实上查

① 王增斌:《明清世态人情小说史稿》,中国文联出版公司1998年版,第200页。
② 丁耀亢传奇据其后裔丁守存说有13种,见《表忠记》同治刊本后。
③ 关于同治间本子,笔者在上海图书馆见两种,题名为《表忠记》或《表忠记传奇》,南京图书馆亦藏有一种。

继佐所作为《非非想》而不是《非非梦》,①今人已经证明这《非非想》也并非查继佐所作,而是王续古作。② 但是,《非非梦》为丁耀亢所作现在还不能否认。

四、《出劫纪略》《天史》与其他著作

《出劫纪略》为丁耀亢的杂文集,包括十四篇文章。《山居志》《峪园记》《山鬼谈》《明空和尚传》《航海出劫始末》《从军录事》《乱后忍侮叹》《避风漫游》《皂帽传经笑》《陆舫记》《孤侄贻谷出劫记》《保全残业示后存记》《述先德家谱》《族谱序》。目录上的题目与内容题目微有差别。如《明空和尚传》,内容题作《明空上人传》。

《天史》为杂史,十三卷。还有两部子书《增删补易》与《家政须知》。③

《增删补易》(有的作《增删卜易》)的作者现在还不能肯定为丁耀亢。《四库存目纳甲汇刊(2)》清王洪绪撰著《校正全本卜筮正宗》有《辟〈增册卜易〉之谬》称“李文辉作《增删卜易》一书”。④

五、丁耀亢其他作品辨析

1. 据《清人别集总目》载,丁耀亢还有《丁野鹤文》一卷。⑤ 清抄本,藏天津图书馆。然笔者托友人到天津图书馆去查找,却未见

---

① 庄一拂:《古典戏曲存目汇考》,上海古籍出版社1982年版,第1179页。

② 参见《中国曲学大辞典》,浙江教育出版社1997年版,第500页。程华平:《明清传奇编年史稿》,齐鲁书社2008年版,第269页。

③ 这些集子的版本可参看林卫东、高永生:《丁耀亢作品的版本及其他》,《山东图书馆季刊》2004年第1期。

④ 王洪绪撰,郑同校:《校正全本卜筮正宗》,华龄出版社2016年版,第42页。

⑤ 李灵年、杨惠:《清人别集总目》,安徽教育出版社2000年版,第15页。

此书。不知是著录有误还是没有找到。丁耀亢的文现在未见,不知是不是《出劫纪略》,待考。

2. 丁耀亢在《明工部尚书太子太保钟先生集序》中称钟羽正曾给他三部书,让他刊刻,"予(指钟羽正)有所修《厚德录》二十卷,《管见》一册,诗一编,以遗丁子"。后来《厚德录》失去。[①] 值得玩味的是,现存《天史》后附有《管见》《集古》《问天亭放言》,正好与钟羽正所遗书相同。当然,两人同时有《管见》一书,却不能认为丁耀亢抄袭钟氏,因为丁耀亢的《管见》在他的《天史自序》已经提到了。或许丁氏对其老师之作有过借鉴。

3. 在山东大学图书馆藏有《丁野鹤遗著三种》,据《山东大学图书馆古籍善本书目》著录:"不分卷。清丁耀亢撰,清抄本(残损)一册一函,九行二十六字,无格;书衣有日照王献唐题签'丁野鹤遗著,共三种,旧抄未刻';文中又有王氏题记'以下为板桥道情,未写全,上六行亦是'一行。"[②]

《中国传统鼓词精汇》中也收有《孔子去齐》《论语小段》,《中国鼓词总目》著录。

《孔子去齐》丁野鹤撰。5 页。据山西大学文学院藏《中国传统鼓词精汇》(上册)著录。[③]

《论语小段》丁野鹤撰。2 页。据山西大学文学院藏《中国传统鼓词精汇》(上册)著录。[④]

4.《宋诗英华》四卷据《山东省图书馆善本书目》载:清顺治诸城丁耀亢 抄本。丁耀亢,字西生,号野鹤,诸城人,顺治中贡生。8

---

① 丁耀亢有两次提到《厚德录》失去,一是《明工部尚书太子太保钟先生集序》,一是《陆舫诗草》卷三《过尚书钟龙渊老师墓》,自注"遗书《厚德录》经乱失去"。

② 山东大学图书馆:《山东大学图书馆古籍善本书目》,齐鲁书社 2007 年版,第433 页。

③ 李豫等:《中国鼓词总目》,山西古籍出版社 2006 年版,第 199 页。

④ 李豫等:《中国鼓词总目》,山西古籍出版社 2006 年版,第 242 页。

行20字,无格。有"丁耀亢印""野鹤"等印。① 据网上提供的书影,第一篇为:小畜集,王禹偁,字元之,庶子泉,"物趣同天造,物景不自胜……"丁耀亢野鹤手抄。

按,此书现在山东省图书馆,2008年笔者到山东图书馆访此书,管理员说,此书品相严重破损,现在不能看。从书名来看,当是丁耀亢对宋诗的一个选本,此书不但对研究丁耀亢的诗学思想有作用,而且也是研究宋诗选本的一个较重要的本子。丁耀亢的《丁氏家乘·族谱序》也有"丁耀亢印""野鹤"两印。

5. 丁耀亢手批正德刊本《李杜合集》,末有丁耀亢所写的跋文,云:"顺治癸巳(1653),余卜居海村,借而读之。甲午(1654)赴容城教署。携为客笥……感而书之。琅玡丁耀亢题于容城之椒轩,时五十六(下有"丁耀亢印"及"陆舫"两朱印)。"郑骞说:"余曾见耀亢手批正德刻本《李杜合集》,朱蓝满楮,书法怪伟。"并注明"此书为琉璃厂某书店所有"。② 现藏浙江大学图书馆,批点底本是明正德八年新安鲍氏刻本《李杜全集》,不过在函套上有墨笔题"李杜合集"。《李白集》和《杜甫集》上均有批语。

关于本书所采用丁耀亢的作品版本说明如下:

《逍遥游》二卷、《陆舫诗草》五卷、《椒丘诗》二卷、《野鹤先生遗稿》三卷(《江干草》一卷、《归山草》一卷、《听山亭草》一卷)、《家政须知》一卷。

以上收入《清代诗文集汇编》第13册、《四库全书存目丛书》集部第235册。均为清初刻丁野鹤集八种本。《逍遥游》二卷还收入《四库禁毁书丛刊·集部》第186册,为影印清顺治间刻本。经比勘,与丁野鹤集八种本为同一本子。

《天史》十二卷、《问天亭放言》一卷。以上收入《续修四库全

---

① 山东省图书馆:《山东省图书馆善本书目》,未刊。

② 郑骞:《善本传奇十种提要》,《燕京学报》1938年12月第24期,第141页。

书》第1176册。

《表忠记》,清顺治刊本;《赤松游》,清顺治刊本;《西湖扇》,清康熙重刻本;《化人游》,清顺治野鹤斋刊本。此四种收入《古本戏曲丛刊五集》。

《出劫纪略》,抄本。笔者手头有从孔夫子网上购买的《出劫纪略》两种,均为抄本,国家图书馆所藏。从林卫东、高永生《丁耀亢作品的版本及其他》得知,丁耀亢《出劫纪略》的国家图书馆所藏抄本于十四篇后附有《边大绶虎口余生记》,笔者有此本。用行草所抄,书法漂亮。简称行书本。还有一本,用楷书所抄,书法工整,从水印来看,也为国家图书馆所藏。简称楷书本。两者在文字上微有差别。当是同一底本。

《续金瓶梅》主要用的是《古本小说集成》本,顺治原刻本,还参考了齐鲁书社《金瓶梅续书三种》本。

本书在写作时受益于张清吉先生整理的《丁耀亢全集》很大。此书一直是笔者案头的重要参考书,有中州古籍出版社1999年、2014年两个版本,这两个本子在内容上差别不大,《再版后记》介绍"对个别文字符号错讹,作了订正"。

张清吉先生厥功至伟,《丁耀亢全集》沾溉学人多矣。但不用讳言,《丁耀亢全集》也有不少的瑕疵,因此在引文时未用《丁耀亢全集》本。但是如果笔者所用的本子漫漶不清时,就酌情参考了《丁耀亢全集》,张先生所言必有据。为避免繁琐,不出页数。

第二章 诗 歌 研 究

丁耀亢的诗歌现存约 2 815 首。内容广泛,大体可分为咏物诗、时事诗、咏史诗、写景诗、友情诗等五大类,此外还有许多题画诗、咏怀诗等,下面就前五类进行分析。

第一节 咏 物 诗

丁耀亢的咏物诗并不算多,约有六十题,一百多首,但颇具特色。诗人的视角十分广泛,从传统文人赞赏的"松、竹、梅、莲、兰"到农村田园景物的"萤、佛手柑、梨、黄耳蕈",从植物到动物,从静态到动态,都有涉及。

诗人自称野鹤,因此鹤在他的笔下出现多次,且以组诗的形式出现。《问天亭放言》有《怀鹤并序》,在序中诗人对鹤的形状、神态做了精细的刻画,这只美丽的鹤终非凡间之物,终于有一天它飞入青霄。显然这只鹤乃是诗人之化身,诗人在第一、三首写道:

> 云里青天路几盘,顶砂不动任风抟。徘徊故地能无意,天远风高欲下难。

> 华表重来忆旧翎,林间随地有松苓。不如深入青冥去,海

内何人识一丁!

这组诗作于作者早年,可见诗人从早期就以"鹤"自况,向往一种自由自在的生活。清代余怀在《戊申看花诗》自序中说:"古人不得志于时,必寓意于一物。如嵇叔夜之于琴,刘伯伦、陶元亮之于酒,桓子野之于笛,米元章之于石,陆鸿渐之于茶,皆是也。予之于花,亦寓意耳。"①显然丁耀亢之于鹤也是寓意。到了京师后任教习期间,作者在《陆舫诗草》卷五又写了《牧鹤园十绝》,从绣顶、梳翎、警露、巢松、鸣阴、度辽、入笼、乘轩、出笼、凌虚十个方面,对鹤的特征、动作、传说、历史、遭遇做了细细的描绘。

诗人瓣香陶渊明,爱屋及乌,因此他多次写到菊。《陆舫诗草》之《十月菊》:

安知黄蝶怨秋丛,尚有寒枝傲朔风。天上桂闲方结子,江边荷老半辞筒。

繁华卸色香仍在,节候移人意不浓。欲撷落英餐玉露,柴桑归去酒钱空。

《听山亭草》之《移菊》:

今年菊病移时晚,地裂苔荒风雨多。点缀寒林金错落,萧疏孤影玉婆娑。

登盆绕屋留秋色,近榻分香入醉酡。佳种春来早培护,重阳还待酒人过。

《十月菊》写冬菊,突出其能傲朔风,众芳凋零而菊香仍在;《移

① 余怀撰,李金堂编校:《余怀全集》,上海古籍出版社 2011 年版,第 154 页。

菊》写秋菊,凸显其寒芳正艳、玉影婆娑。两诗末尾均由菊及人,点出爱菊之陶渊明,从而使诗歌上升到一个高度。《逍遥游》有《野菊》:

> 野菊不受怜,淡荡摇秋烟。霜露有常性,繁华无一言。
> 静丛香自徙,疏影暗相连。贮酒渊明意,南山亦偶然。

"霜露有常性"写菊能傲霜,此为菊之性;"静丛香自徙"写菊有暗香,此为菊之态,最后用陶潜之诗点明题意。作者还赞美那向阳的蜀葵花,"向日颜何壮,朱明羡尔时。叶多频卫足,干直不低眉"(《陆舫诗草·蜀葵花》)。蜀葵花好似一个有气节之人,"干直不低眉"。那娇艳的石竹也进入诗人的审美视野:

> 小卉发幽采,葳蕤各异姿。碎芳当径侧,短节到秋时。
> 艳尽暮虫泣,香轻粉蝶知。西风不相待,红影自参差。
> ——《陆舫诗草》卷三

"艳尽暮虫泣,香轻粉蝶知"不仅写出了石竹的艳、香,还写出了虫与蝶对石竹萎去的留恋,真是无尽凄恻香艳。这两句化用北宋诗人林逋的七律《山园小梅》颈联"霜禽欲下先偷眼,粉蝶如知合断魂",但熨帖无比,不露痕迹。

诗人关注"魄寒收紫晕,钩淡写银河"的残月、"照水迷鱼路,侵阶乱鹤群"的花阴、"细雨粘仍住,游丝漾不回"的柳絮(以上均见《椒丘诗》)、"小院桐阴满,清芬覆一庭"的桐花(《听山亭草》),而且对于萤火虫、画眉鸟、鹦鹉、野蚕也进行了描述。如说萤火虫为"可怜长夜里,小草吐孤阳"(《椒丘诗·和赵君孚咏萤》);写画眉鸟"白眉堪入画,清韵似穿林"(《江干草·画眉鸟》);绘野蚕为"垂垂星挂树,缕缕雪成衣"(《听山亭草·野茧》)均能达物之性情,得物之神理。

以上的物象偏于细小，情调趋向柔弱。他还写了很多气势阔大、形象轩昂的物象。如"霜蹄踏截铁，电目炯清隅"的速卢马（《陆舫诗草》卷二《速卢马》）、"喷沫骄回勒，扬鞭骤起尘"的赭白马等（《陆舫诗草》卷三《赭白马》）。

丁耀亢的咏物诗有较高的艺术特色。

首先是大部分物中有"我"，亦即所谓咏物都是咏怀。刘熙载《艺概》卷四："咏物隐然只是咏怀，盖个中有我也。"①也就是托物言志，在大多数咏物诗中，丁耀亢都寄寓了自己的好恶。最值得注意的是丁耀亢《问天亭放言》中以"老"开头的诗，如老马、老女、老将、老树等，这些意象中，写了骏马之不遇伯乐，空老于厩下；佳人之不遇于才子，待嫁于闺中；猛将不驰骋于沙场，栋梁腐朽于空山，这是一种多么令人扼腕的事情！如《老马》：

> 老马关山远，孤鸣声带秋。西风双掉耳，落日一回头。
> 骨重人难跨，蹄轻道未修。恨多皮相者，不识瘦骅骝。
>
> ——《问天亭放言》

此诗明显有借鉴杜甫《房兵曹胡马诗》，如"西风双掉耳"与杜诗中的"竹披双耳骏"类。但意境显著不同，杜甫激昂向上，丁诗悲壮难言。诗境与李贺《马诗》中的"大漠沙如雪，燕山月似钩。何当金络脑，快走踏清秋"相类。

再如《老女》：

> 老女垂鬒髻，低眉敛素蛾。晓妆怜对镜，秋织恨抛梭。
> 被薄鸳鸯冷，床空蟋蟀多。隔邻看新妇，箫鼓夜来过。
>
> ——《问天亭放言》

---

① 刘熙载：《艺概》，上海古籍出版社1978年版，第118页。

一个曾经美丽的女子,对镜自怜,天天织布,而独守闺房。而邻家光彩艳丽的新嫁娘与自己孑然一身产生了强烈的对比。读完这首诗禁不住让人想到曹子建的《美女篇》:

> 容华耀朝日,谁不希令颜。媒氏何所营,玉帛不时安。佳人慕高义,求贤良独难。众人徒嗷嗷,安知彼所观。盛年处房室,中夜起长叹。①

两诗意境相同,都是对美人迟暮的痛心与对造成这种结局原因的追问。丁诗暗用了唐人秦韬玉的"苦恨年年压金线,为他人作嫁衣裳",而更加复杂与感伤。

此外还有王士禛激赏的《老将》:

> 老将悲衰落,幽燕气尚雄。虬髯犹挂剑,猿臂已伤弓。
> 帝宠嫖姚少,人知颇牧忠。低头怜战马,日落大江东。
> ——《问天亭放言》

通篇无一字抱怨,而读完愤懑之情溢于胸,这个效果是用白描手法取得,尤其"猿臂已伤弓"这一细节,"低头怜战马"这一动作,让人不禁生出"鸟尽弓藏"之意,且有"英雄失路,托足无门"之怨,浦起龙评杜甫诗《丽人行》"无一慨叹声,点逗处,声声慨叹",②用于此极当。

王士禛在《古夫于亭杂录》卷四中说:"丁著《天史诗》,多奇句,如《老将行》,云:'低头怜战马,日落大江东。'《老马》云:'西风双掠

---

① 曹植撰,赵幼文校注:《曹植集校注》,中华书局 2016 年版,第 575 页。
② 浦起龙:《读杜心解》,中华书局 1961 年版,第 229 页。

耳,落日一回头。'此例皆警策。"①

　　清代女诗人欧秀松曾经借鉴过《老马》《老将》,《沅湘耆旧集》卷一百八十九有《老将》:

> 老将悲衰落,幽燕气尚雄。髑膏长拂剑,猿臂已伤弓。
> 世羡嫖姚少,人知颇牧忠。骑驴湖上过,时照箭瘢红。

《老马》:

> 老马悲颓惫,孤鸣声带秋。西风双掠耳,落日一回头。
> 病骨凌霜瘦,雄心伏枥羞。从来皮相者,辕下弃骅骝。②

　　两相比较,模仿甚为明显。王士禛《感旧集》曾经选丁耀亢的《老将》《老马》,则女诗人可能从王氏作品中间接看到的。

　　咏物诗不但托物寓怀、言志,还可以讽世。《猛虎吟》"猛虎白日绕林行,伥鬼褫衣为驱路",不但谴责了猛虎,还对为虎作伥的小人做了辛辣讽刺。"猛虎白日绕林行"出自唐张籍《猛虎行》,丁耀亢《天史》附录《集古》选有张籍《猛虎行》(南山北山树冥冥)。再如《石蟹》:

> 山蟹以石名,狰狞瘦甲成。小身不自量,具体也横行。
> 香含冰雪味,寒入齿牙声。我亦持螯客,搜寻欲解酲。
> ——《问天亭放言》

① 王士禛撰,赵伯陶点校:《古夫于亭杂录》,中华书局1988年版,第113页。
② 邓显鹤编纂,沈道宽、毛国翰、左宗植校,欧阳楠点校:《沅湘耆旧集(六)》,岳麓书社2007年版,第493页。

此诗在炼字造句用韵方面均得益于杜诗《房兵曹胡马》：

> 胡马大宛名，锋棱瘦骨成。竹批双耳峻，风入四蹄轻。
> 所向无空阔，真堪托死生。骁腾有如此，万里可横行。①

丁诗形象描绘了横行无忌、为非作歹的人，让人不禁想起《红楼梦》第三十八回贾宝玉的《咏蟹诗》：

> 持螯更喜桂阴凉，泼醋擂姜兴欲狂。饕餮王孙应有酒，横行公子却无肠。
> 脐间积冷馋忘忌，指上沾腥洗尚香。原为世人美口腹，坡仙曾笑一生忙。②

两相对照各有妙处。还有《椒丘诗》中的《故剑》《敝砚》等，写剑、砚不得其用的悲哀。

虽然丁耀亢不是遗民，也不曾也写过凭吊大明王朝的诗句，但是对于从小浸淫儒家思想的丁耀亢来说，朝代鼎革对他的影响之大不言而喻。他虽然并不想做伯夷、叔齐，但内心深处对他们却是崇敬的，因此在丁氏的内心深处对明王朝有复杂的感情。《玉簪花》：

> 雪质生偏贵，天然似堕簪。谁怜冠不正，自愧发难任。
> 大璞无繁色，微香有素心。欲敲愁响绝，幽意北窗阴。
>
> ——《陆舫诗草》卷四

---

① 杜甫撰，仇兆鳌注：《杜诗详注》，中华书局1979年版，第18页。
② 曹雪芹撰，无名氏续，程伟元、高鹗整理，中国艺术研究院红楼梦研究所校注：《红楼梦》，人民文学出版社2008年第3版，第515—516页。

　　玉簪花一般秋季开花,色白如玉,未开时如簪,气味芳香。玉簪花的兰心蕙性引起了诗人的注意,更重要的是它的形状像簪子,用来束发。我们知道,清人入主中原后,曾多次下剃发令,所谓"留头不留发,留发不留头",对汉族人民进行压迫,儒家讲究"君子正冠",子路临死前还要正冠,但现在头发都没有了,簪还有什么用处呢? 明代遗民方文有《玉簪》诗可相参照:

　　　　玉簪时不尚,何况玉簪花。自向墙阴老,休教树叶遮。①

　　现在把头发剃了,簪子没有用了,所以方文说"时不尚"。在这一点上,丁耀亢与方文是相同的。值得注意的是《剃发》一诗:

　　　　秋发晞阳短,晴檐快一髡。客尘清瓠蔓,霜气到蓬根。
　　　　故镜劳凭吊,新缨笑独尊。人情习不异,如此任乾坤。
　　　　　　　　　　　　　　　　　　　——《陆舫诗草》卷一

　　"剃发"在当时是一个很敏感的话题,容易引起误解,而丁氏却有意写出,实在较为大胆。比较杜甫的"白头搔更短,浑欲不胜簪"与丁氏之"谁怜冠不正,自愧发难任"都应该包含了"国破家何在"之感。
　　还有他的《盆中石》《盆中鱼》《盆中松》等,(《问天亭放言》)对于处于逼仄空间的事物表示了无比的同情。如《盆中松》"拳曲岂天性,孤撑亦足尊。十围终限汝,失托复谁论",诗中的意境极易让人联想起龚自珍的《病梅馆记》,这些都是对束缚人才能的政治压迫的控诉,真是英雄所见略同。
　　其次,丁氏的咏物诗善于刻画物象之体态,所谓体物精工。李

----

　　① 方文:《嵞山集续集》,《续修四库全书》第 1400 册,第 283 页。

重华《贞一斋诗说》："咏物诗有两法，一是将自身放顿在里面，一是将自身站立在旁边。"①丁氏咏物诗除了托物言志、抒怀等外，还有一部分并无"寄托"之作，刻画意象栩栩如生，如《陆舫诗草》卷四《紫茉莉》：

> 小卉抽丹蒂，阴丛发暗香。赤心畏日缩，娇朵怯霜忙。
> 色夺山鸡鴲，光摇夜女妆。卷舒分早晚，生意满斜阳。

《秋海棠》：

> 晚香骄白露，花叶正葳蕤。绰约仙姑射，轻盈卫少儿。
> 色轻难自舞，力薄不禁披。情态何多昵，嫣然醉倚时。

《听山亭草》的《桐花》：

> 小院桐阴满，清芬覆一庭。暗香花累累，晚色露泠泠。
> 霄凤何年至，溪云得暂停。还期秋雨夜，敧枕若为听。

这三首诗，描绘物象之情态栩栩如生，吐语新颖。如紫茉莉的"赤心畏日缩，娇朵怯霜忙"；秋海棠的"色轻难自舞，力薄不禁披"；"桐花"的"暗香花累累，晚色露泠泠"，可谓得物之神态者。丁诗用典繁多，这三首也用历史上的美女来衬托花之娇艳，相得益彰。此外作者还精于炼字，如《桐花》："小院桐阴满，清芬覆一庭"，得一"覆"字境界全出，似乎桐阴随手可掬。此句之"覆"实脱胎于陶渊明"蔼蔼堂前林，中夏贮清阴"之"贮"，各有

---

① 李重华：《贞一斋诗说》，丁福保辑：《清诗话》，上海古籍出版社 1999 年版，第930 页。

千秋。

《花阴》《柳絮》二首颇有六朝纤巧之风。如《花阴》：

> 叶密香难见，林疏影易分。如何枝折折，忽度月纷纷。
> 照水迷鱼路，侵阶乱鹤群。夕阳摇不定，扫破绿苔纹。
>
> ——《椒丘诗》卷二

最后，丁氏的咏物诗取法杜甫，推崇杜甫咏物诗之"苍淡高深"，认为"咏物者贵浑脱，不贵衬贴"，讲究"寸心千古"。丁耀亢咏雁的七首也颇有可观之处，他选取雁的生活习性或传说入题，写得凄恻感人，其诗题就拟得相当有意境，如《山夜闻雁》《衔芦出塞》《接翼排天》《沙汀夜月》《江海秋风》《潇湘渡雪》《沙漠回春》等，格律严整，缠绵感人，如：

> 细雨斜风去不休，洞庭霜老已经秋。同云夜满蒹葭水，积雪光连杜若洲。
> 失侣孤鸣惊客梦，群飞清影照寒流。南来寄得乡书否，人在湘江天尽头。
>
> ——《听山亭草·潇湘渡雪》

丁氏的咏物诗不但有丰富的实践，而且有深刻的理论。他的《落叶诗三十韵并序》是一篇咏物诗的著名理论：

> 永物，小品也。小品未能尽诗理，独少陵咏物各极天地性情之致。其以一勺具大海，拳石藏五岳乎！画家高手多画骨不画肉，如韩干之马，与可之竹。意在笔先而神气随之，则去丹青远矣。辛卯仲冬，过杨太史斋，小醉无聊，因阅江南孟诞先《落叶》诗，喜其骈丽工巧、不堕熟纤，然求如少陵之苍淡高

深、未离色相,信乎此道之难也。夫禅家以机锋作转语,丹客以瓦砾为还丹,不在生吞活剥而妙于点化。然则咏物者贵浑脱,不贵衬贴,可以兴矣。予诗自鸣《落叶》耳,寸心千古,未可言诗也。

——《陆舫诗草》卷五

丁氏这篇诗论在咏物诗上有一定地位。古人在咏物诗上有不少灼见,如:

咏物必须有寄托,无寄托而咏物,试帖体也。

——《岘佣说诗》①

咏物诗寓兴为上,传神次之。

——《竹林答问》②

咏物之作,在借物以寓性情,凡身世之感,君国之忧,陶然蕴于其内,斯寄托遥深,非沾沾焉咏一物矣。

——《论词随笔》③

上述说法各有偏重,有的注重作诗的目的,有的注重作诗的技巧,在具体语境中都有各自的道理,自然不必强分轩轾。与他们相比,丁耀亢更多地从诗歌对人的影响入手,而对有无寄托不甚在意,(当然从丁氏诗歌创作来看,他多数咏物诗是有寄托

---

① 施补华,《岘佣说诗》,丁福保辑:《清诗话》,上海古籍出版社 1999 年版,第 976 页。

② 陈僅:《竹林答问》,郭绍虞编选,富寿荪校点:《清诗话续编》,上海古籍出版社 1983 年版,第 2245 页。

③ 沈祥龙:《论词随笔》,唐圭璋编:《词话丛编》,中华书局 1986 年版,第 4058 页。

的），他赞赏"骈丽工巧，不堕熟纤"，讲求"贵浑脱，不贵衬贴"。所谓"浑脱"谓浑然天成，无人工痕迹。清赵翼《瓯北诗话》卷十二有言："且诗虽刻划，终觉粘皮带骨，无浑脱之致。"①从丁氏的这篇诗论来看，他有个潜条件，咏物诗既可以托物言志，又可以体物肖形，传神写意，只要"浑脱"就行。这比前人的理论少了些偏颇。

丁耀亢有十二首《拟和杜陵咏物诸作》（《椒丘诗》卷二），大型组诗《落叶诗三十韵》（《陆舫诗草》卷五），尤其后者达到其咏物诗的顶峰。如第一首：

> 商林一夜起西风，巫峡萧森天地空。霜气何曾遗橘柚，秋声多半在梧桐。
>
> 曾留广荫情难别，似托微飔意尚雄。自是幽人耽化理，卧听寒玉到帘栊。

第十七首：

> 似闻窗雨夜潇潇，无数空林散落潮。不扫蓬门容老衲，偶分炊火到山樵。
>
> 点阶肯作榆钱富，系马羞同柳线骄。既有圆通能解脱，何妨高下任狂飙。

这两首诗并无深意，但格律严谨，使事贴切，很能代表他的咏物诗的风格。

对仗是律诗的一个基本要求，丁诗对仗特别工整。如《归山

---

① 赵翼撰，江守义、李成玉校注：《瓯北诗话》，人民文学出版社2013年版，第525页。

草·佛手柑》：

> 谁识霜林一指禅，牟尼引臂色如莲。垂来巨擘金仙掌，劈破柔荑大士拳。
>
> 摩顶结成罗汉果，散香种出法王田。盂兰盆里拈花笑，欲问黄梅熟后先？

王士禛《池北偶谈》卷十六有记载丁氏好友王遵坦同题的一首诗：

> 益都王太平（遵坦）有《咏佛手柑》诗云："断此黄金体，施于祇树林。度人难下指，合掌即传心。味向骈枝悟，香从反复寻。诸天有真诀，巨擘竞森森。"予每叹其工。太平又尝作禅意诗数十篇。①

王遵坦死于1647年，则丁耀亢此诗作于王诗之后，然其工整不让王诗，可谓后来居上者。其咏物诗还多有哲理。如《归山草·咏鹦鹉六首》其二：

> 绿毛红嘴自天生，苦被人怜强作声。若道多言能取祸，如何哑雁也遭烹？

诗用《庄子·山木》中雁鸣与不鸣的典故，暗寓"多言"与"不言"有时均难免悲惨的命运，机锋甚健，让人无法回答。总之，丁耀亢的咏物诗虽少，但是有理论有实践，在咏物诗上是有一定地位的。

---

① 王士禛撰，文益人校点：《池北偶谈》，齐鲁书社2007年版，第320页。

第二节 时 事 诗

时事诗是指描写当时发生的、反映现实生活并侧重社会矛盾的诗歌。这类诗歌由于题材的尖锐性与敏感性历来诗人触及的不多,遑论文字狱盛行的清代。丁耀亢这类诗歌在集子中占的比例最少,但不容忽视。按内容主要有两类:第一类是反映"贼"的残暴与官军的横行;第二类是反映挣扎在死亡线上人们的痛苦生活。先看第一类。丁耀亢早年有济世志,对官军的暴行做了有力的揭露。如《问天亭放言·官军行》:

> 官军过处如虎屯,妇女逃走村起尘。鸡犬甘心供兵食,临行劫掠还伤人。
> 持刀吓民一何勇,赴阵杀贼一何悚。留贼还作劫民资,马后斜驮双女儿。

"一何勇、一何悚"采用对比的手法,对官军表示了极大的愤慨。这句话化用杜甫《石壕吏》的"吏呼一何怒,妇啼一何苦"的句式,学习了杜甫忧国忧民的"史诗"精神。或许写这样的诗不难,难得是有这样的勇气。官军不但欺压百姓,他们还故意留下"贼"作为与皇帝讨价还价的砝码。丁耀亢对官军的这一伎俩看得十分清楚也十分痛恨。《天史》卷六有《刘巨容黄金杀身》:

> 唐昭宗时,刘巨容能烧药为黄金。宦者田令孜求其方,不与,恨之,遂杀巨容而灭其族。初,黄巢作乱,巨容为山南东道节度使,大破之于荆门。巢败走,或劝容急追,客曰:"国家善负人,留之为富贵之资。"贼遂猖獗。至此,为令孜所杀。

　　丁耀亢的诗与《天史》可互相参看,《天史》写的是唐代,其实也是明代官军的写照。《官军行》与白居易《城盐州》"相看养寇为身谋,各握强兵固恩泽"同一机杼。①

　　明朝末年,社会板荡。内有李自成等农民起义军,外有大清的崛起,人民生活于水深火热之中,丁氏的《问天亭放言·哀朱太守》就写了人们的悲惨生活。我们看他诗中的描写:

　　　　咫尺不知敌出没,贼来风雨惊冲突。东人运米不到城,化作莱河道旁骨。

　　　　车牛满道无主收,官司敲朴尚不休。贼营妇女正歌舞,莱民昼夜空回头。

　　这种情况正是当时人们悲惨生活的真实写照,人们在"官军"与"贼"的双重压迫之下,真是血泪交加!《陆舫诗草》卷三有《朐山行》:

　　　　临朐山高接东镇,百里陂陀青不尽。太平未闻生蛇龙,潢池今与齐门近。

　　　　去年贼在黄河岸,曹滕以西时作乱。今年贼势东南行,西决河流入大岘。

　　　　大岘沿袤洞窟丛,内耕外掠难为攻。饥民下山掠妇女,食人肉与鸡狗同。

　　　　官军堵截纷无数,战守攻围各有路。待得贼行兵始来,安知兵去贼如故。

　　　　小民畏贼强负戈,兵来杀汝汝奈何。谁使泰山啼猛虎,昔者贼少今何少。

————————

　　① 白居易撰,朱金城笺注:《白居易集笺校》,上海古籍出版社 1988 年版,第 180 页。

此诗指出了几个问题：一是"饥民下山掠妇女"可知"贼"乃饥民；二是"食人肉与鸡狗同"可知人民生活之悲惨；三是"兵来杀汝汝奈何"指出小民可以反抗"贼"但不敢反抗"官军"。这是何等荒谬与矛盾！

顺治九年(1652)七月十五日，以尼堪为定远大将军，率大军往湖南、贵州征讨大西军，同领兵者有贝勒巴思汉、吞齐，贝子札喀纳、穆尔祜、公韩岱，固山额真伊尔德等。二十日尼堪率军出京，顺治帝亲送至南苑。①《陆舫诗草》卷四《壬辰七月征湖南拟前出塞九首》就写了此事。其一：

　　　　呜咽角声悲，严城出军迟。九年四海一，命将今何之。
　　　　君王推辇饯，袆旗亲杨师。大武或不杀，且莫忧伤离。

其六：

　　　　歇马卫城南，秋随鹰隼起。甲与熊耳齐，鞭断巴渝水。
　　　　南人恃窟穴，獠洞隐妇子。溪蛮易出没，良民自生死。

其八：

　　　　往见出兵喜，今见出兵愁。久战剑锋尽，各为安居谋。
　　　　卫霍既有家，何用穷荒陬。楼头少妇泣，马上莫回头。

这组诗模仿杜甫《前出塞》，表达了诗人的用兵思想及对士兵、百姓的同情，充满了浓厚的人道主义思想，对清廷的穷兵黩武进行了委婉的责备。

———————————

① 林铁钧、史松：《清史编年》第 1 卷"顺治朝"，中国人民大学出版社 2000 年版，第 336 页。

　　第一首是为了避免引起麻烦而对清廷用兵的颂扬。余下八首中透露了作者的战争思想。作者对统治者说"文德可来服,绛灌少论功","叛服有靡定,攻心莫攻城","努力在宾服,斩馘何足云",这些意见难得且宝贵,作者认为杀戮是没有作用的,只有用儒家思想感化他们才能取得长治久安,《论语·季氏》中就说"故远人不服,则修文德以来之;既来之,则安之",这与杜甫《前出塞》说"苟能制侵凌,岂在多杀伤"用意一致。作者还想象战争不可避免所造成官军与"贼"的伤亡,如"反复竟何益,残黎徒自伤","蹴踏倾城邑,野宿禾黍空","往见出兵喜,今见出兵愁",从中可见战争的残酷。诗人还有"楼头少妇泣,马上莫回头",这一细节更细腻地刻画了战争不但造成千家万户流离失所,还带给人们心灵无尽伤害。

　　杜甫《前出塞》诗也为九首,可见丁诗从立意到体制都模仿杜诗。但清代已绝没有唐朝的雄伟气势,再加之战争性质不同,杜诗的《前出塞》格调悲壮,如其九:

　　　　从军十年余,能无分寸功。众人贵苟得,欲语羞雷同。
　　　　中原有斗争,况在狄与戎。丈夫四方志,安可辞固穷。①

　　而丁诗只剩下悲哀:如上面所引第八首。丁耀亢关心时事的诗还描写了人们的苦难生活。如《逍遥游·吴陵游》中《乱后再过扬州四首》,其一:

　　　　城荒水阔野无烟,明月桥空暮雨残。新市鸭妆仍步楚,旧台马瘦尽归燕。
　　　　铺来瓦砾堆金粉,炫出毡缨避税钱。都会东南争利地,物情穷处转凄然。

　　　　① 杜甫撰,仇兆鳌注:《杜诗详注》,中华书局1979年版,第125页。

　　按,此诗所反映的当是淮安农民军张华山事。《清史稿·世祖本纪》:"(顺治四年九月)辛亥,淮安贼张华山等用隆武年号,啸聚庙湾……辛酉,官军讨庙湾贼,破之。"①此时丁耀亢出游江苏一带与友人游山玩水。扬州本来是"烟柳繁华之地,温柔富贵之乡",现在却"不堪湖柳千行秃,一任孤舟到处横"(其二),"天女顿辞莺雀馆,神仙来哭帝王丘"(其四),连太上忘情的神仙也要大哭,可见"乱"是多么严重。可与鲍照的《芜城赋》、姜夔《扬州慢》(淮左名都)相对读。本来诗人想见识一下美景,不想却是这样悲惨凄凉,真是"丁郎俊赏,算而今、重到须惊"。《陆舫诗草》卷三《古井臼歌》通过古今对比,对"神宗在位多丰岁,斗粟文钱物不贵"的向往,而现在"空村古鬼起寒磷,荒原野火烧枯树",最后作者说"此物曾经太平日,如何过之心不哀"!读之让人酸鼻。

　　丁耀亢对杜甫十分崇拜,他学习了杜甫诗歌技巧的同时,也学习了杜甫忧国忧民的品质。张问陶《船山诗草》卷十二:"关心在时务,下笔唯天真。歌哭亦何罪,本来非隐沦。"②丁耀亢是关心时务的。他在《陆舫诗草》的《田家二首》《燕山客》《闻辛卯三月贼过诸城》,《椒丘诗》中的《甲午春畿南大饥捐俸纪事》《容之寒士有佣工荷锄代赁织纴,或牛佥贩竖日以自给者,既捐俸量赈各赋诗悲之》,《听山亭草》之《春饥》《良农苦》等,都对老百姓在兵、匪、税、捐等压榨下生活做了深切的描绘。如《田家》第一首:

　　　　乱后有田不得种,蚕后有丝不及用。官家令严催军需,杂差十倍官粮重。

　　　　县官皂隶猛如虎,荒田不售鬻儿女。门前空有十行桑,老牛牵车运军粮。

---

①　赵尔巽等:《清史稿》,中华书局1977年版,第108页。

②　张问陶:《船山诗草》,中华书局1986年版,第323页。

何时望得大麦黄?

再看《良农苦》:

> 良农记岁功,终岁无暇日。半夜起饭牛,呼儿种早麦。
> 雨旱误天地,畜畬尽地力。妇饷子荷锄,日午汗浃背。
> 冰雹与蝗蝻,三年不逢岁。忽然值大有,米谷恣狼戾。
> 县尹催春粮,正月逼宅税。斗粟钱数文,揭债利十倍。
> 贫农经岁劳,只为富者益。岁荒食不足,岁丰粱亦匮。
> 安得缓征徭,饘粥可常继。

官吏穷凶极恶的横征暴敛,让人无法生活下去,"县官皂隶猛如虎"如同《聊斋志异·梦狼》所说的"官虎而吏狼";①"忽然值大有,米谷恣狼戾",收成不好怨老天不风调雨顺,现在丰收了却也一样难过,与茅盾《多收了三五斗》有何区别!

诗人还以亲身经历写了自己在动荡中的各种遭遇。如《逍遥游》中的《冬夜闻乱入卢山》《甲申三月闯陷燕都再入东海喜老母诸子俱至》都写了自己颠沛流离的生活,因为是亲身体会,所以更能打动人。

逃人问题是清顺治、康熙朝一个重大的社会问题。所谓逃人,就是满贵族通过掠夺战俘、买卖人口、籍没人家属和投充等手段,拥有大量奴仆。入关以后,因其坚持落后的封建农奴制和推行民族高压政策,迫使奴仆大批逃亡,成为当时严重的社会问题,此等逃亡之人,称为逃人。②

---

① 蒲松龄撰,张友鹤辑校:《聊斋志异》,上海古籍出版社1978年版,第1055页。
② 林铁钧、史松:《清史编年》第1卷"顺治朝",中国人民大学出版社2000年版,第127页。

顺治三年(1646),"数月之间,逃人已几数万",①清政府对逃人的惩罚极为苛刻,窝藏之人也会受到严重处罚,引起了重大的社会问题,不少汉族官员纷纷上疏,要求下令放松惩治。但统治者对此极为反感,把不少上疏的大臣流徙,许多诗人也缄口不提,因此对于此事,清初的文学作品较少反映。但丁耀亢却触及这个问题。《椒丘诗》卷二《捕逃行》:

> 嗟尔逃人胡为乎来哉? 昔为犬与豕,今为虎与豺。犬豕供人刀俎肉,虎豺反噬乡邑灾。尔生不时遭杀掳,不死怀乡亦悲苦。何为潜伏里中村,一捕十家皆灭门。择人而食虎而翼,仇者连坐富者吞。嗟尔已为人所怜,何为害众祸无边。皇恩新赦有宽令,都护爱人惜尔命。甘死北地莫投亲,普天何地非王民。

清廷对逃人处罚之严历史罕见,对窝藏处罚也相当严厉。如:

> 隐匿满洲逃人不行举首,或被旁人讦告,或察获,或地方官察出,即将隐匿之人及邻佑九家、甲长、乡约人等,提送到刑部勘问的确。将逃人鞭一百,归还原主。隐匿犯人从重治罪。②

当时丁耀亢的同乡友人李龙衮就是因为请求减轻逃人问题而被流放的。需要指出的是,从《捕逃行》与《李龙衮给谏抗疏宽东人

---

① 林铁钧、史松:《清史编年》第 1 卷"顺治朝",中国人民大学出版社 2000 年版,第 127 页。

② 林铁钧、史松:《清史编年》第 1 卷"顺治朝",中国人民大学出版社 2000 年版,第 127 页。

之禁流徙辽东寄别》在《椒丘诗》的位置来看,前者在写作时间上晚于后者,也就是说,丁耀亢明知"逃人"是敏感话题,一不小心就会有牢狱之灾,但是他还是写出了《捕逃行》,显示了一个知识分子的良知与铮铮铁骨。

事实上,早在顺治十一年(1654)同乡魏琯就因上书请求清廷施恩于隐匿逃人的人而遭到飞来横祸。朝廷认为,魏琯"将恩赦不免之窝逃大罪,照小罪热审例求减,以宽逃禁,欲使满洲家人尽数逃散,奸诡之谋显然,魏琯应论绞"。① 丁耀亢对魏琯、李龙衮都熟悉,他在《李龙衮给谏抗疏宽东人之禁流徙辽东寄别》有一条自注:时左大来、李吉津、魏昭华、李龙衮皆山左人,此外还有《椒丘诗·魏昭华侍郎以抗疏迁辽东》也可证。

《捕逃行》开首模仿李白《蜀道难》,强烈的感情喷薄而出,"何为潜伏里中村,一捕十家皆灭门。择人而食虎而翼,仇者连坐富者吞",写法令之酷,让人不寒而栗,其中官吏的贪赃枉法、为富不仁者的弱肉强食皆展现在读者眼前。

钱锺书在《宋诗选注序》说:"也许史料里把一件事情叙述得比较详细,但是诗歌里经过一番提炼和剪裁,就把它表现得更集中、更具体、更鲜明,产生了又强烈又深永的效果。"② 而丁氏的《捕逃行》就是这样的一首诗。他的时代不允许谈论时事,他在《陆舫诗草·客况》(卷一)说"新交嫌纵酒,时事讳言诗",但他还是给后人留下不少"史诗"。

总的来说,丁耀亢的时事诗数量不多,格局不大,但还是有一定的影响。在艺术上不讲雕饰,语言朴实,有些用歌行体表达强烈的感情,使内容与形式达到了统一。

---

① 林铁钧、史松:《清史编年》第 1 卷"顺治朝",中国人民大学出版社 2000 年版,第 409 页。

② 钱锺书:《宋诗选注》,生活·读书·新知三联书店 2002 年版,第 3 页。

第三节　咏　史　诗

丁耀亢的诗歌中并没有直接题名"咏史"者,此处所说的"咏史"是指丁耀亢凭吊历史遗迹或褒贬历史人物或传说而写的诗歌,有一百多首,丁耀亢稔熟历史,曾作《天史》十卷,对历史上的奸恶之事做了评价。丁耀亢曾说:"吾等称诗,小异人者,腹中多数卷史书耳。"(龚鼎孳《逍遥游·序》)读史不但增添他的史学素养,还培养了他指点江山、臧否人物的胆量与识见。

丁耀亢的一部分咏史诗是为了"摅怀旧之蓄念,发思古之幽情"。如《陆舫诗草》卷三之《望潭柘寺西山诸陵》《望潭柘寺姚少师遇成祖处》《来青轩有神宗题额》《望西山诸陵有感二十二韵》《椒丘诗》的《昌平宰陈季翀述明代十二陵有感》。陵墓是一个很特殊的地方,皇陵就成了遗民们追思故国的理想所在。所以顾炎武曾数谒十三陵,他的《恭谒孝陵》后四句:

> 紫气浮天宇,苍龙捧日轮。愿言从邓禹,修谒待西巡。①

《重谒孝陵》:

> 旧识中宫及老僧,相看多怪往来曾。问君何事三千里,春谒长陵秋孝陵。②

---

① 顾炎武撰,王蘧常辑注,吴丕绩标校:《顾炎武诗集汇注》,上海古籍出版社1983年版,第316页。

② 顾炎武撰,王蘧常辑注,吴丕绩标校:《顾炎武诗集汇注》,上海古籍出版社1983年版,第710页。

顾炎武谒明陵是对明朝的眷恋,寄托其故国之思。杜濬的《樵青歌为黄仙裳作》后八句为:

> 黄生终日无踪迹,上山清晨下山暮。有时昏黑犹在山,痛哭身当猛虎步。
> 不知为樵定何意,黄生安肯言其故。但闻有一海宁樵,时时偷访钟山树。①

黄云(字仙裳)在国破之后隐于樵而祭扫孝陵多年,这都是皇陵在人们心中的地位所促成的。

我们知道丁耀亢并不是一个遗民,但身经两朝,现在物是人非,绝不会无动于衷的。他选取“陵”这一特殊的题材,曲折表达了他的“故国之思”。如《陆舫诗草》卷四《望西山诸陵有感二十二韵》:

> 王气一朝尽,乌号杳莫扳。龙蟠分泗水,虎化失钟山。
> 樵斧磨碑断,羌车伐木还。漆灯空耀地,玉匣不留颜。
> 侍御陪弓剑,词臣纪珮环。苍梧千古泪,湘竹几人斑。
> 开创兼天地,消藏类草菅。鸟飞烟漠漠,鱼逝水潺潺。
> 大武终何弱,雄心细转悭。帑资成寇借,文物以兵孱。
> 日月欐枪里,山河灌莽间。谶输唐运促,军老羽林顽。
> 荐庙春官去,看陵阍竖闲。牛羊蹂隧寝,狐魅学妆鬟。
> 南北天心隐,君臣历数艰。千官悲社屋,八骏躄天闲。
> 雷火烧枯树,神蛟徙古湾。浑河仍绕塞,边月自临关。
> 玄域开三极,神州阅百蛮。祖功存正统,国变有私删。
> 野老吞声哭,前王创业殷。

---

① 杜濬:《变雅堂遗集》,《清代诗文集汇编》第37册,第292页。

此诗用今昔对比手法写昔日的繁华，今日的荒落，山河异代，怅望古今。"雷火烧枯树，神蛟徙古湾"，可谓木犹如此，人何以堪！诗人的目光落在万历皇帝写的匾额上，又引起了无限唏嘘，《来青轩有神宗题额》：

> 辇路留青草，当年驻跸还。太平留盛迹，御墨落空山。
> 西望瑶池杳，东归阆海间。游人心未死，洒泪看痕斑。
>
> ——《陆舫诗草》卷四

《儒林外史》第十四回有个细节：

> 里面是三间大楼，楼上供的是仁宗皇帝的御书。马二先生吓了一跳，慌忙整一整头巾，理一理宝蓝直裰，在靴桶内拿出一把扇子来当了笏板，恭恭敬敬，朝着楼上扬尘舞蹈，拜了五拜。[1]

马二先生现在成了人们的笑柄。事实上在当时的人们心中这完全是正常且严肃的事情。

丁耀亢咏史诗的另一个主题是对历史人物的赞美。如对刘备、荆轲、文天祥、高渐离、木兰、岳飞等进行了颂扬。如：

> 山枕河流接范阳，道旁遥指古楼桑。三分已兆中原鼎，一线犹留火德光。
> 崛起风云多俊杰，垂成谋略失荆襄。堪怜白帝英雄尽，沙塞萧萧落日黄。
>
> ——《椒丘诗·过汉昭烈楼桑村》

---

① 吴敬梓撰，张慧剑校注：《儒林外史》，人民文学出版社1958年版，第154页。

对刘备功败垂成的惋惜,白帝英雄已没,空留下夕阳一抹,虚无之情溢于诗外。

> 宋朝丞相不臣元,累系三年井尚存。欲向水边羞照影,贪泉何事独忘源。
>
> ——《椒丘诗·文信井》

> 山围石马夜嘶风,南宋君臣醉梦中。御笔自颁留敌诏,将军犹勒满江红。
>
> 纵令铁桧千身碎,不敌金城百战功。载酒蕲王湖上过,忍看飞血化苌弘。
>
> ——《江干草·谒岳武穆墓见遗像墨刻
> 〈满江红〉并高宗颁师御札》

文天祥、岳飞都是国人敬佩的英雄人物,历来对他们吟诵的诗歌相当得多。《文信井》借“羞照影”这一细节,引用“贪泉”这一典故,赞扬了文天祥的忠诚又谴责了变节的小人。

容城是元代理学家刘因、明代名臣杨继盛的故乡,而且还有侠客荆轲之墓,高渐离的故乡也在此处,这给在容城任教谕的丁耀亢一个把酒临风、凭吊古人的机会。

丁耀亢的戏曲《表忠记》就是写杨继盛的,他在《椒丘诗自序》中说:“乃所居斋东,与椒山先生之祠比邻,日唯羹墙二疏,读王弇州《忠愍碑》,樛松凛然,霜雪在望。昔先生以直谏谪狄道尉,迁诸城令,由是内转而以击奸终。亢诸人也,来息于此,其‘椒丘’之谓乎?其西,则元儒刘静修之讲席在焉。申椒菌桂,食坠露而餐落英,将于是乎?故以所著名《椒丘草》。”序中表明他对先辈高尚情操的敬佩。

> 东武西城旧有祠,还于梓里拜光仪。连章不惜刚如鸷,就

鼎谁甘去若饴。

此日丹心留俎豆,千秋浩气见须眉。中原马市终沦没,独立夕阳看二碑。

——《椒丘诗·谒杨忠愍次壁间韵》

古祠高柏鸟嘤嘤,丁亥遗文见典型。轩冕何能荣俎豆,周行原自足簧笙。

云过绝壁分天影,松挟寒涛带雪声。姚许何人难自远,浊流不得濯清缨。

——《椒丘诗·谒刘静修次壁上韵》

杨、刘二人的高洁品行让诗人无比崇拜,这也显示了诗人疾恶如仇。可以说丁氏的性格也受了杨继盛的较大影响。

丁耀亢对宝剑有一种偏好。他在《问天亭放言》有《磨剑行》"人间刀戟铮铮鸣,神物一出皆无声。泰山砺石淬东海,提挈天子归神京";在《椒丘诗》有《故剑》:

故剑难雕饰,光明久护身。电仍回北斗,龙不跃延津。
欲赠无知己,相怜有主人。良霄风雨吼,起舞向秋旻。

这两首诗中,展现了一个拔剑四顾、顾盼自雄的侠客形象,有一种"十年磨一剑,霜刃未曾试。今日把试君,谁有不平事"的气概。事实上,丁耀亢与侠客是有交往的,如在《皂帽传经笑》中有"有数侠客送予至都门"。在戏曲《西湖扇》中也写有一位侠客,在《赤松游》中,早期的张良、沧海君都是侠客。他对古代的荆轲、高渐离就反复咏叹。如《荆轲故里》《宿高里》《同张忩公登易州眺荆轲山》《咏木兰将军庙》等,对他们表示了敬佩。如《椒丘诗·荆轲故里》其一:

成败非人事,谁云剑术疏。山河同存亡,雷雨化昆吾。
环柱心非怯,冲冠发不枯。招魂来易水,春草满平芜。

其二:

国弱乏长策,独凭烈士身。雄图酬一剑,死气动三秦。
刎颈怜亡将,捐生谢主人。田光终刺客,谋画本无伦。

诗歌赞扬了刺杀这一行为,同时也对这个行为的正确与否提出了质疑,显然这一质疑是有历史眼光的,樊将军空自刎颈,可见"谋画本无伦",刺秦王是一个短视的行为,展现了丁氏的史识。再如:

筑声久已没,此地念高阳。故国心难死,同仇志未忘。
鸡啼惊旅梦,雁唳怯边霜。夜宿沽村酒,歌来慷慨长。
——《椒丘诗·宿高里(高渐离家)》

《史记·刺客列传》写高渐离以筑击秦王:

稍益近之,高渐离乃以铅置筑中,复进得近,举筑朴秦皇帝,不中。于是遂诛高渐离,终身不复近诸侯之人。①

高渐离可歌可泣、为友人两肋插刀之举至今凛凛有生气,高氏让虎狼之秦王"终身不复近诸侯之人",扬眉吐气于后世。这样的事迹写来定然轰轰烈烈,但此诗并没有对其行事刻画,而是从"鸡啼惊旅梦,雁唳怯边霜。夜宿沽村酒,歌来慷慨长"入手,进行冷处理,沽酒既是自沽也是酹英雄于地下,也照应了荆、高二人的饮酒。此外

① 司马迁:《史记》,中华书局 2014 年版,第 3077 页。

《椒丘诗·同保属诸公饯别胡兵宪载酒夜渡易水宿遥村寺》三首也抒发了对荆、高二人的高山仰止之情,表达了"英雄常恨事难酬"。

他还写到了伯夷、叔齐,敬仰这两位绝食而死的前辈:

> 首阳山下两男儿,一代清风百世师。能使周王称义士,卜年八百在于斯。
>
> ——《归山草·过首阳山拜夷齐庙》

> 不祀镐京祀孟津,村名扣马大河滨。或因不杀西山士,血食千秋赖二人。
>
> ——《归山草·孟津武王庙在扣马村头》

丁耀亢咏史还有一个主题,就是通过对历史人物的臧否表达自己归隐、求仙的理想。如对郭璞、林和靖、严子陵、彭祖、江淹、达摩、匡衡、二疏等,或向往他们长生,希望像神仙一样逍遥自在;或向往他们见机而退。如:

> 云萝簇簇倚高垌,堰草沙堤湖上亭。满院樱桃春正紫,到门松桧每同青。
> 山横祖帐人空慕,湖散酬金客尚停。应与老聃同位祀,欲将泉菊荐寒瓶。
>
> ——《逍遥游·老君堂为二疏旧宅》

据《汉书》,疏广、疏受叔侄做官到如日中天时急流勇退,得以善终,历来是人们传诵的佳话。丁耀亢把二疏的地位抬得很高,"应与老聃同位祀,欲将泉菊荐寒瓶",与老子一样高,这对以后丁氏辞去惠安县令影响很大。

丁耀亢向往神仙生活,这从他自称紫阳道人、元代丁野鹤后身可以看出。他还作过《游仙词十五首》，如其中：

> 玉液能收天地根，两丸日月炼精魂。丹成转觉长生隘，欲号彭聃作子孙。
>
> 葛洪井畔月沉西，丹灶金圭化作泥。阿母桃熟愁结子，好防方朔窃天梯。
>
> ——《陆舫诗草·游仙词》

当他经过郭璞墓时，感慨大发：

> 铁碣留今古，潮回海气清。乾坤容爪发，山海记精灵。
> 数定何劳卜，经传不用铭。千年淘洗尽，生死本忘形。
>
> ——《江干草·郭璞墓》

现实的各种烦恼与生老病死折磨着每一个人，而诗人又最敏感，这使他们饱尝比常人更多的痛苦。所谓"千年淘洗尽，生死本忘形"，但做到忘形不是容易的事情。丁耀亢在年轻时就遇见过青霞仙师，一个神秘人物，多次出现在他的作品中，说得信誓旦旦，让读者无法判断真假，我想应该是丁氏梦想中的仙人吧。

在咏史中，他的咏七夕颇具特色，出语精警，发常人未发，如：

> 灵乌飞尽顶初磨，云汉微茫不渡河。天上何劳频怅望，人间夫妇乱离多。
>
> ——《陆舫诗草·七夕》

> 乌鹊桥边织女回，牛郎不渡漫驱雷。如今懒祈人间巧，岁岁年年送拙来。
>
> ——《陆舫诗草·七夕思家》

　　第一首诗由天上及人间,由仙人想到凡人,反向来惋惜,赞叹牛郎织女的写法,格外精警。与袁枚诗《马嵬》"莫唱当年长恨歌,人间亦自有银河。石壕村里夫妻别,泪比长生殿上多"相比,构思出同一机杼,二者难分上下,然其比袁诗早一百多年。

　　第二首更是出奇制胜,七夕也称"乞巧节",但诗人竟然"乞拙",匪夷所思。《庄子·列御寇》上说过"巧者劳而知者忧,无能者无所求,饱食而敖游,泛若不系之舟,虚而敖游者也"。丁氏可谓得庄子三昧。

　　宋人林和靖"梅妻鹤子",但丁氏赞赏之余亦颇有微词,如:

　　　古墓横青霭,孤亭隐白波。碣残留字少,梅老阅年多。
　　　高躅存寥廓,遗风散薜萝。鹤飞应自得,不放欲如何!
　　　　　　　　　　　　　　——《江干草·谒孤山林和靖先生墓》

　　原来诗人不喜欢鹤被束缚,希望给一个自由的天空,这也是诗人为什么在顺治刻本《西湖扇》上署名"放鹤亭主人"的一个原因。

第四节　写　景　诗

　　丁耀亢写景诗蔚为大观,数量众多,也极具特色。从题材上又可细分为山水诗、田园诗两大类,另外,丁氏晚年目盲,他的很多写听觉的诗也颇有可取之处,因此可分三类。

一、田园诗

　　丁耀亢在明朝未鼎革之前除了出去会友游玩,大部分时间在家乡,所以他的田园诗多描写了家乡的美丽景色。这部分田园诗主要集中于《问天亭放言》中。

他在《橡槚山人歌》中描写了自己的书斋景色。如:

> 树影牛眠菰蒲深,雨声鸦舞图书满。长镶短锸露肘髀,日向山中种桃李。
>
> 结茅劈岩架屋数十间,野花幽树栽成里。自饭黄犊入青林,归来濯足前溪水。
>
> 溪上落花细,溪下白云深。白云落花同气味,寒香澹澹渔樵心。
>
> ——《问天亭放言·橡槚山人歌》

> 风鸣窗语月拟鬟,万境无心细可参。阶竹入帘窥研水,瓶花眠镜隐屏山。
>
> 沿墙蜗角畏人缩,收网蛛丝坠地间。巾履倏然抛卷后,一杯苦茗共开颜。
>
> ——《问天亭放言·关中即事》

这两首诗写了农村生活的安逸与静谧。先看第一首,树影下一只牛儿安闲地睡在那里,诗人读书声传遍树林,偶尔有鸟的啼叫声;读书累了就到山中去种桃李。陶渊明诗中的"草屋八九间"与欧阳修《醉翁亭记》的"野花发而幽香,佳木秀而繁阴"的意象都出现在诗中;又好似高启《牧牛词》中的"共拈短笛与长鞭,南陇东冈去相逐……长年牧牛百不忧,但恐输租卖我牛",而没有人来把牛赶走,牛吃饱了,诗人就"沧浪之水清兮,可以濯吾缨;沧浪之水浊兮,可以濯吾足",白云落花,寒香澹澹,环境如此之美,让诗人宠辱皆忘。

第二首的田园生活景色与第一首相比,写作手法不同。第一首是动态的农家生活,而第二首主要是静态生活。"阶竹入帘窥研水,瓶花眠镜隐屏山"使用拟人手法把竹入帘是"窥",着一"窥"字而境界全出;蜗角与蛛丝都是平时为人所不注意的物象,现在都落入诗人的观察视野,从中也可窥见诗人心情之闲。一般来说,蛛丝总给人荒凉的印象,如《诗经》中的"伊威在室,蟏蛸在户",薛道衡诗中的"暗牖悬蛛网,空梁落燕泥",但丁诗虽给人孤寂之感,但色调是温暖的。

对农村生活的热爱,向往无拘无束的生活,时时表现在丁耀亢的田园诗中。在早期诗中较著名的是以下几首,如《问天亭放言·自城移家》其一:

> 十年矗矗竟何之,早种荒崖数亩蕾。坐看流云知变态,闲疏灌木耐横枝。
>
> 山川住久通灵气,风雨频来启静思。敢藉终南丛桂隐,牛衣终有放歌时。

其二:

> 陶令儿郎诸葛妻,妻能炊黍子蒸藜。一家命薄皆耽隐,十载形劳合定栖。
>
> 野径看云双屐蜡,石田得句半犁泥。泉清不以濯牛耳,坐听山禽近水啼。

其五:

> 南山石烂水清清,歌罢牛眠一笠横。妄想顿从霜叶落,道心忽向月华生。
>
> 闲行课鸟占农岁,夜起瞻云识晓晴。欲啜糟醨求独醉,田

多种黍类渊明。

在这几首诗中，诗人描写了恬静的农村生活，并抒发了对它的热爱。颇有盛唐王、孟田园山水诗派的意境，如"坐看流云知变态"就是脱胎于王维《终南别业》"行到水穷处，坐看云起时"，丁诗没有王维诗歌玲珑剔透的禅理、禅趣，但农村生活气息却扑面而来。这几首诗在意境与手法上与杜甫的《江村》相类：

> 清江一曲抱村流，长夏江村事事幽。自去自来梁上燕，相亲相近水中鸥。
>
> 老妻画纸为棋局，稚子敲针作钓钩。但有故人供禄米，微躯此外更何求。①

"陶令儿郎诸葛妻"首为王渔洋在《池北偶谈》所激赏。《织帘书屋诗钞》卷二品评丁耀亢之诗就曾引此首中两句："野径看雨双屐蜡，石田耕云半犁泥。谁知磊落嵚奇士，风致翩翩入品题。"文中自注，前两句为丁耀亢之诗。②

在山中读书是清闲的，除了不利科举外，诗人大部分时间是快乐的。他的怀人诗也有许多写景佳句，如"一壑阴晴分晓色，千林高下出疏烟。霜寒渐老垂藤果，日薄犹鸣抱叶蝉"（《问天亭放言·东溪园中晚秋怀丘五区》），这是写晚秋；"夕阳影里乱山多，春雪流渐下碧波。偶为看云来远峤，闲随采药入灵阿"（《春晚登东山》），这是写晚春。丁耀亢有些田园诗写得相当明艳。如：

---

① 杜甫撰，仇兆鳌注：《杜诗详注》，中华书局1979年版，第746页。
② 沈兆沄：《织帘书屋诗钞》，《续修四库全书》第1492册，上海古籍出版社2002年版，第215页。

小楼山色坐晴阴，客许题诗岁月深。赠我胜投青玉案，感君唯寄白云心。

水香和露收芳雪，花气流酥出翠岑。借问水晶盐可似，伊人无处得追寻。

——《问天亭放言·丘子廪赠诗山楼兼馈蔷薇露》

"水香和露收芳雪，花气流酥出翠岑"，读者仿佛能嗅到水香与花气，真是状难言之景如在目前。

丁耀亢自辞官惠安后，加之年龄老大，就长时间家居了，这时间写的田园诗较多。前期因为科举，又加之家世还算富裕，所以早期并没有像陶潜一样劳作过，因此前期田园诗有些不免浮光掠影。但到晚年他就亲自参加劳作了，并与农民结下了深厚的友谊。他辞官后的一部诗集名为《归山草》，开篇就有《归山不易诗》十九首，表达了不再汲汲于富贵，而达到"托迹赤松子，终从黄石游"的目的。

他看到挺拔的松树被伐，写了《归山草·伐松》；看到曾经硕果累累的梨树被伐，写了《归山草·伐梨》。在《听山亭草》中，他写了大量关于农村生活的诗歌。如《忧蝗》《栽五柳于东村明日得雨》《忧旱诗成得雨志喜》《三月朔雨后雪，农家忌之，卜为凶岁。余始喜且忧，作诗留验》等。

《遇佃户泥饮》写了农村美好的景色，农民的朴实，以及他们之间淳朴的友谊。如：

田家美风日，春雨清明至。野坐具筵席，罗列如城市。我病偶出游，山门如佛寺。

昨日奉准提，开斋想新味。大士真慈悲，使与酒人遇。远闻笑语喧，主客已半醉。

借我园中亭，儿女成嘉会。忽惊主人来，却走欲趋避。平生喜野人，行乐不择地。

遂许共成饮，尝汝新酒味。众客欣再聚，豆觞无次第。自
言女新婚，羊礼成姻契。

——《听山亭草·遇佃户泥饮》

诗人昨天刚奉了准提斋，今天就想改善口味，恰好天随人愿，
出门遇见佃户们饮酒，大喜过望，于是与大家痛饮。丁氏以轻快的
笔触写出与农民在一起的轻松。一个仆人兼友人纪大死后，他写
了《挽老农纪大》，赞扬了纪大勤劳的一生。在《听山亭草·种松得
雨》中写出了农民的艰辛与担心遭到社会动荡的忧虑，"须防野火
护新条，更为牛羊及樵斧。种者甚易守者难，戒令儿童频看取。不
忧岁暮多雪霜，但恐时移变陵谷"。

丁耀亢崇拜陶潜，对他的诗歌也多有借鉴，在田园诗的创作上
也有模仿之作，如《山中怀古田舍》四首，怀念了远古时代以及明代
末年的丰衣足食，对当下人民悲惨生活也进行了描述，如《听山亭
草·山中怀古田舍》其二：

芃芃田中禾，阴阴墙下桑。太平少征税，化日舒以长。
鸡犬声相闻，巷陌多牛羊。邻里无喧争，吏胥不下乡。
关门夜不开，千里无赍粮。老人多黄耇，稚壮少夭亡。
夜行不逢盗，安知兵与荒？

其三：

种田望丰岁，种树当及早。我买此山时，倏忽少至老。
平地开田庐，夹涧剪榛筱。明末风尚淳，官清徭税少。
读书带耕作，游赏尽花鸟。村门夜夜开，自酉至于卯。
安知逢世难，转眼成枯槁。旧林半剪伐，焚书无遗草。

扶杖强来游，后期安可保？怀古卜冥栖，藏形在物表。

此诗写了明末淳朴的民风，官清税少，然而现在经过战乱，到处狼藉，鲜明的今昔对比，强烈的思想感情，公开说"明末风尚淳，官清徭税少"，这些在清初是很犯忌讳的，而这位老人竟然这样写出，实在让人感佩。这也是他的诗遭到抽版焚毁的一个重要原因。

此外，他还写了《柳村新垦杂诗俳体效元白》八首、《孟夏朔日大霜》（均见《听山亭草》）等诗歌都描绘了清新的田园生活。他的《问天亭放言·秋日过山居》也是写景名篇，如：

灵籁满山秋气豁，先到草根与木末。灌丛萧寂不待霜，石泉滴沥那复渴。

东崖日出白露晞，的砾溪沙净拨拨。微黄到叶色先变，树底鲜红手可拨。

秋园早起晚花少，衣帢凉生换旧葛。入林鸟影晓偏静，绕野虫声晚更聒。

谁能酒熟行自斟，野菊含香未堪撷。枣栗垂墙风便收，十亩稻田夜来割。

农家喜乐近中秋，儿女啼哑谁耐喝。

把秋天的山居景色描摹如画，从颜色的"白""红"，到"鸟影""虫声"，再到"酒熟""野菊"，一派农村丰收喜庆的景色。丁耀亢学殖丰富，用典很多，是其诗歌创作的一点特点，但此诗并无一个典故，却写得摇曳生姿，是很有特色的名篇，最后"十亩稻田夜来割"是农村生活的真实写照，非在农村生活过的人不能知不能道，结尾从喜到悲，如同白居易诗的"卒章显其志"，把读者从诗情画意中拉到现实中来，从而又产生一种心灵的震撼。

二、山水诗

山水诗是丁耀亢诗歌中的一个重镇。丁耀亢喜好游历,对诸城、泰山、扬州、北京、容城、惠安等的风光均有出色的描写,主要集中于诸城、泰山与惠安。

在早期,他用歌行体写的《青霞洞》《南山白》都是声情并茂的山水佳作。如《问天亭放言·南山白》:

> 朝见南山白,暮见南山青。山青山白自气候,顽石确荦岂能灵。
> 谁知苔藓非死物,内藏变化皆空形。人如麋鹿见其表,斧柯樵唱声丁丁……

诗中不单纯写南山的景物,而是穿插大量的历史人物、神话传说,使现实消溶于历史当中,大气磅礴,意想天外,读之如李白的《梦游天姥吟留别》相似。

他的两首《问天亭放言·琅玡台观海》也能写出海涛的力量。如:

> 海道东南天半阴,三山明灭影沉沉。骊珠才进波涛黑,鲲翅微鸣风雨深。
> 寥廓沧桑愁变化,苍茫云汉杳追寻。田横徐福浮沤尽,一叶扁舟自古今。

海涛山立,云水明灭,骊珠、鲲翅都如同在目前,眼前是汹涌的大海,然而诗人从风景转到内心,不论侠如田横还是仙如徐福都已经过去,永远不变的只有那叶小舟。

在 1647 年他与友人登上了泰山。泰山的雄伟壮观触发了诗人的灵感,他写了大量的山水诗,如《逍遥游·登岱八律》其一:

> 东来紫气走鸿濛,别有灵光出太空。似与乾坤分管钥,不将泉石斗神工。
>
> 云霞下度仙人岭,日月高悬玉女宫。千古杜陵青未了,路迷何处问崆峒。

其四:

> 傲来拱处是天门,指点齐州一线痕。积石浮沉空弱水,河源明灭失昆仑。
>
> 山围灌莽重重崖,云护灵符片片昏。仙掌若容生羽翼,欲将黄发出笼樊。

赵进美评价丁耀亢的《岱游》时说:"游岱者,应制体也,作游山便非;游东岱即东帝早朝也,作游他岱便非;见此诗如见东岱,不见东岱,又未必见此诗也。云气苍苍,高深极矣。"言丁氏之诗刻画细腻,对泰山之特点把握有分寸。这是正确的,因为在丁氏的诗中,写了傲来峰等地名,这些都是泰山所独有,移于他处不可,而且在神韵上也突出了泰山的雄与险,而这些特点又与他山不同。

作山水诗有一个难处,就是往往此处作的山水诗可移作他处用,比如咏泰山的诗可用来咏黄山,这样就失去了特点鲜明之处。赵翼《瓯北诗话》卷三曰:"究之山谷所谓工巧,亦未必然。凡诗必须切定题位,方为合作。此诗不过铺排山势及景物之繁富,而以险韵出之,层叠不穷,觉其气力雄厚耳。世间名山甚多,诗中所咏,何处不可移用,而必于南山耶? 而谓之'工巧'耶? 则与《北征》固不可同年语也。"①应该说丁耀亢之诗还是避免了这个缺点的。

　　1660年秋丁耀亢到惠安任县令，沿途写下了不少的诗篇，使其旅程不再寂寞，他写了不少诗，也作了不少画，真可谓风声、雨声、鸟啼声，声声入诗；山景、水景、人文景，景景入画。如：

> 水驶滩声接，山穷溪溜分。丹枫九月晚，黄鸟一时闻。
> 净练明鱼影，团沙宿鹭群。布帆烟霭里，百里总氤氲。
> ——《江干草·兰溪县道中闻莺》

　　写南方特色的景物如在目前，轻倩可喜。再如《江干草》中的《度岭》的"盘岩驿栈猿啼树，绝壁村居虎伏丛"；《江郎山》的"嶂复排云锦，崖悬耸仗旄"；《廿八都》的"壁划青天破，村回白昼阴"；《枫岭》的"仰面看天小，回头见日低"等，这些诗句都是刻画细致入微，对仗精工，抓住了物象的特征。他的《梨口村》是写景名篇：

> 瑶草琪花遍地生，青禽红果不知名。层层列岫天如束，人在翠微深处行。
> ——《江干草·梨口村》

　　此诗被徐世昌编《晚晴簃诗汇》选入。② 武夷山是我国的名山，丁耀亢自然不会放过观赏这座名山。他对这个名山做了大量的描绘，《武夷山志》就载有丁耀亢的名字。如《入武夷题幔亭峰汉祀亭》《万年宫》《宿万年宫次林宣子韵》《晓起登玉皇阁再用前韵》

---

① 赵翼撰，江守义、李成玉校注：《瓯北诗话》，人民文学出版社2013年版，第99页。

② 徐世昌编，闻石点校：《晚晴簃诗汇》第2册，中华书局2018年第2版，第1138页。

《大王峰》《玉女峰》《大藏峰桥上仙舟》《泛舟自三曲至五曲》《天游观》《一览亭》《森天阁》(均见《江干草》)等诗,其中最著名的是长篇《武夷山行》:

> 海上仙山不知数,独有武夷名九曲。兹山灵奥辟鸿濛,探奇平生见未足。
>
> 插天拔地枕清流,翠嶂丹崖森在目。山浸冰壶一百里,水束灵峰三十六。
>
> 峰插云根水绕山,岞崿浑沦各起伏。或为巀嶪耸千寻,或如方堵叠层屋。
>
> 或截绣铁倚天门,或拔石笋抽苍玉。

以歌行体对武夷山雄奇秀丽作了刻画,气势磅礴,灵气飞动,"上有盘盘千丈之乔松,下有亭亭百尺之修竹"显然从李白《蜀道难》的"上有六龙回日之高标,下有冲波逆折之回川"化出,大有李白歌行的气势。诗歌前半部分写武夷山之景,糅合众多神话传说,把武夷山写成一个美丽的世外桃源;然而后半部分又从"桃源"回到了人世,"邑人避难十万家,劫火焚林死沟渎",感情有个巨大的转变。

武夷山美丽的景色深深地吸引了诗人,他还把武夷山画成图画,如:

> 万里来寻九曲湾,云峰烟壑有无间。仙灵为我开生面,墨气劳君涌列鬟。
>
> 丹峤飞虹桥历历,铁崖仙掌玉斑斑。莫言傲吏归装少,八闽名山一袖还。
>
> ——《江干草·自写武夷山三十六峰
> 粉本吴子文成卷征诗》其一

　　描写有诗有画。丁耀亢对武夷山观察得很仔细,这样细致的观察才使得丁耀亢成竹在胸,既可以绘之以丹青,又可以诵之以诗篇。

　　自惠安辞官后,他真正的闲下来,在《听山亭草》中写了大量的诗歌来表达对农村风光的热爱。家乡九仙山的竹林峰、望海峰、万岁峰、梳洗峰、观音峰等都曾入诗人笔下。

　　苏轼曾经到过诸城,并写下了散文《超然台记》与词《密州出猎》。丁耀亢没有放过这个与古人对话的机会,他可以借古人之酒杯,浇自己之块垒。苏轼使诸城蒙上了一层浓厚的人文特色,丁耀亢在《听山亭草》中《登超然台谒苏文忠公有感》对苏轼表达了敬仰之情。他还写了《莲山十景诗》,序云:“东武有九仙,东坡题曰:‘九仙奇秀不减雁荡。’其东为五朵峰。青嶂壁立,其峰有五。明神宗时,蜀僧心空住锡于此。敕建为寺,改名‘五莲’。”这《莲山十景诗》从十个方面对五莲山作了描绘,如:

　　　　石化灵龟首自昂,相传吸海引波长。当时岛屿皆通水,此日风涛转戒航。

　　　　蜃影楼台成夜气,秦桥丹药散天香。年来鳌背无多力,莫使桑田泛巨洋。

　　　　　　　　　　　　　　　　——《听山亭草·灵龟吸海》

　　　　朝阳鸣后海天孤,何处高岗有碧梧?五色翚飞来彩凤,九苞留影伴啼鸟。

　　　　欲同龙象分灵瑞,可并龟麟应帝符。一自岐山成羽化,扶摇无用羡长途。

　　　　　　　　　　　　　　　　——《听山亭草·凤落丹山》

　　在诗中,传说与现实交汇在一起,景物因历史而迷离,历史因景物而新颖,构成了诗的苍茫而又有灵气的境界。他还模仿王维的诗歌创作了《仿辋川六言体》十六首。如《长城岭》《卧虎石》《橡子湾》等,也能常中出新,如:

> 杏村啼鸟送酒,桑下布谷催耕。峰顶自寻芳草,洞底飞来落英。
>
> ——《归山草·杏山顶》

> 水咽泉声漱玉,风飘松籁拂弦。鸟啼云谷寂寂,月照流水涓涓。
>
> ——《归山草·听琴渡》

以六言的形式写景,优美轻松,这也说明了丁耀亢在艺术上的多样尝试。

三、听诗

丁耀亢的眼睛不好,辞官惠安的一个原因也在于此,后来越来越不好,直到最后失明。眼睛的不好却让他的听觉变得敏锐起来,一些常人听不到或听了也没什么反应的声音,他却能摄声入诗,绘声如画,他把晚年的一本诗集定为《听山亭草》就是此意。他写了《听山亭杂著》《听春鸟》《听夏泉》《听秋声》《听冬雪》《听笛》《听梵声》《听鸡声》《听莺声》《听纺绩声》,如:

> 山雨堪清听,未来声满林。松涛吹谡谡,槲叶响沉沉。
> 摇落伤秋意,虚空入夜心。明朝看霜树,薜荔半红深。
>
> ——《听秋声》

　　　　寂历寒山静,偏宜听雪行。洒松微有韵,压竹细无声。
　　　　倚杖堪搜句,围炉共解醒。梅花香不定,独坐夜含情。
　　　　　　　　　　　　　　　　　　　　——《听冬雪》

　　　　寂寂远峰青,梅花落洞庭。何人吹入破,能使客愁醒。
　　　　鹤唳云门远,龙吟海气冥。悲来兼别恨,明月满山亭。
　　　　　　　　　　　　　　　　　　　　——《听笛》

　　这些诗都是由听觉而产生的种种联想,"洒松微有韵,压竹细无声",听之无声却被诗人的耳朵捕捉到了,人们常说的于无声处听惊雷,大概就是此意了,"课虚无以责有,叩寂寞而求音"就指这种情况吧。《听笛》一首。已经超出了"听笛"这一动作本身,是一首羁旅行役之诗,此诗曾被《晚晴簃诗汇》所选,也可见其为人所欣赏。他在北京任教习时,听到莺儿的叫声,也勾起了他的诗兴,如《陆舫诗草》卷一《四月初七日闻莺》其一:

　　　　客梦方无绪,飞来何处枝。忽从惊晓处,还忆在山时。
　　　　梁柳黄初定,学笙涩未移。园林多射弋,风雨慎悬丝。

其二:

　　　　不识青门路,应寻白玉河。云迷新树暗,风定晚花多。
　　　　时序终相守,丘隅莫漫过。一年容好语,出谷欲如何。

又如:

　　　　堂上闻哀雁,呖呖追前群。天风吹瀑布,崩石落层云。
　　　　荆卿易水去,倚柱秦王怒。裂帛听余声,座客惊回顾。

无端自激昂,壮士空心伤。

——《陆舫诗草》卷一《听筝》

这两组诗写由听觉而产生的联想。前一组两首写莺声清脆和婉,"云迷新树暗,风定晚花多"极富诗情画意,并对莺的命运表示担忧;后一组一首写筝声哀鸣,并没有"曲有误周郎顾"的旖旎,而是充满铁马争伐之音。这两组诗一婉约一悲壮,各具特色。

他的《听纺绩声》不单纯写声音,而是溶入了对不平等现象的思考,显示了诗人对社会问题的关心:

络纬催秋织,山寒夜正长。投梭闻杼响,借壁引灯光。
贫妇经年力,歌姬半夜妆。人间甘苦事,不在着衣裳。

这首诗已经成为反映现实的诗篇了,"投梭闻杼响,借壁引灯光"何其劳累,家庭又何其贫窭;"贫妇经年力,歌姬半夜妆",对比何其鲜明,讽刺何其沉痛。

丁耀亢的写景诗有较高的艺术成就,主要是描摹物象能抓住其特征,能写出其特色。如:

水上花枝水底鳞,浮沉岂合相得亲。空明写出胭脂影,摇荡移来藻荇春。
濡沫难吞香外饵,逍遥不动镜中尘。浮云聚散花含笑,红紫烟波总未真。

——《归山草·游鱼唼花影赠李易公司理》

"空明写出胭脂影,摇荡移来藻荇春"写鱼、写水、写藻荇,能夺物之魂魄,我们比较一下徐志摩《再别康桥》的一段:

　　软泥上的青荇，油油的在水底招摇；在康河的柔波里，我
甘心做一条水草。

　　那榆荫下的一潭，不是清泉，是天上虹，揉碎在浮藻间，沉
淀着彩虹似的梦。

　　"摇荡移来藻荇春"是不是"软泥上的青荇，油油的在水底招
摇"？"空明写出胭脂影"是不是"是天上虹，揉碎在浮藻间"？我们
惊诧于前人的暗合与诗人所见略同。再如他的《江干草·泊江山
县抵清湖镇度岭率成十八韵》"鸟啼穿乱筱，鸥起避崩湍，水碓春轮
巧，岩峰纤路艰"，描摹都相当逼真。

第五节　友　情　诗

　　丁耀亢交游广泛，可谓"海内存知己"，因此与友人唱和就不可
避免，而唱和应酬诗在他的集子占绝大多数，除了泛泛而谈的一些
诗歌，如祝寿、贺生子外，他的友情诗也写得声情并茂，非常感人。
　　丁耀亢年轻时与刘翼明、王钟仙等诗酒唱和。清代李焕章《竹
叟传》"竹叟者，吾友刘翼明，字子羽，家琅玡海上……是时名士丘
子如、子廪、陈木公、戴宾廷、丁野鹤与叟结文社，号东武六隽"①。
丁耀亢极重友情，他的友人王钟仙死后他有多首诗悼念，他的《哭
王钟仙》小引曰："钟仙，余诗友也。家南山下，贫而孝，孤介不偶。
癸酉孟春三月中，有母妻之丧。又二日，钟仙作诗自挽，一恸而绝。
余哭之以诗，志穷也。"

　　雄心傲骨气铮铮，十载空谷泣路声。贾岛诗穷因瘦死，伯

---

①　李焕章：《织水斋集》，《四库全书存目丛书》集部208册，第661页。

伦酒渴乃捐生。

　　蠹残鲁壁书仍在，龙没延津剑不平。从此终南无气色，西州何处扣柴荆？

　　　　　　　　　　——《问天亭话言·哭王钟仙》其三

　　友人已逝，物是人非，让人"何处扣柴荆"？《诸城县志》卷三十六列传八载王乘箓临死前请求丁耀亢、孙江符帮他刻书，但丁、孙二人并没有做到。这里是有一点要辨析的，丁耀亢当时的经济条件已经不好。他在《自述年谱以代挽歌》中写道："戊辰入山（1628），编茅架茨。采薪汲谷，耕牧是资。"可知丁耀亢都须亲自劳动，经济条件不是很好。事实上，与丁耀亢为忘年交的钟羽正把自己的诗集等托付给他，丁耀亢也是在老师死去二十多年后才与另外一个人合刻而成的，而且还把钟氏的《厚德录》弄丢了。所有的这些都只能说丁氏身不由己无能为力，而不能责之太切。

　　在1648年到北京任教习，他认识很多朋友，这些朋友很多是当时文坛的名人，如宋琬、龚鼎孳、刘正宗、王崇简、傅维鳞、曹尔堪、张缙彦等，丁耀亢平生以龚鼎孳、傅维鳞为知己。他在临死前说："将逝矣！生平知己，屈指数人。惟龚大宗伯、傅大司空诸名公，脱骖患难，耿耿在怀。"（丁慎行《乞言小引》）可以看出丁耀亢与友人的诚挚感情及受人恩惠永远铭记的性格。

　　丁耀亢一部分诗写了友人之间的诗酒留连，即文人之间的雅集。他们聚在一起，谈论诗歌、品花赏鸟、鉴赏古画，甚至唤妓侑酒。总之封建文人常有的活动，在丁耀亢与其友人身上都有，这些诗歌有部分内容平庸，但也有部分比较厚重。如：

　　浊酒存雄气，穷诗散薄愁。古人不得志，知己足相酬。
　　篱菊明秋淡，帷灯入夜幽。南山常在梦，不厌孔璋留。

　　　　　　　　　——《陆舫诗草》卷一《世事束赵韫退太常》

　　赵进美,字嶷叔,一字韫退,号清止,赵执信从祖,山东益都人,有诗名,与丁耀亢相友善,丁耀亢《逍遥游·岱游》就有赵进美的评语。在一个惆怅的秋夜,诗人独对孤灯,穷愁相伴,情愫幽幽,但想到知心的友人,便不再寂寞。

　　　　春明门外即商山,汉重能令黄绮还。江海旧游虽汗漫,长安新事半投闲。
　　　　依松小榻留云住,种竹空庭待月关。已负虚舟随所止,与君纵酒且开颜。
　　　　　　　　　　——《陆舫诗草》卷二《喜坦公北归过饮陆舫》

　　张缙彦,河南新乡人,明崇祯四年进士,累官兵部尚书。李自成入北京,张氏率百官表贺。降清后累官工部右侍郎,自称不死英雄。因刊李渔《无声戏》而流徙宁古塔而死。张缙彦的好坏自然还可研究,但他将自己的神位抬入了勋贤祠,这就有点过分。① 但他与丁耀亢的关系很好,丁耀亢还给张缙彦《菉居诗集》写过叙,不无过誉之词,但这当时是很普通的现象,连王渔洋都吹捧过张缙彦,②遑论他人? 其实在丁耀亢的朋友中,以张氏的诗集中提到的丁耀亢最多,近二十首,而如宋琬的集子中没有一首提到丁氏。总之与友人饮酒唱和之诗非常之多,内容与上面所举相类。
　　有聚就有散,丁耀亢经常送别、怀念他的友人们,这些诗也至诚至性,非常感人。如《陆舫诗草》中的《送孙河柳东归》《送张在禄赴通州都阃》《送张中柱学士归省寄候张尚书北海先生》等等。现举几例:

———————————

　　① 黄裳:《不死英雄——关于张缙彦》,《黄裳文集》第5卷(杂说卷),上海书店出版社1998年版,第21页。
　　② 黄裳:《王渔洋遗诗》,《黄裳文集》第6卷(春夜卷),上海书店出版社1998年版,第190页。

相逢燕市慨歌生，白眼同怜阮步兵。诗老关河终有泪，剑藏雷雨久无声。

貔貅结队依征侣，鸿雁连天送客程。今夜酒醒何处宿，长安孤月为谁明。

　　　　　　——《陆舫诗草·送别张幼量耿隐之》卷一

　　张万斛（幼量）、耿道见（隐之）二人是丁的好友，他们都是白衣，相同的身世使他们更容易惺惺相惜。雁声不断，动人心弦，而雁在古代为兄弟的代称，而现在这些异姓兄弟动要分手，古来生离死别，惺惺相惜，长安月亮为谁而明？大概是"我寄愁心与明月，随风直到夜郎西"吧。"南施北宋"之一的宋琬也与丁耀亢是好友，丁氏也多次写诗怀念，如《椒丘诗》卷一《怀宋荔裳考功出备秦州》其三：

文采何穷达，名场百变更。鼠牙疑白璧，鸽翼累苍庚。
陵谷生人面，阴阳幻物情。古来骚怨客，偏逐塞垣行。

其四：

雨雪连西极，秦关落日低。云深无雁影，风急有猿啼。
梦忆同杯酒，情深解珮纚。故人天际远，愁绪并萋迷。

　　按，1653年冬天，宋琬外调天水。《宋琬年表（上）》："（1653）冬，宋琬正式外调，授官分巡陇右道兼兵备佥事。王熙有《送宋荔裳先生备兵秦州四首》。"[1]宋琬一生有两次入狱，在1651年就曾经"为逆仆诬构下狱"，所以丁耀亢对他下狱表示同情与安慰，同时还有愤慨，"鼠牙疑白璧，鸽翼累苍庚"就指宋氏为人诬陷，"梦忆同

---

[1]　叶君远、高莲莲：《宋琬年表（上）》，《沈阳师范大学学报》2004年第5期。

杯酒,情深解珮繻"写两人感情之深,宛如杜甫怀念李白"醉眠秋共被,携手日同行"。最值得一提的是丁耀亢看望在监狱的阎尔梅《椒丘诗·济南上巳载酒寻孝廉阎古古王令子于禁所》其一:

> 二士谈经处,键门春草深。琴声无杀韵,鸟语有疑音。
> 载酒还修禊,连床即入林。相逢堪一笑,谁解脱骖心?

其二:

> 千里难期约,南冠亦有缘。庸人无此遇,屯运有同贤。
> 贯索疑星聚,佳辰叹客迁。莫须矜李杜,卷舌老余年。

　　阎尔梅由参与反清活动而被逮入狱,此时正在济南被押,丁耀亢危难之处看望友人,可见丁野鹤之侠肝义胆。
　　世间无数伤心事,最苦生离和死别,生离犹可相见,死别是幽明异途,人鬼殊路。随着亲朋好友的去世,丁耀亢的诗中充满了山阳之悲。
　　陈洪绶是明末著名画家,从丁耀亢的集子中未见他与陈洪绶的交往,只有哀陈洪绶的一首诗,但从此诗中得知,他们很熟悉。他对陈氏之死表示了同情,也是对扼杀英才的一切恶势力的笔伐:

> 到处看君图画游,每从兰社问陈侯。西湖未隐林逋鹤,北海难同郭泰舟。
> 鼓就三挝仍作赋,名高百丈莫登楼。惊看溺影山鸡舞,始信才多不自谋。
> ——《陆舫诗草》卷四《哀浙士陈章侯(时有黄祖之祸)》

　　在诗中,丁氏汉末桀骜不驯的祢衡比作陈洪绶,给陈氏之死的疑团留下了些许线索。邓之诚所编《清诗纪事初编》中,看到丁耀亢悼念陈洪绶这首七律，“案此诗作于顺治九年，陈洪绶以不良死，他书未及”，[①]提出以“以不良死”。裘沙赞同此说，见《陈洪绶死于“黄祖之祸”初探》，[②]这又可见丁氏之诗的“诗史”价值。

丘石常也是丁氏的好友，字子廪，号海石，二人友情至深，既曾经因为谈诗而挥动老拳，又曾经相互帮助支持。《丘子廪赠诗山楼兼馈蔷薇露》《秋兴和子廪》(《问天亭放言》)、《答丘子廪》(《椒丘诗》)等诗都记载了两人的友谊，后来他到北京谋生，还写了诗怀念这个老友：

去年花下一壶酒，绛雪纷纷落人手。折花入酒不计杯，潦倒喧呼卯至酉……

君今病起乘五马，我亦淹留燕市下。归去过山访丘子，载酒看梅相忆者。

——《陆舫诗草》卷一《忆山亭窗下梅呈郑琅轩寄丘子廪》

当他听到丘子廪死后的消息，不胜悲伤，他在《家信到见丘海石五月寄书，询之则逝矣。忆相送山中戏言求予作墓志，竟成谶语，开缄为之泫然，因略述生平以备行状，寄冢君龙标焚之》(节选)：

相邀共结九仙社，避地当为百岁翁。启书见字色方喜，家人传言君已死。

闻道惊疑起且悲，安知人世真沤水。我长君年余六岁，我衰君健相倍蓰……

——《江干草》

---

① 邓之诚：《清诗纪事初编》，上海古籍出版社1965年版，第686页。

② 裘沙：《陈洪绶研究》，人民美术出版社2004年版，第279—287页。

这首诗题目就达五十四个字,读之如同鲁迅《记念刘和珍君》开头的一段,沉闷压抑,剪不断,理还乱,而丘海石在丁耀亢赴惠安时曾送行并写诗《送鹤公令惠安》:

> 洛阳桥上双旌渡,得似心旌忆洛阳。显晦半生泥印雁,行藏一判路亡羊。
>
> 荔林仙署春风紫,松菊荒阶秋叶黄。君有老亲吾有恙,江山何处不断肠。①

昨日的玩笑今天竟然成了现实,"昔日戏言身后事,今朝都到眼前来",多么让人悲叹!回忆往事,诗人不胜人琴之感。

王铎与丁耀亢友善,王铎为丁耀亢所作画现存的就有两件。王铎死后,他多次诗悼念。《陆舫诗草》卷四《王尚书以华山诗纪邮到燕,士大夫和之成帙,阅二月而讣音至,予既荷先生国士知,因为挽诗十二章,哭于庭而焚之》。这十二首对王铎的道德文章有很多溢美之词,但感情还是真实的。他后来还梦见王铎:

> 两楹梦后影依依,梁月犹疑照素辉。千里关河来李白,一宵风雨见玄晖。
>
> 自言药裹诗难废,尚念鱼饥客不肥。生死华山成绝笔,新题和泪报幽微。
>
> ——《陆舫诗草》卷四《梦王大宗伯觉斯先生》

同乡兼好友刘正宗死后,他写了许多诗歌悼念刘氏,还询问刘正宗的安葬等事,如《赠晦庵张先生问刘安丘葬事》等。这些悼念诗写得凄婉感人,如《归山草·哭刘相国于红门寺》其一:

---

① 丘石常:《楚村诗集》,《山东文献集成》第2辑第30册,第47页。

分手燕云未十年,别来生死两茫然。神犹恋阙成新垅,子可传家即旧阡。

泪洒春风无宿土,魂随啼鴂有遗编。圣恩天泽终昌后,莫向东风怨杜鹃。

其二:

雍门歌罢泪纵横,泪尽仍吞未尽声。野寺佛香春寂寂,玉楼仙赋月荧荧。

形骸委蜕无南北,天地浮沉有死生。我欲归禅还大化,螳蚷何用吊彭铿。

情见于诗,泪洒春风,魂随啼鴂,老泪纵横。周作人说:"中年以后丧朋友是很可悲的事,有如古书,少一部就少一部,此意惜难得恰好地达出。"①老年丧友就更如此了。"春寂寂""月荧荧"可谓良宵美景,然人已不在,以乐景写哀,果然倍其哀乐。

曾被丁耀亢称为知己的傅维鳞死后,他痛哭不已。在《哭傅掌雷尚书十律》前有小序:"予以著书被祸,蒙公脱骖得免。时病中不忘周恤。临别握手,义过古人。今闻讣音,故历述志感。"他在《听山亭草·予以病丧明,伏枕二年矣,再述旧游,以代执绋》中写道:

垂帘白昼易黄昏,泪眼难招楚客魂。一饭顿超灵辄死,千金难报信陵恩。

开屏列翠时调曲,步雪寻香夜到门。入坐何曾留俗客,诗成独与阮嵇论。

----

① 周作人:《隅卿纪念》,马廉著,刘倩编:《马隅卿小说戏曲论集》,中华书局2006年版,第552页。

感友人知遇之恩,而友人已杳如黄鹤,回忆以前的步雪寻香,更增加了现在思念之情。

第六节　诗歌艺术特色

丁耀亢诗作众多,题材广泛,有较高的艺术成就。主要有以下几个特色。

一、强烈的淑世意图。淑世意图是丁耀亢诗歌思想中的一个重要的方面,也是一大特色。丁氏《集古》的编排并非按年代或人物,而是按照诗歌的思想内容分为七个部分。分别是歌铭、感遇、惜时、悲往、幽愤、知命、乐天。从题目上我们已经可以明白丁氏的选诗标准,而实际上他的评诗标准也是以淑世为切入点。他在《集古》序中就说:

> 夫史何为乎言诗也? 言乎诗之通乎史也。诗亡而后《春秋》作,三百篇固善言史哉! 故尼父、丘明正论之乱章,每证诸歌咏,盖道有言此以起彼者,要不外疏通善气云耳,此诗之有益于史也。吾欲人之不忘弦韦也,故集歌铭;吾欲人之无负造物也,故集感遇;吾欲人之为善恐不及、去恶恐不尽也,故集惜时;吾欲人之回头顾影,转眼成尘也,故集悲往;吾欲人之忘物情、平世境、履险而如夷,处穷而不陨,故集幽愤;吾欲人之万派千流,还源返本,故集知命;吾欲人之脱却纠缠,终归自在,云破月来,水落石出,故终之以乐天。夫古人之诗,不必如是观.以我之史,因而观诗,则我之史亦堪言诗,而诗固善注史也。故作《集古》。

诗之有益于史,也就是有益于社会,有益于"敦风俗,厚人伦"是丁耀亢创作的一个指导思想。他还搜集史料编撰过《天史》,内容主要是劝善惩恶。这些思想都会表现在他的诗歌创作中。我们来看一下他的选诗与评诗标准。

《集古》中选陈子昂《感遇》"微月生西海,幽阳始化升",评语为:赋也。感阴阳之消长而求其端也。"兰若生春夏,芊蔚何青青",评语:比也。感时不再来,勉进修也。"翡翠巢南海,雄雌珠树林",评语为:比也。感才士自炫杀身也。等等。

选阮籍《咏怀诗》"嘉树下成蹊,东园桃与李",评语为:兴也。桃李有实,蓬藋无根,惜失时也。"平生少年时,轻薄好弦歌",评语为:赋也。惜豪华不定,乐极悲来。"昔闻东陵瓜,近在东门外",评语为:赋而比。瓜熟蔓落,甘者自竭也。

选陶潜的《归田园居》"野外罕人事,穷巷寡轮鞅",评语为:赋而比也。恐修不及时,性根萎谢。"种豆南山下,草盛豆苗稀",评语为:比也。达人知命,处乱世不变其节。"结庐在人境,而无车马喧",评语为:赋也。命中真乐,得意忘言。

从上面所举例子来看,丁耀亢主要从社会学、伦理学的角度去选诗与评诗,他并不太关心诗歌的美学特征,只注重诗歌透露出来的伦理教化功能,把它看成是诗歌的人生教科书,通过诗歌而达到一种安身乐命的效果。如陶潜"结庐在人境,而无车马喧"这首名篇,当下读者主要关心作者归田后的愉悦,农村生活的充实。然而丁耀亢却挖掘其中的"微言大义",不理会诗的美感。当然他并非缺乏审美眼光,而是思想使然。

由于这一思想贯穿其中,丁耀亢的诗歌中有不少诗歌中充满了明哲保身、趋利避害的色彩。如《问天亭放言》中的《扪虱歌》由可怜的虱子想到自己的可怜,"我亦处裈裆,谁能逃此国"。

二、刻画细腻,情景交融,用典繁多,属对精密。这四个特点是紧密结合在一起的。如:

一年花事老黄尘,遥忆江南别有春。小艇穿蒲初泛鸭,短桥拂柳远招人。

　　移家梦绕青山旧，阅世魂惊紫禁新。回首秦淮歌舞地，异乡谁慰寂寥身。

——《陆舫诗草》卷二《答友人忆江南春》

　　小艇穿蒲，鸭儿戏水，如在目前，此为近景；短桥拂柳，似是唤人，远远眺望，此是远景。颈联"移家梦绕青山旧，阅世魂惊紫禁新"，"青"与"紫"，"旧"与"新"对仗何等工整，而整个诗境清新，内容浑厚，确为好诗。

　　马度荒原冲兔起，人依平屋伴鸡栖。

——《陆舫诗草》卷二《孟冬次阜城》

　　棠梨自垂红叶下，野雉欲起青烟重。

——《陆舫诗草》卷二《次景州》

　　石台花老余残墨，月榻苔寒印舞衣。

——《椒丘诗·过朱叙明旧宅》

　　云接太行分岱岳，水从王屋到明湖。

——《椒丘诗·恭次张方伯泉上招饮原韵》

　　忽惊彩鹢鸣箫鼓，无数青山列画图。南极鱼龙凌斗宿，北风鸿雁起菰芦。

——《江干草·谢李卫公赠舟》

　　鱼影清能数，鸥情淡若忘。浪花翻芰叶，枯蔓得莲房。

——《陆舫诗草》卷二《水淀渡》

作客同存傲,独行不畏穷。菊花湖水落,兰气雪楼空。
　　　　　——《陆舫诗草》卷二《逢何中彻胡方伯署中》

芳林香暗度,家醅醉相宜。红晕夭桃妒,柔条宿鸟窥。
　　　　　　　　　——《椒丘诗·齐河道中》

马疲怜远道,裘敝怯余寒。桥断河声急,城荒树影干。
　　　　　　　　　——《椒丘诗·齐河道中》

天高云气暖,石老树根香。铁马来风雨,灵旗镇虎狼。
　　　　　　　　　——《江干草·五显庙岭》

　　从以上例子可以看出,丁氏常常能把眼前的景色化为凝炼的句子,写景叙事均能鲜明如画,风格既能婉约感人又能豪放动人。如"云接太行分岱岳,水从王屋到明湖"气势阔大,壮语颇豪。
　　丁耀亢年轻时曾饱读史书,他在《天史·凡例》中说:"兹书经两寒暑而就,上下三千余年,阅古今文不下数千帙。"可见其读书之博。其子丁慎行在《乞言小引》中说:"(先君)性喜音律,每读汉魏六朝及李杜诸家,辄辍制业。"丰厚的学养使他的诗歌用典繁多,从而达到内容充实,词话美化,深于寄意。丁氏最常用的典故就是"辽阳鹤""丁令威""陶彭泽""嵇康""刘毅""荆轲""庞德公""投辖"等等。如《陆舫诗草·正月十九日同张尚书李茂卿游白鹤观》:

　　不悔游仙旧梦违,十年海上觅玄机。忽疑斧烂柸全失,为觅龙潜杖已飞。
　　春市人烟随野马,故宫鹤话吊残晖。瑶台寂寞云幢在,何处辽阳访令威。

此诗就用了《列仙全传》中的"王质烂柯"的典故,还有《搜神后记》中的"丁令威"典故,使全诗容量增大,增添许多典雅色彩。

再如《陆舫诗草》卷四《杨太史斋中赠查伊璜》第二首:

> 十年文藻梦依稀,燕市相逢问落晖。海内诗传存外史,尊前舌在各天机。
> 名高秦缪知羊贵,骨老燕昭爱马肥。欲向紫阳寻蜕迹,林逋一鹤几时归?

"舌在"指张仪回家后对他妻子说"你看我的舌头还在吗",事见《史记·张仪列传》。"秦缪知羊"用秦缪公拿五张羊皮赎百里奚事,事见《孟子·万章上》。"燕昭爱马"用的是燕昭王重金买马骨的故事,事见《战国策》卷二十九燕一;紫阳乃元末道士丁野鹤,林逋是宋诗人,以梅为妻以鹤为子。

总的说来,丁耀亢喜欢用典,尤其与人唱和的时候更是多用典故。但是典故用了多了,韵致反而不显,变得板滞。而事实上他不用或少用典故的时候却时有清新之作,如:

> 何处春游各返村,竹篱斜掩见柴门。庭中稚子遥迎马,柳下渔舟晚载尊。
> 老树烟笼双嶂远,新蒲水暖数鸥翻。故山小筑堪容隐,不遇羲皇未可存。
> ——《陆舫诗草》卷一《题盛子昭春游归村图》

> 一年春事随尘土,千里乡思听鼓鼙。花送马蹄愁出塞,诗成驴背怯冲泥。
> 伤时对酒天难问,失路当歌气易低。欲往西山寻野蕨,二

陵风雨去还迷。

——《陆舫诗草》卷一《送春》

易水歌空壮,相传此白波。秋容疏细柳,霜气暗残荷。
潦尽知鱼贱,村贫觅酒酡。夕阳重问路,豺虎夜来多。

——《陆舫诗草》卷二《白沟渡》

丁耀亢诗歌常有新见,发常人之未发。如《陆舫诗草·花市歌》开头描写了花市的繁盛,但最后却说:"花乎何不开向深山中,却来市上争东风?"颇似白居易中《轻肥》"是岁江南旱,衢州人食人",曲终奏雅。以反问的口气诘问花,其实是指向醉生梦死之人,效果如同"商女不知亡国恨,隔江犹唱后庭花",责备不是商女,而是达官贵人。有学者认为此诗是丁耀亢出仕新朝而充满矛盾,[①]可备一说。

再如《陆舫诗草》卷四《七夕思家》:

微云细雨月生波,露影空怜此夜何。鹊驾几时通碧落,仙槎久已隔星河。

赋骚人老天难问,乞巧文成拙更多。帝女果能超甲子,年年无用恨抛梭。

乞巧成拙,帝女不恨,皆反俗见而行之。丁耀亢对陶渊明的理解也独具只眼。他在《椒丘诗·题〈渊明对酒图〉》写道:"观其咏荆轲,雄心隐深慷",这与鲁迅所说陶渊明有"金刚怒目"的一面所见略同。

三、艺术风格多样,大体说来,其歌行体如行云流水,逼近李白,律诗格律谨严,极类杜甫。《陆舫诗草·怀苍梧行》:

---

① 李伯齐:《山东分体文学史·诗歌卷》,齐鲁书社 2005 年版,第 455 页。

君不见,鼎湖丹成髯龙起,臣庶乌号扳龙耳。云气成龙何处归,至今不死轩辕氏。又不见,穆王八骏喜遨游,相传黄竹回丹丘。猿鹤有人化千载,骅骝无影遍九州。云去云来古今变,松楸冀阶亦巍焕。帝子南游竟渺茫,苍梧万里浮云幻……

历史、神话、仙人、猿鹤意象密丽,恍惚善幻。再如其《椒丘诗》卷二《橛龙歌赠诸邑宰吴宗濙祈雨天井》:

东武连海多奇峰,山横涧绕烟云封。俗传有潭是天井,暗通海眼潜蛟龙。

故老传闻出雷雨,人近潭边不敢语。白蛇蜿蜒时出来,铁牌橛龙龙乃许。

……

少焉山尽转回峦,四面突兀开巉岏。复岭中凹束绝壁,崖如截铁苍苔寒。

续蔓投石深莫测,雷激涛鸣泻千尺,巀嶪环围碧练青,微茫下射沧溟黑。

此年因为干旱祈雨。《质庵文集》卷四《九仙纪行》:"又读丁野鹤先生《橛龙歌》有云'续蔓投石深莫测,雷激涛鸣鸿千尺。巀嶪环围碧练青,微茫下射沧溟黑',得此歌及张君言,则龙湫之奇,固历历在余目中矣。"①对此诗评价甚高。

其歌行体也有平淡而近白居易者。《雪桥诗话三集》在谈到他的《屠牛叹》时说:"渔洋谓其晚作亢厉,然如此诗亦香山之遗也。"②

---

① 李濂:《质庵文集》,《四库未收书辑刊》第9辑第29册,第513—514页。

② 杨钟羲撰集,刘承干参校:《雪桥诗话三话》,北京古籍出版社1991年版,第65页。

　　丁耀亢的律诗尤其七律模仿杜甫很明显。如《陆舫诗草·长安秋兴》其三：

　　　　紫陌铜驼壮帝京，九门秋气下层城。湖残玉㻛垂杨尽，雨过石渠细草平。

　　　　虎帐弓刀新列市，牛车红粉远归兵。夜深儿女声声咽，多少悲笳拍未成。

　　四、化用前人秀句，转益多师。丁耀亢的艺术成就不是无源之水，而是有所继承，对于前人，如屈原、班固、李白等都有所学习。如《陆舫诗草·怀仙感遇赋》，宋琬评此篇说："野鹤斯篇，极瑰玮、沉郁之观，而忠孝之思，缠绵凄恻，其旨深，其言远，奇而不诡，丽而有则……此真西京之遗响也。"

　　他对唐代诗人多有学习，也重视宋代诗人，他曾选有《宋诗英华》，第一首就选王禹偁的《庶子泉》。

　　他善于化用前人特别是唐代诗人的诗句，却又浑然天成。如《陆舫诗草·怀苍梧行》"黄陵庙里鹧鸪啼，白帝城中杜鹃血"，用郑谷的《鹧鸪》"雨昏青草湖边过，花落黄陵庙里啼"，而仍有新意；《陆舫诗草·送张在禄赴通州都阃》"长安酒徒轻少年，白马宝镫金连钱。黄山豪客久不见，遇君意气时撑天"，用词遣句颇有初唐卢照邻《长安古意》"长安大道连狭邪……妖童宝马铁连钱"之神韵；《陆舫诗草·送别孝廉丁汉公》"江清潮落艇，驿静月侵扉"化用宋之问《题大庾岭北驿》"江静潮初落，林昏瘴不开"；《陆舫诗草·途次却寄冯孔博》"野旷人惊树，云回雁返书"化用孟浩然的《宿建德江》"野旷天低树，江清月近人"。

　　他对竟陵派钟惺与谭元春也很崇拜。他在《续金瓶梅借用书目》上标明用过"《唐诗归》"。钟惺与谭元春曾合作编选《诗归》，共51卷，其中隋以前15卷，单行称《古诗归》，唐人诗36卷，单行称

《唐诗归》。事实上丁耀亢的编选《集古》主要就是参考了《古诗归》
《唐诗归》,可称为《诗归》的选本。钟惺在《诗归序》中说:"察其幽
情单绪,孤行静寄于喧杂之中,而乃以其虚怀定力,独往冥游于寥
廓之外。"①钱谦益说竟陵派诗风为"其所谓深幽孤峭者,如木客之
清吟,如幽独君之冥语,如梦而入鼠穴,如幻而之鬼国"。② 然丁耀
亢的诗中较少此种弊病,相反他对竟陵派的缺点看得很清楚,周
潇、裴世俊《晚明山东文坛宗尚》指出:"诸城诗人丁耀亢早年亦推
崇雅正雄浑,对竟陵诗风多有批评,如云:'谈诗久已谢时能,新调
空传说竟陵。春螟有声吹细响,干萤无火续寒灯。乱鸣郊岛终难
似,厚格杨卢岂合惩。千古高深岂五岳,君看何处不崚嶒。'对竟陵
派苦寒细弱之调不乏讥讽。"③确实如此。他的友人丁日乾(字谦
龙)给《逍遥游》作序说:"先生乃讨余《吴陵诗》殚论之,叱黜竟陵,
揖驾龙门,言有苦心,不欲互作褒语。野鹤洵雅宗哉!"他在《化人
游》第九出中也对竟陵派作了评价:

　　　净吟科:"(百尺深潭万丈龙),轰雷掣电下天宫。"生说:
　　"太雄豪了!"净说:"这是李沧溟派,专讲气格。待我学竟陵派
　　续完。"吟科:"而今青海成黄土,做个泥鳅乐在中。"生:"如何
　　忽然自小,首尾不相称了?"

　　五、丁耀亢对杜甫的学习。在诗歌创作上丁耀亢受益于杜甫
最多,他从青年时期就在《逍遥游·吴陵游》有《约邓孝威共订杜诗
名以清归破时调也因次元韵》,《出劫纪略》之《航海出劫始末》有
"因村居渔钓自娱,得读杜诗,时杂吟咏"。丁耀亢在容城曾经批点

　　① 钟惺、谭元春:《诗归》,湖北人民出版社 1985 年版。
　　② 钱谦益:《列朝诗集小传》丁集中,上海古籍出版社 1959 年版,第 571 页。
　　③ 周潇、裴世俊:《晚明山东文坛宗尚》,《山东师范大学学报》2006 年第 1 期。

过《李杜合集》，可见其对杜诗的喜爱。他在《落叶诗三十韵并序》对杜甫的咏物诗推崇备至，"永物，小品也。小品未能尽诗理，独少陵咏物各极天地性情之致"，丁耀亢还有《拟和杜陵咏物诸作》十二首，可见他对杜诗的熟悉。

除了喜爱杜诗，他还在炼字造句方面"袭用"杜诗很多。如《陆舫诗草》卷四《三月三日同韩圣秋游金鱼池饮查楼》"三月三日春已暮，长安花市那须经"化用杜甫《丽人行》"三月三日天气新，长安水边多丽人"；《陆舫诗草·宿沧州旧城》"日斜马影度寒塘"化用杜甫《和裴迪登新津寺寄王侍郎王时牧蜀》"蝉声集古寺，鸟影度寒塘"；《江干草·昭庆寺逢陆鹤田》"过寺贪看佛，回头却应人"化用杜甫《漫成》"仰面贪看鸟，回头错应人"；《听山亭草·柳村新垦》："性癖耽佳老不除"化用杜甫《江上值水如海势聊短述》"为人性僻耽佳句，语不惊人死不休"；《听山亭草·榆钱》"万点风飘似买春，漫天飞舞正迷人"化用杜甫《曲江》"一片花飞减却春，风飘万点正愁人"等。从这些部分例子可知，丁耀亢稔熟杜诗，所以在写诗时会有意无意地套用。

丁耀亢学习杜诗并不是仅仅从语句上套用或化用，他其实能得杜诗之神髓，他说："老去渐知无国士，十年方信杜陵诗。"（《陆舫诗草·醉柬王念石太史》）可见他用了多年的时间才慢慢读懂了杜诗。我们来举几例：

　　岁月星徂雁过林，凉生秋气晚森森。火云出塞将收暑，积晦成霖未断阴。
　　匏叶系人千里梦，鸡栖留客五更心。年年汗漫忘归计，紫塞清秋送夜砧。

　　平成疏凿禹神功，积石龙门注导中。九鼎自归苍玉珮，六鳌常拱翠华风。

云迷大陆沉波黑,日射阳侯过峡红。一望弥天成巨浸,可能飘泊效渔翁。

——《椒丘诗·时维立秋百感斯集爱作

〈秋兴〉取次杜韵聊以自娱》

从上面两诗可知,丁氏之诗无论从声律到内容均与杜诗相类,且颇有杜诗"沉郁顿挫"的风格,当然,古人说得好:"学之者生,似之者死。"他学杜甫并非机械模仿。不过有时也学习了杜甫诗中不很好的一面,如施补华认为:"粗俗是诗人所戒,如'仰面贪看鸟,回头错认人'之类,虽出于少陵,不可学也。"①确实,杜诗此句虽然逼真但终无趣味。丁氏有"过寺贪看佛,回头却应人"之句,可见也学习杜甫诗粗俗的一面。

六、丁耀亢在清初诗坛的地位。丁耀亢是清初一位不可忽视的诗人,他的诗数量多,格局广,格律谨严,时有警句,体物细腻、刻画如生,古体诗气势流动,逼近青莲。在清初诗坛上,他是能与宋琬与施闰章比肩的。但主要因为他生前没有做过显官,死后作品又遭到禁毁,所以在当时与后代名声不显。蒋师辙在《青州论诗绝句》论"丁耀亢"说"失志归来气益奇,天才踔厉少人知。赏音难得徐无善,逆旅相逢大嚼时"②。这"少人知"是他的诗流传不广的一个原因。

---

① 施补华:《岘佣说诗》,丁福保辑:《清诗话》,上海古籍出版社 1999 年版,第975—976 页。

② 蒋师辙:《青州论语绝句》,郭绍虞等编:《万首论诗绝句》,人民文学出版社1991 年版,第 1446 页。

第三章　《续金瓶梅》研究

第一节　《续金瓶梅》成书年代新考

一、《续金瓶梅》成书的四种说法及分析

第一种是黄霖在 1988 年为《金瓶梅续书三种·前言》中提出的 1661 年说。[①] 其中主要根据是小说第六十二回中有"三次转世"说。第一次是《搜神后记》中的丁令威,第二次是五百年后临安西湖匠人丁野鹤,第三次是明末同名同姓的一个丁野鹤,自称紫阳道人,"名姓相同,来此罢官而去",黄先生得出为夫子自道,点明此书为作者 63 岁之作。

第二种是张清吉 1990 年在《〈续金瓶梅〉的成书年代》中提出的 1654—1658 年说。[②] 张先生对黄先生的说法提出质疑,他认为丁耀亢一生在杭州只有短暂的停留,没有时间来写小说,认为丁氏在容城任教谕时创作了《续金瓶梅》。证据之一是丁氏在容城写《无求》诗有"无求不去缘何事,华表归来有化书",其中"化书"就是《续金瓶梅》;证据之二是作者在容城作《匏瓜咏·并序》中有"叶底

①　黄霖:《金瓶梅续书三种·前言》,齐鲁书社 1988 年版。
②　张清吉:《醒世姻缘传新考》,中州古籍出版社 1991 年版。

得二瓜"，二瓜之一就是《续金瓶梅》。

第三种是石玲 1991 年在《〈续金瓶梅〉的作期及其他》提出的作者在顺治十七年(1660 年)客游杭州时所作。① 证据是作者长子丁慎行《乞言小引》中"由容城广文除惠安令，旋以疾致仕。历闽越诸名胜，纵笔成野史，聊消旅况"，再加上书前有"西湖钓史"于"庚子季夏"所作的序，得出《续金瓶梅》写成于顺治十七年，丁耀亢滞留杭州之时"。石老师虽然没有明言写成于顺治十七年的哪个季节，但从其论证上看，当是秋天之前。

孙玉明 1996 年在《〈续金瓶梅〉成书年代考》中，大体同意石玲"1660 年秋之前"而反驳了张清吉的观点。② 孙先生针对张先生说丁氏在"杭州逗留时间短"而考证出"从正月十五之前直至农历九月底，已有八个多月的时间"。主要理由与石先生相同。

王谨在 2003 年《试论〈续金瓶梅〉的创作年代》中反驳了黄霖、张清吉的观点，赞同石玲、孙玉明的论点，并引《顺康年间〈续金瓶梅〉作者丁耀亢受审案》中"该书撰写于顺治十七年"作为论据，得出成书于 1660 年。③

第四种是欧阳健于 2004 年《〈续金瓶梅〉的成书年代》提出在1648—1654 年在北京任旗官时构思动笔，在 1654—1658 年容城任教谕撰写完成。④ 文章反驳了黄霖、石玲的观点，基本赞同张清吉的意见。并把《续金瓶梅》中"洪皓教书"的经历认为是"丁氏自况"从而把构思动笔提前到 1648—1654 年。文章对"丁耀亢受审案"进行了辨析，说丁氏之所以说"顺治十七年作"是为了保护作序的人及刻工，避免发生株连事件。

----

① 石玲：《〈续金瓶梅〉的作期及其他》，吉林大学中国文化研究所编：《金瓶梅艺术世界》，吉林大学出版社 1991 年版。

② 孙玉明：《〈续金瓶梅〉的成书年代考》，《社会科学辑刊》1996 年第 5 期。

③ 王谨：《试论〈续金瓶梅〉的创作年代》，《广州大学学报》2003 年第 9 期。

④ 欧阳健：《〈续金瓶梅〉的成书年代》，《齐鲁学刊》2004 年第 5 期。

在以上四种主要观点中，1660 年说与 1661 年都有一个"不证自明"预设，就是一部 42 万字的小说会在一年内完成。这是不现实的预设或推测，本身就是一个缺陷。

其中 1660 年还有一个事实不能自圆其说，就是小说第六十二回中有"丁野鹤 63 岁"及"罢官而去"，1660 年丁氏才 62 岁，而且直到 1660 年冬天才"罢官"，要说 1660 年夏秋之际就写完是不合情理的。论者的解释都是"小说家言，不必当真"，但是既然大家都承认"丁野鹤是作者自况"，主要事实差别如此之大，这样的解释难以服人。

1648—1658 年及 1654—1658 年也有两个不合理的地方，一是小说中出现了两次"宁固塔"。而据文献记载，历史上第一起流放到宁古塔的事件发生在 1655 年，此前汉人不知道宁古塔，或者说宁古塔作为流放地是 1655 年以后的事情（下详），在此以前怎么会出现在小说中？二是早在 1658 年之前怎么会预料到惠安做官又辞官？（1659 年才被推荐做官），又怎么会预料到"罢官"？难道像孙玉明先生反问的那样，第六十二回及以后是后加上的吗？

关于《顺康年间〈续金瓶梅〉作者丁耀亢受案》作者自己说是"小的于顺治十七年独自撰写，并无他人"，研究者中有人认为是作者自己说的，当为定论。[①] 但是第一，考虑到受审是一个非常特殊的情况，钱锺书在谴责刑讯逼供时曾引用古罗马人巧妙的说法："严刑之下，能忍痛者不吐实，而不能忍痛者吐不实。"[②] 虽然丁氏不一定受到拷打，但如何保护自己和他人的动机总是有的，所以不能完全相信，关于此点欧阳健的辨析还是很有力的。第二，他的集

---

① 中国历史第一档案馆，安双成编译：《顺康年间〈续金瓶梅〉作者丁耀亢受审案》，《历史档案》2000 年第 2 期。

② 钱锺书：《管锥编》，生活·读书·新知三联书店 2007 年第 2 版，第 535 页。

子中有些事情常常自相矛盾,①所以我们对待他的说法要辩证地去看。第三,严格说来,他自己说的"小的于顺治十七年独自撰写,并无他人",其实是一句模糊话。"顺治十七年"是开始写? 还是正在写? 还是写完了? 好像都有可能。总上所述,他的话不能全信。

经考证,《续金瓶梅》当动笔于 1655 年或以后到 1661 年才正式完成。

二、《续金瓶梅》动笔于 1655 年后

小说第二回有"休说是士大夫宦海风波不可贪图苟且,就是这些小人,每每犯罪流口外,在宁固塔,那一个衙蠹土豪是漏网的";第五十八回有"后来事泄,几番要杀他,只把他递解到冷山地方——即今日说宁固塔一样"。考《续金瓶梅》的各个版本,这两句话均相同,所以可证不存在后人修改的可能。

按"宁固塔",即宁古塔。据《研堂见闻杂记》云:

> 丁酉之役,江南两座主及分房诸公与逮系举子,既讯鞫后,天子不复严问,以为可因缘幸脱,或长系狱中矣。至岁杪,忽降严纶,两座师骈斩西市,十六分房诸公皆绞死于长安街;举子则各决四十,长流宁古塔,而财产皆入官,诸父兄妻子,各随流徙。按宁古塔在辽东极北,去京七、八千里,其地重冰积雪,非复世界,中国人亦无至其地者。诸流人虽各拟遣,而说者谓至半道,为虎狼所食,猿狄所攫,或饥人所啖,无得生也。向来流人俱徙上阳堡,地去京师三千里,犹有屋宇可居,至者

---

① 关于丁氏著作中的矛盾,如丁氏在《出劫纪略·航海出劫始末》说认识一个姓庄的人,"有莒贼庄姓,与土寇结援,将攻屠报仇。素识庄,往说解之。"又在《出劫纪略·从军录事》中说:"予素不识庄,知其人宦族,好侠,素耳予名。"

尚得活,至此则望尚阳如天上矣。①

这说明宁古塔作为流放地晚于上阳堡。《清会典事例》卷七四四《名例律》载:

> 十四(顺治)年议定,凡卖钱经纪铺户,与贩换和私钱者,流徙尚阳堡。十六年谕,贪官赃至十两者,流徙席北地方,十七年题准,席北系边外之地,以后流徙席北者,俱改流宁古塔。十八年定,凡反叛案内应流人犯,俱流徙宁古塔。②

这当是清朝政府最早以法律形式规定流徙宁古塔。据谢国桢在《清初流人开发东北史》考证,清初罪人开始流徙尚阳堡等地,后来才改向更荒凉的宁古塔。他说:"大抵清初流徙的罪人,起初不过流徙到沈阳,后来由尚阳堡到宁古塔,最后乃发遣到黑龙江、齐齐哈尔等处。"③

从上面可以看出,流徙宁古塔是从清初才开始的。那么,清初第一起流徙宁古塔案起于何人何时呢?李兴盛考证说:

> 先是,清廷流放犯人全部发往辽东铁岭、尚阳堡、开原、沈阳等地,从未有发往宁古塔者,可见陈嘉猷是第一个宁古塔流人。关于这一点,陈嘉猷自己也曾谈到。1689年,他曾对来宁古塔省亲的杨宾道:"我于顺治十二年流宁古塔,尚无汉人。"④

---

① 《研堂见闻杂记》,台湾文献史料丛刊第 254 种,台湾大通书局 1987 年版,第 43—44 页。

② 《清会典事例》(九),中华书局 1991 年版,第 215 页。

③ 谢国桢:《清初流人开发东北史》,开明书店 1948 年版,第 4 页。

④ 杨锡春、李兴盛:《宁古塔历史文化》,黑龙江人民出版社 2004 年版,第 152 页。

按,这段话出自清代杨宾《柳边纪略》卷三,[①]当为可信。李兴盛先生描述陈氏流放如下:

> 顺治十一年十二月初五,刑部奏请王一品论绞,陈嘉猷流徙宁古塔,得到清廷允准。次年,陈嘉猷与妻子,携带一女、三子及三个仆人,在刑部前登年而去。[②]

从文献看,议定陈嘉猷流徙宁古塔是"顺治十一年十二月初五日"已经是 1655 年 1 月 12 日,但真正流徙自"次年"开始。此后成为定例,宁古塔成为人人谈之色变的人间地狱。丁耀亢在《椒丘诗》卷二《李龙衮谏抗疏宽东人之禁流徙辽东寄别》自注道:拟谪宁固塔,上自择尚阳堡。考此诗作于 1655 年末。因此我们说,丁耀亢得知宁古塔或从陈嘉猷或从李龙衮或从其他地方得来,但总不会早于 1655 年。从而《续金瓶梅》的成书不会早于 1655 年。

又考虑到"宁古塔"是出于小说的第二回,也就是说是小说的开头,从而我们可以进一步说,《续金瓶梅》最早开始写也不会早于 1655 年。再进一步说,从"就是这些小人,每每犯罪流口外,在宁固塔"这句话看,流徙宁古塔的人已不在少数,应该是流放到宁古塔成为规模之后,小说的开笔至少在 1655 年末尾或更晚。

三、《续金瓶梅》成书于 1661 年

《续金瓶梅》书前有《续金瓶梅集序》后署"顺治庚子季夏西湖钓史书于东山云居";还有《太上感应篇阴阳无字解序》后署"顺治

---

① 杨宾:《柳边纪略》,中华书局 1985 年版,第 57 页。
② 杨锡春、李兴盛:《宁古塔历史文化》,黑龙江人民出版社 2005 年版,第 151 页。

庚子孟秋西湖鸥史惠安令琅玡丁耀亢谨序"。

第六十二回有：

> 留下遗言说："五百年后又有一人，名丁野鹤，是我后身，来此相访。"后至明末，果有东海一人，名姓相同。来此罢官而去，自称紫阳道人。

石玲和孙玉明等以书前序的时间而断此书成书于序前，也就是最晚在1660年的秋天。但是以序来说明"作品完成于序前"却有很多的例外。

"1660年成书"的研究者在解释小说中"冬天才罢官而去"与"作序于孟秋"的矛盾时只说是"丁氏早有辞官之意，因而提前把罢官写入小说"。但是这种解释是不合理的。他们没有发现"辞官"与"罢官"的微妙差别。我们知道，"辞官"只有一个意思，就是辞去官职，"罢官"却有两个意思，一是主动解除官职，另一个是被动解除官职。在丁氏作于1659—1660年的诗集《江干草》中，记录了丁氏赴惠安时游历情况及心情感受。有四次使用"辞官"这个词，如：

> 劝驾怜吾病，辞官惜尔违。
> ——《张子干陈畴范游会稽返过别》

> 力疾忧王命，辞官复远游。
> ——《自江干买舟从陈宪台诸子入闽》

> 自怜彭泽思归切，万里辞官向惠安。
> ——《清湖店壁见胶西王逸安大行
> 自闽回朝诗因次韵》

笑我辞官劝不回，八千岭海向人哀。
——《次浦城谢邑宰刘震生留饮》

按，这些诗均作于赴惠安的路上，没有正式"解除官职"之前。在这里，一个"罢官"也没有出现过。在正式解除官职后，丁氏也曾用"弃官"与"休官"：

弃官湖海一书佣，饥驱能餐列御风。
——《投浒墅关榷部李梦沙一绝》

是我休官日，逢君罢政时。
——《清明日沐阳寄米吉士邑宰》

考丁耀亢的全部作品，只有在 1662—1666 年的诗集《归山草》（作于罢官后）中有唯一一处用"罢官"：

客榻依廊下，相违已七年。逢君多难后，愧我罢官前。
远信今来否，新诗莫妄传。圣朝多雨露，或可到穷边。
——《赠道子时携幼子已十六龄矣即京中生》

我们来分析一下，"逢君多难后，愧我罢官前"中之"罢官"就是被免官，只有被免官才愧，"官"的有无丁耀亢不在乎，丁氏愧的是这个"罢官"带有"被迫性"，主动辞官何愧之有？挂冠而去是古代文人激赏的一种姿态。而且中国人安慰别人，总喜欢用自己更差的处境来减小对方的悲伤。丁氏的意思是说，你的处境不好，我不是也被罢官了吗？我们是同病相怜。但如果这里的"罢官"就是"辞官"的意思于情于理都不通，那样就成了丁氏在挖苦对方，你的处境不好，我连官都不想做，辞去了。

从上面可以看出，丁氏在使用"辞官"与"罢官"上很严格，两者表示不同的含义。而且丁氏对"罢官"与"辞官"的态度是决然不同的。对"罢官"是"愧"，对"辞官"是"悔"：

> 衰龄思出世，多难悔辞官。今日离东武，犹如去惠安。
>
> ——《答任少玉见留》

此诗出自被正式罢官后的集子《归山草》。"辞官"是自己主动的，所以只好"悔"了，如果是被"罢官"只能惭愧或怨恨。这里也可以看出，丁氏不存在混用两词的情况。

而事实上，丁耀亢也正是被"罢官"而不是主动"辞官"的。《顺康年间〈续金瓶梅〉作者丁耀亢受审案》第一个文件《吏部尚书伊图等为请将逾期不接任知县丁耀亢革职事题本》可知丁氏是被"罢官"而非"辞官"。文件载：

吏部尚书伊图等为请将逾期不接任知县
丁耀亢革职事题本

顺治十七年十二月二十七日

吏部尚书降二级臣觉罗伊图等谨题，为知县借病长期不到任事。

福建巡抚徐永祯为前事题，于顺治十七年九月二十四日具题，十一月二十四日奉旨：着吏部查议题报。钦此。钦遵。于十一月二十五日，抄出到部交司，宜复议奏。等因呈部。

臣等议得，福建巡抚徐永祯题疏内开，惠安知县丁耀亢早已抵浙，假借患病，并不到任。等语。查十六年七月间，经题外补丁耀亢为惠安知县，其领凭内限定于十七年正月二十日到任。该员已逾期半年多，尚未接任。因此之故，拟以照例革职。

从上可知,丁耀亢是被"罢官"。欧阳健也说:"似未同意按主动辞职(投劾)处理。"因此,"罢官"不同于"辞官",二者是有严格区别的一对概念。从丁氏的集子中可以看到,他一直想以主动的姿态去"辞官",但到最后却是"罢官",结局虽然一样,但性质完全不同。由上面的分析知道丁氏在运用这两个词时也是相当谨慎的。在整个 1659—1660 年间作诗用词都用的是"辞官",若是在"夏秋之际"完成,为何不写"辞官而去"? 若说"辞官"与"罢官"没有区别,《江干草》中又为什么全是"辞官"而没有一个"罢官",而到了这里成了"罢官"? 丁耀亢写"罢官而去"是和事实情况符合的。

即使丁耀亢可以把自己的心志"辞官"提前写入小说,但他怎么会预料到是"罢官"? 又,既然在小说写了"罢官而去"为什么在小说中的《太上感应篇阴阳无字解序》中又署"惠安令琅玡丁耀亢谨序"? 一方面已经"罢官",另一方面又自署"惠安令",莫非丁氏是首鼠两端? 这只能说是序作于书完成以前。需要注意的是,序早于书完成之前,不是说没有书就有序了,只是说书写得差不多了才写的序。

"1660 年成书"论者没有看到"辞官"与"罢官"的区别,而且孙玉明对"辞官"的含义理解也有偏。孙玉明说:"他在离杭州南行时,曾在《自江干买舟从陈宪台诸子入闽》一诗中强调自己是'辞官复远游',其时丁耀亢辞官仍然未蒙获准,但他却说已'辞官',以是证之,丁耀亢在求罢官之前,当有可能将自己的心志写入小说。"其实这里的"辞官"只是"辞官"这一动作,却不是"官"已经"辞"掉了。在丁耀亢的集子中,两者泾渭分明。

至于说《续金瓶梅》前天隐道人与爱日老人的序均有"续编六十四章",就定于 1660 年夏秋之际就成书更不是定论。中国的长篇小说大部分是一百回、六十四回的,不可能是书写到一百回或六十四回就正好写完,都是动笔之先就构思好的。

所以我们说,《续金瓶梅》至少是六十二回以及后几回是在被罢官后再次路过西湖写的,又从《岁穷行李将尽鬻书就道》的"岁穷"来看,丁氏到杭州时已快"岁穷",则《续金瓶梅》写到顺治十八年是顺理成章的事情。笔者以为《续金瓶梅》应作于 1661 年(辛丑年)。这样才和丁野鹤的自况相符。

《续金瓶梅》成书于 1661 年除黄霖认同外,其他研究者也有所认识。比如石玲说:"我们也不排除在梓行前作者进行了改动,或是后几回在罢官之后完成的可能。"孙玉明说:"《续金瓶梅》的绝大部分创作于顺治十六年(应为十七年,笔者注)初春至夏秋之交滞留杭州期间。"这两位先生虽然提出"顺治十七年秋天之前成书",但没有绝对肯定,这些对成书于"顺治十八年"留了余地。

1660 年与 1661 年虽然只有一年之差,但是对考证《续金瓶梅》的版本是有帮助的。

四、由丁耀亢、王士禛交往看成书

在《续金瓶梅》第五十三回有"只凭着扬州府王推官,是个山东才子,积年大词客,一切出题看卷凭着去取"。

这个王推官可以认为丁耀亢所虚构,但是有充分的理由认为是当时在扬州任推官的王士禛。这几个关键性的指标如"扬州、推官、姓王、山东人、才子、词客"均与王士禛相符。王士禛在 1659 年谒选得扬州府推官,1660 年出任扬州,而在 1661 年我们才发现丁与王有交往。从此事我们可以确定一点,《续金瓶梅》至少第五十三回及以后一定写于 1660 年春天或以后,所以我们说,1660 年之前绝不会成书。一般来说,应该认识以后才可能写进去,因为,虽然王士禛是在 1660 年 3 月出任扬州推官,但丁耀亢不可能在第一时间就能知道此事,按常理来说,当应该过了一段时间才能知道,而且如果丁、王二人不相识,则丁耀亢也不可能随意就把王推官(王士禛)写入小说,而据文献,两人是在 1661 年 2 月才第一次相识。下面证明之。

　　据《王渔洋事迹征略》考证，1659 年"十一月，谒选得扬州府推官"①，1660 年"（三月）月内到任"，②1661 年"（二月）丁耀亢过扬州，公邀之饮，为其题《陶公归来图》《归鹤图》，耀亢赋五首作答，比公为何逊。"③

　　考丁耀亢《江干草》有《扬州司理王贻上招饮题诗归鹤卷次韵》，则可证丁、王二人确实是在 1661 年相识的。而王士禛恰恰符合"扬州、推官、姓王、山东人、才子、词客"这六个指标，这说明这个王推官就是王士禛。或说"积年大词客"与王士禛是诗人不符，但实际上，王士禛早年是以词知名的。严迪昌在《清词史》中说：

　　　　在清初文学史上出现了一个令人深可玩味的事实：世称"南朱北王"的朱彝尊、王士禛二位大诗人，朱竹垞以诗鸣于前，转而却以"浙西"一派宗师称盟主于词坛；王渔洋以词早著声名，建坛立坫盛极一时，可又转去专力为诗，创"神韵"之宗而扬名天下。④

　　除了王渔洋与丁耀亢的交游可证在 1661 年成书，《续金瓶梅》第五十三回的主要内容也与王渔洋的事迹吻合。《续金瓶梅》第五十三回回目为"苗员外括取扬州宝 蒋竹山遍选广陵花"，我们看其开头一段：

　　　　单说这天下繁华之处，第一说是扬州，一名曰江都，一名曰广陵。其俗轻扬奢侈，士女繁华，舟车辐辏，万货俱集，真乃南北的都会，江淮的要冲。自古来，诗人才子、美女名娼俱生

---

①　蒋寅：《王渔洋事迹征略》，人民文学出版社 2001 年版，第 46 页。
②　蒋寅：《王渔洋事迹征略》，人民文学出版社 2001 年版，第 51 页。
③　蒋寅：《王渔洋事迹征略》，人民文学出版社 2001 年版，第 62 页。
④　严迪昌：《清词史》，江苏古籍出版社 2001 年版，第 60 页。

在此地,因此在汉时为吴王濞的故都,叫作芜城,在隋时炀帝建作迷楼,开了邗江直接汴京,为游幸之地。又有琼花观的仙葩,二十四桥的明月。到了三月莺花时节,这些妇女出游,俱要鲜妆丽服,轻车宝马,满城中花柳争妍,笙歌杂奏。到了半夜,那船上萧鼓不绝。

《续金瓶梅》此段乃是对扬州风俗的真实描写,李斗《扬州画舫录》卷九引吴绮《扬州鼓吹词序》:

> 郡中城内,重城妓馆,每夕燃灯数万,粉黛绮罗甲天下。吾乡佳丽,在唐为然。国初官妓,谓之乐户。土风,立春前一日太守迎春于城东蕃釐观。令官妓扮社火:春梦婆一,春姐二,春吏一,皂隶二,春官一。次日打春,官给身钱二十七文,另赏春官通书十本。是役观前里正司之。①

我们认为,把王士禛与扬州联系起来不应该只是王士禛在扬州任推官,还应该有更深层次的原因。事实上,王士禛在 1661 年做了一件事情,与《续金瓶梅》第五十三回描写基本相符。《香祖笔记》卷七:

> 予少时为扬州推官,旧例,府僚迎春琼花观,以妓骑而导舆;太守、节推各四人,同知已下二人。既竣事,归而宴饮,仍令歌以侑酒,府吏因缘为奸利。予深恶之,语太守,一切罢去,扬人一时诵美之。②

---

① 李斗:《扬州画舫录》,中华书局 2007 年版,第 132 页。
② 王士禛:《香祖笔记》,上海古籍出版社 1982 年版,第 125 页。

　　蒋寅在《王渔洋事迹征略》中把此事系于 1661 年,他说:"《年谱》惠栋注系此事于今年,姑从之。"①从《续金瓶梅》与《香祖笔记》的描写及有关键词"琼花观"来看,二者是有关系的。笔者认为,丁耀亢正是从王士禛罢除"琼花观游春"一段,把王推官写入《续金瓶梅》的。

第二节　《玉娇李》与《续金瓶梅》关系考论

　　《玉娇李》作为《金瓶梅》的第一部续书,因为此书已佚,所以相关的研究不多,最多在谈到《金瓶梅》时顺手带上一笔,换句话说,研究《玉娇李》是为了研究《金瓶梅》,似乎《玉娇李》的作用仅此而已。至于探讨《玉娇李》与《续金瓶梅》关系的文章就更少了。《玉娇李》与《续金瓶梅》同为《金瓶梅》的续书而前者先出,那么后者有没有受到前者的影响呢? 有学者认为《玉娇李》影响过《续金瓶梅》,就笔者搜集材料来看,1984 年马泰来在《诸城丘家与〈金瓶梅〉》中说:"传世《续金瓶梅》一书,一般皆以为丁耀亢撰。而丁好友丘石常父志充藏有《金瓶梅》的最早续书《玉娇丽》。《玉娇丽》是否为《续金瓶梅》原本,颇值得探讨。"②又说:"丘石常和同县丁耀亢(1599—1669)至交友好,而今人皆以为《续金瓶梅》是丁耀亢所作。《玉娇丽》和《续金瓶梅》的关系,亦需重新探讨。"③

　　1987 年苏兴在《玉娇丽(李)的猜想与推衍》说:"我体会马泰来'需重新探讨'的意见,其暗中含意恐非认为《续金瓶梅》就是《玉

　　① 蒋寅:《王渔洋事迹征略》,人民文学出版社 2001 年版,第 58 页。
　　② 马泰来:《诸城丘家与〈金瓶梅〉》,《中华文史论丛》1984 年第 3 辑,第 206 页。
　　③ 马泰来:《诸城丘家与〈金瓶梅〉》,《中华文史论丛》1984 年第 3 辑,第 208 页。

娇李》,而是意味着丁耀亢看到过丘家藏的《玉娇李》抄本(不能说沈德符看到的是丘志充藏的《玉娇李》首卷,便证明丘藏只有首卷),以之为蓝本加上己意写成《续金瓶梅》。如果我对马泰来先生的寓意没有误解的话,我则认为丁耀亢修订《玉娇丽》而写成《续金瓶梅》可能是事实。从而由丁耀亢的《续金瓶梅》可稍窥《玉娇丽》的内容。《续金瓶梅》对《玉娇丽》修订有多大,因《玉娇丽》已佚,无从臆测。"①

1988年黄霖在《金瓶梅续书三种·前言》中说:"我认为,《续金瓶梅》的创作是直接受到了《玉娇李》的启发。这是因为藏有《玉娇李》的丘志充与丁家同是山东诸城名宦……今虽难以考定两书情节之异同,但就其因果报应和暗寓政事这两大基本精神而言,则一脉相承。可见丁耀亢后来以这样的笔法来续写《金瓶梅》,是受了那部当时名声较大的《玉娇李》的影响的。"②

以上三位先生都认为《续金瓶梅》受到《玉娇李》的影响。然而也有相反的意见。王汝梅认为二者没有联系。1990年他在《〈玉娇李〉之谜》中说:"我认为苏先生(指苏兴)关于丁耀亢修订《玉娇丽》而写成《续金瓶梅》这一推论,是很难成立的。"③王先生列举了四条证据后说:"笔者认为想从《续金瓶梅》探求《玉娇丽》的内容,恐怕是达不到目的的。"④直到今天王先生在《王汝梅解读〈金瓶梅〉》还坚持这个观点。《中国古代小说总目·白话卷》之"《金瓶梅》"条说:"面世后,有人就将它(《续金瓶梅》)和《玉娇丽》混为一谈了。但照沈德符的描述,两书除皆谈因果报应外,其他内容相差甚远。《〈续金瓶梅〉借用书目》中没列入《玉娇丽》,可能丁耀亢也

---

① 苏兴:《玉娇丽(李)的猜想与推衍》,《社会科学战线》1987年第1期,第275页。
② 黄霖:《金瓶梅续书三种·前言》,《金瓶梅续书三种》,齐鲁书社1988年版。
③ 王汝梅:《〈金瓶梅〉探索》,吉林大学出版社2007年版,第139页。
④ 王汝梅:《〈金瓶梅〉探索》,吉林大学出版社2007年版,第141页。

没有见过《玉娇丽》了。"①而魏子云直接否定存在《玉娇李》一书，他说："却也很难令人相信有这么一部小说。"②又，"直到今天，我仍不敢相信存在《玉娇李(丽)》其书"③。

　　以上各位先生从各个方面对此问题做了有益的探索，导夫先路，启迪后学。但《续金瓶梅》究竟有没有受到《玉娇李》依然尚不明确。笔者最近发现，丁耀亢的《续金瓶梅》在人物命名、情节、人物命运与《玉娇李》有相符之处。

一、《玉娇李》的相关资料

　　《玉娇李》已佚，为了弥补这个缺陷并为讨论方便，现把《玉娇李》的资料中与本文有关的抄录如下：
　　材料一：谢肇淛《金瓶梅跋》(《小草斋文集》卷二十四)。

　　　　《金瓶梅》一书，不著作者名代。……此书向无镂板，钞写流传，参差散失。唯弇州家藏者最为完好。余于袁中郎得其十三，于丘诸城得其十五，稍为厘正，而阙所未备，以俟他日。有嗤余诲淫者，余不敢知。然溱洧之音，圣人不删，则亦中郎帐中必不可无之物也。仿此者，有《玉娇丽》，然则乖彝败度，君子无取焉。④

　　材料二：沈德符《万历野获编》卷二十五卷。

　　① 石昌渝：《中国古代小说总目·白话卷》，山西教育出版社 2004 年版，第171 页。
　　② 魏子云：《金瓶梅的幽隐探照》，台湾学生书局民国 77 年(1988 年)版，第 8 页。
　　③ 魏子云：《沈德符〈金瓶梅〉隐藏与暗示之探微》，王利器主编：《国际金瓶梅研究集刊(第一集)》，成都出版社 1991 年，第 158 页。
　　④ 朱一玄：《金瓶梅资料汇编》，南开大学出版社 2002 年版，第 179 页。

中郎又云:"尚有名《玉娇李》者,亦出此名士手,与前书各设报应因果。武大后世化为淫夫,上烝下报;潘金莲亦作河间妇,终以极刑;西门庆则一骏憨男子,坐视妻妾外遇,以见轮回不爽。"中郎亦耳剽,未之见也。去年抵辇下,从邱工部六区(志充)得寓目焉,仅首卷耳,而秽黩百端,背伦灭理,几不忍读。其帝则称完颜大定,而贵溪、分宜相构亦暗寓焉。至嘉靖辛丑庶常诸公,则直书姓名,尤可骇怪,因弃置不复再展。然笔锋恣横酣畅,似尤胜《金瓶梅》。邱旋出守去,此书不知落何所。①

材料三:阮葵生《茶余客话》第十八《金瓶梅》。

又云:有《玉娇李》一书,亦出此名士手,与前书各设报应,当即世所传之《后金瓶梅》。②

材料四:《玉娇梨》书首《缘起》。

《玉娇梨》与《金瓶梅》,相传并出弇州门客笔,而弇州集大成也。《金瓶梅》最先成,故行于世;《玉娇梨》久而始就,遂因循沉阁。是以耳名者多,亲见者少。客有述其祖曾从弇州游,实得其详。云《玉娇梨》有二本,一曰续本,是继《金瓶梅》而作者,男为沈六员外,女为黎氏,其邪淫狂乱,刻画市井之秽,百倍《瓶梅》,盖有意丑诋故相,痛詈佞人,故一时肆笔,不觉已甚。弇州怪其过情,不忍付梓,然递相传写者有之。一曰秘本,是惩续本之过而作者,男为苏有白,女为红玉、为无娇、为梦梨……③

---

① 朱一玄:《金瓶梅资料汇编》,南开大学出版社 2002 年版,第 80 页。
② 朱一玄:《金瓶梅资料汇编》,南开大学出版社 2002 年版,第 87 页。
③ 荑秋散人:《玉娇梨》,《古本小说集成》,上海古籍出版社 1991 年版。

二、《玉娇李》还是《玉娇丽》

由上看出，《玉娇李》还有一个名字《玉娇丽》，马泰来与苏兴均以为当作《玉娇丽》，马先生说："证以谢跋，大抵沈德符笔误，书名当作《玉娇丽》，而非《玉娇李》。"①苏兴说："'李'与'丽'二字，李乃姓，不像女性名字的一个字，'丽'字才像。"②此书已佚，两家解释都有道理。不过笔者倒认为也许就是《玉娇李》，因为"李"虽然可以是姓，但也可是一种植物，联系《金瓶梅》的"梅"也是一种植物，而且"金瓶梅"三字有个整体的含义，如有人把《金瓶梅》解为"金瓶中的梅花"，还有人认为《金瓶梅》中的"金瓶"暗示金钱，"梅"喻指女色，笔者以为都是合情合理的。换句话说，"金瓶梅"可以是并列关系，也可以是偏正关系。只有"玉娇李"才可能有这两种功能，而《玉娇丽》只有一种并列关系。《续金瓶梅》第二十六回"少甚么纱笼映月歌浓李，偏似他翠袖迎风糁落梅③，在这里，"李"与"梅"相对，也可证。此外，沈德符亲眼见过《玉娇李》当不会错，其他人都是听说，至少在资料中没有明确表明他们亲眼见过。所以笔者以《玉娇李》为是。

三、《玉娇李》与《续金瓶梅》之联系

（一）《续金瓶梅》中的"玉娇李"

我们知道，《金瓶梅》是取了潘金莲、李瓶儿、庞春梅三人名字中的一个字组成的，那么《玉娇李》则应该是由小说中三个女性的

---

① 马泰来：《谢肇淛的〈金瓶梅跋〉》，《中华文史论丛》1980年第4辑，第304页。

② 苏兴：《玉娇丽（李）的猜想与推衍》，《社会科学战线》1987年第1期。

③ 丁耀亢：《续金瓶梅》，《古本小说集成》，上海古籍出版社1991年版，下引本书不再出注。

名字组成的,这三个人当然应该是潘金莲、李瓶儿、庞春梅三个投胎转世的女性的名字组成。《玉娇李》已佚,无从得见,但《续金瓶梅》三个女性的名字正好寓含了《玉娇李》。

在《续金瓶梅》中,潘金莲转世成了黎金桂,李瓶儿转世成了袁常姐,后来改名银瓶,庞春梅转世成了孔梅玉,从三人名字中含有"金""银""玉"等字看来,三人的名字是有意安排的。进一步说,这三人的名字中表面上构成《金瓶梅》,如果我们仔细分析一下,这三个女性的名字是包含着《玉娇李》!

黎金桂中有个"黎"字,谐音便为"李",孔梅玉中有个"玉",可袁常姐(银瓶)名字没有一个"娇"字或和"娇"谐音的字,那这个"娇"在哪里?

原来"常姐"的"姐"在古代通"媎",即"娇"。《潜夫论·述赦》:"孺子可令姐。"汪继培笺:"《说文》云,媎,骄也。姐乃媎之省。"①《集韵·御韵》:"媎,《说文》:'娇也。'或作姐。"②章炳麟《新方言·释言》:"苏州小儿持爱而骄为姐。"③《文选·嵇康〈幽愤诗〉》:"恃爱肆姐,不训不师。"李善注:"《说文》:'媎,娇也。'娇与姐同耳。"④

由上面分析可知,常姐就是"常娇"。这就证明了银瓶为《玉娇李》中之"娇"。我认为银瓶为"娇"还有一个证据。笔者认为常姐的乳名叫"娇儿"。在《续金瓶梅》第六回"沈富翁结贵埋金 袁指挥失魂救女"中,常姐被鬼迷住,晕迷不醒:

> 守到天明,只是不醒,慌的对门沈家众妇人们一群都跑过来,围着哭"我的娇儿心肝",乱成一块。

---

① 王充撰,汪继培笺,彭铎校正:《潜夫论笺校正》,中华书局 2014 年第 2 版,第 254 页。

② 丁度:《集韵》,中国书店 1983 年版,第 1011 页。

③ 章炳麟:《新方言》,《续修四库全书》第 195 册,第 53 页。

④ 萧统编,李善注:《文选》,中华书局 1977 年版,第 327 页。

细读文章，这里的"娇儿"有两意，一是泛指，指娇小的孩子，"我的娇儿心肝"就是"我的宝贝心肝"；一是特指，指常姐的乳名。这两种意思都可能有。考《金瓶梅》第五十九回"西门庆摔死雪狮子 李瓶儿痛哭官哥儿"中李瓶儿哭孩子的话：

> 没救星的冤家！娇娇的儿！生揭了我的心肝去了！撇的我枉费辛苦，干生受一场，再不得见你了，我的心肝！[①]

这里的"娇娇的儿"是泛指。除此之外，《金瓶梅》多次以"娇儿"来指代李瓶儿的孩子，应该为泛指。但笔者以为，"娇儿"这个词既然与常姐的前生今世有密切的关系，《玉娇李》的作者或就是以李瓶儿这句话为常姐（李的后身）命名也未可知，因此笔者认为这里"娇儿"可视为常姐的乳名，丁耀亢在"无意有意"之中承袭了《玉娇李》的命名方式。退一步说，即使"娇儿"不是常姐的乳名，既然可以用"娇儿"称呼她，她总有"娇儿"的特征。还有几个旁证证明"娇"与常姐关系密切。《续金瓶梅》第十回作者评价银瓶道：

> 高才贾傅名多误，绝色王嫱命自招。自古佳人偏遇劫，几曾金屋有阿娇！

这里用"金屋藏娇"的典故，但我们知道"金屋藏娇"的女主人公小名叫阿娇，这里用在银瓶的身上，也似有一定的含意。这样三人正好合成了《玉娇李》。这里的排列顺序为梅玉（春梅）、常姐（李瓶儿）、黎金桂（潘金莲），与《金瓶梅》正相反。这种命名方式一定是受了《玉娇李》的影响，这也是《续金瓶梅》受《玉娇李》影响的力

---

① 兰陵笑笑生撰，陶慕宁校点：《金瓶梅词话》，人民文学出版社2008年版，第738页。

证。再退一步说,常姐之"姐"即使不能解释成"娇",但梅玉、黎金桂已经包含了"玉娇李"中"玉、李"二字,相去也不远。

苏兴对《玉娇李》中的人物命名也作了推测,本文与其分析不一样。苏先生说:

> 河间妇的潘金莲再世,便是东京城的黎氏女(可以说她的名字为黎玉×或黎×玉)……
>
> 李瓶儿转世的袁指挥之女名字中当有一个"娇"字,叫做袁娇×(或袁×娇),春梅转世的孔氏女名字中当有一个"丽"字,叫做孔丽×(或孔×丽)。①

从上面分析与苏先生的推测相较,《玉娇李》三人的排列顺序与名字的设定未必就像苏先生推测的一样,恐怕要复杂一些。

(二)《玉娇李》中的"极刑"与《续金瓶梅》中的"闭阴"

沈德符在《万历野获编》中介绍《玉娇李》时说:"潘金莲亦作河间妇,终以极刑。""河间妇"指淫荡女人。在《续金瓶梅》中潘金莲为最淫荡的女人,这一点和《玉娇李》相符。更重要的是潘金莲的"极刑"与《续金瓶梅》中金桂的"闭阴"完全一样。在《续金瓶梅》第七回说:

> 他阳魂一转,托生黎家为女,名唤金桂,终身无配偶,闭阴而死。

第四十七回中黎金桂得了病:

> 这个病,是天地间女子固闭,血脉不通,以横骨塞其阴窍,

---

① 苏兴:《玉娇丽(李)的猜想与推衍》,《社会科学战线》1987 年第 1 期。

止留一线走小水的路儿。人有此奇疾,遂致终身失偶,医家无药可治。俗名石姑。……那金桂姐生来色根不断,欲念方新,如何捱得这个病。如今弄的有了色心没了色相,好不难受。

第四十八回又说:

（金桂）几番要淫奔苟就,偏遇着孤鸾寡宿,又生出个绝户病来,板骨横生,石门紧闭,废而无用。

这里的"石门紧闭""闭阴而死"都是指"幽闭"。《尚书·周书·吕刑》有"宫辟疑赦",孔安国传:"宫,淫刑也。男子割势,妇人幽闭,次死之刑。"①关于"幽闭"的含义有不同的解释,我们不必详推,我们只引明清人对此的解释,大体了解即可。清朝褚人获《坚瓠集续集》卷四里有"妇人幽闭"一条,他解释说:"木槌击妇人胸腹,即有一物坠而掩其牝户,止能便溺,而人道永废矣。是幽闭之说也。今妇有患阴颓病者,亦有物闭之,甚则露出于外,谓之颓葫芦,终身与夫异榻。"②

这个"幽闭"和"极刑"有什么关系呢?"极刑"为最重的刑罚,在古代除了指死刑外,还指宫刑。我们耳熟能详的司马迁《报任安书》就有"是以就极刑而无愠色"③,《后汉书·班彪传》:"（司马迁）崇黄老而薄五经……此大敝伤道,所以遇极刑之咎也。"李贤注:"极刑谓迁被腐刑也。"④其实就是众所周知的宫刑。显然,《玉娇李》的潘金莲的结局与《续金瓶梅》中的潘金莲的后身的结局是一

---

① 孔安国传,孔颖达等正义:《尚书正义》,《十三经注疏》,上海古籍出版社1997年版,第249页。

② 褚人获:《坚瓠集》第3册,浙江人民出版社1986年版。

③ 班固撰,颜师古注:《汉书》,中华书局1962年版,第2735页。

④ 范晔撰,李贤注:《后汉书》,中华书局1965年版,第1326页。

样的。

（三）《玉娇李》中"西门庆"与《续金瓶梅》中"憨哥"与"刘瘸子"

《万历野获编》说《玉娇李》中"西门庆则一駼憨男子，坐视妻妾外遇"。在《续金瓶梅》中西门庆是一个瞎眼的小叫花子，没有妻也没有妾。但《续金瓶梅》却有一个"駼憨男子"，也有一个"坐视妻妾外遇"的男子。

"駼憨男子"为金桂异父异母的弟弟"憨哥"，李守备死后，憨哥就和金桂母女住在一起。金桂和梅玉几乎所有的淫乱活动，他都在场（当然他没有直接看到），后来梅玉嫁人了，只有金桂和他在一起。这个憨哥在小说中是这样的，第三十一回：

> 李守备这个儿子年已十二，甚是痴呆，吃饭穿衣，不知道东西南北，屙屎尿溺也要人领他去，顺口叫做憨哥。

第三十三回有"只撇下一个痴子憨哥"，"痴子憨哥"的字面意思为"駼憨男子"。憨哥可能就是以《玉娇李》中西门庆的后身为原型塑造的。值得注意的是，《平妖传》中也有一个"憨哥"，而丁耀亢在《续金瓶梅借用书目》有《平妖传》，因此，"憨哥"也受到《平妖传》的影响。但憨哥与潘金莲后身金桂是姐弟关系是有深义的。

"坐视妻妾外遇"的男子就是金桂的丈夫刘瘸子。刘瘸子是金桂的丈夫，他因为身体残疾而丧失了性功能，金桂依然像《金瓶梅》中的前身潘金莲一样，和其他男子偷情，而且不回避丈夫刘瘸子，"瘸子那敢问他一声，还恨不得找个好汉子奉承他"（《续金瓶梅》第四十七回）。在第四十四回中刘瘸子说："我虽残疾了，还有两件手艺，……俱是坐着挣钱，不用我这两条腿的。"用"坐视"来描述刘瘸子既榫合又俏皮，是句双关语，既指其大部分时间是坐着，又指其对妻子外遇束手无策，这段描述与"坐视妻妾外遇"之"坐视"相合。估计刘瘸子也是按《玉娇李》中的"西门庆"为蓝本而塑造的。但是这个刘瘸子不是"西门庆"的后身而是陈经济的后身,这是与《玉娇李》不合处。

笔者认为《续金瓶梅》中的憨哥与刘瘸子就是《玉娇李》中之"西门庆"一分为二的结果。

(四)《玉娇李》中的"武大"与《续金瓶梅》中的"武贵"

按照《万历野获编》的介绍,在《玉娇李》中"武大后世化为淫夫,上烝下报"。在《续金瓶梅》中并无"武大后世",我们还能依稀找到武大的影子。

在《续金瓶梅》第四回中,武大死后在"毒蛊司"内,武大前世和人在汴梁做生意,用毒药把人(即潘金莲的前世)杀了,所以在《金瓶梅》中被潘金莲毒死。

在《续金瓶梅》第四十八回,在"道情"故事中,庄子救活一个骷髅,这个故事是从《庄子·至乐》敷衍而来,又有所改变。在《庄子》中对这个骷髅即没有褒也没有贬;而在《续金瓶梅》中这个骷髅变成"前生瞒心昧己,好色贪财"。

这个骷髅自称为武贵,这个名字当是假托,因其谐音"乌龟",到洛阳买货,他恩将仇报,告庄子谋杀他,他骂庄子"被你二人用蒙汗药谋死","告你个蛊毒杀命事",最后庄子又把他变成骷髅。"蒙汗药谋死"类似《金瓶梅》中"砒霜谋死",且又姓武,又有"毒蛊""洛阳买货"与第四回武大的"毒蛊司""汴梁贩毡货"相同,可证这个武贵(乌龟)为武大。按照因果报应的理论,在《金瓶梅》中受人欺负、老婆被人霸占的"乌龟"武大,在《玉娇李》为"上烝下报"之"淫夫",在《续金瓶梅》中变成一个"生前瞒心昧己,好色贪财""罪大恶极"(庄子对这个骷髅的评价)的人(骷髅)。显然,这个武贵和《玉娇李》的淫夫武大还不是完全吻合,但这个武大类似《玉娇李》"上烝下报"之"淫夫"武大也是显而易见的。武大经历了《金瓶梅》中的"懦夫",《玉娇李》中的"淫夫",《续金瓶梅》中罪大恶极的武贵(即骷髅)。武大在《续金瓶梅》中变成一个恶棍式的骷髅不是对《金瓶梅》中武大的报应，而是对《玉娇李》中"淫夫"的报应。这可以看出三者之间错综复杂的关系。

（五）结论

从上面第三、四两则材料看出，至少清初就有人把《续金瓶梅》当作《玉娇李》（《后金瓶梅》即《续金瓶梅》），到今天仍有人这样认为。[①] 这样的看法是有道理的，因为《续金瓶梅》确实受到《玉娇李》的影响。从一定意义上说，没有《玉娇李》就没有《续金瓶梅》，或说《续金瓶梅》就不是现在这个样子。

由上面四个证据来看，前两个完全吻合，而后两个稍有出入。笔者以为，《续金瓶梅》不会和《玉娇李》完全相同，因为任何一个作家都不会照搬别人的书。魏子云在谈到《金瓶梅词话》借鉴《水浒传》时说："《金瓶梅词话》取于《水浒》的情节部分，约分三类，一是原情节照录，只在形体的糅合上，略加剪裁，如武松打虎部分；一是把原情节取来，加以改写，如来旺捉贼部分；一是根据水浒上的多处情节，萃成金瓶梅的一个情节，如吴月娘泰山进香部分；其他便是诗词的照抄。"[②]这也同样适用于《续金瓶梅》与《玉娇李》的关系。

以上从几个方面考察了两书的关系。至于《续金瓶梅》继《金瓶梅》而来，表现了"因果报应"以示"轮回不爽"，这与《玉娇李》的思想一致不用多谈了。"完颜大定"的"大定"为金世宗完颜雍的年号，《续金瓶梅》叙写的故事时间比较混乱，故事以"靖康之变"后的宋金战争为背景，但又有金代"天会""贞祐"年间的事情，跨度一百多年，不甚相合但大体一致。黄霖在《金瓶梅续书三种·前言》中说："今虽难以考定两书情节之异同，但就其因果报应和暗寓政事这两大基本精神而言，则一脉相承。"诚为卓论。

---

① 苏兴：《玉娇丽（李）的猜想与推衍》，《社会科学战线》1987年第1期。

② 魏子云：《"水浒传"与"金瓶梅词话"》，《金瓶梅探原》，巨流图书公司1979年版，第147页。

第三节　《续金瓶梅》用的《金瓶梅词话》的版本

叶桂桐在其《从〈续金瓶梅〉看〈金瓶梅〉的版本及作者》给两部小说的研究提供了新的视角,打开了一条新路。① 确如作者自言:"丁耀亢既然为《金瓶梅》写续书,称《金瓶梅》为前集,则必然要认真地研读《金瓶梅》,并收集与《金瓶梅》有关的材料,这从他在《续金瓶梅》中不时地叙述《金瓶梅》中的故事,人物及有关材料中就不难看出。因此,从丁耀亢的《续金瓶梅》来推求《金瓶梅》的版本情况及作者情况,实在不失为一条可靠的重要途径。"

笔者经分析认为,从《续金瓶梅》能推出丁耀亢看的是词话本《金瓶梅》,但不一定推出词话本为《金瓶梅》初刊本。

一、丁耀亢看的是词话本《金瓶梅》的三个证据

丁耀亢在《续金瓶梅后集凡例》中说"小说类有诗词,前集名为《词话》",显然,丁耀亢看的是词话本《金瓶梅》,叶桂桐认为"丁耀亢看的是词话本《金瓶梅》"也由此得出,甚确。还有两个证据证明丁耀亢看的确实为词话本。第一个是陈经济。在词话本中西门庆的女婿全为"陈经济",②但是到了崇祯本全变成了"陈敬济",③在

---

① 叶桂桐:《从〈续金瓶梅〉看〈金瓶梅〉的版本及作者》,《吉林大学学报》1989年第2期。

② 本文主要采用梅节校订,陈诏、黄霖注释:《金瓶梅词话重校本》,梦梅馆1993年版,其他引文不另出注。

③ 本文采用《新刻绣像拺金瓶梅》,《李渔全集》,浙江古籍出版社1992年版,其他引文不另出注。

《续金瓶梅》中"陈经济"出现 29 次并无一个"陈敬济"。值得注意的是，现在学者整理的《续金瓶梅》中，把"陈经济"混为"陈敬济"的不少。

第二个为招宣。在词话本中全是"招宣府"或"王招宣"，而在崇祯本中俱为"昭宣府"或"王昭宣"，在《续金瓶梅》中出现"招宣"5次而无一个"昭宣"。

显然，丁耀亢看的是词话本《金瓶梅》，陈经济为《金瓶梅》中的次于西门庆的重要人物，丁耀亢全部用的是"陈经济"，也没有出更"昭宣"，则只能证明看的是词话本。

以上两个证据在叶老师的文章并未提到。

二、丁耀亢看的不一定是《金瓶梅》初刊本

叶桂桐在其文章中说："我以为丁耀亢读的不是《新刻金瓶梅词话》，而是初刊本《金瓶梅词话》。"并用六条理由来证明其观点。但是就笔者看来，这六条都不是确凿无疑的证据。

《金瓶梅》的版本很是复杂，现在简单说一下词话本初刊本的问题。有部分学者认为，现存的《新刻金瓶梅词话》并非最早的本子，最早的本子已经遗失或还没有被发现，如刘辉、陈庆浩、叶桂桐就持此观点。但也有部分学者认为现存的《新刻金瓶梅词话》就是第一个刊本，如马泰来、吴晓玲，黄霖等。①

初刊本的有无是一个复杂的关系，此不赘述。叶桂桐的理由都可商榷。以下逐条分析之。

第一，叶先生认为，假若《新刻》中已经有兰陵笑笑生了，丁耀亢何以不提到兰陵笑笑生？这分明是丁耀亢看的本子中没有兰陵

---

① 可参看吴晓铃：《〈金瓶梅词话〉最初刊本问题》，《金瓶梅艺术世界》，吉林大学出版社 1991 年版。

笑笑生。其实古代小说中作者的名字都为假托,如《林兰香》的作者随缘下士,我们就不知道他的任何情况,说与不说价值不大。我们要问的是,丁耀亢何以必说出"兰陵笑笑生"来?事实上,后世谈《金瓶梅》时不提兰陵笑笑生的并非丁耀亢一人,这也是现在许多学者认为笑笑生不是《金瓶梅》作者的原因之一,或为后人所加,但这些并得不出丁耀亢看的是初刊本。

第二,叶先生认为南海爱日老人给《续金瓶梅》作序的开头有"不善读《金瓶梅》者,戒痴导痴,戒淫导淫",西湖钓史的《续金瓶梅序》中有"《金瓶梅》惩淫而炫情于色",这两人的口气均直承东吴弄珠客序而来,而东吴弄珠客的序是词话本初刊本特有的。这一点也相当奇怪:一,东吴弄珠客的序现存的词话本也有,为什么一定说是在初刊本才见到的?二,"口气均直承东吴弄珠客序"也有问题,为什么爱日老人与西湖钓史非要参照东吴弄珠客的序才说出"导淫""惩淫"之类的话呢?《金瓶梅》自问世以来就是"淫书",不必等到东吴弄珠客说出才人人都知道。

第三,此条叶先生也是推测,且与主题无关,可以略而不论。

第四,叶先生认为《新刻金瓶梅词话》开篇有四首引词和四贪诗,而《续金瓶梅》中没有提到这四首引词与四贪诗,"《新刻金瓶梅词话》的引词是双调,而《续金瓶梅》则是单片"。笔者认为,丁耀亢没有提到的东西很多,为什么非要提到呢?

叶先生还说:"他不仅对《金瓶梅》中的诗词不去引用,对别人的作品也极少引用,书中的诗词一般都是他自己创作的'新词'。"事实上,丁耀亢在小说中绝不是"极少引用",而是很多引用。《续金瓶梅》第五十三回有美人题词《满江红》(邗水繁华),此词在明代文献中多有记载,题为南宋徐君宝妻之词;如《南村辍耕录》卷三就有此词,个别字词稍有区别。① 文献证明为南宋

---

① 陶宗仪:《南村辍耕录》,中华书局1959年版,第40页。

徐君宝妻之词；①第五十四回《江南妇女离乱歌》中的《富女歌》《贫女歌》，均为明末清初的文人所作，②这些都不是丁氏所作，决不像叶先生说的"在引用这些词时，已经涉及了这些词的出处——作者"。除了诗词，丁耀亢还引用不少书，书前的引用书目可以证明这一点，有的整回都一字不差的引用他书。

第五，叶先生认为《新刻金瓶梅词话》中说孝哥十五岁，而在《续金瓶梅》凡例中说"前文言孝哥年已十岁，今言七岁离散出家"，而据朱一玄考证，孝哥生于《金瓶梅词话》故事编年的第七年，即重和元年戊戌（1118），到第十六年全书结束时，即南宋高宗建炎元年丁未（1127），刚好十岁。因此叶先生认为这个"十岁"当是初刊本所有的，"孝哥的年岁是个重要细节"。

的确在所有的证据中，笔者认为孝哥的年龄是最有挑战性的。但仔细读《续金瓶梅》却发现，丁耀亢说的这个"十岁"是信口而出。因为这个十岁诚然重要，但在小说正文中这个"十岁"并不存在，却变成了"五岁"，这在第十一回"五岁儿难讨一文钱，一锭金连送四人命"回目上已经明确标出，此回还有"只撇的小玉和五岁孝哥在那一座破宅子里"，在第十一回有"如今一个寡妇，领着一个五六岁孩子"，第十三回"可怜月娘和这六岁孝哥"。由此看来，丁氏在《凡例》中并不对"十岁"特别在意，否则这样一个错误——也就是叶先生认为是丁耀亢精心推算出来的年龄——不会接二连三地出现。其实我们可以看一下《凡例》中的原文：

> 前文言孝哥年已十岁，今言七岁离散出家，无非言其幼小孤孀，存其意，不顾小失也。客中并无前集，迫于时日，故或错讹，观者略之。

---

① 马兴荣等：《全宋词》（广选新注集评）（五），辽宁人民出版社1997年版，第509页。
② 抱阳生：《甲申朝事小纪》，书目文献出版社1987年版，第55—57页。

　　从上可以看出,说孝哥七岁只是说其小,这样读者会感到他特别可怜,而且是没有前集,只凭记忆而写,作者让"观者略之",而叶先生却对这些地方都没有忽略。

　　综观叶先生的论证方法,如果《续金瓶梅》中没有提到现在《新刻金瓶梅词话》的内容或与现在词话本内容不符合,叶先生就认为丁耀亢用了一种大家从没有见过的本子——初刊本。这种考证方式在古代文学中常见,比如某个情节与通行本的《水浒传》不同,就有人说,当时《水浒传》还没有成书,否则的话,不会出现与通行本不同的情节。其实,先不说这种论证在方法就已经有缺陷,《续金瓶梅》与现存词话本不符合的地方何止这些,笔者只找了《续金瓶梅》中的前几回,就找到了十几条与现存本子不一样的地方:

　　第二回"那时苗青在临清开店,就以三百两黄金、一千两银子打点官司,西门庆把金子昧了,只以千金与夏提刑平分,出脱了苗青死罪"。按,《金瓶梅词话》第四十七回有"苗青打点一千两银子,装在四个酒坛内,又宰一口猪,约掌灯巳后时分,抬送到西门庆门首",无金子之事。

　　第四回"花太监因造了东京大寺铜佛,平生行善",按《金瓶梅词话》中并无此事,说其平生行善,也查无实据,也根本不符合《金瓶梅》的基调,而且在《续金瓶梅》第六回说"又因花太监家财系盗取官物",这与"平生行善"又扞格。可见《续金瓶梅》本身矛盾也多多。

　　第五回说常时节死在西门庆前面。"前年常时节死了,西门庆又助他一口棺木,所以今日遇见西门庆亲热不同。"按《金瓶梅词话》中,西门庆死后,应伯爵、常时节等人还去祭拜。

　　第五回春梅道:"娘这罗是那里的?"金莲笑道:"姐姐你忘了?这是我初死了,你在我坟上烧的。"按《金瓶梅词话》现在本子无此事,潘金莲死后,春梅第一次给她上坟时并没有烧罗。"令左右把纸钱烧了,这春梅向前,放声大哭。"(第八十九回)

　　第七回王婆分辨道:"你与了五两一锭银子,买了一匹白绫,才替你做下这事。"按《金瓶梅词话》第三回"(西门庆)于是作别了王婆,熟了茶肆,就去街上买了绸绢三匹,并十两银子,清水好绵,家里叫了个贴身答应的小厮,名唤玳安,用包袱包了,一直送入王婆家来"。无白绫之事。

　　第七回有"再查苗曾致杀原因,只为平生贪财,行商专用假银伪货,斗秤不明,利心太巧,以致杀身"。按,《金瓶梅词话》没有说苗青杀死的主人叫苗曾,而是叫苗天秀,平生行善,第四十七回"有一苗员外,名唤苗天秀……可怜苗员外,平昔良善,一旦遭其仆人之害,不得好死"。

　　第八回有"一件织的玉色缎子飞鱼披风,原是何太监送的"。按《金瓶梅词话》第七十一回为"飞鱼绿绒氅衣",二者也不全同。《续金瓶梅》中"来安又偷了他(指贲四)的衣服,月娘惹气把来安逐出,也就住的无光"。按,来安并没有偷贲四的衣服,他离开西门庆家大约也不是被吴月娘赶出,而似乎看到西门家已经衰落,在《金瓶梅词话》第九十一回"二者又是来安儿小厮走了"。

　　第九回"他那官是那里的? 那年按院爷来咱家吃酒,席上讲着,才准他考满换了贯籍,部里的文书,还是我上京去托蔡阁老家翟大爷部里领的凭,难道他就忘了"。按,在《金瓶梅词话》里,吴典恩得官与玳安无涉。在《金瓶梅词话》第三十回中,蔡太师道:"你既是西门庆舅子,我观你到好个仪表。"唤堂候官取过一张扎付:"我安你在本处清河县做个驿丞,倒也去的。"那吴典恩慌的磕头如捣蒜。以后吴典恩找应伯爵向西门庆借钱也与玳安无任何关系。

　　第十一回"传出来着他去寻他爹的朋友应伯爵、谢希大、傅伙计这一般旧人"。按,《金瓶梅词话》傅伙计早就死了,第九十五回"傅伙计到家,伤寒病睡倒了,只七日光景,调治不好,呜呼哀哉死了"。

　　第十一回"西门庆生前借银五十两与刘学官上任去济南做训

导,全不要利钱"。按,《金瓶梅词话》第七十九回西门庆临死前说:"刘学官还少我二百两。"

《续金瓶梅》第五十五中有"一百八颗胡珠",这珠原来是李瓶儿的,而在《金瓶梅》第十回却说"李氏带了一百颗西洋大珠",但是到了《续金瓶梅》中珠子的数目成了"一百八颗",这个数字也显示了两部书不能相符。

如果一直找下去,至少能找到几百处不同的地方。初刊本有没有目前学界还不能肯定,假如丁耀亢看的就是初刊本,难道这个初刊本真的与现存的本子有如此众多的不同吗?

因此,由丁耀亢的《续金瓶梅》而推测《金瓶梅》的初刊本是不恰当的。其实笔者倒以为,丁耀亢只看《新刻金瓶梅词话》就完全可以写出《续金瓶梅》来。因为《续金瓶梅》提到《金瓶梅》的细节与现存词话本虽然不一致,但大体相符,不同之处是"客中并无前集,迫于时日,故或错讹"。

然而就是这条不太可靠的结论,直到今天叶先生还相信它,他在《〈金瓶梅〉版本研究商榷——兼致梅节先生》还持此观点。①

还有,在丁耀亢的时代,《金瓶梅》已经大量出现了,如《续金瓶梅》第一回"少年文人,家家要买一部"。此外,丁耀亢的朋友申涵光、②王崇简等人都已经看过,王崇简的《冬夜笺记》中提到:"近见永年申处士涵光《荆园小语》,多可铭鉴。如云:'每怪世人极赞《金瓶梅》,摹画人情,有似《史记》者,果尔,何不直读《史记》。'家有幼学,尤不可不慎。"③可以推断,王崇简一定熟知《金瓶梅》的内容,否则不为这样说。褚人获《坚瓠余集》卷三提到"狼筋":"尝见小说载一富人内室亡金,诘群婢不承,欲买狼筋治之,一婢惊惧欲逃,遂

---

① 叶桂桐:《〈金瓶梅〉版本研究商榷——兼致梅节先生》,《明清小说研究》2007年第3期。

② 朱一玄:《金瓶梅资料汇编》,南开大学出版社2002年版,第413页。

③ 王崇简:《冬夜笺记》,《四库全书存目丛书》子部第113册,第622页。

获,皆不知狼筋何物。"①这部小说就是《金瓶梅》。早在1647年郑小白就作有传奇《金瓶梅》《金压瓶记》,以小说《金瓶梅词话》为蓝本而写成。② 还有作于明末清初的《醒世姻缘传》《姑妄言》也提到《金瓶梅》。这些都说明,在丁耀亢的时代,《金瓶梅》(不论何种本子)已经大量存在以致当时如此多人见到《金瓶梅》,如果叶先生想证明当时《新刻金瓶梅词话》还没有刊出,就要证明这所有人看的都是他认为的初刊本。

第四节 劝善书与《续金瓶梅》的互动

一、明清之际劝善书的流行与《续金瓶梅》

明清之际出现了大量劝善书,这类劝善书的"范围比较宽泛,既指宗教性的道德劝化书籍,如道、佛的劝人行善之书《太上感应篇》《自知录》之类;也指非宗教性的训俗小册子,如《了凡四训》《迪吉录》等;善书还包括政府为老百姓制定的规章——圣谕之类,如明太祖的《修身在诰》、清康熙的《圣谕十六条》、雍正的《圣谕广训》等"。③ 这类书的出现不可避免地影响着小说的创作。与明清之际相似的一个情况是六朝之鬼神志怪之书。鲁迅说:

刘义庆《宣验记》,齐王琰《冥祥记》,隋颜之推《集灵记》,

---

① 褚人获:《坚瓠集》,浙江人民出版社1986年版。
② 程华平:《明清传奇编年史稿》,齐鲁书社2008年版,第260页。
③ 陈霞:《善书研究的新拓展》,当下研究明清善书的专著、论文很多,可参看游子安:《劝化金箴——清代善书研究》,天津人民出版社1999年版;李为香:《明末清初善书风行现象解析》,《东北师大学报》2008年第2期;陈芷烨:《明清社会劝善书及功过格的历史作用及价值》,《广西社会科学》2008年第5期。

侯白《旌异记》四种,大抵记经像之显效,明应验之实有,以震耸世俗,使生敬信之心,顾后世则或视为小说。①

六朝之志怪书与明清之劝善书隔代出现,相互辉映,是一种很值得研究的现象。它们最大的不同之处在于明清之际劝善书出现数量大而且有官方的倡导。

《续金瓶梅》卷首有引用书目,其中善书就有《文昌化书》《活阎罗断》《迪吉录》《丁野鹤天史》等,其中《耳谈》《枕中十书》也是带有劝善性质的笔记。

在丁耀亢的时代,不少文人的集子中都提到《太上感应篇》。耿介《敬恕堂文集》有《太上感应篇》附功过格序;②申涵光《荆园小语》有"《感应篇》《功过格》等书,常在案头,借以警惕,亦学者治心之一端。若全无实行而翻刻流布,自欺欺人,何益之有。"③申涵光《聪山集》卷一有"刻太上感应篇序";④清蓝润《聿修堂集》有《太上感应篇信深录序》;⑤上官鉝《诚正斋文集》卷一有《太上感应篇序》;⑥薛所蕴《澹友轩集》卷二有《增定太上感应篇序》;⑦颜茂猷《迪吉录》有《遂宁周篯常演说太上感应篇增其禄寿》等。⑧

此外,很多文人还在集子中写自己对《太上感应篇》的体会与认识。如宋琬《重刻安雅堂文集》之《重刻太上感应篇叙》:

---

① 鲁迅:《中国小说史略》,《鲁迅全集》,人民文学出版社 1981 年版,第 54 页。
② 耿介:《敬恕堂文集》,中州古籍出版社 2005 年版,第 98 页。
③ 申涵光:《荆园小语》,《四库全书存目丛书》集部第 207 册,第 533 页。
④ 申涵光:《聪山集》,《四库全书存目丛书》集部第 207 册,第 488 页。
⑤ 蓝润:《聿修堂集》,《四库全书存目丛书》集部第 213 册,第 48 页。
⑥ 上官鉝:《诚正斋文集》,《四库全书存目丛书》集部第 202 册,第 442 页。
⑦ 薛所蕴:《澹友轩集》,《四库全书存目丛书》集部第 197 册,第 33 页。
⑧ 颜茂猷:《迪吉录》,《四库全书存目丛书》子部 150 册,第 570 页。

夫阴阳祸福之说，学者率以为荒忽怪诞，惝恍而未之信。然考之六经载籍之文，则犹桴之于鼓也。汉儒董子本《春秋》以究天人之变，而刘向父子推《洪范》庶征之旨，其著论尤详。世故杂糅，惠逆靡辨，太上慭焉，用垂告诫，《感应》一篇所由昭著也。

昔余高王父端毅公，惕厉先朝，懋建勋伐，自筮仕以及悬车，朝夕奉是篇如蓍蔡。及其年且耄矣，犹辑典籍格言并梓以行世，垂今二百有余祀，手泽宛然在也。余小子甫舞象勺，家大人辄启箧以示，命之曰："敬尔身，慎尔威仪，庶几勿忘前人之绪。坐起宴笑，必戒必庄，臧获仆隶，未尝以肆心临之。"戊辰元夕，大人梦游于帝所，两绯衣降自阼阶，授以牍，方广盈尺，曰："此尔子庚午闱录也。"①

钱澄之《太上感应篇序》：

吾尝读是书，而知太上所以深于辅先王之治法也。夫先王治天下之法，所恃者赏善罚恶而已。然世固有为善而不赏，为恶而不刑者，则法之有所不能及也。且法可以行诸显明，而不能责诸幽隐，是故法立而公道日淆，巧伪日滋，为善者益怠，而为恶者益竞。古称太上者无为而治。夫无为者，不以我治民，而以民治民，其治也，不任我法之刑赏，而任民心之自刑自赏。盖以我刑之而惩，赏之而劝，不如民之自为劝惩者切也。是故今世之遵王制而从善去恶，未若信是书而为之从善去恶者众矣。②

---

① 宋琬：《宋琬全集》，齐鲁书社 2003 年版，第 119 页。
② 钱澄之撰，彭君华校点：《田间文集》，黄山书社 1998 年版，第 223—224 页。

钱澄之还有《文昌化书序》："'化书'者,盖帝君自述其九十七化,或治幽,或治明,所为福善祸淫之诸事迹,使士大夫知所观感也。其大指不出于遏恶扬善,而尤以忠孝仁义为本,与儒者经籍所称无以异焉。"①

施闰章有《重刻感应篇辑解序》："余少失怙,病疻濒死者数。既八岁,先君子手示一编曰:'孺子薄福多病,幸而免于殇,若无忘此!'盖《太上感应篇》也。……甲辰官临江,复取诸书合校为《感应篇辑解》。"②

全社会都对《感应篇》有如此浓厚的兴趣,是一个值得关注的现象。这是社会思潮对人们的影响。因此丁耀亢用《续金瓶梅》来演义《太上感应篇》是时代的必然,丁氏也未能免俗。但《续金瓶梅》与丁耀亢的其他作品里面渗透的这种浓重的"劝善"思想在同时代文人中应该最为突出。除了时代的思潮外,和丁氏自身思想有着天然的联系。

二、《续金瓶梅》的因果报应哲学

因果报应是中国人头脑中根深蒂固的思想,尤其在古代上至官僚下至百姓都对此笃信痴迷,这从善书的流传也可以看出,如《太上感应篇》的刊刻发行等。这不但影响了国人的生活方式,而且左右了中国古代小说的创作范式。③《续金瓶梅》卷首有《太上感应篇阴阳无字解序》,它以解《太上感应篇》为写作宗旨,《续金瓶梅》的卷首除了《太上感应篇阴阳无字解序》,还有《太上感应篇阴阳无字解》,全书六十四回每回开篇都几乎以《太上感应篇》引起,

① 钱澄之撰,彭君华校点:《田间文集》,黄山书社1998年版,第225页。
② 施闰章撰,何庆善、杨应芹点校:《施愚山集》,黄山书社1993年版,第44页。
③ 刘勇强:《论古代小说因果报应观念的艺术化过程与形态》,《文学遗产》2007年第1期。

类似话本小说的"得胜头回"。在第六十二回还用断案的形式，使恶人得到恶报，善人得到了善报。可以这样说，在古代所有讲因果报应的小说中，《续金瓶梅》当是最有名的因果报应小说。

中国传统观念及佛家讲因果报应，自有它们的逻辑。凡物有起因，必有结果，如农之播种，种豆必然结豆，种瓜定是结瓜，毫无虚假。《续金瓶梅》第一回普净禅师大喝一声道："咄！如问今世因，前生作者是。如问来世因，今生作者是。"讲得就是这个道理。它要求一般的老百姓遇到压迫要逆来顺受，因为这是前生"注定"的，还要好好地行善，忍受不平等的待遇，为了有一个美好的来世。

但是平心而论，几乎所有人特别是老百姓几乎参不透到底什么是"因果报应"。假若真的是"恶有恶报，善有善报"，天下不就早就太平了吗？比如，精忠报国的岳飞为什么惨死？祸国殃民的秦桧为什么寿终正寝？《水浒传》第五十二回李逵道："条例，条例！若还依得，天下不乱了。"①可见人们并不遵守条例——不管是人间的还是地狱的。这种对"因果定律"的怀疑不仅普遍存在于人们的心中与口头，在小说中更是大量出现。如《喻世明言》中的《闹阴司司马貌断狱》《游酆都胡毋迪吟诗》就是最著名的两篇。《游酆都胡毋迪吟诗》中：

> 胡毋迪道："秦桧卖国和番，杀害忠良，一生富贵善终。其子秦熺，状元及第；孙秦埙，翰林学士，三代俱在史馆。岳飞精忠报国，父子就戮；文天祥，宋末第一个忠臣，三子俱死于流离，遂至绝嗣。其弟降虏，父子贵显。福善祸淫，天道何在？贼子所以拊心致疑，愿神君开示其故。"②

---

① 施耐庵、罗贯中：《水浒传》，人民文学出版社1997年第2版，第692页。
② 冯梦龙：《喻世明言》，齐鲁书社1995年版，第504页。

　　这说的其实也正是人们想问的。如果这个问题得不到解决或得不到很好的解决，就会影响人们对因果报应的信仰，从而也会减弱小说的说教作用。因此这个问题是小说作者不能回避的问题。这个问题《续金瓶梅》中也提出来过。第三回中：

　　　　这首诗单表这《感应篇》劝人施舍，内曰矜孤恤寡、敬老怀幼，宜悯人之凶，乐人之善，济人之急，救人之危，受辱不存怨，施恩不求报，与人不追悔。所谓善人天道佑之，福禄随之。只这几句，人人俱知，人人不能行。是怎么说？只因人一点爱根不肯轻舍。我放债偏要多些好，我还债偏要少些好；自家的文字偏强，别人家女色偏美。又有一点疑根不肯轻信：见这样好巧恶人偏享富贵，忠诚正直偏受贫穷，便说："有甚天理？有甚报应？谁见那舍钱的那个成佛作祖，不如大酒大肉，高官厚禄，住的是高房大厦，喜的是妙舞清歌，那件不是这财上得来？费了多少机谋，如何便把他轻轻舍了？"

　　我们来看一下小说作者们是如何回答这个问题的。《游酆都胡毋迪吟诗》：

　　　　冥王呵呵大笑："子乃下土腐儒，天意微渺，岂能知之？那宋高宗原系钱镠王第三子转生。当初钱镠独霸吴越，传世百年，并无失德。后因钱俶入朝，被宋太宗留住，逼之献土。到徽宗时，显仁皇后有孕，梦见一金甲贵人，怒目言曰：'我吴越王也。汝家无故夺我之国，吾今遣第三子托生，要还我疆土。'醒后，遂生皇子构，是为高宗。他原索取旧疆，所以偏安南渡，无志中原。秦桧会逢其适，为主和议，亦天数当然也；但不该诬陷忠良，故上帝斩其血胤。秦熺非桧所出，乃其妻兄王焕之子，长舌妻冒认为儿，虽子孙贵显，秦氏魂魄，岂得享异姓之祭哉？岳飞系三国张飞转生，忠心正气，千古不磨。一次托生为张巡，改名不改姓；二次托生为岳飞，改姓不改名。虽然父子屈死，子孙世代贵盛，血食万年。文天祥父子夫妻，一门忠孝节义，传扬千古。文升嫡侄为嗣，延其宗祀，居官清正，不替家风，岂得为无后耶？夫天道报应，或在生前，或在死后；或福之而反祸，或祸之而反福。须合幽明古今而观之，方知毫厘不爽。子但据目前，譬如以管窥天，多见其不知量矣。"

但对博地凡夫来说，前生后世本来就很渺茫，这样的回答何以服人？《后西游记》第三回中孙小圣对《西游记》中老龙因擅自克减雨量被魏徵斩了，老龙告唐太宗许救反杀一案，反驳得相当精彩，是笔者所见的最出色的一段：

孙小圣道："此宗卷案，列位贤王判断可称允合情理矣。但有一事不足服人。"十王道："何事不足服人？"孙小圣道："我闻善恶，皆因心造。这龙王未生时，善恶尚未见端，为甚北斗星君，先注其合死人曹官之手？既先注定了，则老龙擅改天时克减雨数这段恶业，皆北斗星君制定，他不得不犯了。上帝好生，北斗何心独驱老龙于死地？吾所不服。"十王皆茫然，半晌道："或者老龙前世有业，故北斗注报于今世。"孙小圣道："若说今世无罪遭刑，足以报前世之冤业，则善恶之理何以能明？若今世仍使其犯罪致戮，以彰善恶之不爽，则前世之冤怨终消不尽。况前世又有前世，后世又有后世，似这等前后牵连，致使贤子孙终身受恶祖父之遗殃；恶子孙举世享贤祖父之福庇，则是在上之善恶昭然不爽，在下之善恶有屈无伸矣。恐是是非非，如此游移不定，不只足开舞文玩法之端乎？"十王齐拱手称扬道："上仙金玉之论，几令我辈搁笔，不敢判断矣。"孙小圣笑道："这总是混沌留余,实非列位贤王之罪。"①

　　我们看孙小圣问得非常有道理,让人难以回答。那么丁耀亢在《续金瓶梅》中又是如何回答这个问题的呢？第六十二回丁耀亢也用了类似《游酆都胡毋迪吟诗》的理由来回答,丁耀亢在《天史》中六《长孙无忌冤杀吴王》中说:"而后知古来英雄之死,别有阴报,不必为之扼腕也。"这个回答也是老套路了,无新鲜之意,但丁耀亢又做了一个解释,颇见新意:

　　　　岳飞虽系忠臣,却是逆天的君子；秦桧虽系奸相,却是顺天的小人。忠臣反在劫中,小人反在劫外。

　　这段话是对岳飞一案最好的回答。因为逆天所以岳飞被杀,因为顺天,所以秦桧善终。看到这里,我们不得不佩服丁耀亢思维的精妙。自然,丁氏之回答并不能解决问题的关键,与《喻世明言》的回答无本质的区别,但在形式却更精致了,更有隐蔽性与诱惑性。这段精彩的话却不是丁耀亢的原创,而是本于《庄子·大宗师》:

　　　　子贡曰:"然则夫子何方之依?"孔子曰:"丘,天之戮民也。虽然,吾与汝共之。"子贡曰:"敢问其方。"孔子曰:"鱼相造乎水,人相造乎道。相造乎水者,穿池而养给；相造乎道者,无事而生定。故曰,鱼相忘乎江湖,人相忘乎道术。"子贡曰:"敢问畸人。"曰:"畸人者,畸于人而侔于天。故曰,天之小人,人之君子；人之君子,天之小人也。"②

---

① 无名氏:《后西游记》,山西人民出版社2000年版,第28页。
② 郭庆藩:《庄子集释》,中华书局1961年版,第271—273页。

这里回应了因果报应所遇到的挑战，有一定的说服力。但这个回答是相对主义的回答，模糊了好与坏的界限。在丁耀亢这个理论下，岳飞与秦桧其实等同了，"逆天的君子"与"顺天的小人"不就在"道德"的天平上相等了吗？这样，丁耀亢的因果报应理论还是从一个谬误走向了一个谬误。

三、"赎罪者"了空形象解读

《续金瓶梅》作者丁耀亢为了达到"淑世"的意图，让《金瓶梅》中人物的后身一直受着惩罚。如潘金莲，她因为犯了淫戒，在《水浒传》《金瓶梅》中被武松残忍地杀害；在《玉娇李》中"潘金莲亦作河间妇，终以极刑"，[①]在《续金瓶梅》中得了恶疾，最后出家。同样西门庆在《玉娇李》也变成"骏憨男子，坐视妻妾外遇"，在《续金瓶梅》西门庆的后身为沈花子，一生乞讨，最后凄凉地死去。西门庆死后在《续金瓶梅》中有三个魂，第四十九回：

> 原来人有三魂，沈花子一个魂在阳间随身讨饭，一个魂在阴间做饿鬼受罪，一个魂在西门庆坟上守尸，起旋风赶浆水吃。

西门庆的三个魂一直在受苦，但总的说来，这个沈花子在小说中出现的不多，也没有什么事迹可说。值得注意的是西门庆的儿子孝哥形象。

孝哥的童年是在泪水与恐惧中度过的。第二回中孝哥被一块石头打得头破血流，后来与母亲失散达数年，何其不幸。但这是有原因的，因为孝哥这一生是来赎罪的，丁耀亢按照"父债子还"的模

---

① 沈德符：《万历野获编》，中华书局1959年版，第652页。

式,让孝哥来替西门庆赎罪。在第十五回应伯爵带着孝哥逃难,他骂孝哥道:"想恁爹活时,奸骗人家妇女银钱,使尽机心权势,才报应你这小杂种身上。今日你娘不知那里着人掳去养汉为娼的,你倒来累我,我是你的甚么人?"

应伯爵把孝哥卖给一个老和尚作了徒弟,法名了空,就开始了了空(孝哥)的"四大皆空"的一生。第二十四回写道:

> 到了三年以外,了空经法俱解,教典全通。教他习学戒行,或是村市乞化、挑柴扫粪、灌菜汲水、开地锄田,了空年纪虽小,随力苦行,欢喜受教。

了空一个最大特点就是不近女色。第五十一回了空遇到了锦屏小姐,锦屏小姐的全家逼了空与锦屏小姐成亲,锦屏小姐又是花容月貌,然而了空绝不动心。第五十七回了空与锦屏结婚,两人一问一答,大谈佛经,把洞房变成了禅堂,锦屏大悟,随即出家,法名了缘。后来两人均得道成佛。

在《金瓶梅》中,了空并不是一个主要的角色,但却是一个有重要意义的形象。他作为西门庆的儿子,他为了替父亲赎罪,历尽千辛万苦,终于得到成佛。丁耀亢在《听山亭草·喜镥孙得子是月侨孙亦添丁口占寄贺》说:"心是良田方有种,人如大造自无私。"与大多数人一样,他相信一个人行好事会让他的后代繁荣昌盛,而他接连得到重孙就是他心好的善报。而西门庆的儿子就要受到磨难。丁耀亢通过了空这个形象想表达一种"忏悔与赎罪"的理念。

一个值得玩味的现象是,在《金瓶梅》中,西门庆第一个早死的儿子官哥曾寄名于道士门士,也可以算一个道士,而在《续金瓶梅》中,西门庆的第二个儿子孝哥出家做了和尚,后来成了一名高僧,功德圆满。为什么没有把孝哥写成一个读书人形象,就如《红楼梦》中的"兰桂齐芳",这里面大可值得探讨。这里其实反映了丁耀亢本人的观念。丁耀亢在第四十三回说:"一部《金瓶梅》说了个'色'字,一部《续金瓶梅》说了个'空'字。从色还空,即空是色,乃因果报转入佛法,是做书的本意,不妨再三提醒。"鲁迅指出:"然所谓佛法,复甚不纯,仍混儒道,与神魔小说诸作家意想无甚异,惟似较重力行,又欲无所执著,故亦颇讥当时空谈三教一致及妄分三教等差者之弊。"①事实上丁耀亢晚年笃信佛法,且在科举功名上不得意,这也是他让了空做和尚而不做儒生的一个原因吧。

第五节 《续金瓶梅》对后来小说的影响

一、蒲松龄借鉴《续金瓶梅》考论

丁耀亢与蒲松龄均为清前期山东著名的文学家。蒲松龄(1640—1712)与丁耀亢(1599—1669)一在山东淄博,一在山东诸城,相距不远;且两人生年相值近三十年,蒲松龄出生时,丁耀亢41岁;而丁氏去世时,蒲氏为29岁,现在还没有文献证明二人有过交往,但是蒲氏的文学创作在取材上已经受到丁氏《续金瓶梅》的影响,《聊斋志异·紫花和尚》中已经提到丁野鹤,②这表明蒲氏已经阅读过丁氏的作品。丁氏蒲氏的共同的朋友现在已知的就有王士禛、高珩、张贞、李渔等,有意思的是蒲松龄《聊斋志异》中涉及的人物不少是丁耀亢的朋友或相识,如张幼量、谭晋玄、李象先等。因此蒲氏对丁氏应该很熟悉。

①《鲁迅全集》第9册,人民文学出版社1981年版,第185页。
② 蒲松龄撰,张友鹤辑校:《聊斋志异》,上海古籍出版社1978年版,第1066页。下引此文不出注。

(一)《乐仲》对《续金瓶梅》的借鉴

对《聊斋志异·乐仲》来源探讨得不多。笔者仅见崔蕴华的《佛教中的"摩登伽女"原型与〈聊斋志异·乐仲〉篇之渊源探讨》,①文章认为"《聊斋志异·乐仲》中男主人公乐仲与妓女的交往并非一般意义的文学描述,而是有着深厚的佛教渊源","《乐仲》从'阿难与摩登伽女'原型中受到启发"等,确有道理。但事情也许不这么简单,笔者却发现《乐仲》中乐仲到南海寻母与《续金瓶梅》中了空(即西门庆之子)到南海寻母(即西门庆之妻吴月娘)的描述几乎相同,这对揭示这两部同产于山东的文学名著有一定的价值。现比较如下:

第一,乐仲与了空身世相同。乐仲,"父早丧,遗腹生仲。母好佛,不茹荤酒"。了空,也就是《金瓶梅》中的孝哥,西门庆早死,是西门庆的遗腹子,在《续金瓶梅》中,母亲吴月娘出家为尼姑,天天礼佛。

第二,病中思母都梦见母亲,醒后都痊愈。乐仲,"因而病益剧。瞀乱中,觉有人抚摩之,目微启,则母也。惊问:'何来?'母曰:'缘家中无人上墓,故来就享,即视汝病。'问:'母向居何所?'母曰:'南海。'"。《续金瓶梅》第五十九回,了空思念母亲大病,"可怜今生不得见母,了空双眼落泪,惊动韦驮菩萨,到一更时分,送一碗凉水来给了空吃了,即日出了汗",后来梦见"他母亲吴氏跪在面前,却又是几千重楼阁里,观音菩萨和母亲面前俱有了空跪着念经"。

第三,都是随着进香社到南海寻母。乐仲"既起,思朝南海。会邻村有结香社者,即卖田十亩,挟资求偕"。《续金瓶梅》第五十九回,了空"等了一起香客,是山东临清善人当的南海进香社,僧俗有百十人,搭了个舱,同这些善人过莲花洋,朝南海去了"。

① 崔蕴华:《佛教中的"摩登伽女"原型与〈聊斋志异·乐仲〉篇之渊源探讨》,《蒲松龄研究》2002 年第 2 期。

第四，在南海所见相同。乐仲"忽见遍海皆莲花，花上璎珞垂珠；琼华见为菩萨，仲见花朵上皆其母。因急呼奔母，跃入从之。众见万朵莲花，悉变霞彩，障海如锦。少间，云静波澄，一切都杳"。《续金瓶梅》第六十一回，了空"只见一阵风来，楼阁全无，满海里五色莲花，红黄青碧，一朵朵莲花上都是观音。这里和佛不绝，只见一阵风来，莲花全无"。

第五，最后父子或母子相会。乐仲见到了自己从没有见过的儿子；而了空见到了失散多年的母亲。

第六，更为奇特且有趣的是，乐仲与了空都有一个妻子，但他们与妻子从来没有床笫行为，最后又双双成仙或成佛而去。如蒲松龄评价乐仲说："乐仲对丽人，直视为香洁道伴，不作温柔乡观也。寝处三十年，若有情，若无情，此为菩萨真面目。"后来乐仲与琼华尸解仙去。《续金瓶梅》第五十七回，了空与锦屏小姐成亲后，了空从不与锦屏有任何接触，而是对她讲佛法。最后，锦屏对了空说："我今和你相伴一年，虽不成夫妇，定是前世同伴修行的道友。"后来了空成佛，锦屏得道。值得注意的是，乐仲与琼华是"道伴"，了空与锦屏为"道友"，两相比较，相似很明显。

从上面六点可以看出，乐仲与了空的身世相同，且都跟着"结香社"或"进香社"到南海寻母，在南海都见到万朵莲花，最后父子或母子团聚。尤其"莲花上出现菩萨或观音"以及两对夫妻同床却无床笫行为，最后成仙成佛而去这几个细节惊人的相似，这些种种相似或相同，不大可能是蒲松龄与丁耀亢两人使用的是同一个素材，很可能是蒲松龄参考过丁耀亢的《续金瓶梅》。

（二）《丑俊巴》对《续金瓶梅》的借鉴

蒲松龄还有俚曲《丑俊巴》（只有一折半，似未完），讲的是取经回来的猪八戒看见枉死城中受审的潘金莲，害了相思病的故事。我们知道，在《金瓶梅》的三个主要版本中（万历本、崇祯本、张评本），只有普静禅师超度西门庆与潘金莲等人，均没有潘金莲在地狱受审的描写;而在《续金瓶梅》的第四、五、七回都是写的潘金莲等人在地狱受审的过程。《丑俊巴》写到了"昏昏惨惨地狱路""俩鬼押着一个鬼(即潘金莲)","金莲上前销了到,上头吩咐且寄监"。① "只听他(指潘金莲)起解出来,大喝一声留人,对大鬼小鬼,谁敢牙崩个不字?"②也是写的潘金莲在地狱受审的经过。还有《续金瓶梅》第四回回目为"枉死城淫鬼传情",说的是潘金莲死后依然淫荡;《丑俊巴》中的一个回目也为"枉死城金莲成双对",可知,《丑俊巴》中的潘金莲为《续金瓶梅》中的潘金莲。

　　蒲先明整理、邹宗良校注的《聊斋俚曲集》在《丑俊巴》前的介绍中说:"《西游记》中大唐三藏法师玄奘的二徒弟猪八戒取经归来,得成正果,受封净坛使者。一日,八戒酒后闲观地狱景致,见到《水浒传》(或云《金瓶梅》。二书俱经蒲松龄过阅)中宋徽宗时被武松杀死的潘金莲被解到阴间。"③

　　然而《水浒传》与《金瓶梅》中并没有写到潘金莲在地狱受审的过程,只有在《续金瓶梅》中才有潘金莲受审的情况,所以并不是这两本书,而是《续金瓶梅》。

　　盛伟看出《续金瓶梅》与《丑俊巴》之间的关系密切,不过他认为这只是丁耀亢、蒲松龄二人看了《金瓶梅》而各自在自己小说中有相同的生发,换言之,盛伟先生认为,蒲松龄没有见到《续金瓶梅》,至于《丑俊巴》与《续金瓶梅》有相似的成分,只是两个作家心思一样罢了。他说:"蒲松龄的俚曲《丑俊巴》,就是以该回为起缘,加进猪八戒而构成续《金瓶梅》的框架。与丁耀亢之《续金瓶梅》是同一模式,二者皆借其亡魂,在阴司中,各得报应。也许,在当时续书者的意念中,有一种习惯的思维方式,与同一道德观念,即抱有'好有好报,恶有

　　① 蒲松龄撰,盛伟编:《蒲松龄全集》,学林出版社1998年版,第2473页。
　　② 蒲松龄撰,盛伟编:《蒲松龄全集》,学林出版社1998年版,第2473页。
　　③ 蒲松龄撰,蒲先明整理,邹宗良校注:《聊斋俚曲集》,国际文化出版社1999年版,第422页。

恶报'的小百姓的人生哲理。丁耀亢《续金瓶梅》第五回的回目'枉死城淫鬼传情',而蒲松龄的俚曲《丑俊巴》开场[西江月]中'净坛府呆仙害病,枉死城淫鬼留情'其立目,又是这样的类同。"①

笔者认为,二者是如此之"类同",如"枉死城淫鬼传情"与"枉死城淫鬼留情"仅有一字之差,只能是蒲松龄借鉴了丁耀亢之《续金瓶梅》,而不可能是"在当时续书者的意念中,有一种习惯的思维方式,与同一道德观念"。

由上可知,蒲松龄确实阅读过《续金瓶梅》,并在创作上借鉴了它。应该说,蒲松龄是读到并借鉴《续金瓶梅》较早的人之一,他不但阅读并且在小说中模仿了。蒲松龄与丁耀亢同为山东人著名文人,虽然现在没有证据证明二人有交往,但揆之以理,蒲氏曾见丁氏或阅丁氏之作亦不无可能。《聊斋志异·紫花和尚》中已经提到丁野鹤,文中说:"诸城丁生,野鹤公之孙也。"这里的"野鹤公"即指"丁耀亢",从"野鹤公"的称呼来看,蒲松龄对这位前辈是推崇的。《续金瓶梅》在清初就被明令禁毁,蒲松龄是如何得到的? 是抄本还是刊本? 总之,《续金瓶梅》与《聊斋志异》之间的关系还有待于进一步研究。

二、《续金瓶梅》与《巧联珠》《桃花影》

《巧联珠》是清初一部才子佳人小说,写才子闻相如与佳人芳芸、茜芸的故事。序称"癸卯槐夏西湖云水道人题",它的成书年代大致有两说,一是认为"癸卯"为康熙二年(1663);一是认为"癸卯"为雍正元年(1723),作者为刘璋。这两种说法的相差为 60 年。②

---

① 盛伟:《〈金瓶梅〉对蒲松龄创作的影响》,《蒲松龄研究》1993 年第 2 期。

② 刘世德:《中国古代小说百科全书》(修订本),中国大百科全书出版社 2006 年版,第 397 页。

但也有的工具书以"玄字皆不缺笔,定刻于康熙以前,尤为难得。……此本西湖云水《序》署时'癸卯',当为康熙二年(1663)年"①笔者从《巧联珠》的内容上发现,《巧联珠》的作者应该为丁耀亢的友人,从而得出《巧联珠》的成书年代当为顺康年间。

第一,《巧联珠》第四回:

> 店主人见闻生进来,就把他上下看了又看,替他搬了行李,送在一间干净客房安歇。到了晚间,就问道:"相公可要请一位大姐么? 我们这里许一娘、王素素、孟若兰都是极有名的,相公可要请一个来?"②

这个王素素在《续金瓶梅》第五十三回也出现过:

> 二甲第一名王素素,扬州府通州人,乐籍,《沉香亭诗》三首。

有意思的是不但名字相同,而且都是乐妓,扬州人。虽然小说中重姓重名的夥矣,但就笔者检索所知,王素素仅见于此两处。

第二,《巧联珠》第六回:

> 只见又一个青衣跪下道:"据苏州城隍奏称,秀才闻友少年才美,能不涉淫戒,持《太上感应篇》甚敬,如今就将他补上如何?"③

---

① 石昌渝:《中国古代小说总目·白话卷》,山西教育出版社 2004 年版,第270 页。
② 烟霞逸士:《巧联珠》,春风文艺出版社 1986 年版,第 36 页。
③ 烟霞逸士:《巧联珠》,春风文艺出版社 1986 年版,第 37 页。

我们知道，《续金瓶梅》几乎就是《太上感应篇》的解说，在书前有《太上感应篇阴阳无字解序》《太上感应篇阴阳无字解》，每回的开头都要引《太上感应篇》的文字。当然在清初提到《太上感应篇》的集子很多，并不构成《巧联珠》受《续金瓶梅》影响的铁证，但也是一个不能忽略的旁证。

第三，《巧联珠》第十二回：

> 闻生俯伏领旨。只见一个太监传下题目，上面写道：
> 文华殿赋（何晏体）
> 平番凯歌（李白《清平调》体）①

在《续金瓶梅》第五十三回有：

> 第一场题三道：
> 沉香亭牡丹清平调三韵
> 广陵芍药五言律诗
> 杨贵妃马嵬坡总论

两者都有《清平调》，就笔者检索所见，出考题为《清平调》的也仅见此两书。

第四，《巧联珠》第十一回回目"扮新郎明谐花烛"，《续金瓶梅》第三十二回回目"扮新郎二女交美"。

第五，《巧联珠》序：

> 烟霞散人博涉史传，偶于披览之余，撷逸搜奇，敷以菁藻，命曰《巧联珠》。其事不出乎闺房儿女，而世路险巇、人事艰

---

① 烟霞逸士：《巧联珠》，春风文艺出版社1986年版，第107页。

楚,大略备此。予取而读之,跃然曰:"此非所谓发乎情,止乎礼义者与!"亟授之梓。不知者以为途讴巷歌,知者以为跻之风雅无愧也。嗟乎! 吾安得进近令词家,而与之深讲于情之一字也哉!

　　癸卯槐夏西湖云水道人题

　　从序中看,"烟霞散人"显然为小说作者,《古本小说丛刊》第39辑前言也说:"可知此书的作者为烟霞散人。"①

　　"西湖云水散人"为其作序。而在《续金瓶梅》中天隐道人也作过序:

　　　　天隐道人曰:《续金瓶梅》,古今未有之奇书也,正书也,大书也。……
　　　　烟霞洞天隐题于定香桥

　　而丁耀亢在《太上感应篇阴阳无字解序》署名"顺治庚子孟秋西湖鸥吏惠安令琅玡丁耀亢谨序",换句话说,在《续金瓶梅》中,"烟霞洞天隐道人"给"西湖鸥吏"作序;在《巧联珠》中,"西湖云水道人"为"烟霞散人"作序,"烟霞洞天隐道人"可缩写为"烟霞道人",与"烟霞散人"一字之差;丁耀亢自称"西湖鸥吏",也称"紫阳道人",似乎称"西湖云水道人"也无不可。而考察丁耀亢 1663 年,确有一次离开家乡的旅行,或者给友人作序也是可能的,当然真相如何,还有待于新的发现。

　　此外,在其他情节上如,茜茜小姐因为美貌被太监看中要送她进宫;在《续金瓶梅》中的银瓶小姐被皇帝的娅头李师师看中,也要她进宫。《巧联珠》第十一回有"人的名儿,树的影儿",第十三回

----

① 刘世德等:《古本小说丛刊》第 39 辑第 1 册,中华书局 1991 年版。

"泥佛儿劝土佛儿",在《金瓶梅》中第十三回也有这两句。这说明此书与《金瓶梅》也有密切的关系。

因此,从小说《巧联珠》的内证及序言看,它与丁耀亢的关系密切。

《桃花影》是清初一部色情小说,写书生魏玉卿与多名女子的风流之事。《桃花影》与《续金瓶梅》有几点相似之处,值得注意。

第一,《续金瓶梅》一个浪子叫郑玉卿,第二十回:

> 原来郑玉卿才十八九岁,一手好琵琶,各样子弟六艺无般不会,又惯会偷寒送暖,自幼儿和人磨光,极是在行。人物又好,手段儿又高,汴京巢窝里有名帮闲小官,自从他父母双过了,千金家事嫖得精光,人只叫他作小郑千户。

《桃花影》有个浪子叫魏玉卿,第一回:

> 有一旧家子弟,姓魏,名瑢,表唤玉卿。祖居在松江府西门外,妙严寺左首上岸。年方十七,下笔成章。在十五岁上,父母双亡。①

第二,郑玉卿与李师师及其假女银瓶均有男女关系,魏玉卿与卞二娘与其女儿非云均有男女关系。而且银瓶与非云在事前均知自己的母亲与自己的情人发生男女关系。见《续金瓶梅》第二十回与《桃花影》第三回。

第三,《续金瓶梅》第三回一个和尚假扮成尼姑到了薛姑子庵,在禅椅上与薛姑子师徒奸淫。《桃花影》第五回有个和尚假扮成一

---

① 樵李烟水散人:《桃花影》,陈庆浩、王秋桂主编:《思无邪汇宝》,台湾大英百科股份有限公司 2000 年版,第 28 页。

个尼姑到了尼姑庵,在太师椅上轮流与两个尼姑奸淫。

　　李梦生《中国禁毁小说百话》谈到《桃花影》与其他小说素材的相同,①但未提到以上三点。当然《续金瓶梅》与这部小说的关系是由于偶然重合还是有所借鉴,还需进一步研究。

---

　　① 李梦生:《中国禁毁小说百话》,上海书店出版社 2006 年版,第 231 页。

第四章　戏　曲　研　究

第一节　《化人游》

在现存的丁耀亢四部戏曲中,《化人游》至少有四个特点,一是写作时间最早的,作于明清易祚之时;二是没有人叫他写,自己写的,因为他的《西湖扇》是受友人曹尔堪之托,《表忠记》是受顺治的御旨,《赤松游》是为了纪念他的友人王子房而写;三是篇幅最短,只有十出,仅占其他三剧的三分之一左右;四是采用浪漫主义手法,其他三剧主要以写为主。《化人游》写得汪洋恣肆、恍惚善幻,宋琬在《总评》中说:"汗漫离奇、狂游异变。"

一、"舟"之含义

何野航,是丁耀亢的化身,从字形上看,这三个字当是"丁耀亢"加上偏旁而组合成,贾凫西《澹圃诗草》中的《题何野航武夷山图》,就明确说何野航为丁耀亢。① 也有元代仙人丁野鹤的影子在内。"化人"出自《列子·周穆王》:

---

① 贾凫西撰,关德栋、周中明校注:《贾凫西木皮词校注》,齐鲁书社 1982 年版,第210 页。

周穆王时，西极之国有化人来，入水火，贯金石；反山川，移城邑；乘虚不坠，触实不硋。千变万化，不可穷极。[①]

但《列子·周穆王》中的"化人"始终没有出现一个"舟"。联系《化人游》中多次出现"船"的意象，如第一出"行来东海，必须先得一舟"；第六出"我何生的大船知在何处也"；第十出"相公，你身已登岸，这船也是用不着得了"。据辞典解释，野航指农家小船。从《化人游》整出戏来看，似乎有《庄子·列御寇》的味道：

巧者劳而知者忧，无能者无所求，饱食而敖游，泛若不系之舟，虚而敖游者也。

从"舟"与"遨游"等词来看，《化人游》与《庄子·列御寇》此段很吻合。因此可以看作是采纳了《庄子》与《列子》两者的精神，当然《列御寇》也就是所谓的《列子》，如此看来，《化人游》主要吸纳了列子的精神。

丁耀亢《问天亭放言·丙寅七月同孙江符闭百日关》有"悠悠独返从前觉，欲渡迷津泛铁船"，似乎也与此"铁船"有关。

《化人游》讲何生乘舟遨游大海，与左慈、王阳二位仙人泛舟游蓬莱仙阁，遇到历代美女如赵飞燕、张丽华等，名人如曹植、东方朔、李白、杜甫等。后何生、船夫连同船被鲸鱼吸入腹中，何生经历非凡，后成仙而去。

何生乘舟在海上寄寓一定含义。乘舟并无目的，而是任水所之。第三出《仙舟放游》中，左慈说："舳子，你只管任风而行，自有所止。"后来第四出中何生被吸入鲸鱼之腹，很是迷茫，生说："天好黑也，天好黑也！适见一阵云来，只见浪黑天昏，星斗俱灭。小生

----

① 杨伯峻：《列子集释》，中华书局 1979 年版，第 90 页。

不觉流落此地,既失仙舟,又堕暗劫,不知何日出头,再见天日。我何生好苦也。"第六出"我何生的大船知在何处也"等等,窃以为,这里"舟"暗示何生的人生之舟没有目的。换言之,这里暗寓了丁耀亢在明清之际无所适从的感觉。而中国常用舟行大海喻没有目标。如《老残游记》第一回就用一只在洪涛巨浪中飘摇不定的大船喻清末民初的中国。

细读杜甫《覆舟》二首,会发现这两首与《化人游》的遣词用字及意境上有不同程度的契合,下面借助前人对杜诗的笺释,略作比较。其一:

> 巫峡盘涡晓,黔阳贡物秋。丹砂同陨石,翠羽共沈舟。
> 羁使空斜景,龙宫闷积流。篙工幸不溺,俄顷逐轻鸥。

其二:

> 竹宫时望拜,桂馆或求仙。婍女凌波日,神光照夜年。
> 徒闻斩蛟剑,无复爨犀船。使者随秋色,迢迢独上天。①

关于这两首诗的主旨,浦起龙等注:"此见采买丹药之使舟覆峡江而作也。肃宗之季,从事斋房,时或尚沿其习,公故假此以为讽也。"第一首颔联"丹砂同陨石,翠羽共沈舟",清杨伦笺:《本草》:丹砂久服通神明,不老轻身,神仙能化为汞。《化人游》第一出中仙人王阳为丑,他背着药葫芦。

(丑):不要炼汞铅,真铅原不炼。

(丑):小生姓王名阳,颇知丹道,出入水火。

---

① 杨伦:《杜诗镜铨》,上海古籍出版社1998年版。关于这两首诗的引文及注,均出自此书第659—660页。

（生）：这等看来，二位一个云水，一个江湖，非卖药成都，即安炉烧炼，我船上用不着的。

第九出（丑扮王阳）：我这金丹是用不着的了，回敬老龙罢。

（末）丹在当身，求之何有？不求而是，是名真丹。既曰真丹，无分水火。

第一首的颈联"羁使空斜景，龙宫閟积流"，清杨伦笺：言龙宫积水之内，贡物皆藏于此也。《化人游》第九出《龙会仙筵》描写何生在龙宫作客，同时写了龙宫珍宝的富饶。

第一首的尾联"篙工幸不溺，俄顷逐轻鸥"，也就是说船夫没有死。在《化人游》中何生与船夫葬身鱼腹，但是都没有死，而且也多次写到海鸥。

第二首的首联"竹宫时望拜，桂馆或求仙"，清杨伦笺：《郊祀志》：公孙卿曰："仙人好楼居。"于是上令长安作飞廉桂馆，使卿持节设具而候神人。《化人游》没有这样候神人的细节，但是古代的仙人出现很多，如成连、左慈、王阳等。

第二首颔联"姹女凌波日，神光照夜年"，清杨伦笺：《参同契》：河上姹女，灵而最神，得火则飞，不染垢尘。《化人游》让不同时代之美女出现，如西施、赵飞燕、张丽华、卢莫愁、薛涛、凌波、桃叶。

第二首的颈联"徒闻斩蛟剑，无复爨犀船"，清杨伦笺：《吕氏春秋》：荆人佽飞得宝剑，渡江中流，两蛟绕舟，佽飞拔剑斩蛟，乃得济。《晋书》：温峤宿牛渚矶，水深不可测，世云其下多怪物。峤燃犀角照之，须臾见水族覆火，奇形怪状。

《化人游》第二出（净扮昆仑奴戎服事剑上）铁壁铜墙剑气通，来无踪影去如风，虽然不见人头落，一点红光在手中……俺昆仑奴宝剑在手，能水断蛟龙，陆诛魑魅。第一出《买舟逢幻》以丑的视角发现了怒号的大海及大海中的怪物：

（丑）你看风翻浪高，黑腾腾百丈一孤桡。冯夷掀舞，河伯狂号……说什么妖螭怪蟒、毒蜮狂蛟。

第四出就有鳌精、虾蟹、龙、鲸等：

(生)望不见锦帆斜挂，听不见弦管呕呀，倒做了燃犀蛟窟，问桔龙衙。这船如何自动，一似人牵去的一般？这船呵，未上时只当作虚舟飘瓦，上来时化作了毒蜮含沙。

第二首的尾联"使者随秋色，迢迢独上天"，从字面意义可知使者上天了。《仙人游》最后写何生得道后成仙上天了。第十出(丑扮舟子上)俺奉仙师成连之命，曾将渡海铁船赁于何生远游。今道果完成，将还仙岛，正好交还原船，使他凌虚而去。"凌虚"就是升天之意。

上面简单将杜诗与《化人游》作了一番对读，窃以为《化人游》就是借助这两首杜诗渲染而成。

二、《化人游》的意义

《化人游》反映了明清易代知识分子的苦闷，也反映了丁耀亢的苦闷。郑骞《善本传奇十种提要》说："耀亢生平好道家言，时见于著述，而遭逢丧乱，半生不偶，奇情郁气，无所寄托。此剧乃其自为写照，故何生字野航，著者即题名野航居士。"[1]

在《化人游》中何生不停地游，并无目的，并不知道追求的是什么。第一出中何生说"但讲就了船钱，便三江五湖任意遨游，明月清风取之无尽"，这既像阮嗣宗"时率意独驾，不由径路，车迹所穷，辄痛哭而反"，[2]又类屈原之"路漫漫其修远兮，吾将上下而求索"。鲁迅说过，人最痛苦的事情是梦醒无路可走，斯言诚是。何生有路可走，但不知道何去何从。在《化人游》中，时空发生了改变，不同

---

[1] 郑骞：《善本传奇十种提要》，《燕京学报》1938 年 12 月第 24 期，第 143—144 页。
[2] 房玄龄等：《晋书》，中华书局 1974 年版，第 1361 页。

时代的人可聚于一堂，如曹植、李白、杜甫、西施、赵飞燕等，这已经不能用常理来解释，神仙名姝、艳花美酒招之即来，让人目不暇接，"观古今于须臾，抚四海于一瞬"，"笼天地于形内，挫万物于笔端"。分不清历史或现实，分不清古人或今人，给人一种虚幻、迷茫的感觉，但里面有一种感觉始终是真实的，就是对现实的无奈与愤恨、大有一种李白的"大道如青天，我独不得出"的狂呼。

何生是一个狂人的形象，他睥睨古人，倒古今之是非。他自伤怀才不遇。第一出他出场时说：

> 自家姓何名皋，表字野航，本贯浙中吴山人也。生来志不犹人，气能盖世。十年花笔梦江淹，徒愧知名鸡社；千里芒鞋寻马史，但令寄迹鸥盟。黄石林间秘授，竟失仙朝；青萍幕下谈兵，堪羞吏隐……只是怀古情深，恨不起英雄于纸上；遂使愤时肠热，觉难容肮脏于人间。

慷慨激昂、掷地有声。在《化人游》中何生最尊重的是屈原。何生见到了葬身鱼腹的屈原，二人恨相见之晚。第五出何生说："小生放情江海，大会异人，偶尔垂钓，堕落此地，幸遇先生久居于此，特来请教呵！你与俺指迷津再返灵槎，不教我散漫江湖落客星。"与其他人相比，何生对屈原一直恭敬，这与对待他人不同。

我们知道，丁耀亢在诗歌上深受杜甫之影响，但在《化人游》中对杜甫等人作了善意的揶揄。第三出作者借王阳之口说："这一起秀才们，就是李翰林，说黄金用尽还复来，也是挥霍的。只有杜少陵专好苦穷，请开开待我一觅。"

我们知道，一个人的理想不能实现，常常会形诸梦境，或借小说等来间接"实现"。《化人游》就有这样一种作用，在一定程度上它满足了丁耀亢的愿望。

何生受到空前的尊重。如第三出《仙舟放游》中薛涛、卢莫愁唱歌、凌波桃叶跳舞为何生侑酒,在龙宫中何生受到隆重招待,何生成仙后仙女来引他上天。

《化人游》是丁耀亢唯一一部用浪漫主义手法创作的戏曲。在游海中,遇仙人成连、王阳,友才子李白、杜甫,狎丽姝西施、赵飞燕等,与屈原《离骚》中的"望舒先驱,飞廉奔属"等有相似之处,宋琬在《化人游·总评》也说:"知者以为漆园也,离骚也。"

《化人游》在艺术上也有败笔,用禅语入戏显得不伦不类。如第八出《知津得渡》中:

> (净)我且问你,你既堕入鱼腹,因何得出?(生)我进得去,便出得来。(净)你既有力负得小舟,因何放下?(生)我拿得起,便放得下。

这类语句了无趣味,只是文人逞才使气的一种表现,宋琬在《总评》中以称赞的口吻说:"知者以为漆园也,离骚也,禅宗道藏语录也。"这样的语句其实并没有多大意思。

第二节 《赤松游》

丁耀亢的《赤松游》"计作于明之癸未(1643),成于今之己丑(1649)"(《赤松游本末》)历时六年,期间经过了明清鼎革,这对于一个知识分子来说,其心里经受的波澜不会比明清易代的震荡减弱几分。这种心理活动也在《赤松游》中若隐若显。

《赤松游》主要是为了纪念好友王子房作的。《巡抚王公汉》载:"王汉,初名应骏,字子房,山东掖县人,崇祯丁丑进士。官至佥都御史,崇祯癸未死于刘超之难。"他长于治军,善出奇兵,受到皇帝的接见,"天子召至便殿,咨天下事,公指剿抚大略,当上意,立拜御史",①后来"公坐城头,发免死票,超死士猝发,遇害"。② 后来刘超被擒传首九边。王子房的死让他的友人龚鼎孳、丁耀亢等非常难过,龚、丁二人都曾写诗悼念。

从一而终,忠于故国,不仅仅是封建士大夫的人生理想,其实也是一般人的想法,封建思想要求"忠",但"忠"不全是封建思想,因为每个国度、阶级都要求"忠"。丁耀亢的父亲丁惟宁是明朝嘉靖乙丑进士,做了明朝的高官,丁家沾了不少明朝的皇恩,丁耀亢在《赤松游》有故国之思也很正常的。"这部剧作借汉代张良的事迹,表达了他对明王朝依依不舍的眷恋之情",③无疑是正确的,但是他的眷恋之情并不是很浓,这是需要注意的。

一、《赤松游》对《赤松记》的创新

以张良为题材的戏曲很多,其中影响丁耀亢《赤松游》最大的是明无名氏的《赤松记》,关于两剧之间的比较,石玲《丁耀亢剧作论》以及赖慧娟《丁耀亢戏曲传承与创新之研究》都已经珠玉在前,但有些地方还可加以阐发。

第一点是对沧海君的处理。沧海君,秦时一贤者之号。沧,也写作"仓"。《史记·留侯世家》:"良尝学礼淮阳。东见仓海君。得力士,为铁椎重百二十斤。"④《汉书·张良传》中注:"晋灼曰:'海神也。'如淳曰:'东夷君长也。'师古曰:'二说并非。盖当时贤者之号也。良既见之,因而求得力士。'"⑤唐李白《送张秀才谒高中丞》诗:"感激黄石老,经过沧海君。"一说,为假托的人名。见清袁枚

---

① 徐开任:《明名臣言行录》,《续修四库全书》第 521 册,第 690 页。
② 徐开任:《明名臣言行录》,《续修四库全书》第 521 册,第 691 页。
③ 廖奔、刘彦君:《中国戏曲发展史》,山西教育出版社 2003 年版,第 275 页。
④ 司马迁:《史记》,中华书局 2014 年版,第 2472 页。
⑤ 班固撰,颜师古注:《汉书》,中华书局 1962 年版,第 2023 页。

《随园随笔·史迁叙事意在言外》。① 这是前人对于沧海君的认识。沧海君在《赤松游》中只出现了三次，第一次是椎秦失败后张良与力士路上相遇，一起拜访这个高人，这个高人有未卜先知的能力，神秘莫测；第二次是张良功成身退后，他与力士相见；第三次是张良功成身退后他来引张良入山。这个人物与张良的作用类似《水浒传》的九天玄女与宋江、《西游记》中观音菩萨与孙悟空，是一个隐形的导师形象。而在前代的《赤松记》中并无此人。可知他的出现是丁耀亢有意设计的。值得注意的是他的身份——"外扮沧海君儒服上"说：

> 枕上羲皇梦，壶中天地春。胸藏古代礼，眼历六朝人。自家故周大夫是也。因周室已亡，六国归秦，俺以此隐居淮海，人称俺做"沧海君"。素习礼仪，颇知术数。（第四出）

他的身份是一个周朝的遗民，隐居淮海，不与秦朝合作，这是一个清高的隐士形象。不用说，这其实也是丁耀亢的理想身份——尽管他没有做到。在第三十六出《三笑》中，沧海君唱：

> 世事浪花萍，谁捉云形烟影。山河摇撼，搔鼻万里风腥。吊悲歌庆，莽消磨几度星霜迸。一纳头鳄舞洪涛，那管个鼠咬枯藤。

在沧海君身上，丁耀亢寄寓了自己的人生理想。更有寄托意味的是，丁耀亢设定张良的妻子为姬氏，第五出《忆远》"奴家姬氏，自嫁于韩相之子张子房为妻"。而在明无名氏的《赤松记》第二出

---

① 袁枚：《随园随笔》，《袁枚全集》第 5 册，江苏古籍出版社 1993 年版，第 24 页。

张良一妻一妾，"姓张名良，字子房，娶妻李氏，次室许氏"，[1]我们知道，姬是周朝的代称，周人为姬姓，联系沧海君为周朝大夫，所以张良妻子姓姬氏有一定的含义。

除了以上几点，《赤松游》对《赤松记》的创新还表现在结构紧凑。《赤松记》虽然以张良为生，但牵扯的事件太多太杂，写的几乎是整个楚汉战争及汉朝建立，除此之外还有许多不必要的闲笔，如第七出的《望静》写邻妇请张良妻妾饮酒，第十三出《玩月》写虞妃与女伴赏月；还有第二十二出《寄衣》；第二十四出《妄报》均与主题游离。总的说来，《赤松游》避免了这个缺点，结构紧凑，都是围绕着张良来展开事件。不过也有一出与主题实在太远，如第十出《大索》，讲一个县官借捉拿击秦始皇的人来发财，最后被免职。虽然这出戏很滑稽，艺术效果也很好，但与主题离得很远。

二、张良的形象

与《赤松记》的张良相比，《赤松游》中张良的形象更加丰满。在《赤松记》张良及妻妾同仇敌忾，或者说张良的妻妾给韩国报仇的决心比张良还要强，几乎是催促张良不要忘记仇恨，这就喧宾夺主了。如第二出：

> （旦）相公，君父之仇不共戴天，为臣子者必当捐躯报效，岂可置之度外？
> （旦）欲存韩后，须苦运心筹，宗与社变荒丘，臣子不惭羞。相公你不知当时齐襄公？（生）齐襄公却怎么？（旦）他能复九世仇，功高业优，这芳名美誉垂不朽。（占）君休株守，及早为

---

① 《张子房赤松记》，《古本戏曲丛刊》二集，商务印书馆1955年版。

韩谋,人处世类蜉蝣。一生消得几春秋,把丰资厚产抛投,今将远游,我知君义胆真如斗。

给人的感觉是,张良给韩国复仇乃是其妻妾逼成的。而在《赤松游》中,张良的妻子同情丈夫的事业,但从来不劝张良复仇,只是为他担心,应该说,这才是符合人的性格的。如第二出:

(旦)坐守空房叹寂寥,花落闻啼鸟。相公,你终日恹恹愤闷,奴家岂不料你心事?要占星识宝,钓月潜钩,垂饵偷鳌。虽是如此,还该稳重机秘些才是。怕武阳色变无同调,曹沫心多少定交。

第五出《忆远》:

(旦)空林鸟易呼,乱水鱼难聚。到不如拾菜挑芹、村野夫和妇,巾柴驾犊车,老樵渔、偕隐齐眉卧草庐。

《赤松游》主要写张良建功立业与功成身退这两件事,而这两事都是士人心中的理想,李白诗云:"若待功成拂衣去,武陵桃花笑杀人。"张良苦心为韩国报仇,志向远大,如第四出《侠逢》:

(生)痛韩亡故国伤残,更孤羽遭时淹蹇。欲倾家报主,怕失机先。俺待藏刀炙脍,击袄环桥,国士空吞炭。独夫骄甚也,枉求仙,狭路相要血可溅。

读此曲,觉其须发都动。人生最难堪的英雄志不酬,击秦不遂,大事垂成,使英雄扼腕。第十一出《侠泣》如泣如诉地写出了张良的苦闷心情:

（生）雄武。材可屠龙，计成守兔，往事顿成今古。势变局迁，因缘再寻机杼，休沮。祖龙凶谶天欲转，更四海英雄侧目，且栖迟，韬光晦迹，徐观天步。

可谓英雄落泪。后来张良佐刘邦定了天下，达到了事业的顶峰。但他看到刘邦的刻薄寡恩，决定随赤松游。联系历史，王子房由于过于掉以轻心被杀。赵吉士的《寄园寄所寄》卷九《裂眦寄》的有这样一段记载：

> 刘超晋人，其父贾于永城，因家焉。超颀而长，有才武，能读书，于左、国、三史略皆上口，再中河南武举，俱第一。（壬子戊午两科。）……超时年六十二，豫人有惜之者曰："超知书，好交东南及中州知名士，少时自负其才，以永城人不许令就文试，故俯而从武，往往与同里不合。"王抚军汉字子房，其遇害也，超为文祭之曰："古之子房善谋，君何轻身失算，误为乱兵所害？"①

从此可知，王子房确实"轻身失算"而不如"古之子房善谋"。事实上，从历史的情形看，如果张良不功成身退，结局也很难预料。司马光《资治通鉴》卷十一评论张良说：

> 夫生之有死，譬犹夜旦之必然；自古及今，固未有超然而独存者也。以子房之明辨达理，足以知神仙为虚诡矣；然其欲从赤松子游者，其智可知也。夫功名之际，人臣之所难处。如高帝所称者，三杰而已，淮阴诛夷，萧何系狱，非以履盛满而不

---

① 赵吉士辑撰，周晓光、刘道胜点校：《寄园寄所寄》，黄山书社 2008 年版，第759—762 页。

止耶！故子房托于神仙，遗弃人间。等功名于物外，置荣利而不顾，所谓明哲保身，子房有焉。①

正如司马光所分析的一样，张良不是求仙而是明哲保身。曹植说："虚无求列仙，松子久吾欺。"②古人也知道神仙是渺茫的。据《史记·留侯世家》载：

> 留侯从上击代，出奇计马邑下，及立萧何相国，所与上从容言天下事甚众，非天下所以存亡，故不著。留侯乃称曰："家世相韩，及韩灭，不爱万金之资，为韩报仇强秦，天下振动。今以三寸舌为帝者师，封万户，位列侯，此布衣之极，于良足矣。愿弃人间事，欲从赤松子游耳。"乃学辟谷，道引轻身。③

联系到他的友人王子房早死，丁耀亢写《赤松游》一方面赞扬王子房象张子房一样建功立业，但一方面也责备王子房不会明哲保身。张良的形象除了有友人王子房的影子，其实更多的是丁耀亢理想的投射。郑骞评论说："此剧盖以秦政喻李闯，韩喻明，汉喻清，张子房喻王子房兼以自喻。托古寄慨，纪念故友，且以抒发故国之思，全剧沉雄悲壮，良有以焉。"④石玲《丁耀亢剧作论》说："推崇张良出世，是作者本人思想的折光。"确实如此，丁耀亢不过是借他人之酒杯，浇自己之块垒罢了。事实上丁耀亢本人入世心极强，他在近六十岁的高龄还要去惠安做县令。

刘正宗《逋斋诗》卷一《花朝寿丁野鹤》（自注：野鹤新著《赤松游》剧）：

---

① 司马光编著，胡三省音注：《资治通鉴》，中华书局 1956 年版，第 363 页。
② 曹植撰，赵幼文校注：《曹植集校注》，中华书局 2016 年版，第 446 页。
③ 司马迁：《史记》，中华书局 2014 年版，第 2487 页。
④ 郑骞：《善本传奇十种提要》，《燕京学报》1938 年第 24 期，第 145 页。

　　　　羡尔朱颜好,觞开二月天。恰逢花纪日,宜用酒忘年。
　　　　觪翰谭经壮,风云遇巷偏。赤松游可谱,应有授圮缘。①

　　可见刘正宗也看出丁耀亢"应有授圮缘"。如王嗣槐《桂山堂文选》的《赠山左丁野鹤序》:"掉鲁连之舌,久处危城;砺子房之椎,阴交报士。"②

　　丁耀亢天分很高,可惜"虚负凌云万丈才,一生襟抱未曾开",他在明清之际,曾在刘泽青幕府被授以行军赞画之职,后来片言解安邱之围,只语救日照之祸,大有鲁仲连之风。李焕章《丁野鹤先生诗集序》载:

　　　　会中州寇急,入王巡抚万军幕中,白衣客坐,慷慨言事。用其策战,比有功,巡抚殁,归隐田间。京师陷,所在盗起,野鹤冠兜牟、披犀苇、执旗旆而舞,解围安丘,浮沉行间。③

　　他的友人查继佐在《赤松游·序》中也说:"紫阳曰:'张良始终为韩,野鹤子所为寓言而心伤者哉!'"在《赤松游》中,丁野鹤哀友人又自伤身世。

　　最后谈一下力士的形象。力士形象是一个很重要的角色,在第一出《开宗》中是把刘邦、力士、赤松、张良四人并列的。"创汉业的高皇,行仁仗义;报韩仇的力士,任侠归禅;化黄石的赤松,传书授道;做宰相的留侯,富贵神仙"。

　　这个力士英勇侠气,但击秦不成,落发为僧,代表了丁耀亢思想的另一方面。每个人都有两面性,古人说的"达则兼济天下,穷

---

　　① 刘正宗:《逋斋诗》,《四库未收书辑刊》第8辑第16册,第196页。
　　② 王嗣槐:《桂山堂文选》,《四库未收书辑刊》第7辑第27册,第493页。
　　③ 李焕章:《织水斋集》,《四库全书存目丛书》集部第208册,齐鲁书社1997年版,第781页。

则独善其身"的想法在每个人心里都有。击秦失败,力士想削发为僧(第十一出):

> (净)堪哭、磨杵心劳,垂钩钓冷,马到临崖回步。击筑吹篪,酒徒叹乏俦侣。君去,从王仗剑乘运起,好候个占熊梦卜。更不妨、行藏各别,雄飞雌伏。

后来力士与沧海君相遇,此时他已得道,被称为禅师,他自己说:"自击秦不效,泣别子房。遂走西方,访求释教。年来精进,近颇参空。(沧)教尚艰通,思能探渺。菩提结证,觉照顿生。"(第三十六出)

我们知道,丁耀亢晚年剃度入禅,与这里的思想是一致的。值得注意的是,高僧形象在丁耀亢作品中频频出现。在《续金瓶梅》中的普净禅师、《化人游》中的西番僧、《西湖扇》中也有个西番僧,他们都是神秘莫测,未卜先知,给人解释疑惑,或脱人于危难之前,或拯人于灾祸之后,这些高僧形象的出现,既反映了丁耀亢的逃禅思想,也表现了他对现实的困惑无法解决,只能采用虚无的方法来处理。

很多人说此剧表现了丁耀亢的故国之思,确实如此。但也不宜夸大,因为这其实是一个"命题作文"。丁耀亢在《作〈赤松游〉本末》中说:"昔吾友王子房慕汉留侯之为人,因自号'子房'。既通朝籍,见逆闯起于秦,乃抱椎秦之志。明癸未,请兵灭闯而及于难。余悲子房之亡,欲作《赤松》以伸其志。我大清入而扫除秦寇,真有汉高入关之遗风焉。"换句话说,丁耀亢写《赤松记》主要是因为他的友人王子房非常仰慕张子房,他写王子房就无法避开张子房。至于郑骞评论说:"此剧盖以秦政喻李闯,韩喻明,汉喻清,张子房喻王子房兼以自喻。"也未必全部恰当,因为如果汉喻清的话,在《赤松游》丁耀亢对汉高祖是又尊敬又笑骂的。如第一出《开宗》

"创汉业的高皇,行仁仗义",这样好像对刘邦很敬佩。但到了第三十八出《歌风》又揭露刘邦的老底,如睢景臣《般涉调·哨遍·高祖还乡》一样,如果是"汉喻清",这不是骂清朝皇帝吗?易代之际,出处都很难。张岱曾有《自题小像》一文,"功名耶落空,富贵耶如梦。忠臣耶怕痛,锄头耶怕重"①。功名、富贵、忠臣都是人生渴望的,做忠臣的是要付出代价的。其实丁耀亢是一个很看得开的人,思想通达圆融。所以《赤松游》主要还是表现个人理想而不是家国之思。

第三节　《西湖扇》

一、不存在的曹宋佳话

丁耀亢的传奇《西湖扇》历来都被认为是由曹尔堪与宋娟的一段事实敷衍而成,如孙楷第《戏曲小说书录解题》云:"前载宋娟题清风店诗及宋蕙湘原诗,知曲为二人而作。其诗清初盛传,乃当时实事也。"②郭英德《明清传奇综录》说:"此剧殆据明清易代之际实事而作,而假托宋金时代。"③《山东分体文学史·戏曲卷》谈到《西湖扇》时说:"宋娟与曹尔堪的悲欢离合,便是丁耀亢创作《西湖扇》的素材。"④其他如廖奔、刘彦君《中国戏曲发展史》、孔繁信《略论丁野鹤的戏曲创作》⑤也持相同观点。

但是笔者发现"宋娟"此人在历史很可能是不存在的,曹尔堪

---

① 张岱:《张岱诗文集》,上海古籍出版社 1991 年版,第 329 页。
② 孙楷第:《戏曲小说书录解题》,人民文学出版社 1990 年版,第 315 页。
③ 郭英德:《明清传奇综录》,河北教育出版社 1997 年版,第 569 页。
④ 许金榜:《山东分体文学史·戏曲卷》,齐鲁书社 2005 年版,第 176 页。
⑤ 孔繁信:《略论丁野鹤的戏曲创作》,《聊城师范学院学报》1998 年第 4 期。

与宋娟没有任何联系。而学者依据《西湖扇》前的《宋娟题清风店原诗并序》与《宋蕙湘原诗》，遂认定《西湖扇》的两个女性形象宋娟娟与宋蕙仙的原型分别是宋娟与宋蕙湘，也不可信。宋娟娟很可能是作者由耳闻而虚构，而宋蕙仙与曹尔堪绝无瓜葛。《西湖扇》因与清初著名词人曹尔堪（子顾）及著名戏曲《桃花扇》有联系，当下还有不少论者认为《西湖扇》的这段"历史真实"也曾影响了《桃花扇》的侯方域与李香君的创作，既然曹、宋之事属子虚乌有，则《西湖扇》对于《桃花扇》之影响亦需重新评价。

（一）宋娟其人在文献中之记载

为什么研究者都认为《西湖扇》是描写的真人真事呢？或者说为什么都认为宋娟是真实存在的，而且与曹尔堪有一段缠绵的经历呢？笔者认为有下列几点原因。

1. 宋娟在丁耀亢《陆舫诗草》卷二《感宋娟诗二首》中有记载，丁氏有序曰："娟，浙中名妓。没于兵，题诗清风店壁，寄浙中孝廉曹子顾求赎。都中盛传其事。"其第一首曰："一首新诗海内传，人人解识惜婵娟。"但从序中与诗中我们可以得出，丁氏只是由"都中盛传其事"而得来，更准确地说，从这首诗中，我们看不出丁氏见过宋娟，只是耳闻。

2. 《西湖扇》前的《宋娟题清风店原诗并序》，诗与序声情并茂，煞有介事。如序中称："妾本虎林女也。遇人不淑，再罹干戈……曾与魏里顾生订终身交。顾才士，必不弃予，已后念此，乃又强食。偶从将士阅省录，知顾已乡荐，旦夕公车过此……"言之凿凿，不容怀疑。

3. 其他诗人的记载。如清宋荦《绵津山人诗集》卷二中有《清风店口号》：凄风苦雨不胜悲，独宿清风店里时。一夜几番添蜡烛，墙头细读宋娟诗。自注：店有西泠难女宋娟遗笔。[1] 清沈季友

---

[1] 宋荦：《绵津山人诗集》，《四库全书存目丛书》集部第 225 册，第 463 页。

《檇李诗系》还收录了宋娟的《题清风店》,并介绍说:"娟杭州人,以乱被掠至清风店,题诗于壁,后归嘉善曹太史,王端淑曰:'哀愤似蔡琰而情思缠绵。'"①黄永溪《南溪词》有《卖花声·佳句不堪听》"长店访刘峻度寓中,适遇方孝标兄弟,以清风镇宋娟诗见示"。②

　　主要由上述三个方面,所以研究者都认为宋娟是现实生活中的真人,且为曹尔堪的红颜知己。但笔者现在却发现宋娟其实是明末清初之人虚构的一个女子。

（二）宋娟之事为假的证据

　　宋娟故事是一个虚构的神话,理由如下:

　　1. 宋娟之事虽然见于文人诗词笔记中,数量也不为不多,但这些文人所记录的都是耳闻,而且材料都相似,从文献来源上看,它们千篇一律,没有给出新的证据来。无非是征引宋娟的诗歌,或者说宋娟以后嫁给了曹尔堪。

　　2. 给《西湖扇》作序的"湖上鸥吏"提到了宋蕙湘,但没有提到宋娟。我们认为,不管湖上鸥吏是谁,他对《西湖扇》创作的前因后果一定不会陌生。令人不解的是,湖上鸥吏竟没有提到《西湖扇》的男女主角的原型——曹尔堪与宋娟,退一步说,不提也没关系,问题在于,他偏偏只提到了宋蕙湘而没有提到宋娟。按常理言之,才子曹尔堪与名妓宋娟这样一对才子佳人往往是人们特别是诗人们乐意传播的佳话,作序当然不一定必写宋娟,但是如果提到了与曹尔堪没有任何联系的宋蕙湘,为什么不提比宋蕙湘重要的宋娟(因为当时都认为宋娟是曹尔堪的旧日情人,从本文第一部分可以看出),从艺术创作的角度来看,戏曲是假的,但序言是真的,湖上鸥吏没有提到宋娟,说明这个人是不存在的。

　　3. 丁耀亢在《续金瓶梅》第五十三回中把宋娟写入小说,"宋

---

① 沈季友:《檇李诗系》,影印文渊阁《四库全书》第 1475 册,第 839 页。
② 黄永:《南溪词》,《全清词》,中华书局 2002 年版,第 2853 页。

娟,扬州府江都县人"。这里问题有二,第一,假若宋娟为真人,后来其不论成为曹尔堪的妻或是妾,把一个真人而且是朋友的妻或妾写入《续金瓶梅》,似乎缺乏必要的谨慎。第二,假若丁耀亢可以把真人宋娟写入小说,而按宋娟的诗,她明明是"虎林人",为什么又写"宋娟,扬州府江都县人"?而在《西湖扇》第十六出《双题》中又有"宋娟娟,系钱塘人",虽然"虎林"在地理上可以约略等同于钱塘,但在一个人籍贯上有三种说法,可见丁耀亢在此事上的随意性。有人可能理解为避讳,但是既然姓名都可以直书无隐?为什么又在籍贯上闪烁其词呢!似无此理。

4. 曹尔堪(1617—1679)为清代著名诗人,与宋琬、沈荃、王士禛、施闰章、王士禄、汪琬、程可则相唱和,世称"海内八大家",有《杜鹃亭稿》;著有《南溪词》,与山东曹贞吉并称"南北二曹",为柳洲词派的代表人物,如果他与"名妓宋娟"有段风流韵事,他又请求丁耀亢为自己作《西湖扇》,有丁氏《陆舫诗草·曹子顾太史寄草堂资三百缗时为子顾作〈西湖传奇〉新成》为证,必认为此事乃才子风流之事,必不讳此,当在其著作中有所反映,但只能找到他与女伶或妓女的事情,却无"传得沸沸扬扬"的宋娟之事。如冯金伯在《词苑萃编》中说"《高阳台》一阕"是曹尔堪写一个女伶的。冯氏说:"未知女伶何人,知学士犹有白傅情怀也。"[1]曹氏《南乡子·停酒按红牙》是为河阳角伎红儿作。[2] 李调元说:"曹顾庵尔堪《南溪词》多咏妓作。"[3]由此看来,风流才子曹尔堪并不讳言自己与妓女们的交往,他又请丁耀亢为自己与宋娟写《西湖扇》,他在词中写了许多与其他女性的交往,如果他与"宋娟"真的有一段刻骨铭心之恋,为什么他在作品中只字不提?这不是非常吊诡的吗!

① 冯金伯:《词苑萃编》,唐圭璋编:《词话丛编》,中华书局1986年版,第2114页。
② 冯金伯:《词苑萃编》,唐圭璋编:《词话丛编》,中华书局1986年版,第2115页。
③ 李调元:《雨村词话》,唐圭璋编:《词话丛编》,中华书局1986年版,第1437页。

5. 余怀与曹尔堪为好友,且余怀《板桥杂记》作为记录名妓的文献,却对"名妓"宋娟只字未提。按,《板桥杂记》记录的妓女很广,并不局限于秦淮名妓,而是他知道的所有有名妓女。余怀连宋蕙湘都记载了,为什么没有记载宋娟?

王士禄与曹尔堪是挚友,他们是清初三次著名的词的大唱和的倡导者、主要参与者。① 若说王士禄不知曹尔堪与宋娟之事则完全不可能,然而,王士禄著《然脂集》中的《宫闺氏籍艺文考略》却只有几个字,我们看一下《宫闺氏籍艺文考略》的著述体例,以柳是与叶小纨为例:

> 叶小纨,字蕙绸,工部绍袁仲女,所著有词一卷。又作《鸳鸯梦传奇》,舅氏沈自徵序云:"词曲盛于元,未闻擅能闺秀者。蕙绸出其俊才,补从来闺秀所未有,其俊语韵脚,不让贯酸斋、乔梦符,即其下里,犹是周宪王金梁桥下之声。"②

> 柳是,一名隐,字如是,号我闻居士,松江人,后归虞山钱宗伯谦益。徐士俊编《尺牍新语》隐其名曰青寄。顾苓《河东君传》云,姓柳氏或曰姓杨氏,名隐,字蘼芜,更字如是,不能审其生出本末,初适云间孝廉。孝廉教之作诗写字,婉媚绝伦。弃去游吴越间,以词翰名。及归宗伯,堆书征僻,订讹考异,间以谐谑,略似李易安在赵德甫家故事。宗伯撰集《列朝诗》,君为勘定闺秀一册。所著有《戊寅草》,邹斯漪刻其诗于《诗媛十名家》……③

> 宋娟,西湖妓,以被掠,题诗清风店。④

---

① 严迪昌:《清词史》,江苏古籍出版社 2001 年版,第 60 页。
② 王士禄:《宫闺氏籍艺文考略》,《艺文》1936 年第 6 期,第 9 页。
③ 王士禄:《宫闺氏籍艺文考略》,《艺文》1936 年第 6 期,第 20 页。
④ 王士禄:《宫闺氏籍艺文考略》,《艺文》1936 年第 6 期,第 22 页。

　　显然,如果宋娟与曹尔堪真有那么一回事,相信王士禄一定会大书特书,至少也要写"后归曹子顾"吧,然而对宋娟的记载非常简略。最合理的解释是王士禄对宋娟故事的来龙去脉非常清楚,明白它只是一个美丽的传说而已,不是一个真人真事。

　　曹尔堪与陈维崧是好友,经常在一起游玩唱和。而陈维崧著有《妇人集》,此集记录了许多明清之际能诗歌的女子,如董小宛、李香君等,甚至还有宋蕙湘,①竟然没有与曹尔堪关系密切的宋娟。可见宋娟此人根本不存在。

　　邓汉仪《诗观初集》收有宋蕙湘然没有宋娟。② 同样可疑的是,邓汉仪为什么不收宋娟的诗,而邓氏与曹尔堪也是朋友。钱仲联主编《清诗纪事》第二十二卷收入很多列女诗,宋蕙湘的诗也收入其中,但宋娟其人其诗均没有收入,其中也是历史上根本没有宋娟的旁证。还有施闰章《施愚山集》第四册《蠖斋诗话》有"宋蕙湘",也没有宋娟。③

　　6. 黄永《南溪词》有《卖花声·佳句不堪听》(长店访刘峻度寓中,适遇方孝标兄弟,以清风镇宋娟诗见示。)有"出方孝标所书扇以赠。王师南征,娟被掠过清风店,从将士阅省录,知子顾、孝标俱登贤书。"④

　　这首词不但有宋娟,而且有当事人之一方孝标,似乎成为曹尔堪与宋娟之事的铁证,他就是宋娟说的"洞山方",当时宋娟之事传得沸沸扬扬,方孝标在《钝斋诗选》中《徐二娘募金记》的序中写他认识一个妓女徐二娘,徐二娘惊讶地说:"尔得非清风女子诗中之桐山生?"⑤前面也提到方孝标拿着宋娟的诗让黄永看,黄永都写

①　陈维崧:《妇人集》,《丛书集成初编》,中华书局 1985 年版,第 44 页。
②　邓汉仪:《诗观初集》,《四库全书存目丛书补编》第 39 册,第 465 页。
③　施闰章:《施愚山集》,黄山书社 1992 年版,第 10 页。
④　黄永:《南溪词》,《全清词》,中华书局 2002 年版,第 2853 页。
⑤　方孝标:《钝斋诗选》,《续修四库全书》第 1405 册,第 333 页。

了词,然而令人不解的是,别人都有诗、词记录此事,而查方孝标《钝斋诗选》《光启堂文集》却无片言及之,当真让人奇怪。虽然这里出现了"清风女子诗中之桐山生",但这条材料并没有提供任何消息,完全与传说中的信息相同,所以并不能作为真人真事的根据。

7. 谈迁《枣林杂俎》义集"难妇"中记载宋娟之事,①明确了顾生与方生为曹尔堪与方孝标,然而却把宋蕙湘的诗全部当成宋娟之事。按,谈迁与曹尔堪、方孝标、丁耀亢、宋蕙湘、宋娟同时,且谈迁为历史学家,记事当以"实录"为主,然此则却有很大的错误。这固然可能与谈迁的"粗心"有关,但更重要的是事件本身的暧昧所致,否则他作为一个历史学家怎么会分不清当时的一个"实事"?

此外,宋娟诗并序洋洋洒洒近六百言,在墙壁上写这样多字,又在士兵的监视下,其真实性也让人怀疑。试想,古代用毛笔书写,这六百多字需要占用相当大的面积,有这样大的墙壁来供她写吗? 因为她书写的时候写得不能太高(否则够不到)也不能太低(否则无法写),只能写在与胸膛平的墙壁上,读者也试想这个墙壁有多大。

从以上几点可以看出,宋娟此人是不存在的。既然她不存在,其诗也是有人伪造的,《清诗纪事》等不收其诗也在情理之中。这样一来,曹宋两人的爱情也就成了海市蜃楼,成了一个美丽的谎言。问题随之产生。有学者认为,后来孔尚任《桃花扇》在道具运用及情节设计上都受到丁耀亢《西湖扇》的影响,如徐振贵在《孔尚任何以要用戏剧形式写作〈桃花扇〉》说:"剧首都附有所据事实。《西湖扇》卷首附录宋娟娟所题诗句及其序文,附录宋湘仙题扇之诗,犹如《桃花扇》卷首之《考据》。"②台湾赖慧娟的硕士论文《丁耀

---

① 谈迁:《枣林杂俎》,中华书局 2006 年版,第 287—288 页。
② 徐振贵:《孔尚任何以要用戏剧形式写作〈桃花扇〉》,《东华大学学报》2000 年第 4 期。

亢戏曲传承与创新之研究》也持此观点。她说:"(二剧)在题材或结构上都有着许多相似的特点。在题材上,《西湖扇》写南宋时宋金对峙之局面,《桃花扇》则叙南明倾覆之悲,二剧都是以才子佳人的爱情故事为经,以时代的乱离为纬,又都是在真人真事的基础上谱写出曲折动人的戏曲。"①现在看来,这一点是不能成立的。

明末清初名士与名妓交往是一个奇特的社会文化现象,津津乐道于人们的口头与笔下,如钱谦益与柳如是、侯方域与李香君、龚鼎孳与顾横波、冒辟疆与董小宛等,还有吴梅村与卞玉京。

那么有人也许问:"如果曹、宋二人没有关系,为什么传得如此煞有介事?"事实上,李渔一部戏曲《意中缘》可以说明这个问题。《意中缘》讲的是女画师杨云友与名妓林天素因慕名书画家董其昌与陈继儒而恋爱结婚之事。而据黄媛介《〈意中缘〉序》云:

> 三十年前,有林天素、杨云友其人者,亦担簦女士也,先后寓湖上,藉丹青博钱刀,好事者时踵其门,即董玄宰宗伯、陈仲醇征君,亦回车过之,赞服不去口,求为捉刀人而不得。今两人佩归月下,身化彩云久矣。笠翁先生性好奇服,雅善填词,闻其己事,手腕栩栩欲动。谓邯郸宁耦厮养,新妇必配参军。鼓怜才之热肠,信钟情之冷眼。招四人芳魂灵气,而各使之唱随焉。奋笔绨章,平增院本家一段风流新话,使才子佳人愿遂于身后。②

这一段话可以给我们启示,董其昌等也没有与名妓们的风流

---

① 赖慧娟:《丁耀亢戏曲传承与创新之研究》未刊,第108—109页。
② 转引李修生:《古本戏曲剧目提要》,文化艺术出版社1997年版,第425页。

韵事,不是照常有戏曲出现吗?

(三) 明清女子题壁诗多不信

其实,明末清初,中原板荡,造成很多男女的悲欢离合,而且,这时期又是一个善于"造假"的时期。清代的顺治与董小宛、才女贺双卿的故事都是无中生有的事情。所以,宋娟不存在也不是什么奇怪的事情。

蒋寅《金陵生小言》卷七《诗史发微》说:"前人说部、诗话多载女子题驿馆之作,津津乐道,甚或和作累累,远近流传。然此类诗每出文人伪托,见者自作多情,遂相演成故事。"①并举出文人伪托女子题壁诗两例。在《文学遗产》上又以《女子题壁诗多不可信》加以重申。②

有人说:"小青的传记和诗作刚刚问世,其真实性就受到了怀疑。在江南的印刷文化中,有这样一种怀疑是普遍的,不少人怀疑每位出版过作品的才女背后,都有一位潜在的男性代笔人。"③这段话与"名妓宋娟"现象可以互相启发。

邓之诚《骨董琐记全编》有《记楚女诗》中说:

　　陈维嵩《妇人集·洞庭女子诗》,黄周星《九烟先生遗集》(四)《楚女诗》十首,贺贻孙《水田居文集》(五)《纪湖南女子事》有诗六首,施琬《蠓斋诗话·洞庭烈女》载诗六首,皆同于《妇人集》,特字句渐异。自来难女题壁,多非自做。④

吴兆骞《秋笳集》(五)有《虎丘题壁二十绝句》,他说:

---

① 蒋寅:《金陵生小言》,广西师范大学出版社2004年版,第149页。
② 蒋寅:《女子题壁诗多不可信》,《文学遗产》1998年第3期。
③ [美]高彦颐撰、李志生译:《闺塾师:明末清初江南的才女文化》,江苏人民出版社2005年版,第102页。
④ 邓之诚:《骨董琐记全编》,中华书局2008年版,第653页。

托名豫章刘素素是也。乱离之际,不幸沦落者多矣,不必即其人而必有其事。妇人女子之作,最易流传,于是有同身世之感者,效其口吻,赋之篇章,以动人怜感,见者卒以为真。宋蕙湘诗,名家皆有和作,聊纾悲愤而已,必欲实其人则凿矣。①

加之在古代女子受过教育的不多,这些题壁诗确实有不少代言人。

(四)《西湖扇》中的人物原型——宋蕙湘与吴蕊仙

既然宋娟史无其人,那么宋湘仙又是谁呢?她真的就是《西湖扇》卷首写有四首诗的宋蕙湘吗?那她们的名字为什么不同?难道这仅仅是丁耀亢信手起名吗?笔者最近发现,这里的宋湘仙其实由两个女性——宋蕙湘与吴蕊仙缩合而成。清史专家杨海英《朝鲜士大夫的"季文兰情结"和清初被掳妇女的命运》已经提到这一点,她说:"最迟到康熙十年(1671),山东诸城戏剧家丁耀亢即以宋、吴之事为原型,创作了《西湖扇传奇》。"②虽然没有示以证据,笔者觉得是很有道理的。杨先生的关注点不在文学上,对此一笔带过,没有进行深入研究,有些材料运用也微有不妥。如杨先生说《西湖扇》的出现最迟到1671年,事实上,丁耀亢在1653年就创作了《西湖扇》,丁氏死于1669年,杨先生说迟到1671年,但此时丁早死。杨先生说"另一吴蕊仙,也是宋蕙湘的同命鸟,未知里籍事迹"。吴蕊仙的事迹也有蛛丝马迹可循。《甲申朝事小纪》载有《吴蕊仙和宋蕙湘诗》,原本有四首,注:佚二。

城头万骑截飞鸦,磷火无声湿露华。帐下红颜悲薄命,夜

---

① 吴兆骞:《秋笳集》,中华书局2008年版,第654页。
② 杨海英:《朝鲜士大夫的"季文兰情结"和清初被掳妇女的命运》,《清史论丛》2007年号,中国广播电视出版社2006年版。

深马上听吹笳。

　　香烬炉寒犹袅烟，残钟敲断不成眠。可怜此夜看明月，各
抱单情别一天。①

　　这个吴蕊仙就是吴琪，字蕊仙。《甲申朝事小纪》对她有详细
的介绍：

> 　　女史吴琪，字蕊仙，别字佛眉，江南长洲人。乃方伯挺庵
> 公之孙女，孝廉康侯公女也。世居姑苏之花岸。蕊仙生而颖
> 悟，五岁时辄过目成诵。父母见其慧性过人，为延师教读。髫
> 龄而工诗，及笄而能文章，益昼夜攻苦不辍。父母见其善病，
> 屡止之，不得也。尤精于绘事，一时女郎脱簪解佩，求其片纸
> 者日相望。许氏管君名勋，字予嘉者。管固贵公子，且时彦
> 也。定情之夕，舆仆喧阗，冠盖绎络道左。而两璧人掩映镜光
> 奁影间，见者窃叹为神仙下世。嗣是翻书赌茗，扫黛添香，二
> 十年如一日也。
> 　　无何，夫死于甲申之难，家产流离。蕊仙以一女子，支离
> 困顿于荆榛豺虎之间。圣朝定鼎燕京，兵戈宁谧。蕊仙复居
> 旧宅，结二三闺友，抚丝桐而弄笔墨，意殊慷慨，不作儿女态
> 也。慕钱塘山水之胜，乃与才女周羽步为六桥、三竺之游。晤
> 慧灯禅师，为故大夫若青公季女。蕊仙遂洗心皈命于大张兰
> 若。慧灯令之剃发，命名上鉴，号辉宗，盖不复问人间事云。②

　　《甲申朝事小纪》还载有《吴琪和女郎吴芳华题壁诗》。此外，

---

　　① 抱阳生编著，任道斌校点：《甲申朝事小纪》，书目文献出版社1987年版，第
54页。
　　② 抱阳生编著，任道斌校点：《甲申朝事小纪》，书目文献出版社1987年版，第
53页。

《清诗别裁集》卷三十一有"吴琪字蕊仙,江南长洲人。管勋室,后寡居,皈依空门"。①

《十五家词》卷十二有《戏题吴蕊仙画》;②卷二十七有《戏题吴蕊仙花卉便面》;③《晚晴簃诗汇》卷一百八十三有夏泟《怀吴蕊仙》;④卷一百九十九有性道人《留别吴蕊仙》,⑤因此证明,吴蕊仙确乎是惊才绝艳。

宋蕙湘在《清诗纪事》中有较多的介绍,当时如张苍水、施闰章、陈维崧等都有记载。关于她的出身,主要有两种说法,一是陈维崧在《妇人集》说"秦淮宋蕙湘,教坊女也";二是计六奇《明季南略》说"蕙湘,金陵人,弘光宫女也"。⑥ 或是宫女后流落教坊也,或是宫中担任歌舞的女子,也即通常说的"宫中教坊"也,不能确考。其后来结果不得而知。

由上面的论述可知,《西湖扇》的宋湘仙于皇姑寺出家为尼,与吴蕊仙夫死后"蕊仙遂洗心皈命于大张兰若。慧灯令之剃发"相吻合。

二、《西湖扇》思想艺术分析

(一) 扇子的作用

作为关键性道具的扇子在《西湖扇》中把三个人物串连起来,意义可谓重大。扇子虽然并非在《西湖扇》中首次出现,但它的意

① 沈德潜等:《清诗别裁集》,上海古籍出版社1984年版,第1304页。

② 孙默:《十五家词》,影印文渊阁《四库全书》第1494册,第158页。

③ 孙默:《十五家词》,影印文渊阁《四库全书》第1494册,第382页。

④ 徐世昌编,闻石点校:《晚晴簃诗汇》第13册,中华书局2018年第2版,第8072页。

⑤ 徐世昌编,闻石点校:《晚晴簃诗汇》第15册,中华书局2018年第2版,第9148页。

⑥ 钱仲联:《清诗纪事》(二十二),江苏古籍出版社1989年版,第15625—15627页。

义仍不可忽视。

以前戏曲中常常以手帕、首饰等来作为情节演进的道具。如汤显祖《紫玉钗》中的紫玉钗，席正吾《罗帕记》中的红罗帕等等。后来才出现了以扇子为道具的小说戏曲，如明《情史》卷九《娟娟》写了木生与娟娟通过扇子展开的悲欢离合，①明陈所闻的戏曲《诗扇记》②（已佚）、清蒋易的戏曲《遗扇记》③都据其敷衍。

清初无名氏的戏曲《诗扇缘》也写到扇子在男女之间的关系，④清初有小说集《人中画》，其中有一短篇小说《风流配》以两个扇子绾合男女，⑤后来被乾隆间汪柱改为《诗扇记》。⑥ 后来的《落金扇》⑦《姻缘扇》⑧也都是用扇子作为关目。

能大体确定在《西湖扇》之前的有《情史·娟娟》与明陈所闻的《诗扇记》。清初无名氏的《诗扇缘》，清初有小说《人中画·风流配》当与丁耀亢《西湖扇》同时，不好确定它们与《西湖扇》孰早。

戏曲中的玉钗等变为扇子，看上去没有什么变化，但实际上反映了作者在道具选择上的自觉。我们知道，玉钗等为女人之首饰，虽然也可以在男女之间传情达意，但缺乏一种张力，而扇子上面题画写诗等等，因此扇子比以前的玉钗等多了诗情画意，从而使男女双方更能自如的交流感情，更多了一层文雅气味。以前扇子在戏曲中影响不大，自从孔尚任《桃花扇》一出，则扇子在戏曲小说的应用大大增加，但《桃花扇》实则受《西湖扇》的影响很多，在扇子的应用上，《西湖扇》起到的作用很大。

① 冯梦龙：《情史类略》，岳麓书社 1984 年版，第 236—238 页。
② 齐森华等：《中国曲学大辞典》，浙江教育出版社 1997 年版，第 356 页。
③ 齐森华等：《中国曲学大辞典》，浙江教育出版社 1997 年版，第 403 页。
④ 邓绍基：《中国古代戏曲文学辞典》，人民文学出版社 2004 年版，第 629 页。
⑤ 路工、谭天：《古本平话小说集》（上），人民文学出版社 2006 年第 2 版。
⑥ 齐森华等：《中国曲学大辞典》，浙江教育出版社 1997 年版，第 514 页。
⑦ 李修生：《古本戏曲剧目提要》，文化艺术出版社 1997 年版，第 640 页。
⑧ 李修生：《古本戏曲剧目提要》，文化艺术出版社 1997 年版，第 658 页。

《西湖扇》与《情史·娟娟》至少有两点相似，一是女主人公丢失扇子，扇子上有七言绝句，又正巧被男主人公捡到（或男主人公的书僮捡到）。二是《情史·娟娟》的女子名叫娟娟，而《西湖扇》中的女子也叫宋娟娟，（传说中题壁的是宋娟，不是宋娟娟），《西湖扇》或许借鉴过《情史·娟娟》。

（二）《西湖扇》中的"华夷一家"思想

《西湖扇》与《续金瓶梅》的某些情节相同。如宋湘仙被主母逼迫担水后又出家皇姑寺与《续金瓶梅》中的梅心一样，陈道东教书于金国与《续金瓶梅》中的洪皓相同。我们知道，丁耀亢在北京做过教习，教习满洲学生，他在《陆舫诗草》就有《归帐教习辽满诸生》《庚寅初度金鱼池集满洲诸生宴射》《即事赠辽学诸子》等诗。如：

> 玄菟群英拜杏坛，朱缨蓬笠簇桓桓。鲁经初识服官易，译语犹多辨字难。
> 环立虎头争进退，驯来龙性问支干。讲堂四壁留风雨，应有先生愧素餐。
>
> ——《陆舫诗草》卷一《归帐教习辽满诸生》

这些诗就写了当时他教课的场景及处境。他教书是给清朝人服务，联系当时的社会环境与舆论，他的心情是很矛盾的：一个明朝培养的知识分子（虽然没有给他任何官做），怎么会跑到清朝教书？他的处境有点像当年的鲁迅。《〈呐喊〉自序》：

> 有谁从小康人家而坠入困顿的么，我以为在这途路中，大概可以看见世人的真面目；我要到N进K学堂去了，仿佛是想走异路，逃异地，去寻求别样的人们。我的母亲没有法，办了八元的川资，说是由我的自便；然而伊哭了，这正是情理中的事，因为那时读书应试是正路，所谓学洋务，社会上便以为是一种走投

无路的人,只得将灵魂卖给鬼子,要加倍的奚落而且排斥的。①

不难想象,丁耀亢心里一定受着"将灵魂卖给鬼子"的折磨,而这时昆山顾炎武正在讲"天下兴亡,匹夫有责",更何况丁耀亢是一个饱读诗书的人呢?也许尽管丁耀亢心里不以为然,但总要给自己一个平衡的理由。

《西湖扇》作于顺治十年(1653),清朝统治已成定局,反清势力也大都尘埃落定,丁耀亢也安然地在北京做着他的教习。廖奔说:"丁耀亢借剧中人之口对清廷说出'皇恩如此高厚'的赞誉,很难说是出于真心实意,但这却又是全剧的总体立意,剧中'华夷一家'的主题十分鲜明。丁耀亢入清后又拔贡任职,接受清廷的俸禄,其行动为剧作立意做了注脚。"②

所以在《西湖扇》中他就塑造了一位陈道东的人物形象,在《西湖扇》中,陈道东因为出使金国被扣留,宛如汉代之苏武,因为他读书广博,让他教金国子弟。第十九出《辽帐》:

> (外)将俺北迁辽海,此地人习射猎,不喜诗书。幸喜本部达官,知俺忠直,请俺教训子弟,这也是圣人大道传之绝域了。

第三十一出《还旌》还有:

> (外)三年毡帐笑谈经,(小生)皂帽无劳羡管宁。(众)还如化鹤重归去,(外)疑是辽阳鸟姓丁。
> (小生)自受先生之教,这些蒙古诸生,一个个温习经史,渐有中华气象了。

---

① 鲁迅:《呐喊》,《鲁迅全集》第1卷,人民文学出版社2005年版,第437—438页。
② 廖奔、刘彦君:《中国戏曲发展史》(四),山西教育出版社2003年,第276页。

从上面的谈话可知,尤其"疑是辽阳鸟姓丁"之句,这是丁耀亢的夫子自道。同样的情节我们在《续金瓶梅》中也可以看到。在第五十八回有"供养着一个洪皓,好似得了圣人一般"。这些就给丁耀亢任清廷教习在理论上找足了理由。

廖奔说:"丁耀亢借剧中人之口对清廷说出'皇恩如此高厚'的赞誉,很难说是出于真心实意。"事实,也很难说不是出于"真心实意",一个人在强大的清朝面前能做什么呢?而且丁耀亢是很相信"天命",他也就随遇而安,但这些都不影响他的人格与人品。

第四节 《表忠记》

丁耀亢的《表忠记》是 1657 年在容城任教谕时完成的。《椒丘诗》中的《〈杨忠愍蚺蛇胆〉剧成,傅掌雷总宪易名〈表忠〉志谢》,《闻大内征予〈表忠〉剧,副宪傅君遣索原本》,等诗均记此事,而考这两首诗均作于顺治十四年(1657),在《表忠记》第三十六出有"今当顺治十四年,大清国圣明天子御笔亲题表忠御序,颁行天下,上帝大喜"。据顺治己亥(1659)年保阳谪史郭棻所作的《弁言》可知其创作大略。《表忠记》主要写了杨继盛上书揭露奸相严嵩而喋血刑场的事迹,塑造了一个为民请命、不惜身死的士大夫形象。丁耀亢对杨继盛极为崇拜,他的《椒丘诗》之所以如此命名,也是因为杨椒山(杨继盛号椒山)。他创作《表忠记》有三点值得注意。

一、事俱按实

以《杨椒山年谱》为蓝本,进行艺术裁剪,达到"事俱按实"。《表忠记》是在明传奇《鸣凤记》的基础上改编的,两者相比,《表忠记》结构更紧凑,人物形象更加鲜明。但如果仔细阅读文本,会发现《表忠记》更接近于《杨椒山年谱》,从而表现出一种"实录"的精神。丁耀亢在《表忠记》的评语中多次说到他是按照《年谱》而创作了《表忠记》。《表忠记》每出后都有评语,这些评语无论从把握作家创作心理或在戏曲评点上的地位,都需要引起研究者注意。

丁耀亢在剧前自题:"兹刻一脱《鸣凤记》枝蔓,专用忠愍为正脚。起孤忠于地下,留正气于人间。全摹《年谱》,不袭吴趋本。"丁耀亢在《啸台偶著词例数则》"词有十忌"第三点说"忌犯葛藤,客多主少",其实与"《鸣凤记》枝蔓"同一个意思。在第八出《盟义》中,丁耀亢评:"《鸣凤记》苦于头绪多,故收拾结束,不能合拍,多致纷乱。此出略出邹、林,以凤洲为盟主,既有同心,至赴义后,始出结劾严之局,则线索清矣。"我们知道,《鸣凤记》写了八个忠臣,《鸣凤记》于《家门大义》中道:"四友三仁作古,双忠八义齐名。"①这"八义"为杨继盛、董传策、吴时来、张翀、郭希颜、邹应龙、林润、孙丕扬。一部传奇中容纳这个八个人,还有双忠"夏言、曾铣",很容易平均用力而导致"头绪多",所以丁耀亢开篇就"一脱《鸣凤记》枝蔓,专用忠愍为正脚",这一点其实是丁耀亢戏曲理论与创作密切结合的实例,与李渔的"立主脑"相差无几。

丁耀亢多次提到《表忠记》的情节是按《年谱》等写的。如第四出评:"饭牛出于《忠愍实录》,所以见其高苦而随寓自得之乐。"第十三出评:"按《忠愍年谱》,王公遴者,死友也。临难托子,狱中结姻,不避祸,不弃贫。"第十八出评:"按《年谱》自述,在狄道开煤窑、禁征褐,悉如此出。"等等。

我们认为,丁耀亢以《年谱》为粉本来敷衍成《表忠记》是有他的用意与目的。笔者认为有两点,其一,这是呈给皇帝看的,自然不得不小心翼翼地写,而且杨继盛等人作为历史上的真实存在,必须要顾及历史真实,不能违背起码的真实。其二,与丁耀亢的戏曲

---

① 王世贞:《鸣凤记》,中华书局1959年版,第1页。

观有关。他在《〈赤松游〉题词》中说:"故曲曰'传奇',乃人中之奇,非天外之事。五伦外岂有奇人,三昧中总完至性。"从中可知,丁耀亢不以"牛鬼蛇神、天马行空"等为奇,所以他在《表忠记》中尽量按照杨继盛的实际情况来写,从而达到"不奇"为"奇"的效果。自然,《表忠记》也有"牛鬼蛇神",如第十九出的"黑眚与白虎神",第二十九回的"马、赵、温、岳四将",但这不是主要的,也就是说,《表忠记》的价值与精彩部分不在此。胡丹凤评价此曲说:"此记莫作传奇看,史笔森严阐贞烈。"①这个"史笔"也说明了此曲的真实性。

既然《表忠记》是以《年谱》作为底本来写作的,则说它与历史最接近当然是顺理成章的事情。吴梅村在《〈清忠谱〉序》云:"以公(指周顺昌)事填词传奇者凡数家,李子玄玉所作《清忠谱》最晚出,独以文肃与公相映发,而事俱按实,其言亦雅驯,虽云填词,目之信史可也。"②吴氏此说一出,对后世影响很大,如游国恩等《中国文学史》中说:"《清忠谱》是我国戏曲史上第一部'事俱按实'的历史戏,在清代舞台上有着重要的地位。"③

当然什么才是"事俱按实"是要有个定义的,一般来说,历史剧或历史小说会不同程度地与历史重合,这是由于其题材的内在性决定的,所以说,不能把所有的历史剧或小说定性为"事俱按实"。但是《表忠记》由于按《年谱》写成,其符合历史程度之高是一般历史剧不能比的。因此笔者认为《表忠记》也是"事俱按实"的。但《清忠谱》与《表忠记》哪一个更早呢?这还很难断定,从时间上看,《表忠记》是在1657年完成的。《椒丘诗》中的《〈杨忠愍蚺蛇胆〉剧成,傅掌雷总宪易名〈表忠〉志谢》《闻大内征予〈表忠〉剧,副宪傅君遣索原本》,等诗均记此事,而考这两首诗均作于顺治十四年

① 丁耀亢:《表忠记》,《苏州博物馆藏古吴莲勺庐戏曲抄本汇编》第13册,国家图书馆出版社2013年版,第164页。
② 蔡毅:《中国古典戏曲序跋汇编》(三),齐鲁书社1989年版,第1473页。
③ 游国恩等:《中国文学史》(四),人民文学出版社1964年版,第189页。

(1657)，在《表忠记》第三十六出有"今当顺治十四年，大清国圣明天子御笔亲题表忠御序，颁行天下，上帝大喜。"

《清忠谱》的创作时间不易确定。郭英德《明清传奇综录》称"剧之作当在顺治十六年(1659)秋之前"①。孙书磊认为："《清忠谱》当作于明崇祯中叶至清顺治十七年(1660)五月间。"②揣摩两人的意思，是略早于1659年。当然这样也不能推出二者孰早。

两者似乎有较密切的关系，如《表忠记》中有王遴与杨继盛狱中结亲的情节，在《清忠谱》中的周顺昌与被逮捕的魏大中结亲，虽然都是历史事实，但在《鸣凤记》中却没有"王遴与杨继盛狱中结亲"这一细节。《清忠谱》第十七折有"危疑阁上窥奇胆，患难关头见异人"，这"奇胆"也与《表忠记》相近，而《清忠谱》最后一出名为《表忠》与《表忠记》非常相似。总之《鸣凤记》与《清忠谱》之间的异同有许多人比较过；《鸣凤记》与《表忠记》之间的异同也有人比较过，但《表忠记》与《清忠谱》这两部作品的关系还没有人研究，它们之间的相同点是值得关注的。

二、"表忠"的两层含义

现在研究丁耀亢的文章，研究者往往认为丁耀亢是反清的，或者行动上不反清，在心中是反清的，如汉之苏武，如曹营之徐庶。如廖奔、刘彦君在《中国戏曲发展史》(四)介绍《赤松游》中说："但他的感情也与满清政权势不两立。"③

事实上丁耀亢并非如此，《表忠记》当初并非叫《表忠记》，《椒丘诗》中的《〈杨忠愍蚺蛇胆〉剧成，傅掌雷总宪易名〈表忠〉志谢》，

①　郭英德：《明清传奇综录》，河北教育出版社1997年版，第547页。
②　孙书磊：《明末清初戏剧研究》，社会科学文献出版社2007年版，第360页。
③　廖奔、刘彦君：《中国戏曲发展史》(四)，山西教育出版社2003年版，第275页。

《闻大内征予〈表忠〉剧,副宪傅君遣索原本》可证。虽然丁耀亢没有把剧本起名《表忠记》,但是他的友人改为《表忠记》,这表明《表忠记》适合做这个剧本的名字。"表忠记"有什么寓意呢?笔者觉得至少有两层含意,一是表面上的"表杨继盛之忠",二是"表丁耀亢之忠",前者显而易见,下面解释后者的理由。

从丁耀亢当时的处境来说,1657 年丁耀亢一直在容城任教谕,在容城有四年之久,在这期间,他被人推荐做了惠安县令,固然他做了许多诗说他喜欢田园生活,但这不是封建文人的一个普遍的现象吗?他曾经写过"多难悔辞官"的诗,而且他的就任惠安县令与他的捐俸救人有很大关系,因此他虽然"沧州趣每怀",但"朱绂心很重"。

从其朋友的角度来说,顺治皇帝不满意《鸣凤记》,要找一个人来改编它,按郭棻的《弁言》说:"此非丁野鹤不能也!"丁耀亢果然是才高八斗,这个不需要说了。但是当时能写也正在写戏曲人也很多,如吴梅村、查继佐、王鑨(王铎的弟弟)、宋琬、尤侗、李渔等等,他们的才华都不在丁耀亢之下。当然,丁耀亢因为在容城,也就是杨继盛的家乡,这算是一个有利条件。笔者认为,丁氏友人想给丁氏提供一个让皇帝赏识的机会。这对一个人来说是可遇而不可求的,以此来得到提拔,只需让皇帝开心就好了。事实上,写《忠愍记》的吴绮就因此得到了官(见后),这难道不是一个例子吗?

从《表忠记》的内容来说,有很多吹捧清朝的话。丁耀亢写《表忠记》是间接地奉"皇帝御命"而作,不用说,他一定要做得"花团锦簇"才能让皇帝开心。

他在第一出"开场"有"一统山河归顺治,熙朝重表忠臣记",这就给本文定了基调。第三十六出"赠荫"有"一统王基顺治,万年天运壮清朝。今当顺治十四年,大清国圣明天子御笔亲题表忠御序,颁行天下,上帝大喜,从此风调雨顺,国泰民安,享国太平,万年福寿。那杨忠臣可回天去也"。粉饰太平之意很明显,杨椒山在明朝

受冤枉不能平反,到了清朝平反了而且受到褒扬,可见清朝是多么英明! 三十六出后面还有:

> 歌太平,仁风流广;驭和气,仙音嘹亮。山河一统庆羲黄。凌云词赋,麟凤文章,相如渴饮仙人掌。祝顺治,祝顺治,民歌击壤。颂清朝,颂清朝,圣寿无疆!

这些足可以说明《表忠记》也是丁耀亢向清朝"表忠"。如果说这《表忠记》是专门让皇帝看的,有些阿谀的话是保护色,我们就举丁耀亢平时的诗作,《归山草》有一首诗《至孟邑得赦诏闻家信志喜》"圣主如天雨露宽,春回寒谷万民欢",还有《康熙四年……我皇上颁诏,中外欢呼……》也是称颂清朝的话。郭英德在《明清传奇史》中说:"叙写了明嘉靖间杨继盛与严嵩的忠奸斗争故事,迫不及待地向清廷表白自己的耿耿忠心。"①斯言诚是。

三、《表忠记》未上呈皇帝的原因探究

郭菜《弁言》中说:"会有以后疏一折,借黄门口吻,指前代弊政、缙绅陋习,过于贾生之流涕,有如长孺之直戆。复属笔窜,慎重入告。微词著书,大臣体应如是。无如野鹤五十年来,目击时事,发指眦裂者。非伊旦夕,尝以不能跻要津,职谏议,慷忾敷陈,上规下戒,比于魏徵、陆贽,往往见之,悲歌感叹。兹幸从事编纂,得少抒积衷,方掀髯大叫,辄然以喜。乃欲令之引嫌避忌,顿焉自更,野鹤然乎哉?"这种说法被大多数人接受,如廖奔、刘彦君《中国戏曲发展史》也持相同的观点。② 就笔者所见只有周贻白所说与此不

---

① 郭英德:《明清传奇史》,江苏古籍出版社 2001 年版,第 428 页。
② 廖奔、刘彦君:《中国戏曲发展史》,山西教育出版社 2003 年版,第 277 页。

同,周先生主要不是论证《表忠记》没有上呈的原因,而是他觉得《表忠记》第二十一出《修本》,即《鸣凤记》第十四出《灯前修本》,第二十二出《后疏》全撮《鸣凤记》第十五出《杨公劾奸》他认为:"既知沿袭旧套,即不应陈陈相因也。孰知乃以黄门之白,不为所取,或亦因其为《鸣凤》旧出,未能翻新之故欤? 否则指斥前代,何关新朝,删之可耳。"①换言之,他认为是丁耀亢的《表忠记》的某些地方不能出新,所以不能进呈。

其实就是真是指摘明朝弊政,又与清朝何干? 周先生反问得好,"指斥前代,何关新朝"? 而且我们看了《表忠记》全文也没有多少"很愤激"的话,就是第二十二出《后疏》也不过是书生的愤激之言罢了,如:

> 开国的文章,不用汉唐策论,八股内收尽英雄;盖世的功勋,只在甲乙科名,两榜中做成事业。……
> 荐边才,是杀人的题目,常将痴汉顶缺;讲武备,是取死的机关,先使好人下水。

哪里有犯讳的事情? 这都是说的明朝的事情。往深处说,这其实也是为清朝着想,为清朝的统治提供一些反面教材,有什么不可以上呈的呢?

在清代,顺治皇帝至少看过尤侗的《读离骚》。我们看一下,《读离骚》中也有"怨君王奸谀蔽聪,恨群小邪曲伤公",②这样的句子比《表忠记》来说是不多,但总是有的,不过尤侗因此得到顺治的赞赏。尤侗在自撰《年谱》记顺治十五年(1658)事云:"有以余《读离骚》乐府献者,上益读而善之,令教坊内人播之管弦,为宫中雅

---

① 周贻白:《周贻白戏剧论文选》,湖南人民出版社 1982 年版,第 302 页。
② 王永宽等:《清代杂剧选》,中州古籍出版社 1991 年版,第 94 页。

乐,闻者艳之。"①康熙皇帝看过孔尚任的《桃花扇》,这次孔尚任没有尤侗幸运,被罢官了。②

　　事实上,《表忠记》不能上呈的原因恐怕不是因为过于"激烈",而是另有原因。丁耀亢在《听山亭草》中将事情原委说的与郭棻说的很不一致,《世祖欲作〈杨椒山乐府〉,公荐于涿鹿冯相国,奉旨作〈表忠记〉,书成未及上而世祖宾天矣》:

　　　　圣朝礼乐重赓歌,讵意征词到薜萝。鸟迹有书干象纬,龙光无力挽江河。

　　　　吹枯不厌春风少,荐举空劳夜梦多。为感平原投锦瑟,酒阑无奈月明何。

　　这首诗有不少谜团。前面说过,《表忠记》作于顺治十四年(1657),郭棻作于顺治己亥(1659)年的《弁言》可证至少在1659年前早已完成,世祖是顺治的庙号,他死于顺治十八年正月初七(1661年2月5日),若从1657年算起到顺治死已经有4年的时间,这样长的时间还能说"书成未及上而世祖宾天"吗?这样,《表忠记》不能呈上的说法有二,一是丁耀亢说的没有来得及上而皇帝死了,二是郭棻说的写得过于激烈了,不能上。后一种说法丁耀亢也是知道的,不知为何还要说"书成未及上而世祖宾天"的话。哪一种说法更接近历史真相呢?我们以为当然是丁耀亢自己所说的为真,不过还要做进一步考察。

　　这首诗尽管给我们带来疑惑,也明确了"上呈"的动机,就是"荐举","荐举空劳夜梦多"就表明他的朋友傅维鳞等是为了荐举

---

　　① 转引李修生:《古本戏曲剧目提要》,文化艺术出版社1997年版,第704页。

　　② 关于孔尚任被黜是否因《桃花扇》,众说不一,此处用蒋星煜《〈桃花扇〉研究与欣赏》的观点,参见《序》,上海人民出版社2008年版。

才让他作的《表忠记》。那么,《表忠记》为什么最终没有"上呈"呢?

在丁耀亢《表忠记》出现以前,吴绮已经奉旨作《忠愍记》,"考王方歧《吴园次后传》,当时直接奉诏改编《鸣凤记》'称旨'者,为吴绮之《忠愍记》"①。

杨恩寿《词余丛话》中说:"吴圆次奉敕谱《忠愍记》,由中书迁武选司员外郎,即以椒山原官官之。"②而在 1656 年:"江都吴绮遵福临旨意,谱杨继盛事为《忠愍记》传奇成。"③又:"山阳丘象随至京,以'竞说椒山记,梨园禁演中'诗,记吴绮所谱《忠愍记》上演事。"④由此来看,丁氏之《表忠记》,晚于吴绮之《忠愍记》至少一年。这样吴绮所作已经呈上了,并且被提升了,一般来说,后出的也就没有必要上了。吴绮所作已经失传,不知道所作与《表忠记》孰优,周贻白说:"《忠愍记》未见,吴绮夙以诗词擅名,想当不差。"⑤这其实是公允之论,又是同一题材的戏曲,吴绮与丁耀亢都是参照《鸣凤记》的,估计二人也难有高下,但是吴绮先上呈了,后来的《表忠记》若非超出吴绮的《忠愍记》很多,也就没有必要再上呈,原因大概如此。

四、《表忠记》回评的价值

(一)《表忠记》的回评及价值

丁耀亢不仅创作了大量优美的传奇,而且还有戏曲理论指导,是实践与理论相结合的较好典范。当下学者对丁氏的曲论虽然重

① 齐森华等:《中国曲学大辞典》,浙江教育出版社 1997 年版,第 487 页。
② 杨恩寿:《词余丛话》,《中国古典戏曲论著集成》(九),中国戏剧出版社 1959 年版,第 251 页。
③ 张慧剑:《明清江苏文人年表》,上海古籍出版社 1986 年版,第 670 页。
④ 张慧剑:《明清江苏文人年表》,上海古籍出版社 1986 年版,第 670 页。
⑤ 周贻白:《周贻白戏剧论文选》,湖南人民出版社 1982 年版,第 301 页。

视,但一般都是对其《赤松游·题辞》与《啸台偶著词例》进行研究。

丁耀亢对《表忠记》回评近2 000字,对《表忠记》的艺术构思、情感取向、创作过程都有很好的阐发。但是现在很多人没有认识到《表忠记》回评的价值,在一定程度上是对《表忠记》回评归属权的模糊,即没有认识到这些评点是丁耀亢所作,下面简要证明之。

第十八回回评:先生(指杨继盛)之莅吾诸,百二十年。亢产于诸,私淑久而得官于容,为先生绘其生面,岂偶然哉!……诸之老孝廉刘斗杓,讳元化,以洛川令终,今年八十五,谓亢言如此。

从这里出现的两个"亢"及"官于容"很明显指丁耀亢在1654年任容城教谕的事情。

还有,回评中多次提到《年谱》,以第二十八回回评为例:

> 此出直而难折,阁笔者经旬。易于重复前出而无意味,故以《年谱》历数生平,即忠憨一小传也。后二曲,颇得慷慨从容之妙。是夜,梦公来谢。

我们知道,顺治己亥(1659)郭棻所作的《弁言》中说:"野鹤受书,屏居静室,整衣危坐,取公自著《年谱》,沉心肃诵,作十日思。"两相对照,知《表忠记》的回证确为丁耀亢所作。

这样,丁氏之曲论就有了三部分。下面谈一下《表忠记》回评的价值。

第一,阐发了《表忠记》的创作过程,作家自己评价自己的作品比批评家评价他人的作品有着天然的优势。

戏曲创作的目的是什么?这个问题见仁见智。在这个问题上,丁氏的回答没有新意。他在第十九出回评说:"词曲而无益于天人国家者,不作可也。神道设教,为报复奸相章本。盖王法暗而天道彰,理应如是。"丁氏作戏剧之指导思想与其创作小说《续金瓶梅》甚至诗歌一样，都是为一种"功利性"，即为了维护封建伦理，为了净化世道人心。这样的主张自然不新颖。高明在《琵琶记》中就说："不关风化体，纵好也徒然。"①丁氏的主张也大体如是，他在《啸台偶著词例》提出"方关名教，有助风化"。丁氏《表忠记》的题材是关于一个热血男儿杨继盛的故事，当然应该有益于国家，其实丁氏之《化人游》更多表现了自己的苦闷，与"词曲而无益于天人国家者，不作可也"已经有了相当的距离，因此丁氏之主张与戏曲创作实践也有差距。

第二，对自己的剧作理论作了形象地解释。

第五出评"用北调颇合声律，一洗南靡"，较好地解释了《啸台偶著词例》提出"二宫调缓急中拍难"；第五出《忤奸》为夏言与严嵩针锋相对，忠与奸生死搏斗，用昂扬的曲子表现激烈的斗争。第五出用"北点绛唇""混江龙""油葫芦""天下乐""寄生草""赚煞尾"等曲子写渲染紧张的气氛，这样的安排也是对"二宫调缓急中拍难"的阐释。

在第八出《盟义》中，丁耀亢评："《鸣凤记》苦于头绪多，故收拾结束，不能合拍，多致纷乱。此出略出邹、林，以凤洲为盟主，既有同心，至赴义后，始出结劲严之局，则线索清矣。"这一点是丁耀亢戏曲理论与创作密切结合的实例。《啸台偶著词例》提出"布局繁简合宜难"，"忌犯葛藤，客多主少"，这一点与李渔的"立主脑""减头绪"相差无几，李渔说："此一人一事，即作传奇之主脑也。"②又说："头绪繁多，传奇之大病也。《荆》《刘》《拜》《杀》之得传于后，止为一线到底，并无旁见侧出之情。"③但丁氏在时间上早得多。另

---

① 高明撰，钱南扬编：《元本琵琶记校注》，上海古籍出版社1980年版，第1页。

② 李渔：《闲情偶寄》，《中国古典戏曲论著集成》（七），中国戏剧出版社1959年版，第14页。

③ 李渔：《闲情偶寄》，《中国古典戏曲论著集成》（七），中国戏剧出版社1959年版，第16页。

外，丁氏还影响了贾凫西的鼓词理论（详后）。

《啸台偶著词例》提出"要串插奇，不奇不能动人，如《琵琶》'糟糠'即接'赏夏'，'望月'又接'描容'等类"，这里讲了一个重要的戏曲美学特点。如《琵琶记》中前边写蔡伯喈洞房花烛，后边写赵五娘自食糟糠；"在关目安排上，特别注意让两条线索交叉进行，让不同的生活场景对比衔接"，[①]也就是对比，"热"与"冷"进行对比。《表忠记》第十出《保孤》，写朱裁保护夏言怀孕之妾，生离死别之间让观者伤心；第十一出《辱佞》，写沈青霞在酒席上辱骂严世蕃，让观者扬眉吐气。第十一出评：保孤既令人悲，不接以快心之出，则神气不扬，故有沈青霞辱世蕃一案。

第三，提出新颖的戏曲理论。

指出戏曲是笑的艺术。第九出评："戏者，戏也。不戏则不笑，又何取于戏乎？本曲求要笑甚难，故于世蕃唾盂中，取出以供喷饭。"第三出评："褒忠则必斥佞，有丑、净而生、旦始可传神。到忠孝节义之曲，尤忌板执，易使观者生倦，故必借以开笑口焉。"

提出"伏笔"的作用。第二十出《毒谮》评："此全部中冷局也。如画家点缀远山，映带不可少。后来凤洲家祸，沈炼族殃，由此数小人潜成，以见得祸之本，谗谀信可畏哉！"

第四，"以年谱写实"。在《表忠记》中丁耀亢多次提到他是按杨继盛自作《年谱》而作的，这种"事俱按实"的写法与李玉等的戏剧创作有一定的关系。

（二）贾凫西是否影响丁耀亢

丁耀亢与李渔是友人，两人曲论有相似之处，但丁氏《赤松游·题词》作于顺治己丑（1649），《啸台偶著词例》也在《赤松游》卷首，虽未标年代，当也作于1649年，他的曲论就比金人瑞批点《西

---

① 袁行霈：《中国文学史》第4册，高等教育出版社1999年版，第345页。

厢记》和李渔《闲情偶记》的成书都要早。①

丁耀亢与贾凫西也是朋友。贾应宠(1589—1674),②字思退,一字晋蕃,号凫西,别号木皮散客,原籍山东曲阜,晚年移居滋阳,是明清之际著名的鼓词作家与演唱家,孔尚任就曾问学于贾凫西。今人关德栋、周中明把贾凫西的鼓词汇集一处并作了校注,辑为《贾凫西木皮词校注》,③此书的《前言》提出这样一个观点:

> 贾凫西在《历代史略鼓词》的"开场致语"中,提出了一系列十分可贵的文艺主张。如他认为,说鼓词,"第一件不要支离不经;第二伯切忌迂腐少趣。须言言可作箴铭,事事堪为龟鉴"。要求根据不同的故事内容,说得或使人"发一阵嗔怒",或"使人牢骚激烈,吐气为虹",或"使人感喟唏嘘,挥泪如雨",或"使人怒发冲冠,切齿咬牙,恨不得生嚼他几口",或"使人欢呼鼓掌,醒脾快心,真果要替他操刀。"总之,他既重视文艺的思想教育作用,更强调文艺必须具有激动人心的艺术感染力。他的这些文艺观点,不仅适用于鼓词创作,对于其他的文学艺术创作,也都有普遍的意义。④

在这个地方,关德栋加了一条注:丁野鹤《啸台偶著词例》,可相参考。关先生的话值得注意,他没有说为什么两人作品可相参考,也没明言是贾凫西影响了丁耀亢或者相反,但讨论两者的关系

---

① 王运熙、顾易生:《中国文学批评史新编》(下),复旦大学出版社 2001 年版,第 310 页。

② 贾凫西生年有多个说法,此采用徐复岭、刘秀棣:《贾凫西生平思想杂考》,《齐鲁学刊》1996 年第 6 期。

③ 贾凫西撰,关德栋、周中明校注:《贾凫西木皮词校注》,齐鲁书社 1982 年版。

④ 贾凫西撰,关德栋、周中明校注:《贾凫西木皮词校注》,齐鲁书社 1982 年版,第 18—19 页。

实有必要。

我们先看一下，丁、贾二氏文学主张的相似。贾氏说"第一件不要支离不经；第二件切忌迂腐少趣"；丁氏《啸台偶著词例》说"一布局繁简合宜难；二宫调缓急中拍难"。贾氏认为，要求根据不同的故事内容，说得或使人"发一阵嗔怒"，或"使人牢骚激烈，吐气为虹"，或"使人感喟唏嘘，挥泪如雨"，或"使人怒发冲冠，切齿咬牙，恨不得生嚼他几口"，或"使人欢呼鼓掌，醒脾快心，真果要替他操刀。"丁耀亢《赤松游·题词》说"必令声调谐和，俗雅感动。堂上之高客解颐，堂下之侍儿鼓掌。观侠则雄心血动，话别则泪眼涕流"。

从以上来看，两人的主张有相似之处，笔者认为贾氏受了丁氏的影响。下面简要说一下理由。

第一点，从文献上看，丁、贾两人最早相会在 1651 年。《陆舫诗草》卷三作于顺治辛卯（1651），收有《畏人柬贾凫西》二首、《秋日答贾凫西候补思归》。

两人还有一次相会。孔尚任《木皮散客传》中记载：

> （贾凫西）行年八十，笑骂不倦。夫笑骂人者，人恒笑骂之，遂不容于乡里，自曲阜移家至滋阳，闭门著书数十卷，曰《澹圃恒言》。文字雅俚，庄谐不伦，颇类明之李卓吾、徐文长、袁中郎者，乡人多不解。有沛县阎古古、诸城丁野鹤，为之手订付其子。盖阎、李亡命时，尝往来其家云。①

徐扶明把丁耀亢亡命出逃避于贾凫处断为 1664 年。"据丁野鹤'归山草'云：'甲辰三月，再兴讼状，构我文章，以成讪谤。'甲辰，即康熙三年（1664），则野鹤亡命出奔，当在此年。'归山草'中有

---

① 贾凫西撰，关德栋、周中明校注：《贾凫西木皮词校注》，齐鲁书社 1982 年版，第 162 页。

'过兖州寄贾凫西'诗一首,此诗后,即为'次大耳山人韵过兖州'诗一首,可见丁、阎同时住在应宠家里。"①这样的话,而丁耀亢的曲论是作于 1649 年,比他们相见的时间晚,不可能是受贾氏之影响。

第二点,据贾凫西自己说,是丁耀亢帮他修改文章而不是相反。如贾凫西《澹圃恒言》写的自序中说:

> 集年来诗文、对联、疏序等杂著,借高明目力削正。琅玡丁耀亢野鹤,删去十之七八,评曰:诗贵婉深,而子真浅,无积学不可作;赋序杂著,须汉魏六朝风格,或宗之韩、柳、欧、苏,风流浑穆,而子浅薄;只江湖鼓词,断案有法,亦不得见大人。②

上面举的孔尚任《木皮散客传》中也曾提到丁氏帮贾氏修改稿子。从中知道,丁耀亢对贾氏的创作并不欣赏,而且也没有朋友之间通常的应酬之话,可以说是批评得比较严厉了。从"只江湖鼓词,断案有法,亦不得见大人"也知,丁氏对贾氏的鼓子词也不太满意。因此我们认为,应该是丁氏影响了贾氏。

---

① 徐扶明:《贾应宠及其鼓词——兼评钱东甫的"记贾凫西鼓词"》,《文史哲》1956年第 9 期,第 58 页及注释 4。

② 贾凫西撰,关德栋、周中明校注:《贾凫西木皮词校注》,齐鲁书社 1982 年版,前言第 26 页。

第五章　鼓词等研究

山东大学图书馆藏有《丁野鹤遗著三种》，据《山东大学图书馆古籍善本书目》著录："不分卷。清丁耀亢撰，清抄本（残损）一册一函，九行二十六字，无格；书衣有日照王献唐题签'丁野鹤遗著，共三种，旧抄未刻'；文中又有王氏题记'以下为板桥道情，未写全，上六行亦是'一行。"①又据《中国鼓词总目》知，丁耀亢还有两个鼓词：

《孔子去齐》丁野鹤撰。5页。据山西大学文学院藏《中国传统鼓词精汇》（上册）著录。②

《论语小段》丁野鹤撰。2页。据山西大学文学院藏《中国传统鼓词精汇》（上册）著录。③

现在有华艺出版社2004年的《中国传统鼓词精汇》就有这两种鼓词。下面分别介绍一下。

第一节　《丁野鹤遗著三种》介绍

书的扉页仅有蓝色墨水写的"丁野鹤遗著三种，清丁耀亢撰"，

---

① 山东大学图书馆：《山东大学图书馆古籍善本书目》，齐鲁书社2007年版，第433页。

② 李豫等：《中国鼓词总目》，山西古籍出版社2006年版，第199页。

③ 李豫等：《中国鼓词总目》，山西古籍出版社2006年版，第242页。

为今人所加,为抄本,有不少改动的痕迹,有圈点,有的文字错序被符号标示出来,不知是何人所作。有的地方已为空白,显然掉了不少字,但大体完整,字迹不一,抄手不是一人,共 30 多张 60 多面(一张为两面)。

共三种鼓词。第一种是《齐景公待孔子》,开篇为:

> 王气东迁渐渐休,生民离乱在春秋。痴心难煞文宣圣,终日忙忙列国游。自古大道属文宣,他把那回天担子一肩担,只见那七人一去不复返,愁的他朝不餐来晚不眠,你看这茫茫世界谁是主,闻听说姜太公的子孙还好矣。一声里吩咐仲由驾乘舆,咱往那海岱雄国走。

这是《齐景公待孔子》的开篇,鼓词以主要叙述孔子周游列国,见天下大乱,哀生民流离,痛弱肉强食,企图游说各国君主,以不果告终。

鼓词主要取材于《论语·微子》:

> 齐景公待孔子曰:"若季氏则吾不能,以季、孟之间待之。"曰:"吾老矣,不能用也。"孔子行。齐人归女乐,季桓子受之,三日不朝,孔子行。
>
> ······
>
> 长沮、桀溺耦而耕,孔子过之,使子路问津焉。长沮曰:"夫执舆者为谁?"子路曰:"为孔丘。"曰:"是鲁孔丘与?"曰:"是也。"曰:"是知津矣。"问于桀溺。桀溺曰:"子为谁?"曰:"为仲由。"曰:"是鲁孔丘之徒与?"对曰:"然。"曰:"滔滔者天下皆是也,而谁以易之? 且而与其从辟人之士也,岂若从辟世之士哉!"耰而不辍。子路行以告。夫子怃然曰:"鸟兽不可与同群,吾非斯人之徒与而谁与? 天下有道,丘不与易也。"子路

从而后,遇丈人,以杖荷蓧。子路问曰:"子见夫子乎?"丈人曰:"四体不勤,五谷不分,孰为夫子?"植其杖而芸。子路拱而立。止子路宿,杀鸡为黍而食之,见其二子焉。明日,子路行,以告。子曰:"隐者也。"使子路反见之。至,则行矣。

第二种没有题目,开篇即为诗,以孟子的高洁品行作为映照,写齐人一妻一妾的故事,无情嘲讽了齐人无耻的嘴脸。取材于《孟子·离娄下》:

齐人有一妻一妾而处室者。其良人出,则必餍酒肉而后反。其妻问所与饮食者,则尽富贵也。其妻告其妾曰:"良人出,则必餍酒肉而后反,问其与饮食者,尽富贵也,而未尝有显者来,吾将瞷良人之所之也。"早起,施从良人之所之,遍国中无与立谈者。卒之东郭墦间,之祭者乞其余,不足,又顾而之他,此其为餍足之道也。其妻归,告其妾,曰:"良人者,所仰望而终身也,今若此。"与其妾讪其良人,而相泣于中庭,而良人未之知也,施施从外来,骄其妻妾。由君子观之,则人之所以求富贵利达者,其妻妾不羞也而不相泣者,几希矣。

语言接近口语,极为俏皮,如齐人乞食回家,说"端盆水我洗洗脸,拿杯水给我接接风",看到妻妾在哭,他说"谁欺负咱来,拿个帖子交给有钱的朋友,痛打他,"还有"驴啃痒","官人眼眶子大"等语。他的妻的语言也非常明快,说"毫毛做了影身草,好似过了火山的孙猴子"。

第三种也没有题目,开篇写一个道人,只有一瓶一钵,做了一梦,梦中蚊子与苍蝇因为前者晚上活动,后者白天出来,不容易遇见,两物相遇,一见如故,述说平生,结拜为兄弟,但苍蝇见到一个烂桃,竟不顾自己的盟弟就一下子抢上去吃,于是二物发生激烈的争吵。这个争吵显然是以物喻人,来鞭挞人间的世态炎凉;在争吵间寒蛩等来劝解,后来蝎子也出来与寒蛩等展开争论,最后蚊子与苍蝇都落入在一旁静候的蜘蛛的网中。这时道人也醒了,仿佛做了一个黄粱梦,道人从中也悟出了不少东西。下面选蝎子说老书(蠹鱼)一段:

　　蝎子开言叫,老书你是听。如今这世道,人心不公平。强良是好汉,软弱总不中。蜻蜓会点水,蝴蝶卧花丛。不曾去惹祸,于世有何争。偏偏把他捉,拿来哄玩童。去了翅合足,拴上线与绳。看到伤情处,何怪他二公。从来说打人不如先下手,又道是杀人须要见血踪。他二人小小心肠无辣气,不过是朝夕市上作经营。他只会钢锥刺骨苦季子,他只会闻丧临门吊儒生。倘若是见把蒿艾吓破胆,万一间动了指掌倾了生。俺原来不会读书不识字,没有那水磨功夫讲周公。凭着这随身的香火不用借,抗起这枪来就到处里出征。倘若是犯着边界傍着影,当叫他总然不死浑身疼,自古道丈夫必然有毒手,待合他讲甚么礼论甚么情?如今这世上人都是关着门吃饭,杜着窗睡觉,恐怕人浑他的衣食,只宜量的背后一棍,吃瞎了眼还不知情。老苍老蚊,不过是鼠窃狗盗,若是犯了预备,他就招架不住,乃小小之辈,何足与较?老书你说这一套话,自然是一个的天理,但是一件,那"天理"二字,又不中吃,又不中穿,我看你这样子,天理却在哪里?你既是餍饱读书存天理,你就该三世神仙早飞腾,为甚么摘句寻章熬日月,至于今皓首苍颜穷一经?人都说书中自有黄金在,我看你书中黄金总是空,你总就充栋连床书满屋,何曾会遮风蔽雨救贫穷。现于今之乎者也不离口,还恐怕残生饿死在书堆中。你戴着瓦笼帽子学评事,还恐怕说的天花乱坠无人听。到底是寒家大哥识时务,你看他袖手旁观不做声。书鱼听罢,不敢再说。也就不戏说了。

此篇与前两篇不同，并非取材于《论语》《孟子》等，似是无所依傍，自出机杼。然其风格与古代的争奇小说同出一脉。所谓的古代的争奇小说，是两方争战（两方或为鸟兽花木等）不断的辩论，后来第三者出来圆场。这种模式在古代小说中常见，如敦煌俗文学作品《茶酒论》《晏子赋》《燕子赋》，明冯梦龙编辑《广笑府》中有《茶酒争高》，明天启间朱永昌刊刻了《茶酒争奇》的作品，明邓志谟更有六部"争奇类"作品如《花鸟争奇》《山水争奇》《风月争奇》等作品。

应该说蚊子与苍蝇这个故事在情节安排上与"争奇类"相似，但仍有不同，不同处主要有二：一是这个故事是在一个道人之梦中发生的；二是蚊子与苍蝇争吵完了，又出现了寒蛩等，又出现了蝎子、蠹鱼，最后又出现了蜘蛛，比以往的故事更屈折、更复杂，这可说是一种超越。

这三篇文章总的艺术特色是用浅俗俚言表达，接近口语，其词汇也是老百姓常用的，其中民间成语也用得特别多。嬉笑怒骂寓其中，犀利泼辣，幽默风趣。

现在看一下《中国传统鼓词精汇》中的《孔子去齐》《论语小段》。《孔子去齐》与《齐景公待孔子》内容大体一致，但是还有许多区别。《孔子去齐》也非常生动，如齐景公不用孔子，以及孔子子弟非常失望：

> 齐景公听罢启奏心欢喜，你这话正合我的六十三。俺如今晚上脱了鞋和袜，谁敢保明日清晨穿不穿。好歹的占撮几日叫他去，哪有那水磨功夫和他缠。老夫子闻听此言是不能行道，叫徒弟收拾行李转家园。徒弟们正在锅台煮午饭，一听说捞出米来挤了个干。师徒们无精打采回家转，这才是圣人

的笤帚扫杏坛。①

　　这样的情节还有很多，如"常言道打人不如先下手，咱如今不必和他耍长拳"等。丁耀亢在《孔子去齐》的末尾发议论说：

　　　　劝君且进樽前酒，休要劳神苦熬煎。任尔呼风能唤雨，遭逢无奈运时蹇。
　　　　看来得失皆由命，何必尤人复怨天。富贵穷通应如此，尽力所为有何难。

　　这也表明了丁耀亢为什么要创作《孔子去齐》。《论语小段》说的是季氏舞八佾于庭，他的乐师们在孔子的影响下都纷纷离开了。取材于《论语·微子》：

　　　　大师挚适齐，亚饭干适楚，三饭缭适蔡，四饭缺适秦，鼓方叔入于河，播鼗武入于汉，少师阳、击磬襄入于海。

我们来看太师挚是怎样离开的：

　　　　你看那为头为领的太师挚，他说我为什么替撞三家景阳钟。往常时瞎着两眼在泥窝里混，到如今抖起身子去个清。大撒步直望东北上走，合伙了敬仲老先才显俺的名。管喜的孔夫子三月忘肉味，景公擦泪侧着耳朵听。那贼臣就吃了豹子心肝熊的胆，也不敢到姜太公家里去拿乐工。

在嬉笑怒骂中表达了对孔子的敬仰，也曲折表达了不甘为人

---

① 陈新：《中国传统鼓词精汇》，华艺出版社 2004 年版，第 25 页。

所驱使的信念。这些鼓词的创作表明丁耀亢对这些民间曲艺形式的关心，也说明了丁耀亢的确是一位有多方面成就的作家。

第二节　《丁野鹤遗著三种》的作者之探讨

除《山东大学图书馆古籍善本书目》著录外，《丁野鹤遗著三种》不见于其他著录，且未见有人提及。而笔者见到"丁野鹤遗著三种，清丁耀亢撰"分明为今人所加，因此，这《三种》是否真为丁氏所作，还有待于其他证据，但现在仍归于丁氏名下。

贾凫西是明末清初著名的鼓词作者，与丁耀亢是好友。贾凫西在为《澹圃恒言》写的自序中提到丁野鹤为他修改稿子的事。①

云亭山人（孔尚任）《木皮散客传》说："有沛县阎古古、诸城丁野鹤，为之手订付其子。盖阎、丁亡命时，尝往来其家云。"②

《国朝山左诗钞》载：应宠字凫西……有《澹圃诗草》。颜乐清懋伦曰："凫西性颖敏，与丁野鹤善，作天谈稗词，往往于坐间拍鼓歌之。"③

二人诗集中赠诗很多，这表明二人关系不一般。让我们感到迷惑的是贾凫西有鼓词《太师挚适齐》与丁氏《齐景公待孔子》其本事同出于《论语·微子》一章。

贾氏的鼓词有时也题丁野鹤著，我们看一下《自笑轩主人识》：

---

① 贾凫西撰，关德栋、周中明校注：《贾凫西木皮词校注·前言》，齐鲁书社1982年版，第26页。

② 贾凫西撰，关德栋、周中明校注：《贾凫西木皮词校注》，齐鲁书社1982年版，第162页。

③ 贾凫西撰，关德栋、周中明校注：《贾凫西木皮词校注》，齐鲁书社1982年版，第169页。

余有木皮子传钞本,其首署曰:木皮散客丁野鹤著。中
多东武乡谚。后至东武其乡,人多能诵之。既睹《月月小说》,
载有吴趼人刻本,序中谓贾凫西著。而贾之家世,则又不可稽
考。意者野鹤先生之托名欤?抑果有其人欤?兹童友社欲印
之以公同好,物色钞本数十,嘱余校字。其讹谬不同之处姑不
论,第其命名有题为《木皮散人传》者,有题《木皮散客鼓词》
者,有题《丁野鹤弹词》者,有题《贾凫西鼓词》者,而《木皮子
传》之目,得多数焉,故仍颜为《木皮子传》。至于著者为丁氏、
为贾氏,不敢臆断。①

从上可看出,据自笑轩主人目睹,有的题为丁氏著,有的题为
贾氏著,笔者对山东大学所藏《丁野鹤遗著三种》之作者不敢一定
认为是丁氏,原因也在这里。还有,并没有发现其他文献提到丁耀
亢曾经涉足于鼓词的创作。此外在《丁野鹤遗著三种》之后,接着
又出现了"板桥道情",所谓"板桥道情"就是清人郑板桥所作的道
情。开篇为:

枫叶芦花并客舟,烟波江上使人愁。劝君更尽一杯酒,昨
日少年今白头。
自家板桥道人是也,我先世元各公也。

这一点王献唐也指出了,而验之《郑板桥全集》果然。这让人
我们想问的是,既然是丁耀亢的作品,为什么会出现郑板桥的道
情?莫非是一个鼓词选本?总之,现在不能推翻丁氏的著作权,但
还是有许多问题要解决。就笔者的理解,《丁野鹤遗著三种》的风

----

① 贾凫西撰,关德栋、周中明校注:《贾凫西木皮词校注》,齐鲁书社1982年版,第
182页。

格与贾凫西《太师挚适齐》风格不同,主要区别在于前者多是叙述性的,类似讲故事;而后者多是讲唱,类似唱曲。因此要把《丁野鹤遗著三种》归为贾氏证据同样不足。但现在有证据表明不可能为贾氏所作。

在清代曾衍东的《耳食录》中有《贾凫西鼓词》,①记载了"孟子齐人"一段,与《丁野鹤遗著三种》的第二种内容完全相同,只是语言形式不一样,这就证明不可能为贾凫西所作,因为他不大可能对同一内容作两篇文章。

在《论语小段》末尾有这样一段话"这回书是申斥鲁三家僭窃罪,表白孔夫子正乐功。贾凫西编成整整一章论语,柳麻子说评词不用找零",②既然说出"贾凫西"与"柳麻子"也就排除了是贾凫西的可能。

如果从曾衍东与《论语》来看,不可能为贾凫西所作,但是否一定为丁氏所作,还要进一步证明。

第三节　其他俗文学创作

除了上面提到的几种创作,丁氏还有两套散曲,收到谈迁《北游录》,后被收入《全清散曲》,《丁耀亢全集》还有张清吉搜集到的散曲《丁野鹤》,这样其散曲就有三篇。

《丁野鹤》乃丁耀亢夫子自道,以闲暇的笔触描述了田园生活其乐无穷以及自愿归隐于山中的高洁理想,有陶渊明《五柳先生传》的意蕴,大有穷则独善其身的味道。如:

---

① 曾衍东:《耳食录》,齐鲁书社 2004 年版,第 91—96 页。
② 陈新:《中国传统鼓词精汇》,华艺出版社 2004 年版,第 24 页。

治几处庄儿，不近又不远；骑一个驴儿，不勤又不懒。茅屋两三间，闲书数十卷，扑面春风，不寒又不暖；顺口油腔，不长又不短。清闲日子临到俺，吃几顿消停饭。樽中酒不空，炉内勤添炭。得玩玩且玩玩，还嫌玩的晚。

在文中，作者阅尽人间沧桑，看透人间的繁华荣辱，如"不爱高官，贵的不去攀；不爱千金，富的不去谄"，"见几个舍命的做官，见几个有本钱的挣钱，人看着精细我看着淡，到头来只擎着两只空拳"。对淡泊的陶渊明、功成身退的张良有一种内心的向往，如"五亩田园，栽花又栽柳；五亩宅墙，养鸡又养狗"，"去山张子房，弃职陶元亮"。在这个散曲中，丁氏高尚、淡泊之心情一览无余。

此篇不知作于何时，但从其文中"不是高僧，头发一抹光，不是神仙，胡须一半苍……制一顶白葛巾，拖一条青竹杖，带一个药葫芦，去把真人访"几句，头发秃了，胡须白了。自然在中晚年后，又参之其在五六十岁仍然在外教书，求官之情仍炽，可大体定为晚年之作。

文章不仅在意境上与《五柳先生传》相似，在艺术手法上也相当接近。如"不"字的用法。钱锺书在《管锥编》中谈到《五柳先生传》时说："按'不'字为一篇眼目。……'不'之言，若无得而称，而其意，则有为而发。"①这里移之《丁野鹤》亦然。

据谈迁《北游录》说："诸城丁耀亢野鹤，任容城县学教谕，作《青毡笑》《青毡乐》二剧。""青毡"是指清寒贫困者。亦指清寒贫困的生活。《青毡乐》写的是怀才不遇而岁月又蹉跎而过的悲伤与愤慨，也表达了自己笑傲烟霞、自得其乐的情怀。

　　"新水令北"：高名不列荐绅编，别有儒林便览。行藏原

---

① 钱锺书：《管锥编》，生活・新知・读书三联书店 2007 年版，第 1934 页。

是隐，羁旅号为官。潇洒清闲，又休看作风尘下贱。①

"折桂令北"：老头巾不受人怜，说什么炎凉冷暖，苦辣酸甜。到处有酒瓢诗卷，龙泉射电，彩笔如椽。扶世界不用俺登朝上殿，挽江河那用俺进表陈言。天赐平安平安。一任盘桓。受清贫，料没有暮夜黄金，论官箴那里讨犯法青钱。②

彩笔如椽却受清贫如斯，真是尝尽了苦辣酸甜。丁野鹤志大才广，然无用武之地，只好潇洒清闲，才人不遇，古今同慨，然又无可奈何。

"清江引"：高阳知己何时反？浊酒自家劝。文章镜里花，富贵风中线，不觉得饭牛歌归去晚。

丘石常在《楚村文集》卷一《祝丁太母八帙序》中说：

先生才如海、眼如炬、舌如箕，视当世所为大人先生者婴儿畜之，怡弄其笑，叶止其啼，领门臣祭酒，得纵观法度威仪。凡歌哭之事入文人之心眼而为诗文，无不可歌可哭，华颠胡老有宰相不敢微反唇者，先生建鼓求之而无害，可谓人杰也哉。③

朋友的话当然有吹捧之意，但里面却有一些道理在里面。丁野鹤文采斐然，也有一定的军事才能，然而却空老岩阿，只好长歌当哭了。

---

① 凌景埏、谢伯阳：《全清散曲》，齐鲁书社 2006 年版，第 76 页。
② 凌景埏、谢伯阳：《全清散曲》，齐鲁书社 2006 年版，第 77 页。
③ 丘石常：《楚村文集》，《山东文献集成》第 2 辑第 30 册，第 68 页。

《青毡笑》写的是一个学官清贫彻骨的生活。

"新水令北"：笑学官不是等闲来，想八字有前生冤债。才名成一笑，命运自然该，酸腐形骸，又跳不出黉官以外。

"步步娇南"：三间官署门窗坏，瓦漏将泥盖，东西分两斋。屋塌墙歪，有个官儿在。少米又无柴，好一似孔仲尼独自游陈蔡。①

这个学官极为贫困的生活使我们自然联想到与丁野鹤一样经历的晚辈蒲松龄，两人都科举不利，以教书为业。蒲松龄在〔大江东去〕《寄王如水》中说：

"天孙老矣，颠倒了天下几多杰士。蕊宫榜放，直教那抱玉卞和哭死！……每每顾影自悲，可怜肮脏骨销磨如此……数卷残书，半窗寒烛，冷落荒斋里。"②

丁、蒲两人虽然未能见面，但两人的精神却是相通的。丁耀亢的这三支俗曲与他的鼓词一样，在他的文学创作中显出与其他作品不一样的风格，就是幽默，一种闲静中的幽默，丁野鹤的这三支曲子是嬉笑怒骂皆成文章。总之，鼓词与散曲不是丁耀亢的用力所在，但也自有其价值。

---

① 凌景埏、谢伯阳：《全清散曲》，齐鲁书社 2006 年版，第 78 页。

② 蒲松龄撰，盛伟编：《聊斋词集》，《蒲松龄全集》第 2 册，学林出版社 1998 年版，第 4 页。

下

年谱编

凡　例

张清吉《丁耀亢年谱》与丁绍华《丁耀亢生平纪略》①都对丁耀亢的生平作了勾勒,可说珠玉在前,本年谱就是在二作的基础上制作而成,尤其是前者。《丁耀亢年谱》对谱主的生平把握准确,但仍有一些问题,主要是过于简略,特别是对丁的友人较少介绍,材料也多限于丁的著作;有的地方也失之臆测。《丁耀亢生平纪略》作为丁氏后裔,有些材料可补史之阙如。本年谱主要有两个特点,一是对丁耀亢的友人做了介绍,二是较为详细,利用了不少后出的材料。以期推动丁耀亢研究的进步。

本年谱如果与两位前辈所作相同之处,并非抄袭,势不得不同也;与两位所做有异,并非故意标新立异,势不得不异也。今作凡例如下:

1. 本年谱参考张清吉《丁耀亢年谱》、胶南市史志办公室编《丁耀亢生平纪略》及丁公师友诗文集等,力求反映丁公的生平概貌。

2. 本年谱史料矛盾之处,略加考证,不能辩明者,一律存疑。

3. 本年谱于丁耀亢诗文等有具体年、月、日明确或可考者一般胪列;丁耀亢师友作品提到丁耀亢时,除特别常见者外,一般加

---

① 笔者在 2008 年制作《丁耀亢年谱》时,阅读的丁绍华《丁耀亢生平纪略》未正式出版。现在《丁耀亢生平纪略》已由黄河出版社于 2011 年出版。两者少有差别。

以抄录，以省阅者翻检之力。

4. 本年谱有年、月、日可考之事，均按时间顺序排列。日期不详者，列于月内，月份不详者，以季节来标明，日期、季节等都不详者列于年末，年份不详者，参酌谱主的活动，列于可能的年代。

5. 本年谱涉及丁公友朋，其生平小传，一般在最开始出现时加以介绍，但为配合说明问题，也会在适当地方介绍。小传内容一般按方志或工具书加以介绍，一般列出出处，不敢掠美。

6. 本年谱所用丁公作品在本书第一章第三节《丁耀亢作品考述》有具体说明。

一、家　　世

　　丁耀亢,字西生,号野鹤,又号紫阳道人、木鸡道人等,山东诸城人。丁耀亢自称是姜尚的后代。其《述先德谱序》:"按姓谱丁氏,周太公姜氏裔。太公封于齐,生仲子伋,食邑于丁,以地为氏云。明初有丁普郎者,以军功从洪武,封于武昌。"丁家在诸城(现为五莲县)为大族,丁普郎有三子兴、杰、吏目公,兴有二子贯、推。清代丁昌燕《丁氏家乘》对"丁推至丁惟宁"家世谱系有详细的记载。下面就以《丁氏家乘》为主,并参以张清吉《丁耀亢年谱》中的《世系疏记》及琅玡丁氏廿世孙丁绍华《丁耀亢生平纪略》,简要介绍丁耀亢的家世。与丁耀亢较远的从略。

　　丁推被视为琅玡丁氏始祖。丁推自江南海州迁徙到诸邑(今属山东省胶南市大村镇),好济人之难,精堪舆。

　　二世丁彦德。应童子试,见试题而感慨大发,没有考完就出场。以布衣终。

　　三世丁伯忠。弟兄十二人,各执一业。鄙弃举业,有人劝其应试,不听。

　　高祖丁宗本。性耿直,人有过常当面指责。享年八十余岁。

　　曾祖丁珍。少任侠,好兵法。为登州总兵。

　　祖父丁纯(1504—1576)。字质夫,号海滨。以岁贡生仕直隶长垣县教谕。(乾隆)《诸城县志》:"纯,字质夫,岁贡,授巨鹿训导,升长垣教谕,砥行端方,通世务。两县士皆敬重之。归与乡人结'九老会'。"丁耀亢《述先祖德谱序》行书本介绍"（丁纯）诗近中唐，又长于弦索小词，脍炙人口。"而楷书本为"好学稽古，能诗嗜鼓琴"。《东武诗存》选其诗一首《九日登常山》："昔逢佳节多豪兴，老共清净重感怀。足病翻嫌山屐软，鬓丝羞向野花开。风吹池藻牵长带，雨浥荒碑阴桑苔。我欲杖藜遍临眺，斜阳半落起浮埃。"①此诗颈联被丁耀亢引入《述先德谱序》。

父丁惟宁。字养静，号少滨。嘉靖乙丑（1565）进士。曾任长治县令，有政声。刚直不阿，忤张居正。后以兵变解职，老于乡。丁耀亢《述先德谱序》及（乾隆）《诸城县志》均有详细介绍。张传生《丁惟宁传》资料完备，介绍翔实，可参看。②

近来颇有人认为《金瓶梅》作者为丁惟宁者。《东武诗存》选其诗六首。

丁惟宁有妻纪氏，元配，为胶州进士纪公女，寿短无嗣。继配田氏，黄县人，即丁耀亢之母，生耀亢、耀心。（康熙）《诸城县志》卷七："田氏，侍御公丁惟宁继室。前子耀斗、耀翼、耀箕已总角。田质朴，督内政崭崭。生子耀亢、耀心。侍御公殁，田始三十一，持家勤俭有大体，至七十余犹篝灯纺绩无倦。耀亢以贡授惠安尉，有诗名，耀心庚午魁山左。田病将革，预以手制布分诸孙及臧获作丧服。卒年八十有八。"

丁耀亢兄弟六人，为耀斗、耀昂、耀翼、耀箕、耀心。丁耀斗，号虹野，廪生；丁耀昂，临生；丁耀翼，字云野，号汉冲，子大縠、似縠、式縠。丁耀箕，号辉南。丁耀心，号见复。

丁耀亢有四子玉章、慎谋、慎思、慎行。

《丁氏支谱》第四十九支：

---

① 王赓言纂，李增坡、邹金祥主编：《东武诗存》，中华书局 2003 年版，第 6 页。
② 张传生：《丁惟宁传》，山东友谊出版社 2010 年版。

耀亢,字西生,号野鹤,顺治壬辰科岁进士,镶黄旗教习,
期满任直隶容城县教谕,升福建惠安县知县,例授文林郎,有
《橡谷全集》行世。娶宋氏,续娶林氏,侧室陈氏。

二、青 年 以 前

明万历二十七年己亥(1599)1 岁,丁耀亢出生。

《自述年谱以代挽歌》中说:"自余有生,明季己亥。婴而及童,岁月斯迈。"又,丁耀亢在给钟羽正《崇雅堂集》作《明工部尚书太子太保钟先生集序》中有"读先生东归诗,为万历戊戌,今刻成于顺治戊戌。亢以己亥生,计今六十年,而亢以诗传"。[①] 可知其确为己亥生。

丁耀亢生于此年二月十六日。《椒丘诗》卷二《燕中初度自寿(戊戌二月十六日)》。

明万历二十八年庚子(1600)2 岁,能认字吟诵。

《丁耀亢生平纪略》:"传说,丁耀亢九个月就能认字,两岁既能吟诵诗词。"[②]

明万历三十一年癸卯(1603)5 岁,(传说)入塾读书。

传说,五岁时,父亲丁惟宁请来铁沟塾师王老秀才为他启蒙

---

① 钟羽正:《崇雅堂集》,《四库全书存目丛书》集部第 167 册,第 701 页。
② 丁绍华:《丁耀亢生平纪略》,第 16 页。今黄河出版社本无之。

习字。①

明万历三十二年甲辰(1604)6 岁,胞弟耀心生。

　　丁耀亢《出劫纪略·保全残业示后人存记》云:"予生十一岁而孤,弟心仅六岁……吾母以十六岁归先君,生亢、心二人。"《述先德谱序》:"吾母田氏,外祖黄县人,以明经授日照司训,乃继配,生亢、心二人,未三十而孀。"耀亢与耀亢均为丁惟宁继配田氏所生。

　　关于丁耀亢 6 岁到 10 岁材料付之阙如。《山居志》:"予未成童时,常随先柱史游于九仙山别墅。往来林壑,欣然有得,固天性然也。"

明万历三十七年己酉(1609)11 岁,父亲丁惟宁死。

　　《自述年谱以代挽歌》中说:"十一而孤,柱史见背。"《出劫纪略·保全残业示后人存记》:"予生十一岁而孤,弟心仅六岁。"丁慎行《听山亭草·乞言小引》:"先君甫垂髫,值先祖柱史公大故,茕茕在疚。"②

　　丁恺曾《野鹤先生传》:"先生名耀亢,字西生,号野鹤,诸城人,明侍御公少子也。生十一岁而孤。"③

　　按,康熙《诸城县志》卷七:"丁惟宁,字少滨,乙丑进士,授清苑令、调长治,两任繁剧,干局整办,伏悍卒、折豪师,军民安堵。行取侍御史侍经筵,巡山海关,按真定。有白莲狱株连千余人,悉为宽

---

　　① 胶南市史志办公室:《丁耀亢生平纪略》,黄河出版社 2011 年版,第 7 页。

　　② 张清吉:《丁耀亢全集》(中),《乞言小引》在《听山亭草》后,第 507 页。但在丁慎行刻的康熙本,《乞言小引》是作为《〈丁野鹤先生遗稿〉序》出现的,在《江干草》之前。但两者在内容上无差别。

　　③ 丁恺曾:《野鹤先生传》,丁恺曾:《望奎楼遗稿·古文集》卷四,民国二十四年(1935)铅印望奎楼遗稿本。

释,巨珰讽为立坊,严拒之。寻升河南佥事,治巩宿堤,民赖其利。晋参江藩,辅郧襄兵务副使,会抚臣讲学取阛署为书院,兵士忿,围台门而哄,公驰谕之,立解,抚臣愧恨嫁祸,公遂振衣归。淡泊自守,寡交简出,人皆敬之。风节孤峭,盖其性然也。”

　　关于丁惟宁生卒年,当下颇不能统一。张清吉在《〈金瓶梅〉作者考》认为生于1542年,卒于1611年,享年69岁;[①]杨国玉认为是生于1542年,卒于1609年;[②]但是乾隆《诸城县志》卷三十一列传三说丁惟宁年六十九卒,则丁惟宁当生于1541年,卒于1609年。待考。

明万历三十八年庚戌(1610)12 岁,与弟耀心读书,兄耀斗迎父丁惟宁神主入"丁公石祠"。

　　《山居志》:“甫十岁,而见背。时从师偕弟读书石室之侧。”丁惟宁坟前有“仰止坊”,左署“万历三十八年孟冬吉日男耀斗述”。丁耀亢读书之“白云洞书室”遗址在“仰止坊”西侧。[③]

明万历四十二年甲寅(1614)16 岁,主持家政,耽情诗酒。

　　《家政须知·序》:“念予童年失父,十六持家,今年古稀有一。”其子丁慎行《家政须知·跋》:“先大人惠安公,十一而孤,十六持家,性任侠,耽情诗酒。”

明万历四十三年乙卯(1615)17 岁,在家读书,间有外出会友,结识张贞之父。

　　张贞《杞田集》卷四《丁野鹤先生行历图记》:“先府君性喜结

　　① 张清吉:《〈金瓶梅〉的作者考》,见《丁耀亢研究——海峡两岸丁耀亢学术研讨会论文集》,中州古籍出版社1998年版,第85页。
　　② 杨国玉:《〈金瓶梅〉研究的新起点——弄珠客思白致丁惟宁书札辩证》,《河北建筑科技学院学报》2001年第1期。
　　③ 张清吉:《丁耀亢年谱》,中州古籍出版社1996年版,第14—15页。

客,而慎于择交取友,东武得丁野鹤先生焉,其定交在万历之乙卯,于时皆当盛年,以文章意气相慕悦,先生有事四方,道出安丘,必过先府君,乐饮连日夜而后去。"①按,此时丁才 17 岁,与张贞所说"盛年"不太相符,姑存此待考。

明万历四十四年丙辰(1616)18 岁,在橡樾沟居住,读书。

明万历四十五年丁巳(1617)19 岁,在橡樾沟居住,读书。

明万历四十六年戊午(1618)20 岁,在橡樾沟居住,读书。大至于今年中秀才。

《自述年谱以代挽歌》"弱冠游黉,始亲文墨"。李焕章《王青来先生游草园先生诗序》说:"吾乡自旧朝来,其卓然魏乎为一家言,共前修以不朽,郁郁不得志,微而在下位者,其一则乐之徐太拙,一则诸之丁野鹤,一则益都之王青来先生也……方太拙、野鹤、青来之在诸生也,睥睨凌厉、俯视一切。"②徐振芳(1597 — 1657),字太拙,山东乐安人,王蒨孟,字青来,山东益都人。

明万历四十七年己未(1619)21 岁,游江南,师从董其昌、乔剑圃等。

《江游·野鹤自纪》有:"忆昔己未渡江,负笈云间,从董玄宰、乔剑圃两先生游。"《自述年谱以代挽歌》中说:"己未十月,负笈游吴。授经问礼,至于姑苏。结纳高士,游览名区。有陈古白,有赵凡夫。玄宰董公,江左顾厨。"按,董其昌(1556—1636),字玄宰,号思白,上海人,万历进士,著名文学家与书画家。乔拱璧,字剑圃,上海人,万历进士,官至湖广参议。

---

① 张贞:《杞田集》,《四库未收书辑刊》第 7 辑第 28 册,第 598 页。
② 李焕章:《织水斋集》,《四库全书存目丛书》集部第 208 册,第 788 页。

明泰昌元年庚申（1620）22 岁，在苏州与友人陈古白、赵凡夫结山中社。岁末归家。

《江游·野鹤自纪》"庚申傲石虎丘，与陈古白、赵凡夫结山中社。"《自述年谱以代挽歌》："有陈古白，有赵凡夫，玄宰董公，江左顾厨。名誉日起，藻丽以敷。庚申岁暮，始返亲庐。"乾隆《诸城县志》卷三十六："走江南，游董其昌门。与陈古白、赵凡夫、徐闇公辈联文社。"《问天亭放言》有诗，题目甚长，"余以庚申别虎丘，今十二载矣。辛未仲冬，闻故人陈古白、赵凡夫俱先后谢世，远念旧游，因长言之"。

丁恺曾《野鹤先生传》："总角游董思白先生门，与苏州陈古白、赵凡夫，华亭徐暗公诸人聊文社。"[①]

按，张清吉《年谱》认为徐闇公为徐升，不知何据。李圣华《郭绍虞〈明代的文人集团〉拾遗》认为，丁耀亢、赵宧光与陈元素三人创立"山中社"。[②] 从《诸城县志》《野鹤先生传》知，创立山中社者还有徐闇公。

徐孚远（1599—1665），字闇公，晚号复斋，江南华亭人。陈元素，字古白，长洲人。万历丙午乡闱拟元，后以诗酒自娱，写山水用墨清妙。赵宧光，字凡夫，太仓人，国子生。

丁耀亢从董其昌游的时间，据他自言为 1619 年到 1620 年，则为两年。而李澄中《出劫纪略》序中称："弱冠而孤，南走吴会，从董玄宰、陈古白游，居三年归。"李澄中可能误记。

关于丁公回家的原因，王素存认为"丁耀亢南游时曾受到董其昌仲子祖常的不礼貌待遇，因而郁郁而归，作《醒世姻缘传》以'笔

---

① 丁恺曾：《野鹤先生传》，《望奎楼遗稿·古文集》卷四，民国二十四年（1935）铅印望奎楼遗稿本。

② 李圣华：《郭绍虞〈明代的文人集团〉拾遗》，《文教资料》2001 年第 1 期。

伐董其昌父子'"。① 此说不知何据。然陈际泰给《天史》作序说："予不识丁君,而知为董玄宰先生门下士。先生归属予为序,予以先生之序者序之也。"此序作于1634年,可知丁耀亢与董其昌关系至此还很好。

寓虎丘铁佛寺。

《江干草》之《明万历庚申寓虎丘铁佛庵,大清顺治己亥再过此,三十有八年,故人老僧化去矣,僧孙子振相话慨然》有"曾挟孤云问虎丘,壮怀汗漫作卢游",可知丁公负笈江南时曾来此游玩。

---

① 转引自段江丽《〈醒世姻缘传〉研究》,岳麓书社2003年版,第27—28页。

三、读 书 壮 游

明天启元年辛酉(1621)23岁，在家读书，科举失利，间与友人游。

《自述年谱以代挽歌》载："辛酉甲子，及于庚午。弟侄奋飞，蹇余独苦。"考举人未中。《问天亭放言》有《辛酉孟冬同九弟见复游五朵，醉赠友人王子》。

明天启二年壬戌(1622)24岁，在家读书，曾种银杏树一株。

《归山草》有《山中银杏树少年手植，四十有五年，今秋得果二石，予年六十有八》。今年六十八岁与四十五年前可推算为二十四岁时种树。

明天启三年癸亥(1623)25岁，在家读书。

明天启四年甲子(1624)26岁，此年开始山居，科考又败北。

《山居志》有小注："明天启甲子至辛未。"《自述年谱以代挽歌》载："辛酉甲子，及于庚午。弟侄奋飞，蹇余独苦。"

明天启五年乙丑(1625)27岁，营造东溪书舍。

《问天亭放言》有诗五首，题目为"余自乙丑秋营东溪书舍，结茅种树，决计卜居橡榏山之阳"。

明天启六年丙寅(1626)28岁,读书参禅。

《问天亭放言》之《丙寅七月同孙江符闭百日关》有"扫地焚香深下帘,冥心塞兑学参禅"之句。

按,丁公与孙江符、王钟仙为好友。

明天启七年丁卯(1627)29岁,移家城南橡榉沟。

《山居志》有:"因得城南橡榉沟一邱,甚幽……因辟两山之间,筑舍三楹,依溪作垣,引泉为圃,中架小阁,藏书千余卷。至丁卯秋,遂移家居之。"

在橡榉沟居住时,有不少友人来游,如王乘箓《过丁野鹤橡山别业》:"苍然山下路,疏凉带微风。忽闻天籁发,不辩何山中。朝日上松顶,晚烟湿豆丛。千岩雪白水,共到菊园中。"①

明崇祯元年戊辰(1628)30岁,筑"煮石草堂",并把家自城内移到橡榉沟。有友五人来山中结社,并蓄有一鹤。

《问天亭放言》有诗,题目为"至戊辰九月,复造煮石草堂焉。是月,自城移家,因为诗以落之"。《自述年谱以代挽歌》:"戊辰入山,编茅架茨,采薪汲谷,耕牧是资,生业渐广,名心亦衰。"《山居志》:"戊辰之冬,筑舍五楹,曰'煮石草堂',取唐人'归来煮白石'之句。是年有友五人来山中结社。长男玉章学亦成。"

按,唐人"归来煮白石"乃唐人韦应物《寄全椒山中道士》中诗,此名中萧散中含有寂寞,可见野鹤当年心情。丁公《集古》中选韦应物诗两首《幽居》与《步虚词》,皆屈身守分之意。

关于这五人,张崇琛认为是:"这五人是谁呢?从《问天亭

---

① 王赓言纂,李增坡、邹金祥主编:《东武诗存》,中华书局2003年版,第32页。

放言》中似可考见。他们便是丘石常（海石）、丘玉常（子如）、王乘篆（钟仙）、孙江符及李鹤汀。"①张清吉《年谱》认为："崇祯元年，诸城文士结复社琅玡西社，张蒲渠（张侗曾祖父）为社长（顺治九年该社被清廷取缔）。疑丁氏友五人来山中结社，或可联络丁耀亢入琅玡西社也。"②张清吉《醒世姻缘传新考》第二章中说："丁耀亢兄弟六人皆聪明颖悟，才学轶群，弱冠即有文名，世人称之为'东武六隽'。"③可备一说。然清代李焕章《织水斋集》中《竹叟传》："竹叟者，吾友刘翼明，字子羽，家琅玡海上……是时名士丘子如、子廪、陈木公、戴宾廷、丁野鹤与叟结文社，号东武六隽。"④此六人除去丁氏为五人，窃以为这五人就是"东武六隽"之五人。

《问天亭放言》之《怀鹤》前有小序："家畜一鹤数年矣。戊辰携家入山，共载之，殆作林下清侣也。日来健翮初修，玄裳似沐。翘首望空，却青霄而顾影；梳翎曝日，濯白露以长鸣。"丁公称丁野鹤当与此有关。

明崇祯二年己巳（1629）31 岁，山居，偶尔入城。

丁公集子少有记载其有 1629 年活动，但从其《山居志》[明天启甲子（1624）至辛未（1631）]可知其大部分时间在山中读书。《天史·自序》有："余小子僻处东海之陬，穷愁一室，不能进而与有道之士君子游。草深木肥，用以自娱；濩落岩居，盖九年于兹矣。"本年曾经入城，《问天亭放言》有《己巳孟春自城归山作》。

---

①　张崇琛：《丁耀亢佚诗〈问天亭放言〉考论》，《济宁师专学报》2000 年第 1 期。

②　张清吉：《丁耀亢年谱》，中州古籍出版社 1996 年版，第 21—22 页。

③　张清吉：《醒世姻缘传新考》，中州古籍出版社 1991 年版，第 35 页。

④　李焕章：《织水斋集》，《四库全书存目丛书》集部第 208 册，齐鲁书社 1997 年版，第 661 页。

明崇祯三年庚午(1630)32 岁,秋天其弟耀心考中举人。丁氏没有考中,此时在写《天史》。

《山居志》:"庚午,心弟以《春秋》举于乡,予仍碌碌,入山之志愈坚。岁时伏腊,或入城谒先祠,非有大故吊贺不行于里,因得修《天史》一书。"《自述年谱以代挽歌》载:"辛酉甲子,及于庚午。弟侄奋飞,蹇余独苦。"关于丁公少年及青年时间的活动,集子记载不多。李焕章《丁野鹤先生诗集序》:"前辈丁野鹤先生,家鲁诸之墟。负绝慧向学,与丘青门海石相砥砺。郡人氏闻而慕之,招入稷门社。后著撰日多,六郡人氏闻而慕之,招入山左社。当其时,野鹤年方壮,气方盛,束牲执盟书坛坫上,学者翕然从之,于是二东有丁氏词赋学。就有司试弗合,其弟若侄皆举贤书,野鹤愈自愤,终弗合,乃著书曰《天史》。持谒钟尚书公,尚书公大奇异之。"①

丁恺曾《野鹤先生传》:"既归,居橡谷别业,取历代阴果事,著《天史》十卷,先生名日噪,远近文社争请主盟。在郡有稷门社,在会城有山东大社,在莱有大泽社。"可知丁氏幼年聪慧,顾盼自雄,然时运不济,命途多舛。

今年或与徐夜结识。

《池北偶谈》卷十二载:

　　徐东痴言,少时于章丘逆旅,见一客,裤褶急装,据案大嚼,旁若无人。见徐年少,呼就语曰:"吾东武丁野鹤也。顷有诗数百篇,苦无人知,子为我定之。"因掷一巨编示徐,尚记其一律云:"陶令儿郎诸葛妻,妻能炊黍子烝藜。一家命薄皆耽

① 李焕章:《织水斋集》,《四库全书存目丛书》集部第 208 册,第 781 页。

隐,十载形劳合静栖。野径看云双屐蜡,石田耕雨半犁泥。谁
须更洗临流耳,戛戛幽禽尽日啼。"野鹤晚游京师,与王文安铎
诸公倡和,其诗亢厉,无此风致矣。①

按,徐夜(1611—1683),初名元善,入清更名夜,字长公、长冥、
号嵇庵,新城人,王渔洋之表兄。徐夜"少时"当在二十多岁,则野
鹤先生正好三十多岁,可见其睥睨当世之意。"陶令儿郎诸葛妻,
妻能炊黍子烝藜"出自《问天亭放言》,此诗前有小序乃"戊辰
(1628)九月"作,则此事当发生在1628年9月之后。

陈汝洁《徐夜成贡生年考——兼及徐夜、丁耀亢交往探略》考
证出徐夜与丁耀亢曾同在崇祯庚午年参加乡试,徐夜、丁耀亢二人
之所以在章丘相遇,极有可能是因为二人共同参加乡试而相遇于
章丘。可从。②

蒋师辙《青州论诗绝句》中论"国朝丁耀亢"说:"失志归来气益
奇,天才踔厉少人知。赏音难得徐元善,逆旅相逢大嚼时。"③即指
丁、徐相会一事。

明崇祯四年辛未(1631)33岁,山居读书,冬天闻陈古白、赵凡夫死,作诗悼念。

《问天亭放言》有诗题"余以庚申别虎丘,今十二载矣。辛未仲
冬,闻故人陈古白、赵凡夫俱先后谢世,远念旧游,因长言之,以纪
往怀"。

---

① 王士禛撰,文益人校点:《池北偶谈》,齐鲁书社2007年版,第220页。
② 见陈汝洁的新浪博客: http://blog.sina.cn/dpool/blog/s/blog_4c00d0a101018vcd.html?vt=4。
③ 蒋师辙:《青州论诗绝句》,郭绍虞等:《万首论诗绝句》,人民文学出版社1991年版,第1446页。

明崇祯五年壬申(1632)34 岁,《天史》成书。秋天避乱山中。遇仙人张青霞。正月,孙有德陷登州,二月围莱州。七月莱州太守朱万年死。至八月,莱州围解,官军进围登州。

《天史·自序》题"崇祯壬申长至日东武丁耀亢书于煮石山房"。《出劫纪略·山鬼谈》载:"明崇祯壬申,予既山居久,观史之余,偶感人事,欲有所惩,因集十史恶报,分为十案,名曰《天史》。书成藏诸笥中,不敢以示人。"《天史》还有招远杨观光的序。此序不题年代,当作于此年左右,序称:"野鹤丁君《天史》所纂纂也,系史于天,仍先春于王之意。意原于天,天子得之为律令,圣人体之为笔削。总之,教人以为善,不为恶而已矣。"按,杨观光(1597—1644),字用宾,一字葵宸,号旭仑,山东招远人,崇祯戊辰(1628)进士,官至少詹事。①

《问天亭放言》有《壬申秋避乱山居》诗有"东贼围不解,西兵胆犹缩"。《出劫纪略·山鬼谈》:"明崇祯壬申……是年,登州孔兵叛,围莱不下。集壮士罗弓矢于庭,为自守计。"《问天亭放言》有《看东溪涨,时壬申东乱后》,遇张仙人事见《山鬼谈》。此事被作者用入《续金瓶梅》中。丁耀亢遇张青霞事,友人集子中多有反映。屈复《弱水集》卷四《青珊瑚行为王石丈惠画研池瑞草图赋》:"白云浩荡游天都,迹逐清风恋虚无。碧落黄泉杳闻见,却向人间赠珊瑚。当年仙人张青霞,一朝亲降令威家。(诸城丁野鹤)窗明户洁庭除静,客有投刺字如花。目无形影耳有声,平头指点主人迎。升阶揖让云已做,出语元妙非世情。"②

作诗《问天亭放言·哀朱太守》,前有小序"崇祯五年正月,辽

---

①　傅洁琳、李天程、周明昆:《中华进士全传·山东卷》,泰山出版社 2007 年版,第259 页。

②　屈复:《弱水集》,《清代诗文集汇编》第 223 册,第 50 页。

兵围莱州,官军不进。太守急,绐贼与平,贼伪降。太守赴贼盟,被执,死之。"清人朱溶《忠义录》卷五有传。①

《明史》卷二百九十"朱万年,黎平人。万历中,举于乡。历莱州知府,有惠政。崇祯五年,叛将李九成等陷登州,率众来犯。万年率吏民固守。时山东巡抚徐从治、登莱巡抚谢琏并在城中被围,坚守数月,从治中炮死。贼诡乞降,琏率万年往受,为所执。万年曰:'尔执我无益,盍以精骑从我,呼守者出降。'贼以精骑五百拥万年至城下,万年大呼曰:'我被擒,誓必死。贼精锐尽在此,急发炮击之,毋以我为念!'守将杨御蕃不忍,万年复顿足大呼,贼怒杀之。城上人见万年已死,遂发炮,贼死过半。事闻,赠太常卿,赐祭葬,有司建祠,官一子"②。此外,本年还有诗《看东溪涨,时壬申东乱后》"水狂石怒两相角,崩击余波及败柳"。

明崇祯六年癸酉(1633)35岁,与青霞仙人游,三月友人王钟仙死。钟羽正为《天史》作序。子玉章岁试第一,但秋试未中。

与青霞仙人游。

《山鬼谈》:"癸酉元旦初四日,复入山,请青霞不至。"

《问天亭放言》有《哭王钟仙律诗四首》引曰:"钟仙,予诗友也。家南山下,贫而孝,孤介不偶。癸酉孟春三月中,有母妻之丧。又二日,钟仙作诗自挽,一恸而绝。予哭之以诗,志穷也。"《晚晴簃诗汇》卷三十四:"王乘篆,号钟仙,诸城人。有《钟仙遗稿》。"③据考,王钟仙之《钟仙遗稿》已佚,现有诗六十二余首,收在《东武诗存》。

---

① 朱溶:《忠义录》,高洪钧等整理校点:《明清遗书五种》,北京图书馆出版社2006年版,第630页。

② 张廷玉等:《明史》,中华书局1974年版,第7450页。

③ 徐世昌编,闻石点校:《晚晴簃诗汇》第3册,中华书局2018年第2版,第1207页。

《早春游五莲寄丁野鹤》："雪尽石花合，冰消水道分。山光晴带雨，海气晚蒸云。独坐扪松树，闲行杂鹿群。地偏心与远，此际惜无君。"①《雪后再访丁野鹤》："沙矶泼冻清湍涩，橡壑屯风远霁开。拄杖千山深雪里，不嫌常为作诗来。"②李澄中《王钟仙遗稿序》："王钟仙先生殁盖四十年矣，先生素与丁野鹤、孙江符两先生相友善，乃辑所著诗为二册，付两先生，许剞劂以传。"③

《诸城县志》卷三十六列传八"王乘箓，字钟仙，诸生，性豪放，不拘细节，尝与邻人哄，阑入其室，邻人惊逸。乘箓怒方盛，见壁间悬琵琶，取弹数阕，乃去。诗清健。平生与丁耀亢、孙江符相友善。明崇正六年临殁，辑所为诗，各付一册，属剞劂以传。逾八年，孙梦乘箓，责以诗曰'早知死后能不负，悔向生前识故人'。然竟不果刻。丁、孙俱没，李澄中、张衍始求而刻之，不及百篇"④。

钟羽正为《天史》作序。

《崇雅堂集》中丁耀亢为《明工部尚书太子太保钟先生集序》："忆明季癸酉，亢修《天史》书成，执贽请益，先生辞不受，既以书进观，喜曰：'吾得道器矣。'乃具冠束带受拜，如弟子礼，为《天史》作序，时年八帙矣。"⑤按，从《明工部尚书太子太保钟先生集序》中可以看出丁耀亢第一次见钟氏是在 1633 年。张清吉《年谱》谓："1632 年丁氏呈《天史》于益都钟羽正，羽正奇之。"似可商榷。李焕章《丁野鹤先生诗集序》："乃著书曰《天史》。持谒钟尚书公，尚

---

① 王赓言纂，李增坡、邹金祥主编：《东武诗存》，中华书局 2003 年版，第 32 页。
② 王赓言纂，李增坡、邹金祥主编：《东武诗存》，中华书局 2003 年版，第 34 页。
③ 李澄中：《卧象山房文集》，《四库全书存目丛书》集部第 250 册，第 700 页。
④ 《诸城县志》，乾隆刻本。
⑤ 钟羽正：《崇雅堂集》，《四库全书存目丛书》集部第 167 册，第 701 页。

书公大奇异之。"①

子玉章岁试第一,但秋试未中。

《自述年谱以代挽歌》说:"壬申癸酉,神降于墀。授柬作文,酾酒赋诗。冢子冠军,仅中副车。"《山居志》:"玉章岁试第一,至秋中副车,被落时,父子相视,山灵无色。"

仲冬送九弟会试。

《问天亭放言》有诗,题目甚长,《癸酉仲冬,送九弟会试。是日,同酌老母膝前承欢各醉也。老母因责予疏狂下第之罪,又教九弟以作吏清白,述先人一二事为家法者。予兄弟皆泣拜命,各跪进酒卮。谨志之,以志天伦中一日之乐》。

结识和尚明空上人,并向其叩问青霞仙人之事。

《出劫纪略·明空上人传》:"癸酉,山中因有青霞之异,往扣之。"按,明空,不知何许人,日用起居皆自食其力,行为异于常僧。

游济南等地,赠胡慕山。

《问天亭放言》有诗"癸酉历下赠胡慕山,慕山章丘人,以孝旌食廪,自称'神枚翁'。吾先世通家,父执至予三世矣。年七十,而情不衰,为诗赠之"。

明崇祯七年甲戌(1634)36 岁,陈际泰给《天史》作序,读书,与丘子如、丘子廪举行文会。

陈际泰给《天史》作序,落款为"甲戌仲夏临川陈际泰拜题于燕都署"。序中说:"予不识丁君,而知为董玄宰先生门下士。先生归

---

① 李焕章:《织水斋集》,《四库全书存目丛书》集部第 208 册,第 781 页。

属予为序,予以先生之序者序之也。"今人杨国玉以序中这句话断东吴弄珠客为董其昌,可供参考①。按,陈际泰(1567—1641),字大士,临川人,崇祯甲戌(七年)进士,官行人。

《问天亭放言》有诗"药栏花榭如吾意"前有小序:"甲戌春,丘子如、子廪东园文会,甚盛也。予频过不厌。"

明崇祯八年乙亥(1635)37 岁,仲秋游泰山,并经过山东益都颜神镇,青州。作诗怀念赵进美。

《逍遥游·岱游》自注:"乙亥仲秋。"此次在一起的友人有刘元明、周淡心、马三如、高虞祥、周菁育、孙六符、孙介黄等人。

按,马三如,《晚晴簃诗汇》卷二十三:"马长春,字三如,安丘人,顺治乙酉举人,有《竹香斋集》。"②

孙介黄(即孙廷铨)曾给《陆舫诗草》作过序。刘元明,安丘人,并非刘翼明。

《逍遥游·过青石关怀赵韫退》。

明崇祯九年丙子(1636)38 岁,家居读书与友人游。

明崇祯十年丁丑(1637)39 岁,游大泽,并结社,修家谱。

张贞《杞田集》卷四《丁野鹤先生行历图记》:"此丁丑结社大泽者。"③但不知与何人结社。

族兄丁耀轸修撰丁氏家谱,五月五日丁耀亢作序。署"崇正丁丑端阳日琅玡丁氏八世孙耀亢谨撰"。有"丁耀亢印""野鹤"两方印。④

---

① 杨国玉:《〈金瓶梅〉序作者"东吴弄珠客"续考》,《徐州工程学院学报》2007 年第9 期。

② 徐世昌编,闻石点校:《晚晴簃诗汇》第 2 册,中华书局 2018 年第 2 版,第712 页。

③ 张贞:《杞田集》,《四库未收书辑刊》第 7 辑第 28 册,第 599 页。

④ 《丁氏家乘》,1765 年刻版,2008 年重印。

明崇祯十一年戊寅(1638)40 岁,登泰山。

张贞《杞田集》卷四《丁野鹤先生行历图记》:"此戊寅登岱宗观日出者。"①

明崇祯十二年己卯(1639)41 岁,正月,清兵陷济南,春天南下金陵卜居未果,秋天回家。欲在金陵定居,未果。

《山居志》:"己卯,辽事不支,东兵破济南,知天时将变,壮心久冷,南游将卜居金陵,以老母重土不能迁。"

早春,从水路南下到达南京,与友人游玩。《天史》书版留金陵方氏书坊,秋天归家。

《逍遥游·江游》:"自己卯避地,溯海而淮而江,既不得南枝,蜡屐倦游,止于白下。"从诗中看,丁氏此行由水路进发。由东海(现在黄海一带)→安东(今山东日照西南)→淮水一带→南京。至于时间,并无明言,从《逍遥游》之《高邮湖》"邗关垂柳拂春衫"及《扬州》"江暖莺啼户半春"可知在高邮、扬州已是春天,可知丁氏从家中出发也当是早春。与张自烈(乐公)、丁魁楚(光三)、王稚公、王海旸、张侣沧、方颖实交往。

张自烈,字尔公,江西人。丁魁楚,字中翘,号光三,河南永城人。在《逍遥游》之《别豫章张尔公兼订吴游》,作者自注:时以所著《天史》板留方氏书坊。

秋天归家。

《逍遥游》有《己卯秋自江南归呈丘五区》。按丘五区,诸城人,当与丘志充(六区)、邱志广(洪区)为本家。

_____

① 张贞:《杞田集》,《四库未收书辑刊》第 7 辑第 28 册,第 599 页。

明崇祯十三年庚辰（1640）42 岁，诸城春大旱、蝗，以致人相食，丁公此年行踪留下很少。与友人谈诗。

乾隆《诸城县志》"总纪上第一"："庚辰十三年春正月癸卯振饥（是年旱、蝗，人相食）。"《山居志》"崇祯十三年，大饥。有五色天花遍后林谷间。因得饭僧及饥民百余家。"

秋，与笼水（今山东淄博博山区）孙廷铨谈诗弥月。

孙廷铨《陆舫诗草》序曰："忆岁庚辰秋，余游东武，野鹤下榻揖余，留连弥月。"落款"笼水社弟孙廷铨介黄题"。孙廷铨，原名廷铨，后改为廷铨，《明清进士题名碑录索引》为"孙廷铨"，[1]《清史稿》卷一百七十八有"庚申，孙廷铨户部左侍郎"。[2] 廷铨（1613—1674），字枚先，号沚亭，介黄当为其号，山东益都人。崇祯十三年（1640）进士，入清历任兵部、吏部尚书。有《颜山杂记》等著作传世。

明崇祯十四年辛巳（1641）43 岁，诸城春大旱、蝗，寇来，长子死。

（乾隆）《诸城县志》"总纪上第一"："辛巳十四年夏六月，旱、蝗，寇起。冬沙鸡来"《山居志》："辛巳，长男玉章不禄矣。入山抚树，无非惨怛。"《挽歌》："辛巳……，长男不禄。"《陆舫诗草》卷五之《怀仙感遇赋》序称"又十年，感痛西河"，赋称："溯壬申以至辛（"辛"字原文无）巳兮，倏十年而一息。遭元子之不禄兮，悲兰苕而竭极。"

明崇祯十五年壬午（1642）44 岁，十月自京师归，对亲友陈述形势危急，当早做准备，然没有理解他。十一月，朝廷正式下文让各地

---

① 朱保炯、沛霖：《明清进士题名碑录索引》，上海古籍出版社 1979 年版，第 2618 页。

② 赵尔巽等：《清史稿》，中华书局 1977 年版，第 6339 页。

严加守城,而这时人心涣散。十一月二十日,丁携全家出逃于南山旧庐。十二月初,情况更加危急,十二月中下旬清兵占据诸城,二兄耀昴、九弟耀心、侄子大谷守城殉难。

移家入海。

李澄中《出劫纪略》序:"壬午(1642)乱,邑中士绅狃于处堂,先生毅然携老母、孤侄由山中入海。城破日,以局外独全。"

家中罗汉卷失去。

《陆舫诗草》卷四《赵韫退给谏壬午题罗汉赞,已不可得,及得此卷,韫退复以旧稿遗予,遂成全卷》《家藏罗汉卷壬午失去十年,壬辰得于都市排律》。

托山中别业于明空上人。

《出劫纪略·明空上人传》:"壬午兵乱,既浮海,托以山中之业。"

弟耀心、侄大谷在战争中死,侄豸佳伤一足,全家受重创。

《出劫纪略·乱后忍侮叹》:"壬午东兵破城,胞弟举人耀心、侄举人大谷皆殉难,长兄虹野父子皆被创。"

(咸丰)《青州府志》卷四十五:"丁耀心,字见复,惟宁子,崇祯三年举人,壬午守城,城陷,死。"

(乾隆)《诸城县志》卷三十八:"丁大谷字如云,举于乡,以孝闻,崇正十三年大饥,捐粟煮粥拯乡里。十五年之变,大谷出赀纠乡兵防守,城将溃,遣其子鐕归侍老母,曰:'吾不返矣。'遂死于东门。"

(乾隆)《诸城县志》卷三十六:"丁豸佳字梦白,崇正十五年大兵所伤,跛一足,前无意进取,居九仙山,力学不辍,与李澄中以诗角不胜,乃以赋夸之,澄中愧不逮。所著赋数十篇,皆汪洋灏瀚,而归于典则,古文亦有识,诙谐好谈论。日曳杖山麓间为娱乐,学琴于雄县马鲁,鲁死,哭甚哀,卒年六十九。"

（乾隆）《诸城县志》三十一列传三:"鐥,字智临,崇正十五年父大谷遇害,鐥年十四,忍泣不敢哭,藁葬后乃与族兄亮共舁祖母逃入山,备极艰苦,后予亮田二百亩报之,知县陈邦纪死于盗,欠库金,鐥为集绅士,多方补直,其妻子始得归,以廪贡终。"

十二月在流离中,除夕在海岛中度过。

《航海出劫始末》:"是日,遣役回北迎老母,近除夕矣。时家口二十余,衣囊劫尽,煮麦粥以食。率稚子三四人,人各负薪。"

明崇祯十六年癸未(1643)45 岁,在海岛度日,草创传奇《赤松游》。正月在海岛上,二月遇故人戴子厚等,受到招待。三月初,清兵退出诸城,此时在海中已经一百多天。经过日照把全家安排在本家丁右海家中,只身回诸城,家中被焚。田产也被人占去。埋葬二兄九弟。

八月埋葬二兄,十月埋葬九弟,情景极为悲惨。

《出劫纪略·航海出劫始末》:"八月,葬二兄讳耀昴者于城西。十月,葬九弟耀心于旧茔。"

丁耀亢并未提到二兄死于 1642 年的守城之役,当为后来病死。

十月友人王汉死,入东莱哭之。

《逍遥游·海游·癸未十月入东莱哭挽王子房大中丞》记载此事。按,王汉,初名应骏,字子房,山东掖县人,崇祯丁丑进士。官至佥都御史,崇祯癸未死于刘超之难。

《赤松游》传奇草创于 1643 年。

《作〈赤松游〉本末》载："计作于明之癸未（1643），成于今之己丑（1649），共得四十六出，名曰《赤松游》。"

明崇祯十七年甲申（1644）清顺治元年 46 岁，春天有土寇乱，移家于诸城。三月携家入海岛。六月清朝定鼎，偷偷返回故里，接着又入海，读杜诗。七月返回家，遇见故友王遵坦，并与王氏解渠邱之围，救出刘正宗，又使李龙衮免于杀害，用计保全了景芝镇，还化解了莒县庄氏与丁右海之间的一场战争。九月与刘正宗等见明将领刘泽清，并授予赞画之职。接着又到王遵坦军中任职，授纪监司理。事见《航海出劫始末》《从军录事》。

淮上别刘正学。

《陆舫诗草》卷三有《甲申淮上别刘止一壬辰自东粤归》，按，刘正学，字止一，刘正宗之弟，山东安丘人。

避乱海中。

《陆舫诗草》卷二《吾友耿隐之有〈忆五年中秋五律〉甚佳，因效而作六中秋诗》第四首有小序："甲申避乱海中，同王太平率兵回山东，至安丘，晤刘太史。十四日由安东卫访苏侍御，附渔舟渡海，中秋夜抵海岛，见老母诸子已，罗瓜果于庭。"

耿道见，字隐之，馆陶人，能古文，此人与丁耀亢唱和较多。

清顺治二年乙酉（1645）47 岁，谒刘泽清，王遵坦邀丁投降清朝，拒之，入北京。

正月到八月参与军事活动。

正月谒刘泽清；时有人怂恿王遵坦劫掠青州之民，丁公劝诱王做事要留有余地，随止。五月清兵渡江，弘光帝朱由崧降，刘泽清解甲，王遵坦的部队也解散，王遵坦邀丁投降清朝，到扬州去见多铎（和硕豫亲王），丁拒绝。六月抵日照，止九仙山，丁因与王遵坦等游，邻人在动乱中抢夺丁家财物，唯恐丁乘机报复，惶惶然不安，丁招集他们，安慰他们，把以前的地契、债券全部焚烧，则丁身无长物，也就是从此时，丁重新创立家业。

八月入北京，"以旧廪例贡于乡"，成为贡生。

《陆舫诗草》卷二有《吾友耿隐之有〈忆五年中秋五律〉甚佳，因效而作六中秋诗》第五首有小序："乙酉自南归赴都，同刘仁仲宿齐河野店，见田夫欢饮。乱后村中沽酒不得，步月就寝。"但张清吉《年谱》把此诗定为 1646 年，不知何据。《出劫纪略·避风漫游》："大清顺治乙酉，出海归里，八月入都，以旧廪例贡于乡。"

十月因避县令倪氏而借口入都到处躲藏。

《出劫纪略·避风漫游》"十月，以监事辞之入都，实避祸也"。按，诸城县令倪氏与丁善，交往过频，然性残暴，杀人如儿戏，丁知其必被祸，恐其连累自己，只好到处躲藏。八月入都后，又回到家乡，所以有十月入都之行。

岁终回家，时倪氏已待罪。

《出劫纪略·避风漫游》："以岁终不入海而归，至舍再谒倪君，已待罪不理事矣。"

清顺治三年丙戌（1646）48 岁，诸城动荡不安。家居。

《自述年谱以代挽歌》："丙戌之秋，风雨漂摇。故宇未安，我心孔劳。"《陆舫诗草》卷二《吾友耿隐之有〈忆五年中秋五律〉甚佳,因效而作六中秋诗》第四首有小序:"丙戌家居,同于舜廷、慎思、慎行二子东庄场圃招邻叟,饮众农夫。"

清顺治四年丁亥(1647)49 岁,游淮扬间,夏天游吴陵,与扬州文人游。

《出劫纪略·避风漫游》:"丁亥,复游淮、扬间,欲卜居于淮,不能果。"《自述年谱以代挽歌》:"丁亥南游,至于吴陵。"

春日红梅盛开,作诗纪念,感慨系之。

《逍遥游·故山游》有《丁亥春日,窗下红梅盛开,余自壬午避乱不见花者五年,因命酌花下,赋诗二章》。

夏天与秦中孝廉张德庵相遇。

《逍遥游·吴陵游》有《己卯题诗海岳庵壁,为秦中孝廉张德庵所知,丁亥夏晤于海陵,赠以诗,因和元韵》。

夏,丁氏自序其《逍遥游》与《故山游》。

《逍遥游》自序落款"时丁亥长夏漆园游鬻琅玡丁耀亢书于海陵芙蓉署",《故山游》序署"丁亥长夏野鹤自纪"。

夏,龚鼎孳给丁氏《化人游》作序,《化人游》当完成于是年。

序署"丁亥夏日淮南芝麓主人龚鼎孳题于海陵寓园",可知此前《化人游》已经完成。《逍遥游·吴陵游》有《〈化人游〉歌寄李小有先生,先生困于游,寓言〈饥驱〉、〈明月〉诸篇,因作〈化游〉以广之》,而《吴陵游》作于 1647 年。可知《化人游》当作于此年。李长科,后改名为盘,字根大,号小有,又号广仁居士,兴化人,入清以隐逸终。

夏或稍晚，薛所蕴读《化人游》。

《柽庵诗》卷三"五言律"《读丁野鹤〈化人游传奇〉二首》其一：

> 吊诡化人传，壮游托彩毫。孤舟容世界，万象等波涛。
> 鱼腹仙源阔，涡涎蛮触劳。鹤归缘底事，遮莫黑风高。

其二：

> 仿佛橘中叟，纷纭一局棋。胜筹谁预定，冷眼觑多时。
> 鼍浪海天仄，鳄风星宿移。虚舟尘世外，漂泊信吾之。①

吴楠楠认为薛所蕴写此两首诗为 1647 年夏或稍晚，可从。②

秋，龚鼎孳给丁氏《逍遥游》作序。

龚鼎孳序其诗集《逍遥游》，序尾"丁亥早秋淮南社弟龚鼎孳题于吴陵寓园旧雨斋"。《逍遥游·吴陵游》有《集龚孝升奉常寓园席上别唐祖命秘书并髯孙次张词臣韵》《求孝升先生〈逍遥集〉序》。

客江苏泰州，游灌云县。

《陆舫诗草》卷二有《吾友耿隐之有〈忆五年中秋五律〉甚佳，因效而作六中秋诗》第三首有小序："丁亥，客海陵（泰州）。回至大尹山（灌云县）舟中，沽酒独酌，有寺僧馈瓜果。"

---

① 薛所蕴：《柽庵诗》，《四库全书存目丛书》集部 197 册，第 272 页。
② 吴楠楠：《明末清初诗人薛所蕴研究》，南京师范大学硕士学位论文 2017 年 4 月，第 86 页。

和邓汉仪诗。

　　《逍遥游·吴陵游》有《和邓孝威见赠四章元韵》。丁与邓氏交往很多,由此诗来看,这可能是在集子中最早的。也就是说与邓氏相识当在 1647 年前。按,邓汉仪(1617—1689),字孝威,泰州人,邓旭弟,康熙十八年举博学鸿词,试而未举,因老授官,授内部中书。有《官梅集》《慎墨堂全集》行世,尝品次清初名人之诗,编为《天下名家诗观》。其中选丁耀亢的诗,但有目无诗。

立秋前一日与张幼学下棋并观赏张幼学传奇《青楼恨》。

　　《逍遥游·吴陵游》有《立秋一日集张词臣桔庵对弈,共阅新谱〈青楼曲〉》。《青楼恨》为张幼学的传奇,现未见传本。这里《青楼曲》即为《青楼恨》,丁耀亢《吴陵游》作于丁亥(1647)年,又有"新谱"字,可知《青楼恨》成书于 1647 年或稍前。赵兴勤对张幼学及《青楼恨》有考证。① 丁氏之诗对《青楼恨》的成书年代有参考作用。

作"去住真成寓,身名竟若遗"诗。

　　按,《陆舫诗补遗》后收此长诗,此诗介绍了丁的身世之叹与怀才不遇之感,考其诗不题在京城任习之事,又其序云:"自明壬午(1642)至大清戊戌(1658),计流离江海者十九年所矣(按,当为十七年)。再检旧箧,得其故篇,与今同感,因补入。"则此诗不当早于入北京做教习之时,即 1648 年,故存此,待考。

---

　　① 赵兴勤:《庄一拂〈古典戏曲存目汇考〉再补》,《文献》2007 年第 1 期。

四、教习北京

清顺治五年戊子(1648)50岁,进京做教习。(本年引诗不出注的均为《陆舫诗草》卷一)

七月由济南出发到利津,再从利津(山东滨州内)入海一夜到达宝坻(今天津内),经河北玉田县到北京。

　　《出劫纪略·皂帽传经笑》:"戊子七月,由历下至利津。"《自利津入海一夜达宝坻七百里》《出海宿宝坻舟中》《玉田道中》等诗均记此事。

以顺天籍府庠试入太学为拔贡。业师有王维诚。

　　《出劫纪略·皂帽传经笑》:"谒司成薛君竹屋先生,因知旗下教习,以贡例可假一枝以安。乃由顺天籍府庠得试于京兆张君、司成高君,入礼曹拔送太学,隶骧白旗官学焉。"薛所蕴(1600—1667)字子展,号行屋,又号行坞、桴庵,河南孟县人。崇祯元年进士,知襄陵县,授检讨,擢国子监司业,降李自成,入清仕礼部侍郎。

　　(道光)《新城县志》卷之十七载王维诚《修建龙兴观并门桥碑记》:"余门人丁耀亢知名士也,尝避地云台。"丁公《逍遥游·海游》曾提到"避地云台"之事。

　　（道光）《新城县志》卷之十二：王维诚号悔庵，崇祯庚午举人，由任县教谕升国子监助教，升工部营缮司主事，差杭州南新关抽分，转虞衡司郎中，升湖广辰常兵备道佥事，未任致仕。

中秋节给太史王玄芝信。

　　《中秋无月再柬王玄芝太守》。按，王炳昆，字虎文，号玄芝，山东掖县人，顺治丙戌（1646）进士，由庶常晋侍读，多所著作，转江西储粮道。

中秋十六日在张中柱家集会。

　　《中秋十六夜集张中柱学士斋共参禅悦》，还有《戏赠张中柱学士谭禅》《饮张中柱学士夜归》等。

　　按，张端，字中柱，忻之子，生有异征，读书过目成诵，明季成进士，选庶常。当遭闯贼之乱，奉父归里。顺治初，征授检讨，典试江左，号称得人。旋晋礼部侍郎，超拜国史院大学士。会□旨逮溧阳相国，惊悸而卒。时年三十八。赠宫保，谥文安。①

重阳节朋友有约，未去。

　　《闻诸公重九有约恨不及往》。

冬天与李霨诗歌唱和。

　　《长安冬感杂著和李坦园太史秋感韵》，李霨（1625—1684），字景霱，一作景霭，号坦园，直隶高阳人。顺治三年进士，改庶吉士，授检讨，官至保和殿大学士，谥文勤。有《心远堂诗集》传世。然现存《心远堂诗集》中没有与丁氏和诗或赠诗。

---

① 严有僖：乾隆《莱州府志》，《中国地方志集成·山东府县志》辑44，第221页。

季冬与张万选、宋琬、宋徵舆等饮酒。

《雪夜行》前有小序："戊子季冬,夜微雪,月出如昼,从张举之、宋玉叔、宋辕文醉归,再过张在禄饮,漏三下矣。扶驴上行,遇尚书王觉斯、太仆薛夫子、山人李茂卿,夜酌古槐下。"

张举之,邹平人。《(道光)邹平县志》卷十五:"张万选,字举之,忠定公次子也。善书法,以贡出仕太平府推官,擢刑部员外郎,以母老请终养归。万选性孝友,晚因幼弟以事陷狱,破产营救,弟得出。而选竟以积劳病卒。"①

宋玉叔即宋琬;宋徵舆(1618—1667)字辕文,号直方,别号佩月主人、佩月骚人,江南华亭人。顺治四年进士,有诗名。李茂卿,擅长绘画。刘正宗《逋斋诗》卷二有《赠李茂聊》"茂聊妙笔人所羡,当年曾为写生面"。②

冬天送刘正宗之兄刘正衡。

《冬日长安送刘思石宪副别弟刘学士东还》。刘正衡,字思石,山东安丘人,进士,刘正宗之兄。

除夕答王敬哉诗两首。

《除夕答王敬哉先生》。按,王崇简(1602—1678),字敬哉,宛平人。明崇祯十六年进士,清顺治三年选庶吉士,官至礼部尚书,谥文贞。王崇简《青箱堂诗集》(戊子年作)卷七有《过丁野鹤》:"一榻香深柏子炉,高怀事事不妨迂。嘉辰得句帘常寂,静夜张琴月不孤。旅舍客来翻古帙,故乡梦醒听啼鸟。莫嗟弹剑归欤晚,云水苍苍遍五湖。"③

---

① 《邹平县志》,道光十六年刻本。
② 刘正宗:《逋斋诗》,《四库未收书辑刊》第 8 辑第 16 册,第 147 页。
③ 王崇简:《青箱堂诗集》,《四库全书存目丛书》集部第 203 册,第 105 页。

与王铎诗酒往来。

《读觉斯先生〈拟园存稿〉》《王觉斯尚书同诸公就饮邻家恨不得与》。按,王铎(1592—1652),字觉斯、觉之,号十樵、痴庵,孟津人。明天启进士,入清官至礼部尚书。

与刘正宗往来。

《答谢刘宪石学士赠韵》《徒步行答谢刘太史》。按,刘正宗(1594—1662)字可宗,号逋斋,安丘人。明崇祯元年进士,入清官至文华殿大学士。

与赵进美往来。

《世事柬赵韫退太常》。

与孙廷铨往来。

《夜坐柬孙枚先吏部》有"未能酬狗监,何以慰龙门",用狗监杨得意引荐司马相如事,可推知作为同乡的孙廷铨可能在丁氏入都谋事有推荐之功。

与冯溥往来。

《过太常赵韫退与孙枚先考功冯孔博太史夜集》。冯溥(1609—1692),字孔博,号易斋,顺治三年进士,官至刑部尚书。山东临朐人。

与杨思圣(犹龙)往来。

《再答杨龙翰林来什》。按,杨思圣(1618—1661),字犹龙,号雪樵,巨鹿人。顺治三年进士,历官河南右布政使、四川左布政使。其《且亭诗》收赠丁氏诗有八首。有《使回东丁野鹤》《署中答野鹤》

《即席赠丁野鹤》《寄丁野鹤》《送丁野鹤》等。现录二首以观丁氏之性情。《送丁野鹤》：

> 揭来尊酒总忘形，风雨无端叹渺冥。漫说长杨能作赋，谁怜马肆好谈经。
> 感时有客头双白，惜别何人眼太青？此去离思那可道，天涯回首隔烟扃。①

《寄丁野鹤》：

> 梦老燕关鹤未还，空余胜地忆当年。草堂得句常携手。萧寺看花数拍肩。
> 家累久虚浮海约，官贫难寄买山钱。空闻命驾人千里，不借王猷半夜船。②

与罗侍御往来。

有《谢罗侍御馈酒》。罗国士，字尚友，号钦赡，崇祯十年进士。民国《德州志》卷十有传。罗为当时造酒名手。阮葵生《茶余客话》卷二十："罗侍御钦赡，崇祯丁丑进士，官御史，巡按河南，刚直有声，嗜饮，传酿法，色味双绝，至今犹呼罗酒。"③丁公集子中作"钦瞻"，方志作"钦赡"。

与宋琬往来。

《月夜王学士觉斯枉过同宋玉叔李参玄饮啸至曙》，李欆生，字

---

① 杨思圣：《且亭诗》，《四库全书存目丛书》集部第 213 册，第 687 页。
② 杨思圣：《且亭诗》，《四库全书存目丛书》集部第 213 册，第 688 页。
③ 阮葵生撰，李保民校点：《茶余客话》，上海古籍出版社 2012 年，第 476 页。

参玄,山东莱芜人,贡士。顺治年任卫辉知府。民国《莱芜县志》卷十八有传。

与张天石往来。

《谢京兆张天石先生》。张若麒,字天石,山东莱州府胶州人。崇祯辛未进士。见民国《莱阳县志》之《人事志》。

本年还与王伟树、官方山游。

《陆舫诗草》卷二《吾友耿隐之有〈忆五年中秋五律〉甚佳,因效而作六中秋诗》第二首小序:"戊子燕市阴雨无月,刘宪石学士招饮。王伟树、官方山二员外携酒过,拉就王玄芝太史斋中。"官靖共,字衷寅,号方山,山东平度人,顺治二年举人,三年进士,授刑部主事,升郎中,出为浙江杭嘉湖道,迁浙江布政司右参议,先后两署按察使。①

清顺治六年己丑(1649)51 岁,在北京任教习。(本年引诗不出注的均为《陆舫诗草》卷一)

正月二日与曹子顾、匡九畹、宋艾石、傅上生共集小斋,大司马张坦公偶至。

《己丑新正二日曹子顾、匡九畹、宋艾石、傅上生共集小斋,大司马张坦公偶至》。

匡兰馨,字九畹,胶州人,顺治六年进士,授行人,累迁文选司郎中,工诗。见民国《山东通志》卷一百七十七。

宋可发,字艾石,胶州人,顺治六年进士,授福建将乐县知县,时闽广初定,土寇未靖,并有虎患,可发单骑入贼巢招抚,贼皆投

---

① 刘廷銮、孙家兰:《山东明清进士通览·清代卷》,山东文艺出版社 2015 年版,第 4 页。

诚,遂率之入山大猎,虎亦逃匿绝迹。县有井出蛟,水浸城,可发登城望拜,水遂退,民大悦,立生祠嗣之。著《兴革条议六事》,大吏颁为全闽定法。以最擢彰德府知府,累迁福建海巡道、湖广驿传盐法道、山西按察使,调四川按察使,进广东布政使,引疾归。①

傅亶初,字上生,高密人,顺治戊戌进士,官池州推官。有《过庭录》。②

正月七日作诗《己丑人日》。

《己丑人日》。

正月十九日与张缙彦、李茂卿游白鹤观。

《正月十九日同张尚书、李茂卿游白鹤观》。张尚书即张缙彦。

四月一日与宋琬、王崇简、宋征舆、米寿都、张举之、赵进美游报国寺。

《四月朔日宋玉叔招同王敬哉、宋辕文、米吉士、张举之、赵韫退报国寺看海棠分韵》。

米寿都,字吉士,宛平人,明贡生。光绪《顺天府志》卷一百有传。

秋天公移居,此居即为"陆舫",在华严寺内。

《秋日移居谢李参玄工部》。张缙彦有《野鹤移居》诗:"燕台阒寂客庐荒,仿佛湖山意自长。花掩秋庭满径雨,钟鸣古寺一天霜。鬼神昏夜潜窥字,星月空明晚照梁。闲散何人成侪侣,茫茫天地草

---

① 张曜、杨士骧等修,孙葆田、法伟堂等纂:《山东通志》,上海古籍出版社1991年版,第5096页。

② 张曜、杨士骧等修,孙葆田、法伟堂等纂:《山东通志》,上海古籍出版社1991年版,第3867页。

玄堂。"其二:"三年浪迹秋相连,半亩蓬蒿一榻眠。野薜横侵石鼓篆,空天不断佛堂烟。剑沉漫诧腾龙去,鹤老空闻跨海还。此日同文还索骏,风沙满月笔如椽。"①

薛所蕴《桴庵诗》卷四《闻野鹤新构陆舫有作》:"闻君新构好亭子,仿佛米家书画船。几处虚明邀皓月,有时偃仰向高天。波翻陆海尘空黑,门闭松阴草自玄。直欲便随渔父棹,武陵溪水信悠然。"②后来陆舫归曹尔堪有。《椒丘诗》有《过陆舫旧居别主人曹子顾太史。曹尔堪有《点绛唇·陆舫春思》"沙暖蒲香,风池涨绿晴波皱",③并不是在丁氏居处所作。施闰章《施愚山集》(二)有《题曹子顾编修陆舫》:

开径迟佳客,摊书闭竹关。繁花深绕座,独鸟远还山。
丘壑风尘里,登临庭户间。浮沉金马意,白日向人闲。④

"陆舫"之字为王铎所题。《陆舫诗草》卷二《酬王尚书觉斯先生题陆舫斋十律》。刘正宗还有《题丁野鹤陆舫》诗:

米家一棹寄烟波,移向玄亭供啸歌。白月到窗分浪入,青松覆槛傍岩过。
静疑几榻长风里,虚映菰蒲泌水阿。世事劳劳堪问渡,何须泛宅混渔蓑。⑤

① 张缙彦:《燕笈诗集》,清顺治刻本,藏上海图书馆。
② 薛所蕴:《桴庵诗》,《四库全书存目丛书》集部197册,第299页。
③ 南京大学中国语言文学系《全清词》编纂研究室:《全清词》第3册,中华书局2002年版,第1297页。
④ 施闰章撰,何庆善、杨应芹点校:《施愚山集》,黄山书社1993年版,第505页。
⑤ 刘正宗:《逋斋诗二集》,《四库未收书辑刊》第8辑第16册,第199页。

邹志生《书法艺术结构与章法的辩证美刍议》曾提到王铎写"陆舫斋"书法之美,可参看。①

中秋送匡九畹,宿张举之官署。王铎招饮,与王子陶、王籍茆读王铎《拟园稿》。

《中秋载酒过天宁寺送匡九畹进士东归》《中秋同张京兆宿司李张举之署次刘学士韵》。《吾友耿隐之有〈忆五年中秋五律〉甚佳,因效而作六中秋诗》前有小序:"己丑中秋,王尚书觉斯先生招饮,同王子陶,王藉茅共读尚书《拟园稿》。"

按,王鑨,(1607—1677),字子陶,孟津人,王铎弟,贡生,官山东提学道按察司佥事。王无咎,王铎次子,顺治三年进士,官江南左布政使。工草书。②

秋天与唐淑履饮酒,谈凌龙翰事。

《秋日唐淑履过饮述凌龙翰侍御殉国事》《凌龙翰有和予历下诗知名未见面》。按,《(乾隆)江南通志》卷一百五十五《人物志》:"凌駉,歙人,明季癸未进士,以职方从督辅李建泰,出拒闯贼,至保定,駉独与贼战,被创既死,复苏,乃走临清,建义于齐豫间,势不可支,从容自尽。"③《三续疑年录》卷八"凌龙翰駉,生万历四十年壬子,卒顺治二年乙酉。"④则生于1612年卒于1645年。唐淑履待考。

九月四日见张缙彦。

《三花歌九月初四日祝张坦公尚书》。

---

① 邹志生:《书法艺术结构与章法的辩证美刍议》,《湖北师范学院学报》2006年第3期。

② 乔晓军:《中国美术家人名辞典(补遗一编)》,三秦出版社2007年版,第39页。

③ 黄之俊等:《江南通志》(五),京华书局1967年版,第2605页。

④ 陆心源:《三续疑年录》,《续修四库全书》第517册,第339页。

九月九日同薛行坞、张缙彦、刘正宗于黑窑场登高。

《九日同诸公登高日暮薛夫子张尚书后至次刘学士韵》。张缙彦《归怀诗集》有《九日同宪石行坞野鹤黑窑场登高》："故园丛菊久蒿莱，异客无家独上台。僻地乾坤聊自放，荒宫风雨为谁催。龙枯大壑山容老，雁叫高秋海气来。山树离披经暮雨，天涯望断角声哀。"其二："烟火层城遥见山，三回三上各衰颜。秋归别岫霜初落，寺压寒河菊又斑。古蔓横侵狡兔窟，高天不放野鸥闲。昔年旧陇成荒草，木落风高怅远关。"①张缙彦二诗纪同一事。

除夕法若真（黄石）赠茗与扇。

《己丑除夕谢法黄石太史馈茗扇》，按，法若真（1613—1696），字汉儒，号黄山，胶州人，顺治三年进士，官至安徽布政使。与丁耀亢交往达五十年。《黄山诗留》卷九："东武丁颙若以乃严野鹤先生题雁遗诗六首索和，仆与先生五十年故友也，交订生死，情见乎词，追琢不工，感慨系之矣，敬次韵以答兼赠。"共六首，录第二首：燕然石上北风侵，万里寒声甲外沉。讥市堪焚酷吏传，开关共剖老臣心。越裳尽足朝王会，禹贡何难报上林。只恐君王崇俭德，雁门着力筑千寻。②

岁终薛行坞赠钱。公可能在薛行坞家教其子弟。

《薛夫子岁终馈草堂资》，按，"草堂资"当为薛氏给公的教书钱。诗中有"故山欲去愁逢虎，新馆初开学鲞龙"，"新馆"或指丁在薛氏家教书，也可能是丁氏的俸禄经由薛所蕴之手再给他。待考。

① 张缙彦：《归怀诗集》，清顺治刻本，藏上海图书馆。
② 法若真：《黄山诗留》，《四库全书存目丛书》集部212册，齐鲁书社1997年版，第466页。

此年还与张幼量游。

《张幼量古剑铭》。按张万斛,字幼量,为王士禛之妻张夫人之叔。《渔洋集外诗》有《内叔幼量先生招同纪伯紫袁宣四集药圃》。① 此人还被写入《聊斋志异》卷六《鸽异》中去。张氏得古剑在朋友中影响很大,除丁耀亢《陆舫诗草》卷一有《张幼量古剑铭》,宋琬《安雅堂未刻稿》之《张幼量古剑歌》"有客传书沧海东,贻我宝剑光熊熊。龙鳞凤脊不复识,开箧蜿蜒生白虹。张君今之魏公子,好古怀奇性所止"②。

《赤松游》传奇写成。

关于《赤松游》的完成时间丁氏自己的记载有两种不同的说法。第一种是《〈作赤松游〉本末》载:"计作于明之癸未(1643),成于今之己丑(1649),共得四十六出,名曰《赤松游》。"第二种是《陆舫诗草》卷五《癸巳(1653)初度〈赤松词曲〉新成邀诸公观赏作〈赤松歌〉自寿》。按,作者对于这两种说法言之凿凿,不可能为误记。考《作〈赤松游〉本末》署时间为"顺治六年(1649)",则可断定《赤松游》成于1649年,至于1653年之"新成"当是丁氏又进行了一定程度的修改。

清顺治七年庚寅(1650)52 岁,在京,八月回家。(本年引诗不出注的均为《陆舫诗草》卷二)

元宵节同张缙彦、薛行坞、刘正宗饮酒。

《庚寅元宵同张尚书、薛夫子、刘学士醉游有感》。

① 王士禛:《居易录》,《王士禛全集》齐鲁书社 2007 年版,第 574 页。
② 宋琬:《宋琬全集》,齐鲁书社 2003 年版,第 377 页。

正月与刘正宗、周清熙、李龙衮听筝品尝新鲜荔枝。

《新正刘学士招饮同周清熙、李龙衮听筝尝新荔枝》。

周历长,字清熙,安丘人,顺治丙戌进士,历官户部郎中,有《约斋集》。①

历长是诗人周若水之子。

赠何仲彻。

《赠何仲彻同胡方伯赴济南》,按薛所蕴《澹友轩集》卷四有《何仲彻〈壮游草〉序》称:"吾友何子仲彻好古多奇,以曲台雄长都人士,都人士无不唾手青紫期何子者。"可见其好游名山大泽。"今又去游山左矣,山之左多古人遗事,过泰岱之下,将有继诸葛卧龙而为《梁父吟》者,则余更凄然弗忍读矣。"②

送乔钵(文衣)回浙东。

《赠乔文衣回浙东》。按,乔钵,字文衣,直隶内丘人,有诗文集传世。

二月十六日生日那天在金鱼池与学生宴会。

《庚寅初度金鱼池集满洲诸生宴射》。

四月廿八日同张缙彦游金鱼池。

《四月廿八日同坦公鱼池观药王醮》。张缙彦《燕笺诗集》卷四有《金鱼池看醮同野鹤饮光》:"柳溪社鼓石坛阴,席地开樽不厌深。

---

① 张曜、杨士骧等修,孙葆田、法伟堂等纂:《山东通志》,上海古籍出版社 1991 年版,第 4075 页。

② 薛所蕴:《澹友轩集》,《四库全书存目丛书》集部 197 册,第 54 页。

施食忽惊龙出斗,吹笙还似凤来吟。空洲酒脯千家市,古甃松杉万国心。宝鼎云沉人去尽,斜阳归路暮钟音。"此诗后紧接有《野鹤孤遇戏柬》:"桃花溪路欲传神,不许隔云轻问津。多病徐娘偏耐老,参禅琴操又辞春。蓝桥热鸟知呼至,巫峡闲云不待人。稚子扫门空见月,东墙花落冷重茵。"①

听到张自烈(尔公)、徐闇公归隐作诗。

《闻张尔公隐广信山徐闇公隐海中著书有怀》。张自烈(1597—1673),字尔公,别号芑山,宜春人。明末太学生,入清居庐山。年 77 卒。四库本《(雍正)江西通志》卷七十二:"张自烈,字尔公,宜春人。博物洽闻,著有《四书大全辨》、《诸家辨》、《古今文辨》、《正字通》十余种行世,累征不就,晚卜居庐山,年七十七卒,无嗣,南康太守廖文英重其品,葬于白鹿洞山外之郑家冲,书其碑曰'清故处士张芑山墓'。"

送唐淑履。

《赠睢州唐淑履》。

送道士刘华阳归劳山。

《送刘华阳道士归劳山》。按,明清之际小说《一枕奇》《双剑雪》《鸳鸯针》,均署华阳散人撰。有人认为华阳散人为吴拱宸,但石昌渝在《中国古代小说总目·白话卷》在"觉世棒"条认为"作者显然是个才华出众的穷秀才,与吴拱宸的举人身份不能接榫。作者真实姓名待考"②。笔者认为《照世杯》《闪电窗》之作者为丁耀亢之朋友张惣,这里又出现了道士刘华阳,或许他就是《一枕奇》等

---

① 张缙彦:《燕笺诗集》,清顺治刻本,藏上海图书馆。
② 石昌渝:《中国古代小说总目》,山西教育出版社 2004 年版,第 186 页。

小说作者。

在刘正宗之逃斋唱和。

　　《次刘学士庭槐为虫所蚀作护槐吟》《题刘学士逃斋锦川石》。按,刘正宗的斋名为"逃斋",与张缙彦、丁耀亢居处不远。刘正宗《行屋为诸郎营书室成以诗见示且索和因赠短歌》"我亦卜屋在近坊",①《偶过野鹤值雨留饮谈诗,坦公亦至,复邀赏盆莲成醉赋谢》"兴来辄践看花约,二妙何缘在隔垣",②可知三人比邻而居,二妙指张、丁。

张缙彦移居与丁比邻。

　　《张尚书移居比邻》:"我家陆舫远无邻,荒草寒烟半隐沦。谁信青门种瓜者,问津来傍武陵人。"丁公给张缙彦《菉居诗集》序有"六年比屋,元直登德公之床。以兹花之晨,月之夕,时或敲门;风于斯,雨于斯,偕而命驾。酒后耳热,咏美人西方之章;兴尽悲来,唱大江东去之曲。"可知二人住得很近。

答戴明说诗。

　　《次司农戴岩荦投赠陆舫》。按,戴明说,字道默,号岩荦,直隶沧州人,崇祯七年(1634)进士。有《定园诗集》。《定园诗集》"五律上"有《丁野鹤舫斋诗五首》(其一):

　　　　一隅规大道,三径变余清。忽悟青山好,深怜黄发生。
　　　　蓁龙吞暮海,画鹢倚春城。远志宁相负,还商采药行。③

---

①　刘正宗:《逃斋诗二集》,《四库未收书辑刊》第 8 辑第 16 册,第 210 页。
②　刘正宗:《逃斋诗二集》,《四库未收书辑刊》第 8 辑第 16 册,第 227 页。
③　戴明说:《定园诗集》,《清代诗文集汇编》第 21 册,第 60 页。

与张玉调、张缙彦饮酒。

《张大理玉调张尚书坦公载酒同过草堂》。按，张鼎延(1582—1659)，字玉调，号慎之，永宁人，祖籍同州。明天启二年进士，入清官至兵部右侍郎。与王铎为儿女亲家。参见《(同治)河南府志》卷四十五《人物志八·政绩》。张缙彦《燕笺诗集》卷三《井异》有小注曾记其一则异闻："永宁破，玉调兄避贼潜井穴，群仆索之不得，适汲妇诳贼救出，后访不得其人。"

五月二十日，与王铎等人集陆舫，王铎作《题野鹤陆舫斋诗卷》。

王铎为丁耀亢所作画现知有两件。一为丁耀亢作《题野鹤陆舫斋诗卷》。《中国书法全集·王铎卷》第 637 页该卷署款：庚寅(1650)五月廿日天热，时同法黄石、李茂卿、汪千顷集野鹤老道于轩中，即席书此博笑。轩即舫也，主人无嘉陟厘，借纸求书，贫可知矣。一笑。王铎年六旬。①

据王晓钟说：

> 卷后有卢震、卢询父子，尹兴宗、蒋维藩等题跋。丁野鹤门生卢震题跋云："孟津王先生笔冠绝一时，海内人士宗匠者众，尺幅珍藏真侔尺璧。"又云："诸城野鹤夫子所藏墨迹十诗生龙活虎，不可捉摸，孟津所得意笔也。"卢震子卢询题跋云："挥洒若不经意而纵横排纍之气犹在，且十诗之雄浑天成，似援豪立就者。"又云："兴酣落笔，擘窠狂草，风雨发作于行间，鬼神役使其指臂顾其后，亦颓然自然矣。"此件手卷流传有绪。手卷书于顺治七年，为丁野鹤所作，至康熙四十一年壬午(一七〇二)仍为丁野鹤孙丁应蕙所藏。后不知何时为邱氏所得，

---

① 张升：《王铎年谱》，上海书画出版社 2007 年版，第 231 页。

到道光十四年甲午(一八三四)时,为余戚士伟臧收藏。一八四〇年余氏赠与尹兴宗,至少至一八五一年尚在尹家。二十世纪初,为汉口大收藏家徐行可收入囊中。一九五六年,徐氏将其收藏书画包括此件手卷全部捐献给湖北省博物馆。①

莫武在《艺林日知录(六)——王铎与西耀亢》考证说:王铎传世作品中,上款为丁野鹤者已知有两件。其一为《题丁野鹤陆舫诗草书卷》(现藏湖北博物馆,《书法》2006 年第 6 期精印);其二为《行书容易语轴》(《中国书法全集·王铎卷》收录),所书的五律《容易语》亦是赠丁野鹤之作。《题丁野鹤诗草书卷》民国时为汉口大收藏家徐行可收得,寄北京请余嘉锡题跋并考丁耀亢之生平出处。②

王铎《题野鹤陆舫斋诗》共十首。其一为:轩中卉气清,天与助幽情。红酒无时缺,白髭不日生。木镜来野客,陆舫在京城。更有高歌处,相邀潭柘行。③

六月打猎。

《六月东猎》四首。

六月怀家乡友人孙健之。

《怀孙健之》。在《陆舫诗草》卷三《辛卯上元载酒孙复元斋中》小注:同刘西水、范仁实、孙健之。则健之为复元之字。

夏天在法华寺访唐淑履。

《夏日过法华寺访唐淑履》。

① 王晓钟:《观王铎〈题丁野鹤诗草书手卷〉》,《书法》2006 年第 6 期。
② 莫武:《艺林日知录(六)——王铎与丁耀亢》,《东方艺术》2006 年第 24 期。
③ 由智超:《中国书法家全集·王铎》,河北教育出版社 2002 年版,第 244 页。

秋天求假归省。

《病卧北城求假归省柬刘宪石学士》。有"秋苏肺气愁增剧"可知为秋天。丁在此年作思乡诗数首。《皂帽传经笑》："庚寅八月，由大宗伯告假归省，得旋里。"

和刘峄巃诗。

《和颍州宪副刘峄巃雪堂寄诗》。《乡园忆旧录》卷一载：刘孔中，孔和之兄，号峄巃，相国青岳先生长子也。官江南兵备道，罢官后，构一楼，曰"倦飞"。日与同邑李五弦先生昆仲、王雨岚、鲍素垣诸公为"五簋会"。佳时令节，折简相召，或试茗听歌，登临雅咏，香山洛社之风如再见焉。性爱古帖，手自题跋，字极遒劲，有句云"丛桂联吟幽梦足，苍葭感遇素心违"。其笃于朋友可想。①

题黄于石药室。

《题黄于石药室》。按黄于石，为当时名医，与王铎等有交往。李霨《心远堂诗集》卷三有《送黄于石令峄县》(能医)前四句："嵩洛之间多异人，黄君后起称绝伦。球琳一剖达天庙，非同旅食京华春。"②生平待考。

九月在良乡遇王垓。

《庚寅九月夜次良乡从王大行赍诏东归》《马上重九同大行王遇甫分韵得阳字》。王垓，山东胶州人，顺治己丑进士，由部郎中考选道御史，转户科掌印给事中，转宁绍道。时官行人司

---

① 王培荀撰，蒲泽校点：《乡园忆旧录》，齐鲁书社1993年版，第55页。
② 李霨：《心远堂诗集》，《四库全书存目丛书》集部第212册，第737—738页。

行人。

回乡,张缙彦送别。

《酬张尚书坦公送别》。

九月九日遇王大行。

《马上重九同大行王遇甫分韵得阳字》。公归家路程。白沟渡→雄县→水淀渡→河间府→献县→阜城→景州→颜神镇→明水→龙山峄→抵舍。

公归家后又到章丘、青州等地访友。并到钟羽正墓上祭拜。

《陆舫诗草》卷二有《过尚书钟龙渊老师墓》,有小注:"遗书《厚德录》经乱失去。"按:钟羽正临死时给丁公三个集子,丁公在《明工部尚书太子太保钟先生集序》记载钟羽正说:"予有所修《厚德录》二十卷,《管见》一册,诗一编,以遗丁子。"

清顺治八年辛卯(1651)53 岁,二月后再入北京,乡试不中。(本年引诗不出注的均为《陆舫诗草》卷三)

上元在家与友人饮酒。二月之前在家乡拜访亲朋好友。闲暇时间与朋友饮酒谈诗。与朋友游,在巴山访孙健之,安丘访刘正宗。

《辛卯上元载酒孙复元斋中》《辛卯仲春北上谢饯别诸友》《渠丘访刘思石宪副逢孙河柳》等诗。

二月复入北京,友人李凤郊相送。

《皂帽传经笑》:"辛卯二月复入都,改镶白而入镶红旗。"有友人李凤郊相送。如李澄中自撰《三生传》中说:"辛卯春,予二十有三,先中允公饯丁野鹤先辈,北上归来,谓予曰:'适见野鹤,称汝诗异日当成名。野鹤我执友,其言当不妄,速取汝诗来'。"①"先中允公"为李澄中之父亲李凤郊。

关于丁氏夸奖李氏的话,李氏非常在意,在《自为墓志铭》中也说:"十六岁应童子试,为箕山程公所知。十九岁补诸生,二十乃学诗,与同里丁野鹤先生相唱和,先生大奇之,称于先检讨公。先检讨公喜,自此益作诗自豪。"②李焕章《卧象山房文集序》:"少时好为诗,与徐太拙、丁野鹤、赵韫退、宋荔裳齐名。"③

闰二月八日,因风在内蒙古大成县停留。

《黑风行》记载此事。按,《中国历史地名大辞典》释"大成县"为:西汉置,属西河郡。治所在今内蒙古杭锦话旗东南胜利乡古城梁村。东汉改为大城县。④ 丁氏在二月进京,但是"闰二月"已经到了平时的三月,则丁氏此时已经在北京,又"大成县"与北京相距不远,且从其诗"黑风北来吹海立,南山落石击天碎"这样恶劣的气候来看,此大成县当在内蒙古境内。

钱德震过斋与丁氏别。

《钱武子过斋言别将归云间》。从诗中"天尽看南雁,春风上苑催"二句,知当作于春天。《重修华亭县志》卷十七:钱德震,字武子,嘉兴人,明季占籍华亭,居北门外之仓湖。文辞清丽,有声几社。与宋徵舆等修郡志,属草大半;又与修《江南通志》。人谓其严而不刻,典而不浮。年八十余卒。著有《青鹤堂集》。⑤

---

① 李澄中:《卧象山房文集》,《四库全书存目丛书》集部第250册,第619页。
② 李澄中:《卧象山房文集》,《四库全书存目丛书》集部第250册,第622页。
③ 李焕章:《织水斋集》,《四库全书存目丛书》集部第208册,第792页。
④ 史为乐:《中国历史地名大辞典》,中国社会科学院出版社2005年版,第109页。
⑤ 上海市地方志办公室、上海市松江区地方志办公室:《松江县卷》(中),上海古籍出版社2011年版,第1055页。

春尽与陈焯约游西山不果。

《春尽约陈默公游西山不果》。按,陈焯,字默公,号越楼,朝栋子,顺治壬辰进士,授兵部主事,有《涤岑集》。辑有《宋元诗会》。①《宋元诗会》搜集宋元诗人的作品。《陆舫诗草》卷三有《陈默公约余征文山左订〈飓旦录〉谢之》从题目可推测,陈焯当是约丁氏选山左文人的集子,辑类似《宋元诗会》一类的书,《飓旦录》应该是未来集子的书名。

四月,王铎为丁作《容易语诗轴》。

《中国书法全集·王铎卷》第 642 页该件署:"长安容易老,压去疑鸦径。爵禄催邮舍,交亲少聚星。烧痕遮道黑,官柳向人青。羡汝孤飞鹤,高天响雪翎。容易语。野鹤丁词丈正之。辛卯初夏,王铎具草。"②

四月二十二与友人给孙廷铨饯行。

孙廷铨《南征纪略》卷一:"予以辛卯孟夏奉命南征,将有事于会稽禹陵南海……夏四月戊辰廿二日出都城左便门,诸公祖饯于琉璃厂仁威观,得赠行诗九首。"送行者八人,其中赵进美二首,共得诗九首。八人分别是国史院侍读学士孙中柱端、国史院侍讲学士刘宪石正宗、秘书院侍讲学士高蕤珮珩、国子监祭酒李吉津呈祥、秘书院侍读王敬哉崇简、刑科给事中赵韫退进美、国子教习丁野鹤耀亢、华亭诸生钱武子德震。其中丁耀亢的诗:

---

① 徐璈辑录,杨怀志、江小角、吴晓国点校:《桐旧集》(2),安徽大学出版社 2016年版,第 330 页。

② 由智超:《中国书法家全集·王铎》,河北教育出版社 2002 年版,第 247 页。

东南灵气郁山川,殷礼从君万里传。玉筒犹疑前古事,铜梁谁忆隔年还。

山阴竹色临江水,岭峤梅花散渚田。莫倚孤帆愁远道,将军横海正楼船。①

端午节田淑殷送药酒。

《午日谢田淑殷送药酒》。按,"午日"为端午节。田淑殷待考。

夏天与白梦鼐(仲调)集龚鼎孳斋中。

《同秣陵白仲调晚集龚奉常楼居》有"夏云深突兀,檐外得西峰",可知此诗作于夏天。按,白梦鼐,字仲调,号蝶庵。明末诸生,与其兄白梦鼎(字孟新,号醒庵)并称"金陵二白"。与杜濬、余怀相倡和,时号"余杜白",谐音"鱼肚白"。

夏天与郭棻订交。

郭棻《学源堂文集》卷之二《椒丘诗集序》记载了郭棻与丁耀亢相见的经过,两人相见于夏天的晚上,一见如故,《序》称:

> (丁耀亢)仗策来燕都,一时名公卿半其凤好,乘车戴笠,兰臭不殊。会旗塾征贤,京兆尹首以应诏,羽林受经,虎门观盛,于今三年矣。悠悠岁月,泯泯风尘,前之所历,我则勿忘,后之所遭,畴其能卜。语毕长歌,悲凉豪壮,声振屋瓦,予亦惊起狂叫,曰:"快哉!是为谁?何其怀抱之远过乎我也。"主人急语予曰:"此山东丁野鹤也。"复语客曰:"此保定郭芝仙也。"索火觇面,相视一笑,遂成莫逆焉。不数月,野鹤以旗塾课最

---

① 孙廷铨:《南征纪略》,清康熙刻本。

出铎容城。①

《序》称在北京任教已经三年,所以两人相识约在此年。

郭棻(1622—1690),字芝仙,号快庵、快圃,直隶清苑人,顺治九年进士。有《学源堂文集》。《学源堂诗集》卷五还有《柬丁野鹤》《秋日邀丁野鹤陈蔼公饮快圃》等诗。兹举《秋日邀丁野鹤陈蔼公饮快圃》:

> 入座人称第一流,萧森木末雨催秋。南州高士青霞气,东国才名白雪楼。
>
> 杯底月明珠在手,席间枫落玉搔头。只今倘惜徐家肺,相对翻惭水上鸥。②

夏天刘正宗过陆舫饮酒。

《夏日刘宪石学士过陆舫尝新酿次韵》。

夏天过罗钦瞻宅。

《夏日再过罗钦瞻御史》。

夏天傅维鳞(掌雷)过访。

《夏日傅掌雷太史见过》。傅维鳞,原名维桢,字飞睹,号掌雷。河北灵寿人。明末举人,清初进士。官至工部尚书,加太子少保。

---

① 郭棻:《学源堂文集》,《清代诗文集汇编》第 79 册,第 29 页。
② 郭棻:《学源堂诗集》,《清代诗文集汇编》第 79 册,第 466 页。

夏天与张缙彦等观莲。

《夏日再过张尚书看莲招同京兆薛行坞夫子、傅梦祯银台、刘宪石学士席上分韵》。按，张缙彦《燕笺诗集》卷三有《斋中盆莲同宪石、玉调、梦祯、行屋、野鹤步韵柬芝麓》：

> 盆荷深有意，闲里媚衰颜。曾见寻香至，今来得句还。
> 云痕流夜气，客梦老江湾。清思时时发，月高未掩关。

卷四有《宪石过野鹤斋同饮，饮罢复观盆莲，既醉徒步访廷尉兄，灯下看剧戏》：

> 小巷瓜藤隔一垣，绿阴深处劚云根。呼童贳酒谁为客，入夜敲诗月在门。
> 草履偏逢凉雨过，盆荷恰有暗香翻。醉来不辨高阳侣，潦倒谁怜燕月昏。①

秋天与房可壮、任浚在刘正宗处饮酒。

《秋日陪房海客任文水侍郎酌刘学士斋中》。按，房可壮，字海客，山东益都人，万历三十二年进士，崇祯间起官光禄寺卿，顺治初以大理寺卿起用，擢刑部侍郎，谥安恪。有《偕园诗草》。任浚（1595—1656），字文水，号北海，青州益都人（今淄博博山南博山镇夏庄村人），崇祯四年（1631）进士，入清后官至刑部尚书。②

---

① 张缙彦：《燕笺诗集》，清顺治刻本，藏上海图书馆。
② 任孔勇：《任文水公北海考论》，中国戏剧出版社 2009 年版，第 3 页。

秋天与贾凫西见面。

《秋日答贾凫西候补思归》。按,贾凫西(1589—1674)关于贾氏的生年有多种说法,兹用徐复岭先生说,①与丁氏为好友,《陆舫诗草》卷三有《畏人柬贾凫西二首》。丁氏曾修改过他的鼓词,贾凫西在为《澹圃恒言》写的自序中说:

> 集年来诗文、对联、疏序等杂著,借高明目力削正。琅玡丁耀亢野鹤,删去十之七八,评曰:诗贵婉深,而子真浅,无积学不可作;赋序杂著,须汉魏六朝风格,或宗之韩柳欧苏,风流浑穆,而子浅薄;只江湖鼓词,断案有法,亦不得见大人。②

贾氏《澹圃诗草》载有关于丁野鹤的诗。如《题何野航武夷山图》,③据清《国朝山左诗钞》卷十九及其所录李渔村《丁野鹤小传》,何野航为丁耀亢的别号,此处又可证明此说,丁氏《化人游》中的主人公也是何野航,而张清吉在《丁耀亢年谱》中认为"野航居士"是丁氏之子慎行之号,④似不确。贾凫西《和响山人梅杓司》有"院空来野鹤,屋静贮闲云",关德栋把"野鹤"释为"丁耀亢",⑤似乎有点坐实,但可备一说。

刘正宗《逋斋诗》卷二《贾凫西候补至都》也记此事,其一:

---

① 徐复岭:《贾凫西生平思想杂考》,《齐鲁学刊》1996 年第 6 期。
② 贾凫西撰,关德栋、周中明校注:《贾凫西木皮词校注》,齐鲁书社 1982 年版,第26 页。
③ 贾凫西撰,关德栋、周中明校注:《贾凫西木皮词校注》,齐鲁书社 1982 年版,第209 页。
④ 张清吉:《丁耀亢年谱》,中州古籍出版社 1996 年版,第 11 页。
⑤ 贾凫西撰,关德栋、周中明校注:《贾凫西木皮词校注》,齐鲁书社 1982 年版,第213 页。

故人来泗上，分袂五经秋。往事怜霜鬓，他乡看敝裘。
蜗粘仍自笑，瓠落倩谁谋。惟有尊中物，青春各放愁。

其二：

同籍人皆老，相逢自怆然。宦情余聚散，归梦愧迟遭。
候改花应发，春寒雁未还。缁尘燕市旧，莫问汶阳田。①

陈自修乡试有名。

《陈自修入闱得捷》。陈自修待考。

秋天寿李化熙。

《寿李五弦少司马》有"年年丛桂引飞觞"，诗歌提到桂花，所以此诗当作于秋天。按，《济南府志》卷五十五人物十一：李化熙字五弦，长山人，前明四川巡抚，复诏总督王边，统理西征军务。顺治初，召拜工部右侍郎，疏辞弗获，寻转左侍郎，奏去大布戎衣，累迁刑部尚书。请复朝审遣恤刑永为例，乞终养归邑，有荒地粮一千六百余顷，苦赔纳，毅然陈督抚，特疏得免，岁备周村市税，远近待举火，婚葬者甚众，年七十六卒。祀乡贤，周村商民请立专祠。②

秋天丁氏参加乡试失利。

《辛卯闱后再入旗塾》第一首有"风雨中宵剑不鸣，梦回空绕赤霞城"，从诗题及内容看，丁氏参加了1651年的秋试，即乡试，没有考中。丁氏心情十分不好。"似闻神鹊疑灵语，自失隋珠惜夜明"，

---

① 刘正宗：《逋斋诗》，《四库未收书辑刊》第8辑第16册，第221页。
② 《济南府志》，清道光刻本。

报喜的喜鹊也没有报喜，诗人产生幻觉。

秋杪送刘正宗到西京。

《送别刘宪石学士奉使西京》有"西游秋已杪，东归岁应暮"，则此诗作于秋天。

秋天收到杨思圣(犹龙)从福建带来的白苎。

《杨犹龙太史使闽贻白苎》"武夷秋色满星轺，汉使回槎隔岁遥"，知作于秋天。

秋尽冬初汪千顷从塞上归来拜访丁氏。

《汪千顷塞上归过别》有"壮游策马秋先老"，"雁影沾霜又渡河"知作于秋天。按，汪千顷，"名汪度，徽州人，为王铎老友"。①龚鼎孳《定山堂诗集》卷三十六有《为汪千顷题小像二首》。②

十月有感于菊花过时而不开，以物写人，自伤沦落。

《窗下黄花十月不吐失其候矣，慨焉有怀，作寒菊吟》其一为"万卉纷争色，葳蕤各异时。如何同化理，尔独失芳菲。暗蕊香谁见，霜枝傲不移。岁华摇落尽，谁复问东篱。"

十一月在杨犹龙处观孟登(诞先)《落叶》诗。

《陆舫诗草》卷四有《落叶诗三十韵并序》，序称："辛卯(1651)仲冬，过杨太史斋，小醉无聊，因阅江南孟诞先《落叶》诗，喜其骈丽工巧，不堕熟纤，然求如少陵之苍淡高深，未离色相，信乎此道之难也。"按，孟登，字诞先，云南副使孟绍庆之子。武昌人。万历己酉

---

① 张升：《王铎年谱》，上海书画出版社2007年版，第231页。
② 龚鼎孳：《定山堂诗集》，《四库禁毁书丛刊》集部第117册，第534页。

举人，知腾越州。后因事坐落职。据《湖北先贤诗佩》，谓其"善古文诗词，与艾南英、刘侗、谭元春才名相埒"，有《老研园集》。①

冬天与张缙彦倡和。

《和坦公雪霁韵》。

与杨山人在报国寺看雪松。

《同杨山人看报国寺雪松歌》。按，杨山人待考。

除夕与邓汉仪(孝威)守岁。

《除夕同邓孝威守岁示慎行》。

咏薛行坞古周彝。

《咏薛夫子席上古周彝》二首。按，张缙彦《燕笺诗集》卷三《行屋桴庵列古樽同宪石野鹤赋》其一：

> 苍然留古色，物外许相寻。炉铸知何代，洪濛识此心。
> 龙光初出没，籀篆乍消沉。延赏凭谁续，高怀拂石阴。

其二：

> 朴落真吾友，沉埋色已班。风尘犹列市，兵火几藏山。
> 怪兽当庭伏，古云入夜闲。应须储一石，满引对烟环。②

---

① 陈广宏：《谭元春启、祯间交游考述》，《南京师范大学文学院学报》2003年，第1期。

② 张缙彦：《燕笺诗集》，清顺治刻本，藏上海图书馆。

送谭晋玄归淄博。

《送谭晋玄还淄青谭子以修炼客张太仆家》。按,《聊斋志异》卷一《耳中人》就是以谭晋玄为主角。"谭晋玄,邑诸生也。笃信导引之术,寒暑不辍,行之数月,若有所得。"①

挽张煊(葆光)。

《挽张葆光御史》。按,张煊(1604—1651),字葆光,介休城内人,以直谏、反贪官而闻名于世。他弹劾不避权贵,人称铁面之臣。

送薛奋生(大武)赴大梁(开封)乡试。

《送薛大武赴大梁乡荐》。按,薛奋生,字大武,河南孟县人。顺治十二年(1655)年进士,薛所蕴之子。

观看黄道周(石斋)《大涤函书》写信给白梦鼐(仲调)。

《思黄石斋先生大涤函书柬白仲调》,按黄道周,字幼玄,门人称石斋先生,漳浦人,天启壬戌(二年)进士,官至少詹事,唐王擢为武英殿大学士,以抗清死难。《大涤函书》是黄石斋的诗集。从诗中可看出丁氏对这位抗清志士的敬仰之情。

题李化熙姬图。

《题李少司马故姬图》。按,李少司马为李化熙,龚鼎孳《定山堂诗集》卷三十六有《为李五弦司马悼姬人》其一"箜篌犹系凤凰裙,玉掌琉璃匕已分。罗幕繁霜清怨急,月中花语不堪闻"。②

---

① 蒲松龄撰,张友鹤辑校:《聊斋志异》,上海古籍出版社1978年版,第4页。
② 龚鼎孳:《定山堂诗集》,《四库禁毁书丛刊》集部第117册,第534页。

清顺治九年壬辰（1652）54 岁，在北京做教习。（本年引诗不出注
的均为《陆舫诗草》卷四）

春日与邓汉仪（孝威）、赵而汴（友沂）在龚鼎孳斋中作诗。

《春日同邓孝威、赵友沂集龚孝升奉常斋分韵》。按，赵而汴，
字友沂，衡阳人赵开心（灵伯）之子，顺治三年进士，授中书舍人。
负奇才，善雅谈，钱谦益、吴伟业、龚鼎孳咸推重之。充明史馆纂
修，年未四十而卒。张慧剑《明清江苏文人年表》记 1652 年："泰州
邓汉仪、江宁白梦鼐旅北京，与山东丁耀亢游。"①

**正月七日与曹尔堪（子顾）、魏学渠（子存）、陈增新（子更）、邓汉仪
集陆舫作诗。**

《人日邀嘉善曹子顾、魏子存、陈子更、吴陵邓孝威集陆舫分韵
二首》。按，《两渐辎轩录》卷三："魏学渠，字子存，号青城，嘉善人，
顺治戊子举人，官至刑部主事，有《青城山人集》。"②《两渐辎轩录》
卷二："陈增新，字子更，号除庵，嘉善人，顺治戊子举人，官安仁知
县，《高偢堂集》。"③

正月十五前几天与张缙彦、邓孝威等游天宁寺逛灯市。

《上元前与坦公孝威天宁寺夜过灯市醉饮联句》。

春天遇见嵇宗孟（叔子）、胡天放、张幼学（词臣）杨修野来京参加会试。

《春日长安再逢嵇叔子胡天放张词臣杨修野会试感赠》。按，

① 张慧剑：《明清江苏文人年表》，上海古籍出版社 1986 年版，第 645 页。
② 阮元：《两渐辎轩录》，《续修四库全书》第 1683 册，第 199 页。
③ 阮元：《两渐辎轩录》，《续修四库全书》第 1683 册，第 162 页。

嵇宗孟,字淑子,号子震,山阳人。明崇祯九年进士,清康熙十年官杭州知府。张幼学(?—1654),字词臣,泰州人。顺治三年进士,官鄞县知县。胡天放、杨修野生平待考。

查伊璜会试且不入试。

查伊璜《〈赤松游〉序》有"壬辰之春,遇野鹤于燕市"。《陆舫诗草》卷四《杨太史斋中赠查伊璜》有小注"时临闱不入"。按,这是指查伊璜到北京去参加会试,然而关键时候他没有参加会试,在当时不少人记载。事实上,查伊璜没有参加考试却娶了一个美丽的姬人。《陆舫诗草》卷四《查伊璜聘燕姬南归戏赠》四记此事,杨思圣《且亭诗》有《查伊璜抵燕不预闱事,买姬以归,赋诗三章为送,末篇专赠姬子》第一首:君来何所事,归去各凄然。梦破江南月,愁深蓟北天。狂吟聊阅世,青简互编年。(自注:余与伊璜有《明史》之役)叹息河桥别,空悲远道篇。①

二月十六日生日送慎行回家。

《壬辰初度燕中题送慎行东归三十五韵时旗塾将满役》。按,丁氏生日为农历二月十六日。从此诗安排于《三月三日同韩圣秋游金鱼池饮查楼》等诗之后,我们可知,丁氏的诗虽然是编年的(也非严格编年)但不是编月的,也就是说,在一年之内的诗歌,并非严格按照时间顺序排列的。

清明作诗思家。

《壬辰清明》"自经乱离十年外,岁岁清明不在家"。

---

① 杨思圣:《且亭诗》,《四库全书存目丛书》集部第 213 册,第 648 页。

三月三日同韩诗等友人在龚鼎孳斋中集会。此日还与韩诗游玩。

《上巳同圣秋、仲调、友沂、孝威夜集龚太常斋中分韵》。按，农历三月三日为上巳日。龚鼎孳《定山堂诗集》卷二十七《上巳韩圣秋、丁野鹤、邓孝威、段雨岩、白仲调、赵友沂过集听王子玠度曲》。题注："是为顺治九年。""碧窗樽酒聚繁弦，风日依稀玉淑边。韦曲气佳三纪月，永和代易九为年。招寻花事重游骑，浩荡春情逼杜鹃。荃蕙勿忧赟蓁损，当门已让野夫先。"①《陆舫诗草》卷四有《三月三日同韩圣秋游金鱼池饮查楼》，此诗也作于今天。

三月十五日查伊璜为《赤松游》作序。

《赤松游》序署"时壬辰三月之望东山钓史题于燕之菜市"。

三月王铎死，作诗纪念。

《王尚书以华山诗纪邮至燕，士大夫和之成帙，阅二月而讣音至，予既荷先生国士知，因为挽诗十二章，哭于庭而焚之》（自注壬辰三月）按，《王铎年谱》载王铎于1652年三月十八日去世（农历）。

四月与韩圣秋、谈长益在真空寺饯别阎尔梅。

《白耷山人诗集编年注》"清顺治九年壬辰"《韩圣秋、谈长益、丁野鹤公酌饯余于真空寺，作此别之》（壬辰四月）："柳巷垂青斾，芦沟涨紫尘。几多亡国士，私送死心人。琨逖双图晋，荆高再击秦。临风徒握手，不觉泪沾巾。"②

① 龚鼎孳：《定山堂诗集》，《四库禁毁书丛刊》集部第117册，第334页。
② 阎尔梅撰，王汝涛、蔡生印编注：《白耷山人诗集编年注》，中国文联出版社2002年版，第154页。

夏日同友人饮于张举之秋部园。

《夏日雨后同诸公饮张举之秋部草草园排律》。

七月四日拟馆课。

《拟馆课七月初四日立秋》。

七月七日思家。

《七夕思家》。

大军征湖南,作诗。

《壬辰七月征湖南拟前出塞》。按,《清史编年·顺治朝》:七月十五日,以尼堪为定远大将军,率大军往湖南、贵州征讨大西军,同领兵者有贝勒巴思汉、吞齐,贝子札喀纳、穆尔祜、公韩岱,固山额真伊尔德等。二十日尼堪率军出京,顺治帝亲送至南苑。① 此诗就是指此事。

秋天与张缙彦游水边。

《秋日张尚书寻胜水边招同诸子游眺》。

九月与妓女梁玉相识,并游说友人赎出梁玉。

《韩圣秋、吴岱观载酒妓,邀玉叔过饮》《秦姬梁玉良家子》《九日招妓约诸公过饮为梁玉求赎》等诗。按,从诗中可以看出,妓女梁玉是一个好人家的女儿,由于兵火落入教坊,而丁公的好友韩圣秋与梁玉是老乡,同为三原人(属陕西)。先生等人怜梁玉之无辜,

---

① 林铁钧、史松:《清史编年》第 1 卷"顺治朝",中国人民大学出版社 2000 年版,第 336 页。

想赎出,孝廉刘弘猷出钱赎之,成为一段佳话。在《秦姬梁玉良家子》中,梁玉已被赎出,而《九日招妓约诸公过饮为梁玉求赎》中,才开始商量赎,可见二诗非按时间顺序排列,这又是丁氏诗歌编年不编月之一证。

十二月二十四日京师"大豪"李应试、潘文学被处决,作诗纪之。

《大侠行》有小注"京有黄表李三是日伏法"。按,《清史编年·顺治朝》:清处决京师"大豪"李应试、潘文学,并布告全国。顺治帝谕称:"元凶巨盗李应试、潘文学盘踞都下,多历年所,官民震慑,莫敢撄锋。"李应试别名黄膘李三,"专一豢养强盗,勾聚奸枭,交结官司,役使衙蠹,远近盗贼,竞输重资,南城铺行尽纳常例,明作威福,暗操生杀。所喜者即有邪党代为市恩;所憎者即有凶徒力为倾害……除处决李应试、潘文学及其子侄外,……并将李应试联宗往来亲密之兵科给事中李运长一并处死"①。此事被丁写入《续金瓶梅》,第六回京城有个财主沈越,勾结官府,为非作歹,人给他起个诨名"黄表沈三"。

本年还有送宋今础出守常州诗。

《送宋今础出守常州》,按,宋之普,字今础,山东沂州人,明崇祯元年戊辰进士,入清官常州知府。

遇见刘正学(止一)。

《甲申淮上别刘止一壬辰自东粤归》。按,刘正学,字止一,钱廉《东庐遗稿》有《赠刘止一总戎》:"讳正学,先君入泮士,公文人

① 林铁钧、史松:《清史编年》第 1 卷"顺治朝",中国人民大学出版社 2000 年版,第 353 页。

也,忽为武臣,且善声韵。"①

送熊文举归江西。

《陆舫诗草》卷四《送熊少宰读礼归江西》,按,熊文举(?—1669),字公远,号雪堂,新建人,居江宁。明崇祯四年进士,官吏部侍郎,入清官至兵部右侍郎。读礼,指居丧在家。

听到画家陈洪绶死,作诗哀悼。

《陆舫诗草》卷四《哀浙士陈章侯》小注"时有黄祖之祸"。按,陈洪绶(1599—1652),字章侯,号老莲。明清间诸暨枫桥人,著名画家。丁公之诗为陈洪绶死于迫害提供了证据。

送进士宫伟镠(紫玄)回家。

《吴陵进士宫紫玄入都旋归因征诗留行诗》《送别紫玄》。按宫伟镠(1611—?),字紫阳,号紫玄,泰州人。明崇祯十六年进士,官检讨。入清不仕,年63岁尚在世。有《春雨草堂集》《春雨草堂宦稿》等传世。

拜访西儒汤道末(汤若望)。

《同张尚书过天主堂访西儒汤道末太常》。诗中描述了西方科学仪器的神奇,"璇玑法历转铜轮,西洋之镜移我神。十里照见宫中树,毫发远近归瞳人"。按,汤道末即汤若望,德国人,为中德文化交流作出了贡献。《清史稿》卷二百七十二列传第五十九:"汤若望,初名约翰亚当沙耳,姓方白耳氏,日耳曼国人。明万历间,利玛窦挟天算之学入中国,徐光启与游,尽其术。"②

---

① 钱廉:《东庐遗稿》,《四库未收书辑刊》8辑第17册,第637页。
② 赵尔巽等:《清史稿》,中华书局1977年版,第10019页。

家传《罗汉卷》失而复得，作诗纪念。

《赵韫退给谏壬午题罗汉赞，已不可得。及得此卷，韫退复以旧稿遗予，遂成全卷》《家藏罗汉卷壬午失去壬辰得于都市排律》。按，杨犹龙《且亭诗》有《为丁野鹤题重逢罗汉卷》：

> 白描虚传罗汉像，古今几人称心赏。公麟已没章侯死，画手徒多只卤莽。
>
> 我观此图真奇古，经营毫发皆可数。绽衣幻作蜃楼云，飞锡倒连沧海雨。
>
> 洪流汩汩旃檀香，老龙夜吐明珠光。水精魑魅尽辟易，翠盖灵旗时渺茫。
>
> 怜君自是再来人，静修白业种佛因。暮市遭逢双眼碧，泥涂一纸见前身。
>
> 携君手为君题，精爽飒飒日已低。相期共结青莲舍，杖履长随明月蹊。①

张缙彦《依水园文集》"后集"卷二有《评丁野鹤罗汉排律五十韵》：

> 凡有所相皆属虚妄，一佛化为十八尊者。十八尊者又化为龙虎龟鱼经麈瓶荷佛塔珠贝，种种不一之形。好佛者又化为笔墨图画，各极工巧之事。而诗人又化为戛金敲玉、引声叶律、极才人学士之奇致。此非相中之相，虚妄中之虚妄耶？然佛法平等，如春雨洒地，处处皆变，色声香味，无不从人。以少陵墙壁，庄严净土，安知佛果非诗乘，诗乘非佛果乎。东坡以

---

① 杨犹龙：《且亭诗》，《四库存目丛书》集部第213册，第634—635页。

茶供十八罗汉,化为白乳;野鹤以诗供十八罗汉,应化为金字。
固知此五十韵者,三十二相,五十三参,千手千眼,皆具足于卷
中矣。①

在张溍(尚若)家饮酒。

《夜过张上若庶常留饮》。按,张溍(1621—1678),字尚若,河
北磁州人。顺治九年进士,因母病告归。有《读书堂集》传世。

在王鑨(子陶)处观画。

《过王子陶观画》。

送党于姜赐归华山。

《送党大司农赐归华山》。党崇雅(1584—1666),字于姜,宝鸡
人,天启乙丑进士。

送何天章过故宅并回密州。

《送何天章过都中故宅复还密州》。按,《遵义府志》卷三十
四:何天章,字亭也,诸生,内江籍,性刚直,深明《春秋》《周易》,
事母孝。吴逆之乱,伪将掳男妇三百余人,天章挺身营救,伪将
感其义,悉释之。年七十终。(《通志川志》作年七十一),性嗜古,
地方有兴革要务,力成之,为两庠领袖,请设县学自天章始。尝游
仁江,为人属文逐妖,妖远去(《遵郡纪事》),乾隆五十二年入祀乡
贤祠。②

---

① 张缙彦:《依水园文集》,《清代诗文集汇编》第 13 册,第 187 页。
② 《遵义府志》,清道光刻本。

题佟氏具庆图。

《关东佟寿民佟孚六太翁具庆图》。佟彭年,字寿民,正蓝旗人(辽宁广宁),顺治八年辛卯科举人。① 顺治十七年分守山西河东道。康熙二年起,任江苏布政使。② 佟有年,字孚六,奉天宁远人。贡生。康熙二年任房山知县。十六年迁杭州通判,甫四阅月内擢。二十五岁授直隶天津道。③

本年作《怀仙感遇赋》,自叹身世。

《怀仙感遇赋》。按,此诗编入《陆舫诗草》卷四,似应作于1653年,但据诗前小序"今壬辰(1652),又十年矣。南北江海,行藏如梦,岂谋之克臧,皆夙数也。恐年久年湮,因谱其遇,赋以纪年,聊用自娱,敢告之方外者"。则知此诗当作于1652年。这又是丁氏诗集不能完全编年之一证。

清顺治十年癸巳(1653)55岁,在北京,秋天回故里。(本年引诗不出注的均为《陆舫诗草》卷四)

元旦作诗纪念思念故乡。

《癸巳元旦》有"宜倾客酿听新鸟,好伴春云返故山"。

正月七日与张缙彦、韩诗、吴山涛、邓汉仪载酒游报国寺。

《人日同坦公、圣秋、岱观、孝威载酒游报国寺》。按,吴山涛,字岱观,号塞翁,歙县人,占籍仁和。崇祯十二年举人。入清授成

---

① 徐雪梅、佟大群:《清代安徽布政使、按察使族籍考》,《安徽史学》2008年第2期。
② 《李渔全集》卷十九,浙江古籍出版社1992年版,第176页。
③ 《李渔全集》卷十九,浙江古籍出版社1992年版,第248页。

县令,以纵情诗酒罢官。遨游塞外,有《西塞诗》。晚年以诗画自娱,卒年八十二岁。① 张缙彦《燕笺诗集》卷三《岱观习静报国寺,步孝升、圣秋、野鹤、孝威韵》其一:

> 石龛秋草长,扫径占幽栖。有客闲寻寺,逢楼欲上梯。
> 龙藏清钵内,雨过暮钟西。此意谁堪说,归云促马蹄。

其二:

> 每到挹香露,林光助好游。世情观早市,吾意等虚舟。
> 古碣毫光动,山门老树秋。近来戎事急,日暮慎登楼。

其三:

> 客怀何所托,野鸟似能言。避暑初移榻,寻诗屡叩门。
> 虫声兼草动,雨气带松昏。扶杖情何极,云山与弟昆。

其四:

> 入室谁见妒,狂生敢学鞶。碑留前代篆,僧识再来人。
> 客路还酬唱,世情自笑嗔。吾家泓水上,碧岫尚嶙峋。②

元宵前与张举之等人观剧。

《元宵前张举之招同宋玉叔、张二瞻、徐旸谷夜集观剧,时闻欲

---

① 李圣华:《方文年谱》,人民文学出版社 2007 年版,第 52 页。
② 张缙彦:《燕笺诗集》,清顺治刻本,藏上海图书馆。

复汉服》,按,清人入北京后,对汉人要求按满人服饰穿着,但从诗中来看,清朝对此举有所放松,《陆舫诗草》卷三有《赐复汉官车服》可证,但是不到三个月,清朝又严格勒令汉人穿满服。《清史编年》载:"顺治帝见汉官冠服多不遵制,命以后务照满式,不许异同,如仍有参差不合定式者,以违制定罪。"①

二月十六日同友人观传奇《赤松游》。

《癸巳初度〈赤松词曲〉新成,邀诸公观赏,作〈赤松歌〉自寿》。可知《赤松游》成书于 1653 年。

三月三日与阎尔梅等饮酒,并因重建白雪楼向阎氏乞文。

《椒丘诗》卷一有《济南上巳载酒寻孝廉阎古古王令子于禁所》有注:去岁上巳与古古饮报国寺,按张慧剑《明清江苏文人年表》记 1652 年"沛县阎尔梅在北京,以'暂投夸父杖,迟待鲁阳戈'诗别丹徒谈允谦、山东丁耀亢南还"。又说:"沛县阎尔梅还里,以牵涉山东榆园义军被逮,囚济南。"②按,阎尔梅(1603—1679),字用卿,号古古,又号白耷山人,徐州沛县人,明崇祯三年(1630)举人,明亡后反清之志至老不变。有诗名。据鲁一同《白耷山人年谱》,阎尔梅 1652 年 8 月被逮捕,1653 年 11 月移济南宽侯所,1654 年 8 月逃回家乡。张相文《白耷山人年谱》记载一致。③ 阎尔梅在狱中较为自由,济南司李詹公敬重阎氏,不很限制他的自由。④ 所以丁耀亢能与阎尔梅饮酒。

---

① 林铁钧、史松:《清史编年》第 1 卷"顺治朝",中国人民大学出版社 2000 年版,第 367 页。

② 张慧剑:《明清江苏文人年表》,上海古籍出版社 1986 年版,第 645 页。

③ 张相文:《白耷山人年谱》,阎尔梅撰,王汝涛、蔡生印编注:《白耷山人诗集编年注》,中国文联出版社 2002 年版,第 831 页。

④ 鲁一同:《白耷山人年谱》,嘉业堂丛书本。

阎尔梅《白耷山人诗集》卷六下有《禊日丁野鹤来乞白雪楼碑文答之》（作者自注：野鹤讳耀亢，诸城人）。《白耷山人诗集编年注》作《禊日布政司某托丁野鹤来乞白雪楼碑文答之》。① 全诗如下：

芍药花天绿雨匀，南山芳草袭重茵。被除凭借东风力，音问绸缪上巳辰。

尉氏尝思厨酒校，柴桑不答馈钱人。欣闻白雪楼重建，鼓吹宫商协比邻。②

这里的布政司某指张缙彦。

中秋在济南与张缙彦诗酒倡和。

《中秋上济南方伯张坦公排律》，知丁公已在济南。当时张缙彦在济南做官，本年《送张坦公赴济南方伯》可证，方伯，明清称布政使为方伯。按，丁公在 1653 年秋天回故里，具体时间不详。《自述年谱以代挽歌》中说："至癸巳冬，仅博青毡，振铎容城。是秋旋里，陈姜病死。海氛忽炽，顿空城市。载孥夜奔，弥月方止。"张缙彦做官济南，丁在张氏《菉居诗集》的序中说："先生得假南州，更主齐盟；仍开北海之尊，似游梁苑。趵泉涌而青云飚起，鹊华峙而白雪重新。"

九月胶州总兵海时行率部叛乱，引全家避难。

《九日避兵山东守大青门峰口》。按，《清史稿》卷二三一："十

---

① 阎尔梅撰，王汝涛、蔡生印编注：《白耷山人诗集编年注》，中国文联出版社 2002 年版，第 179 页。

② 阎尔梅：《白耷山人诗集》，《续修四库全书》第 1394 册，第 397 页。

年九月,胶州总兵海时行叛,为暴来、沂间。"①

秋天到第二年春天,丁一直避兵海上。间与朋友游。朋友有刘元化、季履素、李渭清等。

《自述年谱以代挽歌》中说:"至癸巳冬,仅博青毡,振铎容城。是秋旋里,陈妾病死。"《避兵海村刘斗酌、季履素载酒过访》,按,刘元化,李焕章《织水斋集》之《刘斗枓先生传》:"字季雅,诸城人,世居琅琊台下,自其父左滨公有逸德,称琅琊台刘氏。先生号斗枓……万历己酉举人,官高陵令,再拜洛川令。"②此人嗜酒狂放,曾自焚诗集。《期斗翁于市同族中子侄》有小注:斗翁原任高陵县令,隐不复任。时年七十五。则其生年为 1579 年。

《海上寄李渭清兄弟》。按,李澄中(1630—1700),字渭清,号渔村,又号艮斋,诸城人,原籍成都,康熙十一年拔贡,18 年召试博学弘辞,官侍读学士。早年受丁赏识,两人多次诗酒聚会,李氏曾经给丁诗集写序。晚年曾整理丁的集子。张侗在李澄中《三生传》后作"续传"曰:"庚辰夏六月,选同邑王钟仙、丁野鹤、丘海石、刘子羽四先生诗成。"③

十月十五日登塔山。

《十月望日登塔山顶》。按,塔山,《中国历史地名大辞典》"塔山"条有 11 处,不知在何处。

十月卜居草桥庄。

《是岁十月卜居草桥庄,旧有潭,成化时产龙马处,因改名曰盘

① 赵尔巽等:《清史稿》,中华书局 1977 年版,第 9336 页。
② 李焕章:《织水斋集》,《四库全书存目丛书》集部第 208 册,第 700 页。
③ 李澄中:《卧象山房文集》,《四库全书存目丛书》集部 250 册,第 622 页。

龙村》。按,草桥庄,在中国有多个地方,此当在山东省胶南市。刘翼明《过访丁先生草桥庄限韵得山字》:"海上有三山,君来未可还。安期多药物,卢博好容颜。身老天犹纵,才高命不闲。著书为我隐,即此是函关。"①

杨犹龙有诗寄来,作诗答谢。

《冬日海上谢杨犹龙谕德远寄诗缣答次来韵》。

大雪日刘元化过访。

《次刘斗酌雪中过访》《大雪再怀半酌次前韵》。

腊月别友人入城。

《腊尽别诸友自海上入城》。

刘子羽送别有诗,丁作诗答。

《海上次刘子羽赠别入城》,按,刘翼明(?—1688),字子羽,号竹叟,诸城人,刘元化之子,与丁公等人合称"东武六隽",李焕章《织水斋集》有《竹叟传》,②李澄中《艮斋文选》有《刘广文子羽墓表》有"亡友刘子羽,以康熙戊辰十二月卒于家"。③

读《李杜合集》。

正德刊本《李杜合集》,末有丁耀亢所写的跋文,云:"顺治癸巳(1653),余卜居海村,借而读之。甲午(1654)赴容城教署。携为客笥……感而书之。琅玡丁耀亢题于容城之椒轩,时五十六。(下有

---

① 王赓言纂,李增坡、邹金祥主编:《东武诗存》,中华书局 2003 年,第 101 页。
② 李焕章:《织水斋集》,《四库全书存目丛书》集部第 208 册,第 661 页。
③ 李澄中:《艮斋文选》,《四库全书存目丛书》集部第 250 册,第 573 页。

"丁耀亢印"及"陆舫"两朱印）。"此书郑骞所见，并注明"此书为琉璃厂某书店所有"。[1] 现存浙江大学图书馆。

送李琳枝入都。

《喜李琳枝以特召入都》，按，李森先，字琳枝，山东平度人，明进士。顺治十三年以御史巡抚江南，抑豪强，惩奸顽。旋以他案株连被逮，民咸愤怨，至都事雪，复原官。[2]

李龙衮告知丁到容城做教谕。

《李龙衮给谏传予教授容城欲辞未果》，《清史稿·李裀传》载，李裀，字龙衮，山东高密人。顺治六年，以举人考授内院中书舍人。擢礼科给事中，转兵科。劾吏部郎中宋学洙典试河南，宿妓纳馈，鞫实，夺官。[3]

曹子顾寄钱来，传奇《西湖扇》新成。

《曹子顾太史寄草堂资三百缗，时为子顾作〈西湖扇传奇〉新成》。按，《西湖扇》传奇并非以曹尔堪与宋娟为本事，宋娟当为虚构之人。

作《落叶诗》三十首。

《落叶诗三十首并序》。按，序中称"辛卯（1651）仲冬，过杨太史斋，小醉无聊，因阅江南孟诞先《落叶诗》"，但此组诗却收入1653 年的《陆舫诗草》卷四，则当为本年所作。邱志广《柴村文集》卷六有《落叶诗小序》：

---

① 郑骞：《善本传奇十种提要》，《燕京学报》第 24 期，1938 年 12 月，第 141 页。

② 陈璧撰，江村、瞿冕良笺证：《陈璧诗文残稿笺证》，上海古籍出版社 1984 年版，第 179 页。

③ 赵尔巽等：《清史稿》，中华书局 1977 年版，第 9621 页。

社友丁野鹤和江南孟诞先《落叶诗》凡三十韵,其指远,其词微,其称名也小而取类大,兴观群怨触类引伸。赐也可与言《诗》,并可与言《易》矣。后来者居上,须捶碎黄鹤,尽翻巢窟,乃可以夺丁氏之席,不然绝唱者难为继也,无宁阁笔王粲已耳。但柴村老执友,久不见吾野鹤,读其诗恍睹其人,思其人不得不和其诗,此续貂所为作也。次元韵亦三十律,野鹤悲歌燕市,予晦遁柴村,心迹不同,情事变异,如一落叶也。或翱翔天街,或栖息林壑,或落几案伴词客之孤吟,或落席筵供大人之调笑,叶固不同,落亦不知,彼苍者天,任其安置而不复计较其何以若此也?野鹤吟落叶,予亦吟落叶。野鹤吟落叶,落叶诗中有一野鹤;予吟落叶,落叶诗中有一柴村。流传远迩,或以为翱翔天街,或以为栖息林壑,几案席筵品题各似,作之者不知,读之者不知,亦任其平章如造物之于落叶云尔。①

在《柴村今体诗钞》卷三有《次丁野鹤落叶诗三十韵并序》:

霜林是处动秋风,卷尽丹黄万木空。床琴闲吟鸣蟋蟀,庭铺疏影冷梧桐。

繁阴摇落悲无主,贞干支撑老自雄。性癖幽栖学避世,摊书枯坐闭房栊。②

王锳也有《效丁耀亢落叶诗》三十首。王锳,字伯和,号朴斋,山东诸城人。顺治六年进士,有《破梦斋诗草》一卷,收诗九十九

---

① 邱志广:《柴村全集》,《四库全书存目丛书补编》第97册,第522页。同书《柴村今体诗钞》卷三也收有此文,见第632页。两文略有差别。

② 邱志广:《柴村全集》,《四库全书存目丛书补编》第97册,第632页。

首。后附效丁耀亢而作《落叶诗》三十首。①《自序》：予友丁子野鹤，年少时负奇才，凭盛气，直欲计斩楼兰，组牵南粤。乃竟蹭蹬穷奇，赍志以老，殚心于声律之学，真有得于三百篇之遗旨。余近闻其有《落叶诗三十韵》，虽未获取而读之，然想其人，玩其题，已恍有一牢骚孤愤、慷慨悲歌者出现于砚端纸尾。是以不揣效颦，聊为东施解嘲云。②

是年，友人陈僖作《杜诗说略序（癸巳）》。序云：

> 自公安、竟陵之说不行，海内之宗工部，真如金科玉律。下至驵绘屠沽，皆能口诵之，而各家之注杜者，遂各存其见，以标风雅，求其杜诗之所以为杜，之可以至今传者，则阙如也。又安望三百篇之不亡于今乎！

> 吾友野鹤，伤大雅之沦亡，悼元音之凋散，借杜说法，为《说略》一书，以我注杜，复以杜注我，于前人所已及者，则畅其说；于前人所未及者，则抒其义。娓娓数万言，觉他人虫鸟之鸣，不堪复听，庶千百世后，读杜诗者晓然知其所以然，而诗道精微之旨，如日星河岳之不没也，野鹤真诗之功臣哉！大凡文之能传，固难于作，更难于知。不遇知者揭作者之源流本末，一一标以示人，纵作者参神入化，亦与春花秋草，同其漫灭。

> 汉之建初，仲任著《论衡》；迨及建宁，伯喈始获其篇，纳诸枕中，珍以为秘。唐之贞元，《昌黎集》成；至宋之治平，欧阳永叔始得其集于废书之篓，其文遂至今不朽。

> 使杜诗不遇野鹤，纵诵者说者纷纷满天下，亦何异于《论

---

① 柯愈春：《清人诗文集总目提要》，北京古籍出版社 2001 年版，第 129 页。
② 王鏞：《破梦斋诗草》，《清代诗文集珍本丛刊》第 76 册，国家图书馆出版社 2017 年版，第 481—482 页。

衡》未纳枕中,《昌黎集》之杂废书簏乎!苏子由曰:"于山则华岳,于水则黄河,于人则欧阳公。"今为之增一语曰"于诗则杜少陵,于说诗则丁诸城也"。①

---

① 陈僖:《燕山草堂集》,《四库未收书辑刊》第8辑第17册,第455页。

五、振铎容城

顺治十一年甲午(**1654**)56 岁,春赴容城教谕,途中经济南拜访张缙彦。秋到北京。[本年引诗不出注的均为《椒丘诗》卷一。按,明人何乔新著《椒丘文集》。"椒丘"作为书名已见于此。何乔新,字廷秀,广昌人,景泰甲戌(1454)进士,官至刑部尚书,谥方肃]①

元旦在家。

《甲午春日家居》。

家居怀念外调秦州的宋琬。

《怀宋荔裳考功出备秦州》。按,1653 年冬天,宋琬外调天水。《宋琬年表》(上):"(1653)冬,宋琬正式外调,授官分巡陇右道兼兵备佥事。王熙有《送宋荔裳先生备兵秦州四首》。"②

刘翼明(子羽)过胶东,顺寄丁氏外甥张石帆、石鹭。

《刘子羽将过胶东却寄张石帆、石鹭两甥》。按,从诗中可以看出,张石帆、石鹭为丁公外甥。

---

① 崔建英:《明别集版本志》,中华书局 2006 年版,第 231 页。
② 叶君远、高莲莲:《宋琬年表》(上),《沈阳师范大学学报》2004 年第 5 期。

想吃海大鱼不果。

《椒丘诗》卷一有两篇关于鱼的诗。其一为《海冻大鱼不出，候食鱼始北行》有"六年京邸食无鱼，梦忆莼鲈返旧庐"，其二为《海上渔人言，往岁春水鱼至，有三大鱼来停海边，身长如阜，经旬始去，予欲见之，今岁冰雪海冻，大鱼不至，怅然竟北，因为大鱼行》，按，这两首诗用了"海大鱼"的典故。《战国策·齐策》中有："客趋而进曰：'海大鱼。'因反走。"王铎《崭嵘山房赋》："戊寅岁暮，虏破我六十余城，晨于大明门见仕宦之多海大鱼也，余有山心焉。"①从此可以看出，"海大鱼"是指归隐的代称，这里丁公有"还乡归隐"之志。

与刘元化饮酒。

《次斗翁梅下对酌韵》《栽松海上寄刘斗酌》《赴容城答斗翁赠别》《刘斗酌、季履素、刘子羽饯于塔山》。

答丘子廪。

《答丘子廪》。按，丘石常（1605—1661），字子廪，号海石，诸城人。明末副贡生，入清官至利津训导，后官高要县令不赴。与丁公为好友。有《楚村诗集》《楚村文集》传世。与丁诗酒倡和。如《楚村诗集》卷三有《野鹤约过山中不至》：

> 萤囊旧火共辉辉，一个翩翩独坐衣。听虎谈经期已届，载尊买桂原犹违。
>
> 无人更解穷途哭，有鸟能循华表归。山半寒驴三五簇，驱童迎眺到还非。②

---

① 张升：《王铎年谱》，上海书画出版社 2007 年版，第 109 页。
② 丘石常：《楚村诗集》，《山东文献集成》第 2 辑第 30 册，第 36 页。

王士禛《古夫于亭杂录》卷五《丁耀亢丘石常》有两人论文不合而拔刀相向的事，①为后人所津津乐道。

经青州房公园处，怀念房可壮（海客），赠诗给海客先生长子房秋水。

《饮青州房公园怀海客先生赠长公秋水》，按，海客先生即房可壮，房秋水为海客长子。

二月十六日是生日也是清明，作诗纪念。

《客中清明逢初度》，有"草绿王孙道，花明处士家"。

在青州高有闻处。

《高谷虚通政招饮，咏木假山，赠冢君木王》。按，高有闻，字非耳，一字谷虚，青州人，万历四十三年进士。与丁耀亢曾共同刊刻钟羽正《崇雅堂集》，前有高有闻作的序。李焕章《织水斋集》有《高通政公传》。

春天与翟开子、赵受介谈蜀中事。并欲卜居青州。

《翟开子招同赵受介侍御偶集谈蜀中事》，按，赵班玺，字受介，青州益都人，顺治三年进士。翟开子，《桴庵诗》卷三称其"青州豪侠士，美髯"。②

在济南与赵吉徵谈诗。

《和赵君孚咏萤》《济上别赵君孚》《留别赵君孚》等诗。按，赵吉徵，道光《济南府志》卷六十二："赵吉徵，字君孚，大兴举人，官应

---

① 王士禛撰，赵伯陶点校：《古夫于亭杂录》，中华书局1988年版，第115页。
② 薛所蕴：《桴庵诗》，《四库全书存目丛书》集部197册，第282页。

山知县。家于历城,为人慷慨,负意气,好交游,重然诺。渔洋山人称其诗'不取妍当世,而肮脏之气,时露行墨间'。"

三月三日载酒到济南看望阎尔梅与王士誉。

《济南上巳载酒寻孝廉阎古古王令子于禁所》。王士誉,道光《济南府志》卷五十五:"王士誉,字令子,号笔山,之辅曾孙。生而岸异,累试冠其侪偶,顺治辛卯举于乡,与从祖弟士禛同出夏侍御之门,时号'双璧'。壬辰公交车不第,为宵小罝误,益肆力为诗古文,屏居东南铁山下,更号铁岩樵人,与田父野老流连泉石,赋诗饮酒,兴至泼墨,不名一家,为人豪遇自喜,不以有亡屑意,与人交胸怀磊落,片语契合,辄吐肺腑,乙卯遘疾,卒年六十一,著有《笔山》《葱楚》《毳褐》《采薇》诸集。"《白耷山人诗文集》诗集卷六下《元日》第一首后有小注"时同新城王令子"。①(道光)《济南府志》卷二十五"王士誉,湖广桃源人,进士"。此人为湖南人。不是一人。

仲春在济南与张缙彦游,丁耀亢给《菉居诗集》作叙,并校阅张氏文集,时张缙彦在济南。

《椒丘诗》卷一《恭次张方伯泉上招饮原韵》《张方伯席上同于宾唐、史虎山、阅黄山谷题王寿卿篆碑》《酬张方伯赠别》。按,丁公从青州到济南,与在济南的张缙彦游。丁公给《菉居诗集》作叙。盛赞张缙彦,追叙二人交往。文中有"先生或刻竹题诗,则此倡而彼合;小子亦载酒问字,得分韵而同笺。花月假以编年,时日因而成帙。"此文后署"顺治甲午仲春琅玡治民门下士丁耀亢谨题于稷下趵泉之西"。

张缙彦《燕笺诗集》卷三题"琅玡丁野鹤耀亢校"。张缙彦《明湖诗草》有《上巳送丁野鹤泉上用赵松雪韵》:"千里青冥看欲无,却

---

① 阎尔梅:《白耷山人诗集》,《续修四库全书》第1394册,第397页。

从石眼出水壶。黄华烟冷流常伏,碧海鹤翻雪未枯。山雨时时喷
绝壑,天声夜夜落平湖。仙楼此地骚坛在,何处关河客影孤。"此诗
下附《附野鹤和韵》,收有丁《恭次张方伯泉上招饮原韵》,二诗完全
相同,只有颔联首句张缙彦录为"菖蒲九节根将老",丁诗集为"根
难老"。张缙彦《明湖诗草》还有《再柬野鹤》:"老木阴森烟未消,登
高望远气萧萧。松边鹤影空残照,洞底龙吟忽上潮。行地江河三
峡动,入楼风雨一天遥。苍然日落平原道,不断离云上野桥。"《椒
丘诗》卷一《寄谢张方伯再和前什》"青袍白首兴全消,逆旅真堪赋
楚骚"即和此诗。《归怀诗集》有《趵突泉诗》有序:"甲午春,丁野鹤
过济南,又临水相送。"

经平原县,过德州访老友罗钦瞻。

《平原道中》《德州访罗钦瞻侍御》《罗侍御庭中海棠》。按,罗
国士,号钦瞻,德州人,明崇祯十年进士,当时酿酒高手。《罗侍御
庭中海棠》前有《上巳日张方伯招饮趵泉次原韵》,而此时丁公早已
离开济南到了德州,这也说明丁诗编年不编月。

直隶河间府满洲驻防营移防德州,丁公遇此行。

《移兵德州》:"瀛海人将尽,移兵驻德门。连营无鸟过,百里见
尘昏。"道光《济南府志》卷十九:"国朝顺治元年,于直隶河间府设
满洲驻防营,十一年移至德州,驻札城北。"

经保定。

《保定道中夜宿开元寺》。

到达容城谒杨继盛、刘因祠。

《谒杨忠愍祠次壁间韵》《谒刘静修祠次壁上韵》。按,杨继盛,
字仲芳,直隶容城人,因劾权奸严嵩被杀,历史上著名的正臣。刘

因(1249—1293),字梦吉,号静修,保定容城(今河北徐水)人。至元十九年(1282),被荐入朝,后借故辞归。又被诏,坚辞不就,隐逸山林,授徒以终。《元史》卷一七一有传。著有《静修先生文集》。

寄诗孙奇逢。

《寄孙钟元先生次冢君孙君健韵》。按《孙征君日谱录存》卷七:东郡丁野鹤惠诗。尝云野鹤在鸡群,所见于今合所闻。诗教衰微能振起,济南之后另推君。① 孙其逢之诗按《日谱》是在顺治十二年十一月。

保定太守胡延年过容城,饮酒。

《保定太守胡苍恒将赴洮岷,过容城招饮》。按,胡延年,四库本《(雍正)畿辅通志》卷六十八:"胡延年,字苍恒,光州人。以功贡为户部郎,顺治七年知保定府,郡猾数辈,跳身旗下,诡民田为己产,官吏莫敢谁何有,崔具望者尤狡,而凶民诉于部,檄鞫实,延年率所属,会质于明伦堂,以国法鬼神怵之,具望不以为意,延年大愤,仰叹曰:'天实为之,谓之何哉!'语未毕,风起,空中有似声梃击者,具望大呼乞命,立殂,民额手称快,撰《冥击录》以记其事,升陕西洮道副使。"

与王方岳、黄郎生、郭文海、匡孟起、田淑殷集宋园。

《同王方岳、黄朗生、郭文海、匡孟起、田淑殷集宋园》。按,这些人为丁公在容城之友。按,郭文海,法若真《黄山诗留》卷四有《雪中送别郭文海之里七首》、②卷五《和谈四村居口号十四首》之

---

① 孙奇逢撰,张显清主编:《孙其逢集》(下),中州古籍出版社 2003 年版,第268 页。
② 法若真:《黄山诗留》,《四库全书存目丛书》集部第 212 册,齐鲁书社 1997 年版,第 323 页。

一："前年曾泛九龙陂,郭泰舟横江上波。泪洒白杨长几许,红衫又去染婆娑。"自注:哭郭文海。① 其他人生平待考。匡孟起,丁有诗《寄胶西匡孟起》,匡氏为胶西人。

六月,张端死,作诗悼念。

《挽张中柱阁老》,按,《清史稿》卷二三八:"张端,山东掖县人。父忻,明天启五年进士,官至刑部尚书。端,明崇祯十六年进士,改庶吉士。李自成入京师,端从忻皆降。顺治初,忻皆降。顺治初,忻以养性荐,授天津巡抚。端亦以荐授弘文院检讨。三迁为礼部侍郎。十年,授国史院大学士。十一年,卒,赠太子太保,谥文安。忻以静海土寇乱罢,后端卒。"②

到北京与友人曹尔堪、薛所蕴、魏裔介、杨思圣、纪映钟游。

《过陆舫旧居别主人曹子顾太史》《夏日薛卫公、仲茜、叔芬、季实载酒,招集崇教寺静观上人方丈》《魏石生都宪招同杨犹龙学士纪伯紫晚集》。按,丁公在容城教谕时,常到京师。王晫《今世说》卷六:"丁野鹤官椒邱广文,忽念京师旧游,策长耳驴,冒风雪,日驰三四百里。至华岩寺陆舫中,召诸贵游、山人、琴师、剑客,杂坐酣饮,笑谑怒骂,笔墨淋漓,兴尽策驴而返。(丁名耀亢,山东诸城人,襟期旷朗,读书好奇节,高谈惊坐,目无古人)"③《今世说》卷七:"丁野鹤在椒邱,每晏起不冠,搦管倚树高哦,得佳句,呼酒秃发酣叫,傍若无人。间以示椒邱诸生,多不解,因抵地,直上床,蒙被而睡。"④

---

① 法若真:《黄山诗留》,《四库全书存目丛书》集部第 212 册,齐鲁书社 1997 年版,第 357 页。
② 赵尔巽等:《清史稿》,中华书局 1977 年版,第 9505 页。
③ 王晫:《今世说》,《丛书集成初编》,中华书局 1985 年新 1 版,第 67 页。
④ 王晫:《今世说》,《丛书集成初编》,中华书局 1985 年新 1 版,第 87 页。

曹尔堪(1617—1679),字子顾,号顾庵,浙江嘉善人,顺治九年进士,改翰林院庶吉士。诗词皆丽,诗歌与宋琬、王士禛等称"海内八大家",词与曹贞吉称"南北二曹"。

纪映钟有《送丁野鹤辞官归琅玡》:

> 万里蒙冲战鼓秋,海天一鹤去悠悠。自知彭泽腰难折,亦笑淮阴面止侯。
> 明圣酒杯牵岸舫,琅玡山色著书楼。最怜紫帽中宵月,望断飞凫过上头。①

陪祝司农、梁宗伯散赈。

《恭陪部堂祝少司农梁少宗伯散赈》《往于宋荔裳闻祝司农好士今得遇于下吏志感》《易州随赈陪上台宴集》《甲午春畿南大饥捐俸纪事》等诗。按,北京春天大旱。此二人为户部侍郎祝世允、吏部侍郎梁清标。

《清史编年》1654年3月30日工科左给事魏裔介奏:"直隶、河北、山东饥民逃亡甚众,请敕督抚严饬有司:凡流民所至不行收恤者,题参斥革;若能设法抚绥,即分别多寡,准以优等保荐。并请派官携银沿途接济。"②1654年4月11日:"(派大臣)携入畿辅八府地方赈济饥民。谕巴哈纳等:有殷实之家捐谷或减价出粜以济饥民者,经以旌表。"③此灾荒同时人耿介也有记载。《敬恕堂文集》第一卷有《拟上轸畿辅灾荒,特发帑金,敕大臣分郡赈济,全活

---

① 纪映钟:《戆叟诗钞》,《四库未收书辑刊》第7辑第30册,第275页。

② 林铁钧、史松:《清史编年》第1卷"顺治朝",中国人民大学出版社2000年版,第400页。

③ 林铁钧、史松:《清史编年》第1卷"顺治朝",中国人民大学出版社2000年版,第401页。

饥民无算,廷臣谢表》。(作者自注:顺治十一年)①

在此灾荒中,丁公捐出自己微薄的俸禄捐给他人。《易州随赈陪上台宴集》有注:时捐俸养士四百人,给三十升。《甲午春畿南大饥捐纪事》序云:"顺治甲午,发内帑遣重臣巡行散赈,许各官量助。亢教谕容城,谨捐岁俸百金,以赡士之赤贫者五十二家,量给谷麦,尽俸而止。奉部堂祝、梁二侍郎特荐于朝。虽小惠无补,少伸涓志。为诗自纪。"《自述年谱以代挽歌》载:"祝公梁公,赈饥于容。怜余落魄,设醴分荣。载以后车,一郡皆惊。连章四荐,帝悯其穷。去此匏系,遂得花封。"事实上从朝廷文件来看,丁公授惠安令虽与人推荐有关,但与他捐助有相当大的关系。

胡延年到岷峨任职,赠别。

《再赠胡兵宪赴岷峨》《同保属诸公饯别胡兵宪,载酒夜渡易水宿遥村寺》。

赠靳石渠。

《赠靳石渠邑侯》。按,靳石渠,此人待考。《孙征君日谱录存》卷八:"靳石渠明府过访,惠以杯币,再四辞之。石渠谓:'三年在容,未展寸敬,些微之意,不蒙佣纳,岂堪收回?'因受之。"②靳石渠当为他乡人做官于容城者。

张孟铎刺史送酒。作诗谢。

《谢张孟铎易州送酒》。按,乾隆《乐陵县志》卷六:"张道南,字孟铎,由贡生授山西辽州知州。地严俗悍,历两载,游刃恢然。姜

---

① 耿介:《敬恕堂文集》,中州古籍出版社 2005 年版,第 18 页。
② 孙奇逢撰,张显清主编:《孙奇逢集》(下),中州古籍出版社 2003 年版,第 280 页。

瓖之变,邻邑助逆,辽遂不守,胁之二十余日,不屈,终能转败为功。详见褚爽所著《守御纪略》。改易州,莅官有清声,其举革数议皆硕画。以积劳抱病致政归。"《椒丘诗》卷一《谢张孟铎刺史岁终送易酒十瓶官炭千斤》。

怀张玉调。

《寄怀永宁张玉调侍郎》。按,张鼎延(1596—1659),字慎之,号玉调,永宁人,明万历四十三年举人,天启二年进士。官至兵部右侍郎,世称"张兵部"。①

过师养初柳影园。

《过师养初柳影园晚集》。按,师养初,生平待考。

醉赠李兼山。

《醉赠李兼山蠡宰》。按,乾隆《胶州志》卷四:"李世铎,号兼山,顺治丙戌进士,历任交城蠡县令,俱有治声,晋户曹,洊至湖南佥事,分巡辰沅,厘奸剔弊,一时有'神君'之目。卒于官。著有《四书当下义》五卷、《易义》四卷。祀乡贤祠。"

在韩将军度上戏赠友人。

《韩将军席上戏赠保属诸宰》。按,韩将军不知何人。

夜宿陈善百处。

《夜宿陈善百客馆》。按,乾隆《直隶通州志》卷十五:陈世祥,

---

① 张泽武:《兵部侍郎张鼎延》,洛宁县政协提案文史与学习委员会编:《文化洛宁》(《洛宁文史资料》第10辑),洛宁县政协提案文史与学习委员会2010年版,第43页。

字善百,号散木,康熙己卯举人,祖运温恭仁厚。初以诸生入雍,不出仕。或劝之,曰:"吾家有千里驹,何用自羁绁为?"盖指世祥也。世祥笃行能文,与王西樵、王阮亭、杜茶村、冒巢民善。每有诗歌,隔千里邮寄无虚日。授保定府新安令,旋乞归。徜徉山水间。著有《半豹吟》《敝帚集》《纪元备考》《葭园集》。

在保定王别驾署中。

《过保定寄寓王别驾署中》。按,王别驾,待考。

到新安访黄素侯。

《由保定南门泛舟至新安夜访黄宰素侯》,按,黄素侯时任保定新安知县,余待考。

立秋日感慨万千,次杜甫韵作《秋兴》八首。

《时维立秋,百感斯集,爰作〈秋兴〉,取次杜韵,聊以自娱》。按,杜甫《秋兴》为组诗八首,为大历元年在夔州所作。为杜诗著名的篇章。

移居胡梅溪处避暑。

《答次胡梅溪见赠移居避暑》,按,胡梅溪待考。

赠诗韩禹甸。

《赠韩禹甸保阳都阃》,按,清山东淄川有韩厥田,字禹甸,非此人。待考。

秋天一晚听到祝梁两侍郎推荐自己。

《晚坐宋家亭子闻祝梁两侍郎有荐疏》,诗中"魏公怜曲逆,李白识汾阳"充满了感激之情,而"长鸣因顾盼,双泪落盐车",对自己怀才不遇有深深的愤懑。

胡信山遇盗,作诗相赠。

《胡信山处士南游归道遇绿林》按,乾隆《容城县志》卷之六:
"胡彧,字信山,以次贡辞廪饩,隐居教子,后以子贵累赠通议大
夫。"薛所蕴《澹友轩集》之《胡信山诗序》称其"名家子,从其尊大人
比部公学",其诗"清远无俗"。①

上耿抚台。

《上耿抚台》。按,耿焞,字青藜,辽阳人,时任山东巡抚。

王逸庵奉命使琉球。

《送王逸庵大行奉使琉球》,王垓,胶州人,官鸿胪寺行人司
行人。

张缙彦自济南赴浙江。

《张方伯自济南赴浙江左辖为诗寄别》。

七月七日别友人入京。

《中元日将入都别椒社诸子》。按,"椒社"是以丁公为中心的
一个文人集团。《椒丘诗》卷二《五日集七子静修祠晚过西亭》"静
祠月一过,社约春已夏",可见这个"椒社"有"社约"。

与刘西水饮酒于任司农家。

《同刘西水大行夜饮任司农宅》。按,刘必显(1600—1693),字
微之,一字西水,其先徐州人,后移家诸城,顺治壬辰进士,曾在北

---

① 薛所蕴:《澹友轩集》,《四库全书存目丛书》集部第 197 册,第 52 页。

京任学官,大学士刘统勋的祖父。

在北京送曹峨雪。

《都门送曹峨雪先生归松江》《曹峨雪先生携诗枉驾时子顾馆选编修》,曹勋,字允大,号峨雪,嘉善人。明崇祯元年进士第一,官礼部侍郎。入清不仕,年67岁卒。有《曹宗伯全集》传世。

张缙彦刻丁氏诗于趵突泉石上。

《张方伯刻予诗于趵泉石上》有注:时白雪楼修成。按,白雪楼,位于山东省济南市趵突泉公园内。

与刘秋士同寺,有人误认丁为刘氏。

《刘秋士新授扬州司李偶同寺寓戏赠》,按,民国《寿光县志》卷十二:刘毓桂,字秋士,顺治壬辰进士,授扬州府推官,性明断,所平反冤狱无数。发江洋大盗、置舞文吏于法。海寇掠江南润浦,瓜仪皆震。毓桂登埤指授方略,寇知有备,遁去。厘剔漕粮陋规,革旗弁积弊数十事,又条列十事禀上宪,行之有效,举卓异,寻以讵误归。[①]

与黄心甫等人论文。

《黄心甫延陵高士,征诗于都前,〈扶轮诗集〉校选未遍,知者因与言诗》《都门再和黄心甫〈秋兴〉兼呈当道诸公》《曹子顾太史招同江南黄心甫、彭云谷、沈韩倬、刘逸民,夜集陆舫旧居》。按,黄传宜,无锡人。嘉庆《无锡金匮县志》卷二十二:"黄传祖,字心甫,正色曾孙,好刻苦为歌诗,与其友彭年皆为竟陵钟谭之学,传祖尝甄

---

① 民国《寿光县志》,《中国地方志集成·山东府县志》辑34,凤凰出版社2004年版,第278页。

综有明一代之诗,名之曰'扶轮'。性率易,好饮酒,晚以贫死。"

　　彭云谷,待考。沈世奕,四库本《(乾隆)江南通志》卷一百六十五人物志:"沈世奕,字韩倬,吴县人,顺治乙未进士,官翰林,请假归,杜门读书,赏识尚书韩菼于未遇。时人服其精鉴。"

　　刘隐如,字逸民,《清诗别裁集》卷十一《刘逸民隐如》有注:逸民才人,亦中丁酉北闱,与汉槎诸人同戍口外者,后被盗,夫妇皆遇害,尤可伤也。①

谒吴梅村,未见。

　　《上吴骏公先生时掩关都门候补》,按,吴伟业(1609—1671),字骏公,号梅村,江苏太仓人,明崇祯四年(1631)进士,入清后被迫出仕,任国子监祭酒。据《吴梅村年谱》"伟业约于(1654)初春抵京"。②

入场后因病不能考试退出。

　　《甲午病不入闱谢杨犹龙学士》《出闱别同事诸公》《出闱后曹子顾太史招饮陆舫》,按,这次考试为乡试,丁公因病不能考试,从第二首看出,公参加考试,但是入场后身体不好只好退出。

寿高中堂封公。

　　《九日寿高中堂封公》。似指高尔俨(1606—1655),直隶静海人。明崇祯十二年进士,授编修,入清官内阁大学士。

与韩诗(圣秋)倡和。

　　《赠韩圣秋内翰》。

①　沈德潜等:《清诗别裁集》,上海古籍出版社1984年版,第448—449页。
②　冯其庸、叶君远:《吴梅村年谱》,江苏古籍出版社1990年版,第276页。

怀王伟树。

《椒丘诗》卷一《怀王伟树东粤左藩》,有注:时陷贼后超迁。按,超迁,即越级升迁。王盐鼎,字伟树,山东人,举人。由广西按察使迁广东布政使。施闰章《学余堂集》诗集卷十六《今日行留别王伟树廉使》:"王伟树按察粤西,余奉使相接欢甚,及北归,闻桂林陷,度王不免。次豫章,值其子往省觐,路阻,恸哭而返,今六年矣,王迁粤东左司归里无恙,而其子已客死,赋《今日行》。"①可知其生平崖略。

代赠浙中学宪。

《代赠浙中学宪》。按,不知代何人。

寿佟少宰。

《寿佟少宰》,按,佟少宰,不详,《陆舫诗草》卷四《关东佟寿民佟孚六太翁具庆图》可参看。

因为有病不能考试,所以丁公在顺天乡试中入帘作执事,掌管试卷等的分发与收取。

《乙未顺天乡试入帘执事作〈罢钓〉〈观渔〉诸作》《收掌杂著》《收掌事竣计朱墨一万七千余,总归入帘,有惭初志》《榜后落卷捆载付市折价伤之》等诗。按《乙未顺天乡试入帘执事作〈罢钓〉〈观渔〉诸作》中,"乙未"当为"甲午"之误,因为"乙未"春天举行会试,不当有乡试,检工具书亦未见乙未年乡试,况且丁氏此诗编年在"甲午"。丁作《罢钓》《观渔》,以科举为"鱼",自己"罢钓"且观别人"渔",这是反用"坐观垂钓者,徒有羡鱼情",以示自己无意于功名,其实是一种无奈的措辞而已。

---

① 施闰章撰,何庆善、杨应芹点校:《施愚山集》,黄山书社 2014 年版,第 308 页。

昌平宰陈季翀述明陵有感。

《椒丘诗》卷一《昌平宰郭季翀述明代十二陵有感》。按，康熙《昌平府志》有郭启凤任知州，此外无姓郭之人，"翀"意为"鸟直着向上飞"。疑为此人。

八月十三日与陆鹤田、郭季翀、史庸庵游。

《椒丘诗》卷一《陆鹤田、郭季翀、史庸庵过饮署中，时中秋前二日》，按陆光旭，平湖人。光绪《平湖县志》卷十六：陆光旭，字鹤田，号屈亭，顺治壬辰进士。史树骏，字庸庵，进士，武进人，曾任肇庆知府。

李锦秋送酒，时李锦秋因误失左迁。

《李锦秋少府馈酒脯》《再赠李锦秋少府》，后者有注：时以误失左迁。按，李鸿雷，学仲默，别字锦秋，先世长山人，后移居山东新城。

八月十五同诸友人集贡院。

《中秋同诸公宴集贡院》。一诗中丁公有注：自甲子(1624)到辛卯(1651)入闱八次，按，1624、1627、1630、1633、1636、1639、1641、1642、1645、1646、1648、1651 年明清政府共举行乡试 12次，丁公共考过 8 次，其中有 4 次未考，当是 1641、1642、1645、1646 这四次，中原板荡，丁公无心应举也。

作诗呈陆鹤田。

《钓鳌吟呈陆鹤田》。

寄诗龚鼎孳。

《次曹秋岳寄龚孝升五韵》，按，曹溶(1613—1685)，字洁躬，号秋岳,浙江秀水人。明崇祯进士,官御史。入清,官至户部侍郎。

与友人登明远楼。

《月夜同陈西樊、冯清源、陆鹤田登明远楼》《李锦秋、王贞复再邀登明远楼》。按,明远楼,明清科举,各省乡试皆在省城举行,其试院称贡院,贡院至公堂前置高楼,名明远楼。考试时,巡察官登楼眺望,居高临下,监视考场,提防作弊。①

魏昭华以抗疏遭贬。

《魏昭华侍郎以抗疏迁辽东》,按,魏琯,字昭华,山东寿光人,崇祯丁丑进士。

贡院孙京兆送白蜡。

《贡院孙京兆送白蜡》。按,乡试考试时给考生蜡烛让其照明考试,可参看赵翼《陔余丛考》卷二十九"科场给烛"。②

贺高珩大儿子中举。

《贺高少宰雍师寿日冢君得捷》,按,此高少宰当为高珩,高珩(1612—1697),字葱佩,号念东,别署紫霞道人,山东淄川人。明崇祯十六年进士,入清,授检讨,仕至刑部侍郎。有诗文集传世。高有二子,长子高之騊,字骧良,号慎旃,顺治十一年(1654)举人,顺治十八(1661)科考取进士,任官贵州平越县知县。③

送黄心甫征诗完北归。

《送毗陵黄心甫征诗北归》。

---

① 边贡撰,许金榜,米寿顺选注:《边贡诗文选》,济南出版社1994年版,第96页。
② 赵翼:《陔余丛考》,河北人民出版社2006年版,第573页。
③ 邹宗良:《蒲松龄研究丛稿》,山东大学出版社2011年版,第69页。

九月九日出都，与诸友人别，并想到九月四日为张缙彦之生日，写诗遥祝。

《九日出都别诸公有感》《祝浙方伯张坦公先生兼怀西湖》《留别刘太宰》。按《祝浙方伯张坦公先生兼怀西湖》有"重阳前五日，岁岁祝佳辰"，则九月四日当为张氏之生日。

由京师回到容城，丁公的路线为北京→定兴→曲阳→容城。

《椒丘诗》卷一有《同靳邑侯刘范修饮南城楼》《定兴道中九月望紫荆关上雪》《金方籀、陈蔼公共集陈善百寓斋》《曲阳宰葛福绥雪中枉驾》等。刘范修，时任天台令，余不详。

冬季与朋友诗酒逍遥。丁公从北京回来后就一直在容城，与友人饮酒。冬至日许兵宪推荐丁公，刺史张孟铎送酒等。

《冬日晚行过孙征君故庐赠冢公君健》，按孙征君即孙奇逢，直隶容城人，故庐就在此。《易州王别驾招陪邹司理，风大不能赴，作诗为谢》《谢刘玺楚明府见招》《冬至易州谢许兵宪荐》《乐陵张伯器谈养生理》《谢张孟铎刺史岁终送易酒十瓶官炭千斤》《易州逢赵文成、何调之、颜驻影，旧同训辽塾，皆分铎上谷》。

今年丁公赞助重修刘因祠。

《夏峰先生集》卷三《重修静修先生祠记》有"是役也，邑令靳君台彦主持其事，学博丁君耀亢（"亢"原文误植为"元"）、张君燮，暨绅衿赞襄其事。而始终拮据、以倡其议者，胡君彧也。祠葺于癸巳之春，记成于甲午之春"。①

---

① 孙奇逢撰，张显清主编：《孙奇逢集》（中），中州古籍出版社 2003 年版，第582 页。

清顺治十二年乙未（1655）57 岁，在容城。（本年引诗不出注的均为《椒丘诗》卷二）

一月在容城或与椒社诸子作诗，或访友。

　　《乙未元宵同诸公夜集椒署》《春夜饮胡信山斋中醉赠梅溪二仲》《容城诸君子结社静修祠月之二日不速而集》。

二月祭祀元代刘因，生日（二月十六日）与友人饮酒，秀才李烨蕃下第，作诗安慰。

　　《仲春九日为静修先生诞辰，邑人岁有祭荐，同社景从》《乙未仲春花朝初度谢二三子过饮》《李烨蕃下第》，按，这里下第指不中乡试，《世事答李烨蕃秀才》知李烨蕃为秀才。《清明对雨西亭载酒》，按，此年清明在农历二月二十九日。《宅西隙地分植菘菊》诗中有"寒食过微雨"，可知此诗写在二月。

三月在静修祠集会，谒刘因墓。

　　《上巳同社挈壶飧，会静修祠松下》《三月望日同诸友谒刘静修先生墓》《暮春集杨蕃升西园》。《送杨蕃升廷试》有"杨子忠愍之玄孙"，知杨蕃升为杨继盛之玄孙。

四月及以后，与友人集会，随着会试结束，有友人中第，贺友人。

　　《胡信山招集逸园同刘范修、杨抟九》《陈善百访客容城，去志未遂》《次深泽广文颜驻景》《贺刘子延进士选擢史馆》。

　　按，刘祚远（1611—1673），字子延，号石水，进士，山东安丘人。

仲夏丁公给《椒丘诗》自序。

　　《椒丘诗》有"顺治乙未仲夏东武丁耀亢书容容署中"，按，《椒丘诗》收先生 1654—1657 年之诗,而序作于 1655 年,知自序非诗集杀青后又作序也。"容容署"只此一见,当为先生斋名,或为"容城署"之误。

李龙衮被贬。

《椒丘诗》卷二《李龙衮给谏抗疏宽东人之禁,流徙辽东寄别》。此诗"罪孥民间哀诏少,迁臣山左故人多",有注:时左大来、李吉津、魏昭华、李龙衮皆山左人。按,李呈祥(1617—1687),字其旋,又字吉津,号东村,山东沾化人。崇祯十六年进士,改庶吉士,入清仕至少詹事兼侍读学士。

光绪《高密县志》卷八上:李裀,字龙衮,一字澹园,由会试乙榜任中书,迁礼科给事转兵科。性耿介,不畏权贵,遇事敢言,人咸惮之。或通贿,辄相戒曰"勿令山东二李知",一谓掖侍御森先,一谓裀也。裀在谏垣,疏凡十余上,悉关政要。"逃人"一疏尤为剀切。是时旗逃禁严,逃人一夕匿民间,即指为窝主,一案起,珠(原文如此)连破数十家,台省无敢言者。裀草疏累千言上之。当事者恶其直奏,置重典,世祖弗许;改议徙宁古塔,亦不许;谪戍奉天近地。岁余谳顾侍御之狱,世祖谓侍臣曰:"在戍言官如李裀者,不可以罪人论。"后阅《杨忠愍传》曰"此忠臣也,李裀似之。"遂下其疏,命宽逃禁。裀未及起用而卒,诏归其榇。雍正元年祀忠义祠。

按,《清史编年》(顺治朝)载,李裀(龙衮)于顺治乙未一月上疏,现行法律对逃人(即奴仆等人逃离主人等)处罚过严过刻,引起严重的社会效应,容易让逃人铤而走险。"乙未三月清廷议得:'李裀擅将逃人定例妄请轻减,应行治罪,虽律无正条,而其条议情由甚属可恶,允宜处死;但系奉旨条奏之时,姑从宽典,应责四十,流徙宁古塔。'顺治帝命免责、折赎,流徙尚阳堡。"①邱志广有《送李

---

① 林铁钧、史松:《清史编年》第 1 卷"顺治朝",中国人民大学出版社 2000 年版,第 431 页。

龙衮给谏谪尚阳堡》三首选一：

　　　　一疏潮阳路八千，榆关以外伴诸贤。镜中发老临绝塞，掌上珠分忆各天。

　　　　主圣每怀狂可著，时危难解倒为悬。赐环何日同惆怅？风雨连床梦自煎。①

从诗中来看，丁在 1655 年的诗歌只作到夏天，其他的诗歌可能已佚。

清顺治十三年丙申（1656）58 岁，在容城，四月回诸城，七月返容城。（本年引诗不出注的均为《椒丘诗》卷二）

正月入都一直到二月才回容城，遇张缙彦、薛所蕴、方拱乾、刘正宗、傅掌雷、乔钵、白仲调、高珩、李琳枝等。

　　《丙申正月赍万寿表入都纪事》《张坦公方伯自浙藩入觐，遇于天宁寺》《寺松下逢学士方坦庵先生》《杨犹龙外迁晋中观察侯，别安肃雪中不及》。

　　方拱乾（1596—1666），号坦庵，江南桐城人。崇祯戊辰进士。国朝官少詹事，兼翰林学士。②

孙其逢寄诗。

　　《孙征君日谱录存》正月初九日有《寄丁野鹤》一书，③此书被用作《椒丘诗》之序。《夏峰先生集》卷之七也有《寄丁野鹤》，④两

① 邱志广：《柴村全集》，《四库全书存目丛书补编》第 97 册，第 655 页。
② 沈德潜等：《清诗别裁集》，上海古籍出版社 1984 年版，第 11 页。
③ 孙奇逢撰，张显清主编：《孙奇逢集》（下），中州古籍出版社 2003 年版，第 281 页。
④ 孙奇逢撰，张显清主编：《孙奇逢集》（中），中州古籍出版社 2003 年版，第 730 页。

文几乎一样,不同的是在《日谱录存》中文章较长,首尾各多出一段。

二月从北京回容城。姜希辙寄酒钱,寄马之骕,黄传祖《扶轮广集》成。

《椒丘诗》卷二《姜二滨宰元城遥寄酒钱,以诗答谢》,按,姜希辙(? —1698),字二滨,号定庵,会稽人。明崇祯举人,入清仕。

《寄马闳徕广文》,按马之骕(1622—1695),字闳徕,雄县人。

《黄心甫〈扶轮广集〉成,喜海内同社各归大雅》,按,黄心甫征诗完后,在 1655 年刻成所辑《扶轮广集》十四卷。①

《梦宋荔裳联诗》《遥和宋荔裳、胡苍恒游同谷杜陵草堂诸诗》,按,1653—1657 年间宋琬在秦州。② 宋琬有《庚寅腊月读子美同谷七歌,效其体以咏哀》:"岁在摄提月在酉,天之生我何弗偶。日月骎骎东逝波,万事伤心无不有。"③

三月写《保全残业示后人存记》。

《保全残业示后人存记》署名"时顺治十三年丙申三月纪于容城椒署"。

仲春高珩序丁《椒丘诗》。

《椒丘诗》前有"顺治丙申仲春东蒙高珩书于燕市",序中称"野鹤英分踔厉,学涉渊通"。《椒丘诗》卷二有《谢高少宰索诗赠序》。高珩《栖云阁诗》卷十四有《赠丁野鹤》:

---

① 张慧剑:《明清江苏文人年表》,上海古籍出版社 1986 年版,第 664 页。

② 叶君远、高莲莲:《宋琬年表》(上、下),《沈阳师范大学学报》2004 年第 5 期,2005 年第 1 期。

③ 宋琬:《宋琬全集》,齐鲁书社 2003 年版,第 383 页。

郑鬓萧萧暮已疏,阑干首蓿意何如。借将燕市当歌酒,浇尽名山未瘗书。

白眼云霄裘马贱,黄粱天地鼎彝虚。灵风习习吹华表,知有新声试起予。①

仲春孙奇逢序丁《椒丘诗》。

《椒丘诗》前有"顺治丙申仲春寓苏门朽弟孙奇逢顿首奏记",按,从序中知孙奇逢之子问师于先生。孙奇逢(1594—1675),字启泰,号钟元,学者称为夏峰先生,直隶容城人,明万历二十八年举人。入清南徙,讲学嵩山,居河南辉县苏门之夏峰,为清代儒学大家。

四月回容城。过德州、济南。

《四月初六日准假省亲回东武》《过德州宿罗侍御西轩》《过趵突泉张方伯重修白雪书院》《酬刘斗酌赠韵》等。

《访刘药生、友生遇陈师黄夜集》,按,刘孔中,字药生,即前文刘峄巇;刘孔怀,字友生,孔中之弟。其父为刘鸿训。

陈师黄,有注:师黄以工篆名。光绪《平湖县志》卷十八:"陈师黄,字玉石,质癯弱而气好凌人,工刻印,然不肯轻作。其刻章必深刊,其底光滑如鉴。尝目工印章者曰:'尔辈持刀将以削人指甲耶?'其傲慢自矜如此。"

《读杨太史〈且亭〉"秋响"诗有怀》,按,《秋响》为杨思圣《且亭诗》卷四中22首五律组诗。

---

① 高珩:《栖云阁诗》,《四库全书存目丛书》集部第202册,齐鲁书社1997年版,第97页。

四月得知任浚去世,写诗悼念。

任浚于顺治十三年正月初二去世,丁氏可能回诸城时才得知此事。作《挽任文水大司寇(骂逆闯濒死不遂)》。

仲夏李澄中序《出劫纪略》。

李澄中序题"丙申(1656)仲夏同社晚学李澄中右苏氏拜题"。按,《出劫纪略》当成书于此年或稍前。张慧剑说:"山东丁耀亢著《出劫纪略》。"①

五月为诸城县令作《橛龙歌》。

《橛龙歌赠诸邑宰吴宗濴祈雨天井》,按,此年因为干旱祈雨。李濰《质庵文集》卷四《九仙纪行》:"又读丁野鹤先生《橛龙歌》有云'续蔓投石深莫测,雷激涛鸣鸿千尺。截巢环围碧练青,微茫下射沧溟黑',得此歌及张君言,则龙湫之奇,固历历在余目中矣。"②

吴之珍,乾隆《诸城县志》卷二十八:"吴之珍,字西濴,湖广黄冈人,由进士任知县,性简易,不尚刻核,政事之暇,常进诸生,亲第其经艺,讲肄不倦,以诖误去。"光绪《黄安县志》载其字贞吉,号西濴。丁公记"宗濴"似有误。

七月回容城。与友人孙玉屏、施元引游,怀念东武李澄中等人。

《丙申秋日次学士杨犹龙晋中〈秋响〉二十二韵》有注:丙申告假归省,三月还署。

大约七月回容城。《寄陆鹤田保定邑宰》。

---

① 张慧剑:《明清江苏文人年表》,上海古籍出版社1986年版,第673页。
② 李濰:《质庵文集》,《四库未收书辑刊》第9辑第29册,第513—514页。

《雨中孝廉孙玉屏见招,戏笔走答》。按,孙尔祯,字玉屏,容城人。崇祯举人,以孝节自持,绝意仕进,与弟尔祚互相砥砺,教授从游甚众。光绪《保定府志》卷六十四有传。

施化远,字元引,上元人,时任容城知县。乾隆《容城县志》卷五、嘉庆《宁国府志》卷五有传。

秋天与友人游,到保阳。

《秋日施元引明府过访》《秋日宿保阳忠愍祠,读〈马市疏〉有感》《谢卜圣游比部时未觌面》《秋尽寄刘西水候补大行》。

按,《马市疏》是指杨继盛所作《乞罢马市疏》。康熙《固安县志》卷之五:卜兆麟,号麟生,号圣游,澄清坊人,明崇祯十五年举人,十六年进士。

冬天准备去教谕之职,与友人游。

《准告后雪中卧病呈孙大行》有"久为山鬼笑,蒙袂莫求怜",知先生因病想归隐。其《匏瓜咏》有"予官容之三年,欲去不得"可证。孙大行,待考。《雪后新安宰程敬之过索莲露,施邑侯亦至》。按,程敬之,待考。

本年还作有《捕逃行》"何为潜伏里中村,一捕十家皆灭门,择人而食虎而翼,仇者连坐富者吞"。按,所谓逃人,就是满洲贵族通过掠夺战俘、买卖人口、籍没人家属和投充等手段,拥有大量奴仆。入关以后,因其坚持落后的封建农奴制和推行民族高压政策,迫使奴仆大批逃亡,成为当时严重的社会问题,此等逃亡之人,称为逃人。①

---

① 林铁钧、史松:《清史编年》第1卷"顺治朝",中国人民大学出版社2000年版,第127页。

顺治三年(1646),"数月之间,逃人已几数万"。① 清政府对逃人的惩罚极为苛刻,窝藏之人也受到严重处罚,引起了重大的社会问题,不少汉族官员纷纷上疏,要求下令放松惩治。但顺治朝对此极为反感,把不少上疏的大臣流徙,如丁在提到的"魏绾、李龙衮"就是因为反对对逃人处罚过严而流徙的。对于此事,清初的文学作品较少反映。美国学者白亚仁说:"然而,反映逃人问题的清初文学作品并不多见。"②据这篇文章提到的只有方文、申涵光、熊伯龙、蒲松龄及丁耀亢少数几个人。由此来看,此篇确实"针砭时弊"。

顺治十四年丁酉(1657)59岁,在容城。

此年丁诗很难编年,但从诗中可知,他除了在容城外,还有一段时间在北京。而且,此年他好像至少有两次入都的经历。如《出都别刘相国》有"春夜闲庭竹影辉",可知在春天已在北京,《七月朔日携酒过施明府醉饮至曙》,施元引一直在容城,且《宿新安陈司训斋》有"酒醉轻蚊蚋"可知为夏天,而新安,治所在今河北安新县,离容城很近,且在其北,可知夏天已在容城,《匏瓜咏》作于夏天的容城更为明确。《九月都门遇归德宋牧仲,因寄贾静子》,可知九月在北京。(本年引诗不出注的均为《椒丘诗》卷二)

春天在容城。

《丁酉元旦岁社祀圣庙享馂,邀施使君兼示容庠诸生》《人日思海上草堂》《寄薛卫公农部督仓德州》《送保定王太守赴青州兵宪,

---

① 林铁钧、史松:《清史编年》第1卷"顺治朝",中国人民大学出版社2000年版,第127页。

② 白亚仁:《试论陆粲〈逃人行〉的写作背景》,《南阳师范学院学报》2008年第2期。

予以属吏借附版籍》。

入北京与刘正宗、薛行坞、张介伯等人游。

《蔡中丞重修滕王阁，征诗，远不能寄，丁酉入都门得刘相国、薛宗伯诗二章，效颦四律》《出都别刘相国》。

与张介伯饮酒。

《夜集张介伯斋中》。张介伯待考。按王崇简有《青箱堂文集》卷四有《梦一斋诗序》称张介伯之父为张国锐，万历庚戌进士，历官右布政使，有《梦一斋诗》。国锐字贞子，福建侯官人。①

与张文光（字谯明）、赵宾（号锦帆）饮酒，友人改"野鹤"为"铁鹤"。

魏裔介选《溯回集》有张文光《赠友》，前有小序"吴山第一峰有丁仙翁者，白日乘铁鹤飞去。吾友丁野鹤，神仙中人也，酒间谈及，故以铁鹤易之"。全诗为：

> 久客思故乡，久别亲故友。春风隔绛帐，契阔亦已久。
> 今夕是何夕，相对意转厚。谈笑动高旻，宾主忘行酒。
> 起视山头月，滔滔向西走。百年真转瞬，万事复何有。
> 及今不为欢，后日徒回首。嗟我风尘姿，羡子云霄偶。
> 醉里呼铁鹤，曾记前身否？②

按，张、赵均为"燕台七子"之一。张文光，字谯明，祥符人，崇祯元年进士。入清官按察副使。赵宾（1608—1677），字珠履，号锦帆，阳武人。顺治三年进士，官至刑部主事。

---

① 王崇简：《青箱堂文集》，《四库全书存目丛书》集部第 203 册，第 361—362 页。
② 魏裔介：《溯回集》，《四库全书存目丛书》集部第 386 册，第 556 页。

与魏裔介在北京商讨编撰《隐史》。

诗集《椒丘诗》卷二有《魏石生都宪留住都门订修〈隐史〉未果》。诗云："偶于尘市忆羲皇，欲赁高春借寺廊。举世谁能从所好，古人多半善为藏。青门松桂云难老，白社兼葭水自苍。搜史编题分绮皓，商山今定采芝方。"从诗中可以看出，多用古代隐士典故，如"商山四皓"等，再加上《隐史》二字，可定此书为写古代隐士的书。李焕章《织水斋集》有《丁野鹤先生诗集序》："丙午(1666)冬，野鹤在衰绖中，捃杂沧浪园，谬相推重。己酉(1669)春，自山中手函及织水庐，约同修《隐史》。时余有江南游，迨归，而野鹤已告终矣。"①可知，丁公想写《隐史》未果。

春天从北京回到容城，整个夏天当在容城度过。

《出都别刘相国》，按"春夜闲庭竹影辉"，可知在春天回容城。《叶介卿，浙儒留寓燕商索诗为赠》，按，叶介卿，待考，知为一个浙江儒生，后来在北京收买字画。《七月朔日携酒过施明府醉饮至曙》《七夕赋〈星汉槎记〉》，按，《星汉槎记》为丁公之传奇名，已佚。

《陈蔼公自扬州归》有"去年别我游何处"，可知去年曾与陈蔼公见面。按，光绪《保定府志》卷六十：陈僖，字蔼公，号余庵，保定人。拔贡生，康熙十八年荐博学鸿词。

九月至北京，此行可能主要是辞官。

《九月都门遇归德宋牧仲，因寄贾静子》，按，此时丁已在北京。宋荦(1634—1713)，字牧仲，号漫堂、西陂，商丘人。宋权子，荫生，历官至吏部尚书。贾开宗(1595—1661)，字静子，号野鹿居士，商

① 李焕章：《织水斋集》，《四库全书存目丛书》集部第 208 册，第 782 页。

丘人。明诸生，入清隐居。《刘相国招同曹锡余庶常夜集》。曹申吉(1635—1680)字锡余，号逸庵，别号澹余，山东安丘人，刘正宗之外孙。顺治十二年进士，授编修，吴三桂叛，被执殉难。

《方学士同邵村过松下，求邵村画》，按，方亨咸，字吉偶，又号心童，方拱乾次子。以丁酉科场案流放宁古塔。

《入都辞官不果》，按先生此行主要是身体不好，年龄大，想辞官。

秋天回到容城，与友人游，写诗寄友人。

《喜门生杨峄廷登科》，按，此诗当作于在容城秋天，1657年举行乡试，1658年举行会试，则这个登科只能是考举人。

《雨中同张厺公、颜驻景、刘长馨集贾羹署斋》，按，刘可书，《国朝畿辅诗传》卷十六："刘可书，字长馨，清宛人，诸生。"贾尔梅，字羹署，尔霖之弟，顺治三年举人。民国《清苑县志》有传。

《谢献庵将赴常州别驾，同赵文成饮别保阳》。按，谢良琦，字石臞，号仲韩、献庵，全州人。明崇祯举人，入清官常州通判。《带经堂诗话》卷二十八："全州谢良琦，字石臞，能为古文。康熙初，以明经通判常州，恃才傲睨，意不可一世。"①嘉庆《兰溪县志》卷十四：赵凤集，字文成，保定府经历。赵文成或为此人。

《白醉行戏赠白景修并同席诸子》。按，白景修待考。

《同李公杰、孙鼎甫载酒过孙君健怀征君》。按，李昌宗，字公杰，《孙夏峰先生年谱》卷下有"李公杰昌宗"。② 孙立勋，字鼎甫，《孙征君日谱录存》卷二十二"孙鼎甫，名立勋"，③《孙夏峰先生年

① 王士禛：《带经堂诗话》，《王士禛全集》6，齐鲁书社2007年版，第4547页。
② 孙奇逢撰，张显清主编：《孙奇逢集》(中)，中州古籍出版社2003年版，第1422页。
③ 孙奇逢撰，张显清主编：《孙奇逢集》(下)，中州古籍出版社2003年版，第952页。

谱》卷下"容城孙鼎甫立勋"。①

冬天寄刘正宗诗,杨思圣移藩四川。

《杨犹龙自大梁移藩蜀中》。按杨思圣(1621—1663),②字犹龙,号雪樵,巨鹿人。顺治三年进士,历官河南右布政使,四川左布政使。

《冬暮寄刘相国》有注:时冯中堂欲进呈《表忠记》。按,《〈杨忠愍蚺蛇胆〉剧成,傅掌雷总宪易名〈表忠〉志谢》《闻大内征予〈表忠〉剧,副宪傅君遣索原本》等诗均记此事,据顺治己亥(1659)年保阳谪史郭棻所作的《弁言》可知其创作大略,大意是清世祖对《鸣凤记》不太满意,想让人改编一番,傅掌雷、冯铨以为非丁耀亢不可,就嘱托丁氏做,数月而成,但由于里面内容激烈,怕受到皇帝的迫害,就没有让皇帝看。在丁公《表忠记》出现以前,吴绮已经奉旨作《忠愍记》。据张慧剑说在1656年:"江都吴绮遵福临旨意,谱杨继盛事为《忠愍记》传奇成。"又载:"山阳丘象随至京,以'竞说椒山记,梨园禁演中'诗,记吴绮所谱《忠愍记》上演事。"③由此来看,丁之《表忠记》,晚于吴绮之《忠愍记》。

清顺治十五年戊戌(1658)60 岁,在容城。

从诗集来看,今年丁之诗甚少。在《椒丘诗》卷二只有三首,或许混入其他诗集,此年丁在容城。

二月十六日为丁生日,作诗自寿。

《燕中初度自寿》有"百年风物花朝后,九十春光谷雨前"。

---

① 孙奇逢撰,张显清主编:《孙奇逢集》(中),中州古籍出版社 2003 年版,第 1422 页。

② 张杏缓:《杨思圣行书诗文长卷综考》,《文物春秋》2004 年第 3 期。

③ 张慧剑:《明清江苏文人年表》,上海古籍出版社 1986 年版,第 670 页。

刊行钟羽正《崇雅堂集》。

丁为钟羽正《崇雅堂集》《明工部尚书太子太保钟先生集序》中说"读先生东归诗为万历戊戌，今刻成于顺治戊戌，兄以己亥生，计今六十年"。

高有闻《崇雅堂序》作于"戊戌季秋"说："有丁君野鹤者，溯伊人于秋水，追遗响于遥风。遂使兼葭白露之思，宛在空谷足音之上。墓木已拱，紫气重回。爰梓诗文，公诸当代。搜遗编于敝箧，觅残句于囊纱。此亦足征吾师之知人，丁君之不负所知矣。"①

按，《清人别集总目》著录：钟谔，《钟一士遗稿》，顺治丁耀兄、张有闻刻本，山东博物馆藏。②《清人诗文集总目提要》也是如此说。③ 钟谔，字一士，益都人，崇祯十六年进士，钟羽正的侄子。

清顺治十六年己亥（1659）61 岁，授惠安令，十月赴任，岁秒到苏州。

《江干草》收录丁己亥（1659）、庚子（1660）的诗歌。但《江干草》一开始就是 1659 年冬天的诗，而 1659 年春、夏、秋之作不存。此年春、夏、秋在容城，冬天赶赴惠安。

七月升为惠安县令。

《吏部尚书伊图等为请将逾期不接任知县丁耀兄革职事题本》载：查十六年七月间，经题补丁耀兄为惠安知县。（见《顺康年间〈续金瓶梅〉作者丁耀兄受审案》）

① 钟羽正：《崇雅堂集》，《四库全书存目丛书》集部第 167 册，第 701 页。
② 李灵年、杨忠：《清人别集总目》，安徽教育出版社 2000 年版，第 1619 页。
③ 柯愈春：《清人诗文集总目提要》，北京古籍出版社 2001 年版，第 93 页。

仲冬与丘石常、李澄中等话别,将赴惠安任。

《己亥仲冬至日赴惠安,过橡谷丘海石明府,载酒候别,留诗壁上,奉答原韵》,按,丘石常《楚村诗集》卷之四有送先生赴惠安任诗,《送鹤公令惠安》:

> 　　洛阳桥上双旌渡,得似心旌忆洛阳。显晦半生泥印雁,行藏一判路亡羊。
> 　　荔林仙署春风紫,松菊荒阶秋叶黄。君有老亲吾有恙,江山何处不断肠。

《至日送鹤公令惠安》:

> 　　天开旭日导行旌,可卜先声海气平。步步向阳枝荔挺,程程入画粤山明。
> 　　摩挲青眼还牵袂,磊落白头且坐荆。满腹精神方解束,仙霞岭上竹欢迎。①

《渡新坝别张捧宸、张庆余、同耳诸茂材》,按,张捧宸等人待考。

《寄海中周公于故人为沭阳令,米吉士致陆舫诗》按,周公于待考。

《扬州逢李过庐宪副,兼晤徐存永同舟》,按,李昌祚(1616—1667),字文孙,汉阳人。顺治九年进士,官大理寺卿。有《真山人前集、后集》。徐延寿,字存永,道光《新修罗源县志》卷二十有传。

---

① 丘石常:《楚村诗集》,《山东文献集成》第 2 辑第 30 册,第 47 页。

《邗上过福缘庵谢一足和尚见招》。一足,号斯庐,字智子,明末人,清初落发为僧。康熙初主持醴陵云岩寺。①

《高睫庵同携李曹公端、蔡文千竹下歌饮》,按,曹公端、蔡文千待考。

在常州访谢献庵,无锡与黄心甫、顾脩远等游,在浒墅关与郭仔侯游,在苏州游铁佛寺。

《泊舟无锡登惠山汲泉,访黄心甫、顾脩远》,按《(乾隆)江南通志》卷一百六十六"人物志":"国朝顾宸,字脩远,无锡人,明崇祯己卯举人,有文名,蓄书尤富,晚辑《宋文选》《杜律注解》。"

《浒墅关榷部郭仔侯招饮》,按,郭金鋐,字仔侯,顺治己丑进士。康熙《安平县志》卷七有传。

《前岁韩固庵寓铁佛庵有诗寄予,今于寺壁见东云雏忆韩诗,因和韩东二什,留为佳话》,按,东荫商,字云雏,华州人,举人。康熙《陕西通志》卷二十上有传。

《遇悟石轩慈云上人已七十矣》有"美人梦冷抱琴归"有注:有奔予者,夜避去。看来丁公是坐怀不乱的君子,这也容易让人想起《续金瓶梅》中的那位拒绝女色的书生。

清顺治十七年庚子(1660)62岁,秋天前在杭州,秋天到惠安,冬天返杭州。

正月在苏州虎丘,与周静香、金道庶、周长康、徐天声、陈孝宽游。

《元旦旅祭先柱史于虎丘铁佛庵中》《过周静香芳草园留饮,同金道庶、周长康、徐天声分得水墨牡丹》《故人陈古白长君孝宽过舟中,同静香小集,约刻古白遗诗》。按,周荃,《红豆树馆书画记》卷

① 醴陵市志编纂委员会编:《醴陵市志》,湖南出版社1995年版,第884页。

六："周荃,字静香,姑苏人,官青州道,山水法恽向,尤精墨点花果。"①周恺,字长康,号雪航,常熟人,善画人物。陈孝宽,陈古白长子。金道庶、徐天声待考。

正月十五日至整个春天在杭州,与孙宇台、王仲昭等人游玩,并到海宁去访查继佐,遇见陆鹤田,同李渔在西湖饮酒,游六一泉等。

《上元日方山招游孤山,同孙宇台、王仲昭、周宋二客放舟》,孙宇台,字宇台,号鉴庵、西山樵者,仁和人。诸生。为"西泠十子"之一。王嗣槐,字仲昭,号桂山,仁和人。诸生,授中书。

《访查伊璜于东山不遇》,查继佐(1601—1676),初名继佑,字伊璜,号敬修,学者称东山先生,海宁人。明崇祯六年举人,鲁王监国授兵部职方司主事,入清隐居。东山,我国题名东山者很多,在浙江就有两处,此指海宁市之龙山,《查东山先生年谱》有:"元末,伯圭公迁檇李,复迁海宁之龙山,俗称园花镇。刘青田望气海上,游龙山,与伯圭为密友。先生盖伯圭公十五世孙也。离龙山二里为审山。先生世居山之西,呼其山为东山;后遂称'东山先生'云。"②

《晚放舟净寺访孙宇台夜归同九如慎谋》,按张彦珩,字九如。《(乾隆)续河南通志》卷五十六《人物志·列传二·河南府》:"张彦珩,字九如,洛阳人,顺治丙戌进士。"慎谋为丁之子。张清吉《年谱》在《世系》中认为丁慎谋为玉章,不确,玉章在1641年就去世。

《王仲昭、孙宇台、章式九、李笠翁载酒招游湖上,陆鹤田移舟就饮》。

---

① 陶梁:《红豆树馆书画记》,《续修四库全书》第1082册,上海古籍出版社1996年版,第328页。

② 沈起、陈敬璋:《查继佐年谱》,中华书局1992年版,第17—18页。

章日跻,字式九,钱塘人。李渔(1610—1680),原名仙侣,字笠鸿,后字笠翁,一字谪凡,兰溪人。著名小说戏曲家。

《同官方山、顾鼎伯、陆多盘游六一泉》,按,顾鼎伯待考。陆多捷,字多盘,顺治乙酉举人,江宁人。康熙《江宁县志》卷十有传。

《同沈汉仪游张祖永湖上园亭不遇》,按沈家恒,字汉仪,一字巨山,钱塘人,家贫好友。事迹见《两浙輶轩录补遗》卷二。① 张祖永待考。

《赠苏州王公沂山人》有"相别落花时",知为春末,王公沂,为苏州山人。

《拟陶〈归来词〉和陈瓠庵赠韵五首》,按,陈绍英,字生甫,号瓠庵,仁和人,善书画。

《谢陈阶尺画〈归来图〉次韵》,按,陈龙运,字阶尺,绍英子,善书画。

《赠梁大将军建邺解围破寇歌,为杜杜若征诗》,按,梁大将军等待考。杜恒灿,字杜若,号苍舒,三原人。

《松陵皇甫尧臣寄归鹤诗,次孝宽韵答之》,同治《苏州府志》卷一百三十八:皇甫钦,字尧臣,一字密安,补归安诸生,有《罗浮存稿》。

《赠尚御公药室》,按,尚綯,字御公,杭州人,补郡庠生,著名医生。

四月至夏天还在杭州,此时丁公决定辞官。与友人游。

《自述年谱以代挽歌》云:"庚子四月,决志抽簪。"是时丁公已经决定不赴惠安也。关于其不赴惠安,《诸城县志·文苑》载:"迁惠安知县,以母老不赴。"按,其不赴惠安,主要是因为眼睛不好,这

---

① 阮元、杨秉初等:《两浙輶轩录补遗》,《续修四库全书》第1684册,第559页。

在 1660 年的诗歌中有大量的反映。

《湖上同汉阳李云田、容城李晔蕃游六一泉，次薛宗伯翕园韵》有"白鸟红蕖方历乱"知此诗为夏天所作。按，李以笃，字云田，汉阳人。乾隆《汉阳县志》卷二十五有传。李晔蕃，又作李烨蕃，为丁公在容城的门生。薛宗伯即薛所蕴。

《送嘉湖宪副李过庐内召还都》《惠安茂材张子干过访，以文劝驾兼贻苎布燕窝》，按，张子干，惠安秀才，余待考。

夏天查继佐为《续金瓶梅》作序。

序中说："《续金瓶梅》者，惩述者不达作者之意，遵今上圣明颁行《太上感应篇》，以《金瓶梅》为之注脚，本阴阳鬼神以为经，取声色货利以为纬，大而君臣家国，细而闺壶婢仆，兵火之离合，桑海之变迁，生死起灭，幻入风云，果因禅宗，寓言亵昵，于是乎谐言而非蔓，理言而非腐，而其旨一归之劝世。此夫为隐言、显言、放言、正言而以夸、以刺，无不备焉者也。以之翼圣也可，以之赞经也可。时顺治庚子季夏西湖钓史书于东山云居。"

中秋前后与友人游。

《中秋前一日过昭庆寺，访闽中许有介，遇徐存永、胡彦远，方期觅酒钓舫，思约范文白，出门而文白遇于市，遂登舟载酒，过六一泉，看桂花，月出始归，因思此会如高李吹台故事，分韵作诗》，按，范文白就是给《续金瓶梅》作序的南海爱日老人范骧，范骧字文白，号默庵，海宁人，诸生。许友，一名宷，又名友眉，字有介，号瓯香，侯官人，许豸子。

《张子干、陈畴范游会稽反，过别》，由注知二人为惠安人。

《祝浙宪范正公寄怀洛中诸老》，按，范正公待考。

《尹含玉嘉禾司理招饮湖上》，按，尹含玉待考。

王玉映女史求序于丁耀亢。

丁氏有两首诗为王玉映作，其一为《山阴王玉映女史投诗为宗弟丁睿子元配诗以答之》，自注：王季重先生女，丁文忠学士妇，诗文甚富，为江浙闺范，欲过寓枉谒，辞之。其二为《再答山阴王玉映并宗弟睿子》，自注：以选《诗纬》来求序。按，王玉映，名端淑，浙江山阴人，王思任（季重）次女，归宛平贡士丁圣肇（睿子），偕隐青藤书屋。工诗画，长于史学。顺治中，欲延入禁中教诸王妃，力辞之。卒年八十余。有《吟红》《留箧》《恒心》诸集。曾辑《名媛文纬》等。

《周茂山、沤永上人醉酒行》，按，周容（1619—1679）字茂三，号鄮山，鄞县人。明诸生，康熙十八年荐博学弘辞，以死力辞，旋卒。

海惠，字沤永，仁和徐氏子，八岁出家，清代名僧。康熙《杭州府志》卷三十五有传。

秋天丁公给《续金瓶梅》作序。与宋琬、李锦秋、王于一、唐祖命、陈子寿、胡元润游，知丘石常殁。

序中说："亢不敏，病卧西湖，既不克上膺简命，而效职于民社，谨取御序颁行《感应篇》而重锓之……时顺治庚子孟秋西湖鸥吏惠安令琅玡丁耀亢谨序。"《宋荔裳备兵绍宁同宿浙署》。按，此时宋琬在绍兴。叶君远《宋琬年表》1660年："赴浙江，以左参政分守绍兴。"

《王于一、唐祖命、陈子寿、胡元润过松下小集将邀予同入闽游》。按王猷定（1599—1661），字于一，号轸石，南昌人。明代拔贡生，入清不事科举，隐居西湖僧舍。唐允甲，字祖命，江南宣城人，官中书舍人，见《渔洋感旧集》卷六。光绪《重修安徽通志》卷二百二十六。

胡玉昆，字元润，《遗民诗》卷四："胡玉昆元润，江南江宁人，

《栗园稿》"。① 陈子寿待考。

九月间从杭州向惠安,在惠安近三个月,腊月回杭州。在途中,不少朋友劝其不要辞官。

《自江干买舟从陈宪台诸子入闽》有"悠悠霜叶秋"可知为深秋。《挽歌》:"岁腊方阴,止此三月,乃许放还。"可大约推知从九月出发,腊月回杭州。旅途经过地方不少,现只把遇到的朋友胪列如下。

《茶岭同陶季深联句》,按,陶季(1616—1703),本名澂,字季深,宝应人。明诸生,入清隐居。②

《途次呈陈阶六宪石》,按,陈台孙(1611—?),字阶六,号越庵,山阳人。明崇祯十三年进士,官吏部主事,入清官至陇右道参政。

《次浦城谢邑宰刘震生留饮》,按,刘震生待考。《答崔山涛别驾劝赴惠安》,崔山涛待考。

《同林宣子游南浦桥》,林宣子待考。

腊月从惠安返回,在杭州作短暂停留。

《题参后放归北还,唐祖命、崔涛山、吴子文、陈止庵、潘僧雪、林宣子、翁寿如、僧秀初,偕诸友作〈南浦图诗〉饯别绿波亭》有"腊残云散北风寒",知离开惠安时为腊月末尾。而据《吏部尚书伊图等为请将逾期不接任知县丁耀亢革职事题本》知丁公革职在顺治十七年十一、十二月间。(见《顺康年间〈续金瓶梅〉作者丁耀亢受审案》)

到达武林后与宋琬言别,寄湖州张石城,出武林别曹敬泉、曹良翰,宋琬招其游禹穴,也无暇参观。

《抵武林寄宋荔裳兵宪言别》《寄湖州张石城兵宪兼谢惠乌程

①　卓尔堪:《遗民诗》,《四库禁毁书丛刊》集部第21册,第515页。
②　邓之诚:《清诗纪事初编》,上海古籍出版社2013年版,第106页。

酒》《出武林别主人曹敬泉、曹良野内翰》等。张石城、曹敬泉、曹良野等待考。

《照世杯》序："今冬过西子湖头，与紫阳道人、睡乡祭酒纵谈古今，各出其著述，无非忧闵世道，借三寸管，为大千世界说法。"①

睡乡祭酒为杜濬（1611—1687），原名昭先，字于皇，号茶村，晚号半翁，黄冈人。明崇祯十二年副榜，入清隐居金陵。张慧剑引丘象随《西轩纪年集》曰："山东丁耀亢被劾罢粤职北还，旅杭州，与江宁张惣、山阳丘象随、浙江胡介、李渔等泛湖，象随作纪事诗。"②《西轩纪年集》未见。丘象随《西轩诗集》卷四有《胡彦远招同丁野鹤张僧持孙宇台李笠翁毛驰黄诸骏男僧南云暨懋远泛舟西湖二首》其一为：

> 段桥中望两湖分，风淡烟浓水定纹。十锦塘边红过马，三天竺外翠流云。
> 浮沉楼阁窗中见，断续笙歌叶底闻。佳丽生成游冶地，好将诗酒尽残曛。③

张惣（1619—1694），字僧持，号南村，应天人。清人先著撰有《张南村先生传》，《虞初新志》卷十六收入。胡介（1616—1664），初名登，更名介，字彦远，号旅堂，钱塘人。明诸生，入清不仕。丘象随（1631—1701），字季贞，号西轩，山阳人，象升弟，康熙十八年举鸿博，官至司经局洗马。

丘象随《西轩诗集》卷四还有《归鹤诗赠丁野鹤》：

---

① 酌元亭主人：《照世杯》，《古本小说集成》第 3 辑第 12 册，上海古籍出版社 1990 年版。
② 张慧剑：《明清江苏文人年表》，上海古籍出版社 1986 年版，第 694 页。
③ 丘象随：《西轩诗集》，《清代诗文集汇编》第 127 册，第 77 页。

昨夜浮舟林墓湾,一笼遥觉是仙关。乘轩久混烽烟急,学冢长寻城郭间。

子晋吹笙云外变,青城带矢壁中还。鸡群羡尔凌霄客,何必尘埃问旧山。①

与陆进相遇。

陆进《巢青阁集》卷六《归鹤篇送丁野鹤明府归诸城》:

天海沧茫任尔飞,烟霞深处可忘机。孤山片石寻君复,华表千年说令威。

讵羡乘轩邀宠遇,敢将别调怨暌违。凌霄自不供常玩,遥指东南缓缓归。②

按,陆进,字荩思,钱塘人。贡生,康熙间官永嘉教谕。

---

① 丘象随:《西轩诗集》,《清代诗文集汇编》第 127 册,第 76—77 页。
② 陆进:《巢青阁集》,《四库未收书辑刊》8 辑第 20 册,第 198 页。

六、晚 年 家 居

顺治十八年辛丑（1661）63 岁，从杭州回家，三月到家，仲子死。

一月至三月十五日，丁公从杭州向诸城进发。沿途游浒墅关，访榷使李继白，李氏有诗相赠。于李氏署中见到王渔洋《玄墓看梅诗》，别曾淡公等，过嘉禾访曹秋岳。经京口，扬州访王士祯，淮上赠张仲远，清江浦（今江苏淮安市北）访刘博仲、孔起元。

丁氏《江干草》有《投浒墅关榷部李梦沙一绝》《梦沙署中见王贻上〈玄墓看梅诗〉忆旧游三十年矣》。李继白《望古斋集》前"订阅友人姓氏"有"丁野鹤耀亢"，卷之四有《送丁野鹤归里》：

> 东海异人丁野鹤，千里华表传宗支。自言亲与神仙游，石巢丹篆纷陆离。
> 蜃楼海错未为幻，化为光芒万丈之文词。醉后濯足燕市酒，瞋目狂呼大小儿。
> 长安贵客争相识，胡琴挝碎倾当时，闽海茫茫六千里，一官潦倒迷舟子。
> 崛强不折令君腰，解绶长歌如敝屣。雁宕峰前武夷曲，扶筇上下折展齿。
> 湖上画桥二十四，春花掩映苏堤水。年来收拾满奚囊，落

笔书成传贵纸。

　　吴江枫冷泛虚舟,我今始拜韩荆州。掉头落落不肯住,握手空将诗卷留。

　　夜深饮我梅花屋,掀髯大笑风飔飔。剧兴能倾一石酒,老眼时登百尺楼。

　　送君缓发思悠悠,何不迟我名山五岳恣遨游。①

在扬州见到王渔洋。渔洋为其题《陶公归来图》,《归鹤图》,丁以四首作答。

　　《江干草》有《扬州司理王贻上招饮题诗归鹤卷次韵四首》。按:蒋寅《王渔洋事迹征略》提到丁、王二人的来往,举了王士禛写给丁耀亢的三首诗。② 此外,渔洋写给野鹤诗还有几首。《渔洋集外诗》卷三《题丁野鹤陶公归来图卷》第一首(自注:丁辞惠安令不赴,作此以自况也):

　　　　彭泽罢官日,柴桑归去时。脱巾堪漉酒,入社亦攒眉。
　　　　渺渺羲皇代,悠悠田舍诗。千秋两陶令,异地一相思。③

《渔洋诗集》有《归鹤诗为紫阳道人赋》:

　　　　海上有胎禽,昂藏耸高格。偶尔戏芝田,依然避弹射。
　　　　故居近水竹,山中多白石。华表月明时,依稀见归客。④

《渔洋集外诗》有《归鹤诗为紫阳道人野鹤赋》(自注:野鹤近居湖

　　① 李继白:《望古斋集》,《四库未收书辑刊》第 5 辑 28 册,第 597 页。
　　② 蒋寅:《王渔洋事迹征略》,人民文学出版社 2001 年版,第 62 页。
　　③ 王士禛:《王士禛全集》,齐鲁书社 2007 年版,第 609 页。
　　④ 王士禛:《王士禛全集》,齐鲁书社 2007 年版,第 295 页。

上,复游武夷):

> 皎皎云间鹤,萧萧世外踪。朝飞西子水,夕下武夷峰。
> 复向东溟去,蓬壶邈万里。何来千岁质,宛尔集乔松。①

《带经堂集》有《仙山石室歌送丁子》:

> 朝望九仙山,暮望九仙山。九仙秀插碧云里,五色照耀当天关。
>
> 金光黛色拂云海,势与三山相向背。拂衣丁令邈不还,石室寒烟至今在。
>
> 藤萝作壁石作扉,手种苍松皆十围。岩香寂寂青桂落,云气阴阴玄鹤飞。
>
> 辋川陆浑不可见,鄠杜名园倏更变。何如石室千年存,猿鹤曾逢昔人面。
>
> 紫阳仙人归草堂,麻姑园客同翱翔。琅玡台畔吾家在,北望仙山思故乡。②

张崇琛《王渔洋与诸城人士交往考略》认为丁、王两人相会是在 1660 年。③ 似可商榷。

三月六日过沭阳寄诗米寿都(吉士)。

《江干草》有《清明日沭阳寄米吉士邑宰》,按此年清明日为农历三月初六。

---

① 王士禛:《王士禛全集》,齐鲁书社 2007 年版,第 609 页。
② 王士禛:《王士禛全集》,齐鲁书社 2007 年版,第 295 页。
③ 张崇琛:《王渔洋与诸城人士交往考略》,《昌淮师专学报》1996 年第 1 期。

三月十六日到家后,一直在家整理家事,七月十五日,次子死。

《自述年谱以代挽歌》:"三月十六,集于故山。宗族兄弟,既和且欢。归见老母,喜为加餐。再邀乡邻,再修荒园……孟秋之望,仲子病陨。"按,今年从三月后无诗,但不可能不作诗,已佚。

清康熙元年壬寅(1662)64岁,家居,遭乡人攻讦。丁公存诗较少,且较难编年。(本年诗歌主要在《归山草》)

自惠安回家,家有官司之事。

《自述年谱以代挽歌》说:"(壬寅)惨焉不乐,亦复倦勤。祸发所忽,雀角是因。赤狐玄鸟,揶揄相侵。黎丘幻鬼,病疚在心。"家有官司之事。

元日次冯起部诗。

见《壬寅元日次冯起部殿公韵》,冯起部待考。

九月三日同孙子侨过橡槚山房。

《壬寅九月初三日,同侨孙过橡槚山房,菊下谈少年开山事,醉笔漫成》。

九月与友人马习仲诗酒往来。

《壬寅九月九日,再登高南山,独宿山楼,因欲九仙山访马习仲,今闻习仲入城谋事,不果往,作绝句纪怀》,按,马鲁,字习仲,直隶雄县人,师从孙奇逢,后在诸城定居。李焕章《织水斋集》有《马先生传》。

在青州与山东安丘诗人张贞相遇。

张贞《丁野鹤先生行历图记》称:"康熙壬寅(1662),获遇先生

（指丁耀亢）于青州，相与劳问，如平生欢。语及先府君，辄潸然泪下，自是往来过从，一如当年。"①丁野鹤还为张贞《浮家泛宅图》题诗。张贞，字起元，号杞园，山东安丘人。康熙拔贡，官翰林院孔目。②

清康熙二年癸卯（1663）65 岁，由于孤侄引起一场官司，对方有意株连，丁公在夏天进京城，求助友人，眼睛不好，除夕回到山中。但不知官司为何而起。

《自述年谱以代挽歌》："岁行癸卯，年日已老。赋重田荒，形衰神槁。令严捕逃，忧心如捣。衅起孤侄，鬻产不保。借法株连，蠹胥以饱。冒暑赴都，贷资不少。事竣归来，疑谤转滋。仇窥其隙，人利其。羸耻齿寒，门户难支。泪泠血枯，双眸内障。除夕入山，颓焉欲丧。"从中可知事情的大体经过，张清吉《丁耀亢年谱》提出的事情起因于孤侄贻谷"常言雪父恨"，③可备一说。按，从"令严捕逃，忧心如捣。衅起孤侄，鬻产不保；借法株连，蠹胥以饱"来看，此事与"捕逃"与"孤侄"有关，试推测一番，孤侄应该是窝藏了逃跑的奴隶在家，因此得以株连。在顺治、康熙两朝对逃人及窝藏逃人的人处罚极为苛刻。在 1662 年，即此案的前一年，清廷还有许多文件与此有关，如《清史编年》（康熙朝）1662 年 12 月 31 日："谕兵部督捕衙门，窝藏逃人者、其邻佑及干连人犯，由流徙宁古塔改流尚阳堡。"④从此条可知，虽然处罚较以前轻，但对逃人事件一刻也没有放松也是显然的。当然这只是一种推测。

---

　① 张贞：《杞田集》，《四库未收书辑刊》第 7 辑第 28 册，第 598 页。

　② 王平：《张贞事迹著述考略》，《东岳论丛》1998 年第 1 期。

　③ 张清吉：《丁耀亢年谱》，中州古籍出版社 1996 年版，第 117—118 页。

　④ 林铁钧、史松：《清史编年》第 2 卷"康熙朝"，中国人民大学出版社 2000 年版，第 9 页。

清康熙三年甲辰（1664）66 岁，陷入《续金瓶梅》官司中。起因是有人说《续金瓶梅》讪谤朝廷，丁被迫出逃，子慎行被逮入京。（本年诗歌主要在《归山草》）

　　《自述年谱以代挽歌》："甲辰三月，再与讼状。构我文章，以成讪谤。愿奢索金，众欲难量。以此求值，怒激交攻。蠹胥乘衅，假祸于东。"

　　徐扶明把丁耀亢亡命出逃避于贾凫西断为 1664 年。"据丁野鹤'归山草'云：'甲辰三月，再兴讼状。构我文章，以成讪谤。'甲辰，即康熙三年（1664 年），则野鹤亡命出奔，当在此年。'归山草'中有'过兖州寄贾凫西'诗一首，此诗后，即为'次大耳山人韵过兖州'诗一首，可见丁、阎同时住在应宠家里。"①徐振贵也持相同的观点："冬天投奔业已辞官归隐的贾凫西，并为之校订所著《澹圃恒言》。孔尚任《木皮散客传》中记载：（贾凫西）行年八十，笑骂不倦。夫笑骂人者，人恒笑骂之，遂不容于乡里，自曲阜移家至滋阳，闭门著书数十卷，曰《澹圃恒言》。文字雅俚，庄谐不伦，颇类明之李卓吾、徐文长、袁中郎者，乡人多不解。有沛县阎古古、诸城丁野鹤，为之手订付其子。盖阎、李亡命时，尝往来其家云。"②

八月初九日出走顺天府，又到少林寺医治。

　　见《续金瓶梅案》。

本年李澄中作《题丁野鹤先生鱼龙卷》。

　　李澄中《卧象山房集》卷一有《题丁野鹤先生鱼龙卷》，此诗后

---

　　① 徐扶明：《贾应宠及其鼓词》，《文史哲》1956 年第 9 期，第 58 页及注释 4。
　　② 徐振贵：《孔尚任何以要用戏剧形式写作〈桃花扇〉》，《东华大学学报》2000 年第 4 期。

有《壬寅初三日雪》。王宪明《李澄中年谱简编》把此诗系于 1661 年。① 可从。

康熙四年乙巳（1665）67 岁，出逃，八月被逮。（本年诗歌主要在《归山草》）

春天不雨，丁公作《自述年谱以代挽歌》。

《归山草》卷二有诗，题目较长："康熙四年乙巳，自冬及春，七月不雨，数千里麦禾将枯。"本年作《自述年谱以代挽歌》，此诗以四言诗的形式记载了先生从小到甲辰（1664）各个时期的大事，因其记事有 1664 年间事而无 1665 年事，可断为 1665 年作。

元旦作诗《乙己元旦》二首。

见《乙己元旦》。

二月二十日，行文缉拿丁公。

见《续金瓶梅案》。

三月京城地震，清廷下诏大赦天下，先生在嵩山。

《康熙四年乙巳……三月初三日京城地震，自西而南，坏民舍，上下震恐，初五日我皇上颁诏大赦，中外欢呼。至十一日，大雨如注，彗星灭不见，谨记事颂诗，时在嵩山，因作嵩呼篇四章》。

三月五日，丁慎行与家人王一明被释放。

见《续金瓶梅案》。

---

① 王宪明：《李澄中年谱简编》，李澄中撰，侯桂运、王宪明校点：《李澄中文集》（附录），中州古籍出版社 2014 年版，第 1041 页。

八月二十四日因"《续金瓶梅》"被捉入狱。在渠丘,丁公被逮,神情不变。

李焕章《丁野鹤先生诗集序》:"犹忆野鹤被收时,在渠丘人园亭,银铛错廷,缇衣载列,野鹤草诗数十首,从容就槛车而去。奈何白袷青衫,风神散朗,独许陆平原兄弟耶?"

按《续金瓶梅》案跨时两年,整个经过如下:在康熙三年三月,诸城县人张达入旗,向丁公勒索,丁公拒绝,张氏恼羞成怒,想方设法报复丁公,这时诸城县捕役张铨告诉张达,丁公写了《续金瓶梅》,里面有不少违禁之语,十月(与《挽歌》之三月稍有抵触)就向诸城(?)检举,一直告到刑部。丁公就离家出走,11月捉拿丁慎行与家人王一明到刑部,1665年3月释放,8月丁公在渠丘入狱,11月靠朋友龚鼎孳等人的斡旋放回。

十一月出狱,在狱中共计一百二十天。

《归山草》有:"至季冬,蒙赦得放还山,共计一百二十日。"

见薛仲芬等人。(以下暂时排列于此)

见《寄薛仲芬兄弟》。薛仲芬为薛所蕴之子。

在济南王子陶署中怀张公路。

《怀张公路时在济南王子陶署中》,张名由,字公路。嘉定人,见《(同治)苏州府志》卷一百十二。

卫辉诗人孟二青过访。

《卫辉诗人孟二青过访,是夜梦贾岛,因以为赠》,孟瑶,字二青,汲县人。见《百名家诗选》卷五十九。

任少玉挽留先生,作诗答谢。

《答任少玉见留》。任玥,字少玉,高密人,顺治辛丑进士,康熙八年知石楼县,累官浙江道监察御史。

友人马源思死,作诗悼之。

《挽马源思进士》。马澄,字源思,山东安丘人,顺治十八年进士。

康熙五年丙午(1666)68 岁,春天在京,夏天回故里。(本年诗歌主要在《归山草》)

正月十五在天坛与友人游。

《丙午上元夜卧天坛次诸公元宵夜游十一绝句》。

二月二十六日与张光禄唱和。

《听山亭草》有《丙午寿日都门谢张光禄限金石丝竹匏土革木八音》,按,此诗归在《听山亭草》中,而《听山亭草》收录 1667、1668、1669 三年诗歌,此诗却标明为 1666 年,这又是丁公诗编年不严谨的地方。

在红门寺痛哭好友刘正宗。

《哭刘相国于红门寺》,刘正宗卒于 1662 年。《赠晦庵张先生问刘安丘葬事》有"万里素车来洱海,五年縓帐寄浮屠",从 1662 年到 1666 年约五年刘正宗灵帐安放在寺庙中。

拜访李焕章于沧浪园。

李焕章《织水斋集》有《丁野鹤先生诗集序》:"丙午冬,野鹤在衰经中,揖余沧浪园,谬相推重。"①

在佟俘六署中见吴希声寄函程涵有。

《佟俘六署中逢吴希声寄程涵有》,吴希声,沁州人,进士吴铜川之父。孙治《孙宇台集》卷九有《沁州吴希声先生寿序》。

赠诗周西水。

《赠房山周西水使君》。周于漆,字西水,拔贡,江南江浦人。

和陈衷赤诗。

《和陈孚白经贾岛故里六韵》。《两浙輶轩续录》卷三:"陈衷赤,字孚白,镇海诸生。"②光绪《镇海县志》卷二十二有传。

寄祖山和尚。

《寄祖山和尚》,祖山和尚,待考。

经贾岛故里和陈孚白诗。

《和陈孚白经贾岛故里六韵》。

王孙蔚寄书相问。

《感西京王祖台讳孙蔚都门寄书相问,时转楚中宪司,王公兄字公仪,讳麟,与予同盟》。王孙蔚,字茂衍,陕西临潼人,进士;王麟,字公仪,王孙蔚之兄。

---

① 李焕章:《织水斋集》,《四库全书存目丛书》集部,第 782 页。
② 潘衍桐:《两浙輶轩续录》,《续修四库全书》第 1685 册,第 102 页。

和卢亨一诗。

《和卢亨一学士咏内苑黄莲花》，按，卢震（1626—1702），字亨一，原籍竟陵，后录汉军。顺治九年以诸生特试，授弘文院编修。丁氏门生。

未知是否此年作诗，姑列于此。

清康熙六年丁未（1667）69 岁，家居。（1667、1668、1669 三年之诗收录于《听山亭草》）

正月一日在准提庵。

《丁未元旦准提庵示沙门问石》，问石，僧名。《听山亭草》有《同问石上人宿紫竹庵禅室》。

正月七日过亡兄旧居有感。

《丁未人日过亡兄觐微旧居有感》。

春日有病卧东村，寄马习仲。与李澄中等游。

《春日病卧东村，寄山中马习仲》《咏万岁峰次李渭清马习仲韵》。

二月二十六日前入山访大士。

《丁未仲春初度前入山谒大士》。

丁未仲春与在兹孙垦荒田。

《泸水之东，旧有田庐，乱后荒芜久矣。丁未仲春同在兹孙往游，将垦治之……》。

三月一日雨后又雪占卜为凶岁。

《三月朔日雨后雪，农家忌之，卜为凶岁。余既喜且忧，作诗留验》。

三月十五日与孙入山种松。

《丁未三月望日清明入山同在兹孙种松一万》。

三月十九日梦眼疾愈合。

《三月十九日午梦,谒上帝,眼疾顿愈……》。

四月初一日为丁氏妻子宋孺人的七十岁生日,作诗祝贺。

《四月初一日寿宋孺人七十》。按,《归山草》有《四月一日寄寿宋孺人七十》,二诗或同时作而收在两处,或《归山草》诗作于宋孺人六十九岁时。

孟夏与杨鲁生小集。又入山。

《孟夏西园同杨鲁生孝廉小集》,按,杨鲁生当为丁之邻居,待考。《孟夏入山即事》。

秋天送邱柴村出任长清广文。

《送邱柴村赴长清广文,时年七十有三,予亦衰病,远别难期,作诗勉图后晤》,邱柴村即邱志广。

秋天得龚鼎孳书信。

《秋日山中得龚大司马书》。

重阳后与老友李玄圃话旧。

《丁未重阳后邀玄圃话旧》。

唐梦赉游五莲山,丁有和诗。

《和淄川唐翰林游五莲山韵寄季白禅友》,按,唐梦赉(1627—

1698），字济武，号豹岩，淄川人。顺治六年进士，官翰林院检讨。

张贞、李澄中访周亮工回来，丁氏写诗赠二人。

　　《赠张杞园李渭清游秣陵访周元亮归》，按，此诗据《挽老农纪大》不远，当是作于此年，姑存此。按周亮工（1612—1672），字元亮，一字缄斋，号栎园，祥符人。《赖古堂集》卷十二《寄野鹤》二首：

　　　　　仙霞岭外鹤飞还，著尽奇书但看山。不识尘沙何自至，劳劳客度穆陵关。
　　　　　画图曾识雪霜颜，诸县闲门尽日关。雁荡龙湫曾未识，从君欲见九仙山。①

　　安致远《纪城诗稿》卷四载庞垲《倦游草题词》提到周亮工敬佩丁耀亢。周栎园先生"其于青州所最赏者李子及丁野鹤、安静子。李子诗古文余久奉师表，询两君则云，野鹤才雄，质健多力，或失之放；静子冲逸渊静，风格穆如"②。

清康熙七年戊申（1668）70 岁，家居。

正月七日夜宿山楼。

　　《戊申人日夜宿山楼》。

正月十五日在橡槚山房给《增删补易》作序。

　　《增删补易·自序》后署"康熙戊申端月望野鹤老人书于橡槚

---

　① 周亮工：《赖古堂集》，《续修四库全书》第 1400 册，第 428 页。
　② 安致远：《纪城诗稿》，《请代诗文集汇编》第 107 册，第 611 页。

山房"。按,《增删补易》未必是丁野鹤所著书,姑存之。

闻傅维鳞讣音,作诗悼念。

《哭傅掌雷尚书十律》。按,关于其生卒年,采用武玉梅《傅维鳞生卒年考》,①为明万历三十六年十月七日(1608 年 11 月 14 日),卒于康熙六年五月二十日(1667 年 7 月 10 日)丁氏悼念他的诗写在《听山亭草》中,从编排上当归于 1668 年,不知是编年错乱,还是丁公听到讣闻滞后。

李含章、李焕章两兄弟过东武拜访丁,丁请李焕章作传。

《李绘先象先两兄弟过东武话旧》,《求象先为作传》有"近欲开林为寿藏,劳君作传代题碑"。按,李含章,字绘先,号浮玉,山东乐安(今广饶)人。副贡生。李焕章(1614—1688),字象先,号织斋。明诸生,入清不仕,李含章、李焕章、李斐章(字茂先,号简庵)为三兄弟,皆擅吟咏,时有"乐安三李"之目。李焕章名气最大,有《织水斋集》。李焕章也没有辜负老人的期望,写有《丁野鹤先生诗集序》,对丁公一生做了精彩的刻画。此序不易断为何时,姑定于此。

二月至橡山做佛事,作诗赠释如臻。

《九仙山释子如臻,种松万树于万岁峰之颠,因号之曰"松梵",时康熙戊申二月,至橡山为佛事,因作诗赠之,即以"松"字为韵。时余年七十矣》。

九月在大觉寺以诗招赵清。

赵清《江干草》序:"戊申秋九月,家邦上萧堵中。先生因大觉

---

① 武玉梅:《傅维鳞生卒年考》,《北京大学学报》2003 年第 6 期。

寺僧问石,以诗招余。"《清史稿》卷四百九十七:

> 赵清,山东诸城人。生有至性,嗜酒,与同县李澄中、刘翼明辈遍陟县中山,纵饮,辄沉顿。丧父,庐墓侧百日,母往携以归。丧母,复庐墓侧,麻衣躬畚锸,负土为坟,毁几殆。客有劝者,清曰:"清所以为此者,盖下愚居丧法耳。清狂荡如湍水,不居墓侧,将食旨,久而甘;闻乐,久而乐;居处,且久而安。不一期,沉湎不可问矣。不孝孰甚!"居庐久,或传有狼与犬为守庐,犴不相啮也。①

康熙八年己酉(1669)71 岁,去世。

春天给李焕章写信,相约二人修《修史》。

李焕章《织水斋集》有《丁野鹤先生诗集序》:"己酉春,自山中手函及织水庐,约同修史。"②

端午前几天李澄中寄诗。

李澄中《卧象山房集》有《寄丁野鹤先生》:

> 细雨催人出懒回,春山空负海棠开。诗禅自识王维好,赋手谁知庾信哀。
> 案拥莲峰思载酒,云迷橡谷几登台。端阳约在期非远,分得蒲觞归去来。③

---

① 赵尔巽:《清史稿》,中华书局 1977 年版,第 13737 页。
② 李焕章:《织水斋集》,《四库全书存目丛书》集部第 208 册,第 781 页。
③ 李澄中:《卧象山集》,山东大学出版社影印山东省图书馆藏稿本,《山东文献集成》第 1 辑第 35 册,第 34 页。

端午李澄中过访。

李澄中《卧象山房集》有《端阳自楚村过丁野鹤先生橡山别业》：

> 山北村非远，诗人兴未忘。鸟声空谷静，龙气古潭荒。
> 泛酒菖蒲细，论文芍药香。还愁城市去，云外路茫茫。①

按，李澄中的《卧象山房集》编年较为清晰，此两诗前有《己酉元日》，故把此两诗系于此年。

夏天撰《家政须知》并自序。

《家政须知·自序》署"康熙己酉初夏野鹤老人书于橡谷山房"。

冬天，李澄中过访。丁氏把诗文托付给李澄中，后又写信叮嘱此事。李澄中有《与丁野鹤先生》。

李澄中《江干草·序》："先生平生矜慎许可，独数折节于余。忆己酉冬，过橡山别墅，与先生角韵，至夜分，先生慨然曰：'仆老矣！吾将以子为名山，尽以诗文付吾子。'余唯唯，谢不敏，初不意先生长逝未暇也。"李澄中的《序》又作《丁野鹤先生遗稿序》。② 两者文字稍有差别。

李澄中《与丁野鹤先生》："来书辱以某为名山，且欲招之松林石涧中。先生诗名满海内，何须某匿而藏之。即某自束发以来，穷年矻矻，思与古人分一席以自快，所著诗文集若干卷，不能觅有力

---

① 李澄中：《卧象山集》，山东大学出版社影印山东省图书馆藏稿本，《山东文献集成》第 1 辑第 35 册，第 35 页。
② 李澄中：《李渔村先生稿》，《山东文献集成》第 3 辑第 28 册，山东大学出版社 2011 年版，第 686 页。

者剞劂，时而忧愤填膺，每欲付祖龙一炬，又安能为先生传之其人乎？然谈梅口酸，此心已飘然九仙、五莲之麓矣。"①

丁公去世。

其子慎行《听山亭草·乞言小引》："己酉年七十一，召余曹曰：'将逝矣！生平知己，屈指数人，惟龚大宗伯、傅大司空诸名公，脱骖患难，耿耿于怀。'因占永诀诗毕，合掌说偈而殁。呜呼，痛哉！"

丁氏死后，友人法若真作诗纪念。《黄山诗留》卷九《东武丁颙若以乃严野鹤先生题雁遗诗六首索和，仆与先生五十年故友也，交订生死，情见乎词，追琢不工，感慨系之矣，敬次韵以答兼赠》，共有诗六首，现选第五、六首。

且来且去倚天空，无意关河任北风。饱食只堪留旦暮，依人不必计穷通。

泪消枫叶寒江外，梦逐桃花青海中。约到秦桥才咫尺，何尝生不与时同。

行藏不是与时违，长白峰头草木肥。曾许重云知路近，（自注：公拜惠安令同事）可怜问字客声稀。

百年失侣悲新土，二月长空近少微。早晚朝廷征乐律，惊看朱雁海潮归。②

李澄中有长诗《哭丁野鹤先生》有"逍遥亭卜南山头"。李氏自注：

---

① 李澄中撰，侯桂运、王宪明校点：《李澄中文集》，中州古籍出版社 2014 年版，第744 页。

② 法若真：《黄山诗留》，《四库全书存目丛书》集部第 212 册，齐鲁书社 1997 年版，第 466 页。

逍遥亭,先生寿藏。①

　　比丁耀亢稍后的诗人赵作舟《文喜堂诗集》卷三有《送同事里人还家,夜卧有感丁野鹤先生文章"文章始信才为累,忧患方知天厌名"之句》。自注:野鹤名耀亢,字西生,《山东通志》载,名耀亢,先诸城人,官容城教谕,福建惠安知县。② 可见丁公诗歌脍炙人口。"文章始信才为累,忧患方知天厌名"不见于丁公全集,或是其佚诗。

　　① 李澄中:《卧象山集》,山东大学出版社影印山东省图书馆藏稿本,《山东文献集成》第1辑第35册,第37—38页。
　　② 赵作舟:《文喜堂诗集》,《清代诗文集汇编》第85册,第40页。

附录：丁耀亢佚作

按：1999年《丁耀亢全集》由中州古籍出版社出版，这是丁耀亢研究史上第一件大事，对丁耀亢研究功莫大焉。全集不全是很正常的事情。不少学者陆续发现不少未收入《丁耀亢全集》的作品，现在整理如下。

明工部尚书太子太保钟先生集序

忆明季癸酉，亢修《天史》书成，执贽请益，先生辞不受，既以书进观，喜曰："吾得道器矣。"乃具冠服束带，受拜如弟子礼，为《天史》作序，时年八帙矣。神清貌古如乔松孤鹤，谈古今矗矗如家常。亢退而怳然若有得也，瞿然若有失也。每入郡必造谒先生，亦时徒步过寓，款洽忘年，夜深不倦。又数年，先生八十有三旬，扶杖逍遥，歌山颓木萎矣。易篑之夕，属冢君伯敬曰："勿请祭葬，勿请谥。予有所修《厚德录》二十卷，《管见》一册，诗一编，以遗丁子，惜远不及回。丁子必来，奠时以书授之。"明年先生葬于北阡，亢执绋临圹，冢君始授书。亢长跽拜受，惧不克终。时国事孔棘，藏书山笥。胶西高司空砭斋者，久服膺先生，借书观。时高以病起授南都，慨然任梓。亢幸剞劂得人,且江南流传易广,遂以稿付。

安知甲申国变,高君与书俱殁。使先生之业不传者,亢之罪,奚赎哉?先生以明神宗朝,直净建储,同时邹南皋诸名臣,疏载《明史》中。卧田间几三十年。光宗立,以遗诏起,晋秩大司空,窥魏珰弄权,半载告归。修仰天寺山水,以著书讲道自娱,名刺不及州郡。末年屏居习静,颐养天和。临诀从容,诗成而瞑,可谓全归矣。乃先生讲道而不立道学之帜,著书而不矜文章之名,服官而不附声援之党,隐居而不炫箕颍之癖。旷然天游,意兴泊如也。殁之日,家无担石,祖田百亩,外无生产,食蔗自得焉。

亢癸酉及门,至今廿有五年,先生之墓木已拱,遗书未布。亢过墓腹痛,实椒且悚。犹子一士中进士,贫不能梓。是岁以事入郡,再晤冢君,并搜遗诗杂著各一帙。同郡通政高公谷虚者,亦出先生门下,有同志焉。亢遂觅梨枣,虽《厚德录》已失,亦见一班矣。海内读《明史》者,第知先生为有明直臣,而不知诗皆靖节、少陵道脉,心传则实宗洙泗洛闽也。读先生东归诗为万历戊戌,今刻成于顺治戊戌。亢以己亥生,计今六十年,而亢以诗传,然则文章一道,岂贵贱死生、年代远迩为契阔者哉?杨子云之与桓谭,去人何必有间也?

琅玡门人丁耀亢野鹤拜识。

(录自钟羽正《崇雅堂集》,《四库全书存目丛书》集部第 167 册,第701 页)

《燕笺诗集》诗叙

间尝感南山而屡叹,悯杨恽击缶之歌;抚中原而兴思,伤温峤绝裾之志。白马朝周，微子不亡而嗟彼黍；黄冠返里，文信有待以赋零丁。盖彼为其易，殉匹夫之名；我图其难，抱百艰之节。乃若汴垒将颓，方重李纲之望；潼关已破，始召光弼之师。砥柱倾而鳌背枯，沧溟溢而精卫竭。嗟何及矣！亦已焉哉！是以观史而叹江河，抚时而伤日月。国家之将亡已亡，豪杰之可生可死。或成义而不能成仁，或执经而不能达变。大小之间，介不容发，古人其难言之。

甲申后，龙出东垣，百曜从光；马渡浑同，九州合派。先生法窦融之义，全师还朝；诵班彪之赋，尊王知命。种瓜阙下，散发都门。此其心亦孔悲矣。

予小子亢，泛沧海指三花之渚，问崆峒迷七圣之津。无孟博之辕车，有张融之陆舫。卬须我友，实迕哲人。殆自戊子以及癸巳，得请间无倦矣。居不隔坊，行不违踵。呼短墙而过酒，倚长铗以连吟。八口知名，稚子识尚书之履；六年比屋，元直登德公之床。以兹花之晨，月之夕，时或敲门；风于斯，雨于斯，偕而命驾。酒后耳热，咏美人西方之章；兴尽悲来，唱大江东去之曲。执绥而下夷门，既忘乎贱；扫辕而收魏勃，复取其狂。遂以上尊，饮兹下士。

先生或刻竹题诗，则此倡而彼和；小子亦载酒问字，得分韵而同笺。花月假以编年，时日因而成帙。洒碧血于文言，逐苍凉而萧瑟；托班痕于锦字，亦朴落以高深。岂惟追陶谢之元音，超曹刘之遐躅哉！然而杜陵秋兴，缅怀昆明汉水之功；元白长篇，多赋绣岭连昌之感。因诗寓史，借物题骚。志有蕴怀，言多托兴。乃嵩洛巨公，与夫渠丘太宰，纳细流于薄海，收燕石于他山，使其执管窥天，因筵试燧。本为玄鸟之附凤，讵可黄耳以续貂。

再幸者，先生得假南州之榻，更主齐盟；仍开北海之尊，似游梁苑。趵泉涌而青云飚起，鹊华峙而白雪重新。水通王屋，浟流达于济源；山接太行，拱势翔乎泰岳。是知情由缘契，文以性通。读出师之表，成败利钝，不失武侯之忠；诵离骚之辞，慷慨流连，可代秦庭之哭。非曰阿其所好，实以公诸后来。是用宋章，聊伸游赞。

顺治甲午仲春琅玡治民门下士丁耀亢谨题于稷下趵泉之西。

（按，此文是丁耀亢为张缙彦《燕笺诗集》所作的序，（《清代诗文集汇编》第12册，第625—626页）但此文与张缙彦《菉居诗集》（顺治刻本，藏上海图书馆）的序略有差别。较大差别如"汴垒将颓，方重李纲之望"，上海图书馆所藏本为"楚社将墟，空洒包胥之泪"。按，前者比后者要精当，由于文中有"秦庭之哭"，与"包胥之泪"重复。

2020年11月托友人到上海图书馆核对此文，工作人员说书籍破损，不出库。因此无法比勘）

武 夷 偶 述

武夷之异于他山者有三：凡山多杂石，土垒成峰，兹山一石一峰，千仞无纤土，松竹蒙茸，沿石而生，一异也；他山山水，各为一区，此则石根壁笋，各浸水中，看山不用杖，而用舟，二异也；凡山或排列，或分聚，此则峰溪相环，九折万状，山前以后山为郭，山后以前山为障，远不半舍，往复不穷，三异也。

山游者，舟不如舆之旷，舆不如杖之稳。怯则忘高而视下，贪则逐远而失近。贪者浮，怯者浅，虚心平气，乃与天游，其浅深所得，与作诗读书同。

（录自《武夷山志》卷二十一，乾隆刻本）

西江月二首

无事消闲扯淡，个中滋味精酸。中古七万九千年，一霎飞鸿过眼。

几阵粗风暴雨，到处虎穴龙潭，争名夺利机关，梦醒南柯吃闪。

日落西风滚滚，大江东去滔滔。夜来今朝又明朝，蓦地青春去了。

千古风流人物，一时多少英豪，龙争虎斗漫劬劳，落得后人谈笑。

（按，这二首词在贾凫西《历代史略鼓词》的结尾。《历代史略鼓词》的版本很多，只有在童友、和记本后附署名"丁野鹤"的《西江月二首》。瞰地楼本未署名。尤其需要注意的是，孔尚任《桃花扇》第十出有词曰：

无事消闲扯淡，就中滋味酸甜；古来十万八千年，一霎飞鸿去远。　　几阵猝风暴雨，各家虎帐龙船，争名夺利片时喧，让他陈抟睡扁。①

个别字词与上述第一首词不同。《历代史略鼓词》除抄录上述《西江月二首》外，最后还录有一首诗作："百年秋露与春花，展放眉头莫自嗟。诗吟几句消清昼，酒饮数杯度岁华。闲敲棋子心情乐，闷抚瑶琴景趣奢。分外不须别着急，谈今论古作生涯。"
按，此诗不见于《丁耀亢集》，但有可能为丁氏所作，存此待考。上述《西湖二首》和诗均录自《贾凫西木皮词校注》，关德栋、周中明校注，齐鲁书社1982年版，第148页。）

---

① 孔尚任：《桃花扇》，文物出版社影印民国三年暖红室刻印本，2020年版，第189页。

风　入　松

一条竹杖一蒲团,去住可随缘,白云深处多僧舍,向西山、结个茅庵。清夜闻钟自省,空林闭户高眠。

老人多病且偷闲。何处问禅关,远公沽酒渊明醉,受用些、剩水残山,五岳欲游老矣,双林到处休焉。

(录自林葆恒编,张璋整理:《词综补遗》,上海古籍出版社2005年版,第2121页。饶宗颐初纂,张璋总纂:《全明词》第六册,中华书局2004年版,第3390页。还有山东大学藏《丁野鹤遗作三种》及山东省图书馆藏《宋诗英华》,未睹全璧。《中国传统鼓词精汇》也收有丁耀亢的鼓词两段)

书《立地成佛》剧后

天下有害物之庖牺氏乎?庖牺不出,率兽食人,佛必劝人为屠,如汤武焉。杀机不尽,生机不出,唯屠与佛近。赵嶷叔非为放生文也,名将为神,杀人如麻;弥勒成佛,食飧鱼肉。又安见佛之非屠,必不屠而佛也。面牺入庙,破戒于台城之一卵,固无足齿;而佛图澄吝计,乃至配革囊生子,无损佛法。则知淫杀之戒,亦吾儒克伐,小乘一自了汉耳。西天路上,不禁鱼蒜真罗汉;吾常恐绣佛前,长斋变为蛇蝎。则人固有不屠于刀,而屠于不刀者,何时放下乎?往余常禁荤而不忌酒蟹,有"持螯拍瓮,独步禅林"之句。予所师明空和尚曰:"善哉,善哉,鲁智深成佛亦复如是。"予既悔余天吏之未达,借以演屠家转轮法焉。

琅玡社弟子丁耀亢题。

（录自赵进美《清止阁集》，《山东文献集成》第2辑第29册，第687页。按，"天吏"当为丁耀亢《天史》。"屠"原为国，后删，改为屠）

山 居 歌

山居好，山居好，山路崎岖宾客少。看的是无名花草，听的是野鸟乱噪。望的是青山隐隐，乐的是绿水滔滔。叹人生世上容易老，总不如寻个安乐窝巢，上挂着渔读耕樵。闲来把棋敲，闷来河边钓。昼观诗书，夜闻儿女灯前笑。吃一个醉滔滔，只把愁山推倒。看来只是居山好，春花开得早，夏蝉枝头闹，黄叶飘飘秋来了，白云茫茫冬又到。无题恨白驹催人老，叹荣华转眼杳。你看那冬才过去，春又来了，总不如高卧林园静养方好。为甚么争短论长，自寻苦恼。不问那名利成败，那管他是非颠倒。盖几椽清净小亭，摆几部画谱诗稿。静里瑟书性情，闲中诗酒宽怀抱。不种值钱花，常留浸淫草。到春来红桃夭夭，翠柳袅袅，看不尽紫燕影斜，听不尽黄鹂声巧。黄藤酒，吃个饱，酣酣睡，不觉晓。鸟啼山，容犹眠。花落家，僮未扫。每当风定尘短，最可爱渔池沼。忽逢花夕月晨，疑是在蓬莱仙岛。一日逍遥一日仙，总不问，富贵功名来迟来早。

田 家 歌

田家快乐没嗟吁，数椽茅屋尽安居。春养花蚕供衣服，冬春白米有剩余。门前鸡犬乱纷纷,地下桑花碌碌。虽无柏叶金波酒,也有清醪三五斗。虽无猪羊大荤肴,也有鱼虾堪供口。虽无圆眼与荔枝,也有荸荠与菱藕。虽无异供好蔬菜,也有乌菘并嫩韭。虽无语舞美女娘,也有村姬伴相将。米自春,酒自做。纺棉花,织大布。不愿小小贫,不愿大大富。牛自有,不须觅。无头船,尽可渡。且用荤,莫吃素。黄脚鸡,锅里煮。加些盐,用些醋。煨芋芳,煎豆腐。沈沈吃到日将暮。深缺汤,插草铺。且留一宿到明朝,这般快活真千古。

(录自张崇琛《丁耀亢的两首佚诗》,《山东图书馆学刊》2017 年第 3 期)

琉璃厂送孙廷铨

东南灵气郁山川,殷礼从君万里传。玉笥犹疑前古事,铜梁谁忆隔年还。

山阴竹色临江水,岭峤梅花散渚田。莫倚孤帆愁远道,将军横海正楼船。

(按,此诗无题目,详情可参看《年谱》1651 年 4 月 20 日)

参 考 文 献

期刊(以作者音序排列)

［1］陈广宏.谭元春启、祯间交游考述［J］.南京师范大学文学院学报,2003,(1).

［2］陈公水、徐文明.元明清山东曲论撷谈［J］.山东师大学报,2007,(5).

［3］崔蕴华.佛教中的"摩登伽女"原型与《聊斋志异·乐仲》篇之渊源探讨［J］.蒲松龄研究,2002,(2).

［4］郝诗仙、郭英德.丁耀亢生平及其剧作［J］.齐鲁学刊,1989,(6).

［5］胡晓真.《续金瓶梅》——丁耀亢阅读《金瓶梅》［J］.中外文学,1995,23(10).

［6］胡衍南."世情小说"大不同——论《续金瓶梅》对原书的悖离［J］.淡江人文社会学刊,2003,(15).

［7］李伯齐.齐鲁诗歌论略［J］.烟台大学学报,2004,(2).

［8］李剑锋.蒲松龄与魏晋风流［J］.文史哲,2003,(5).

［9］刘洪强.《续金瓶梅》成书年代新考［J］.东岳论丛,2008,(3).

［10］刘勇强.论古代小说因果报应观念的艺术化过程与形态［J］.文学遗产,2007,(1).

［11］鲁海.丁耀亢著述考［J］.山东图书馆季刊,1991,(1).

［12］马泰来.谢肇淛的《金瓶梅跋》［J］.中华文史论丛,1980,(4).

［13］马泰来.诸城丘家与《金瓶梅》［J］.中华文史论丛,1984,(3).

[14] 莫武.艺林日知录(六)——王铎与丁耀亢[J].东方艺术,2006,(24).

[15] 欧阳健.《续金瓶梅》的成书年代[J].齐鲁学刊,2004,(5).

[16] 欧阳健.陈忱丁耀亢小说合论[J].贵州大学学报,2004,(2).

[17] 盛伟.《金瓶梅》对蒲松龄创作的影响[J].蒲松龄研究,1993,(2).

[18] 时宝吉.《续金瓶梅》所表现的爱国主义精华[J].殷都学刊,1991,(2).

[19] 石玲.明末清初作家丁耀亢生平考[J].山东师大学报,1988,(3).

[20] 石玲.蛇神牛鬼,发其问天游仙之梦——《化人游》初探[J].山东师大学报,1990,(3).

[21] 苏兴.玉娇丽(李)的猜想与推衍[J].社会科学战线,1987,(1).

[22] 孙玉明.丁耀亢是《醒世姻缘传》作者吗[J].蒲松龄研究,1993,(2).

[23] 孙玉明.《续金瓶梅》的成书年代考[J].社会科学辑刊,1996,(5).

[24] 田璞.《醒世姻缘传》的作者是丁耀亢[J].河南大学学报,1982,(5).

[25] 王慧.山左诗人丁耀亢[J].文史杂志,2001,(5).

[26] 王瑾.论《醒世姻缘传》非丁耀亢所著[J].广州大学学报,2002,(10).

[27] 王瑾.试论《续金瓶梅》的创作年代[J].广州大学学报,2003,(9).

[28] 王瑾.论丁耀亢诗中的人生感受[J].广州大学学报,2005,(9).

[29] 王瑾.丁耀亢交游考略[J].理论界,2007,(7).

[30] 王运堂、王慧.略论馆藏足本《续金瓶梅》[J].山东图书馆季刊,1997,(3).

[31] 王晓钟.观王铎《题丁野鹤诗草书手卷》[J].书法,2006,(6).

[32] 魏红梅.简析丁耀亢诗集《问天亭放言》[J].文艺理论与批评,2007,(5).

[33] 徐复岭.贾凫西生平思想杂考[J].齐鲁学刊,1996(6).

[34] 杨国玉.《金瓶梅》序作者"东吴弄珠客"续考[J].徐州工程学院学报,2007,(9).

[35] 叶桂桐.从《续金瓶梅》看《金瓶梅》的版本及作者[J].吉林大学社会科学学报,1989,(2).

[36] 叶桂桐.《金瓶梅》版本研究商榷——兼致梅节先生[J].明清小说研究,2007,(3).

[37] 叶君远、高莲莲.宋琬年表(上)[J].沈阳师范大学学报,2004,(5).

[38] 余嘉华.评《续金瓶梅》的续书《隔帘花影》[J].湖北师范学院学报,1989,(4).

[39] 张崇琛.丁耀亢佚诗《问天亭放言》考论[J].济宁师专学报,2000,(1).

[40] 中国第一历史档案馆.顺康年间《续金瓶梅》作者丁耀亢受审案[J].历史档案,2000,(2).

[41] 钟淑娥.山东清人秘籍三种[J].山东图书馆季刊,2003,(1).

[42] 周洪才.关于丁耀亢佚诗《问天亭话言》的几个问题[J].济宁师专学报,2001,(2).

[43] 周洪才.丁耀亢及其著作考论[J].齐鲁学刊,1996,(5).

[44] 周钧韬、于润琦.丁耀亢与《续金瓶梅》[J].明清小说研究,1992,(1).

[45] 周潇、裴世俊.晚明山东文坛宗尚[J].山东师范大学学报,2006,(1).

[46] 朱萍.丁耀亢研究小史述略[J].江淮论坛,2001,(1).

专著(以作者音序排列)

[1] 班固.汉书[M].颜师古注,北京:中华书局,1962.

[2] 抱阳生.甲申朝事小纪[M].北京:书目文献出版社,1987.

[3] 陈璧.陈璧诗文残稿笺证[M].江村、瞿冕良笺证,上海:上海古籍出版社,1984.

[4] 陈僅.竹林答问[M].清诗话续编本,郭绍虞编选,上海:上海古籍出版社,1983.

[5] 陈去病.五石脂[M].南京:江苏古籍出版社,1985.

[6] 程华平.明清传奇编年史稿[M].济南:齐鲁书社,2008.

[7] 褚人获.坚瓠集[M].杭州:浙江人民出版社,1986.

[8] 崔建英.明别集版本志[M].北京:中华书局,2006.

[9] 邓汉仪.诗观初集[M].四库全书存目丛书补编本.

[10] 邓绍基.中国古代戏曲文学[M].北京:人民文学出版社,2004.

[11] 邓之诚.清诗纪事初编[M].上海:上海古籍出版社,1965.

[12] 丁度.集韵[M].北京:北京市中国书店,1983.

[13] 丁耀亢.续金瓶梅[M].古本小说集成本,上海:上海古籍出版社,1990.

[14] 段春旭.中国古代长篇小说续书研究[M].北京:生活·读书·新知三联书店,2009.

[15] 段玉裁.说文解字注[M].第 2 版.上海:上海古籍出版社,1988.

[16] 法若真.黄山诗留[M].四库全书存目丛书本.

[17] 范晔.后汉书[M].李贤注,北京:中华书局,1998.

[18] 方文.嵞山集[M].四库全书存目本.

[19] 方孝标.钝斋诗选[M].四库全书存目本.

[20] 房玄龄等.晋书[M].北京:中华书局,1974.

[21] 冯金伯.词苑萃编[M].词话丛编本,唐圭璋编选,北京:中华

书局,1986.

[22] 冯梦龙.情史类略[M].长沙：岳麓书社,1984.

[23] 冯梦龙.喻世明言[M].济南：齐鲁书社,1995.

[24] 冯溥.佳山堂诗集[M].四库全书存目丛书本.

[25] 冯其庸、叶君远.吴梅村年谱[M].南京：江苏古籍出版社,1990.

[26] 高彦颐.闺塾师：明末清初江南的才女文化[M].南京：江苏人民出版社,2005.

[27] 高玉海.明清小说续书研究[M].北京：中国社会科学出版社,2004.

[28] 耿介.敬恕堂文集[M].郑州：中州古籍出版社,2005.

[29] 龚鼎孳.定山堂诗集[M].四库禁毁书丛刊本.

[30] 顾炎武.顾炎武诗集汇注[M].王蘧常辑注,上海：上海古籍出版社,1983.

[31] 顾瑛.草堂雅集[M].文渊阁四库全书本.

[32] 郭英德.明清传奇史[M].南京：江苏古籍出版社,2001.

[33] 郭英德.明清传奇综录[M].石家庄：河北教育出版社,1997.

[34] 胡文彬.金瓶梅书录[M].沈阳：辽宁人民出版社,1986.

[35] 胡寅.崇正辩　斐然集[M].北京：中华书局,1997.

[36] 黄裳.黄裳文集[M].上海：上海书店出版社,1998.

[37] 霍现俊.《金瓶梅》发微[M].北京：中国社会科学出版社,2002.

[38] 吉林大学中国文化研究所.金瓶梅艺术世界[C].长春：吉林大学出版社,1991.

[39] 纪映钟.戆叟诗钞[M].四库未收书辑刊本.

[40] 贾凫西.贾凫西木皮词校注[M].关德栋、周中明校注,济南：齐鲁书社,1982.

[41] 江苏省社科院.中国通俗小说总目提要[M].北京：中国文联

出版公司,1990.
[42] 蒋师辙.青州论语绝句[M].万首论诗绝句本,郭绍虞等编选,北京：人民文学出版社,1991.
[43] 蒋星煜.《桃花扇》研究与欣赏[M].上海：上海人民出版社,2008.
[44] 蒋寅.金陵生小言[M].桂林：广西师范大学出版社,2004.
[45] 蒋寅.王渔洋事迹征略[M].北京：人民文学出版社,2001.
[46] 柯愈春.清人诗文集总目提要[M].北京：北京古籍出版社,2001.
[47] 赖慧娟.丁耀亢戏曲传承与创新之研究[D].未刊.
[48] 蓝润.聿修堂集[M].四库全书存目丛书本.
[49] 兰陵笑笑生.金瓶梅词话[M].戴鸿森点校,北京：人民文学出版社,1985.
[50] 兰陵笑笑生.金瓶梅词话[M].梅节校点,梦梅馆本.
[51] 兰陵笑笑生.金瓶梅[M].张道深评,王汝梅等校点,济南：齐鲁书社,1987.
[52] 李伯齐.山东分体文学史·诗歌卷[M].济南：齐鲁书社,2005.
[53] 李伯齐.山东文学史论[M].济南：齐鲁书社,2003.
[54] 李澄中.卧象山房文集[M].四库全书存目丛书本.
[55] 李调元.雨村词话[M].词话丛编本,唐圭璋编选,北京：中华书局,1986.
[56] 李斗.扬州画舫录[M].北京：中华书局,2007.
[57] 李焕章.织水斋集[M].四库全书存目丛书本.
[58] 李继白.望古斋集[M].四库未收书辑刊本.
[59] 李灵年、杨忠.清人别集总目[M].合肥：安徽教育出版社,2000.
[60] 李瀠.质庵文集[M].四库未收书辑刊本.

［61］李日华.李太仆恬致堂集［M］.四库禁毁书丛刊本.

［62］李日华.六研斋笔记［M］.文渊阁四库全书本.

［63］李日华.味水轩日记［M］.上海：上海远东出版社,1996.

［64］李日华.紫桃轩杂缀［M］.上海：中央书店,1935.

［65］李霨.心远堂诗集［M］.四库全书存目丛书本.

［66］李修生.古本戏曲剧目提要［M］.北京：文化艺术出版社,1997.

［67］李渔.李渔全集［M］.杭州：浙江古籍出版社,1992.

［68］李豫等.中国鼓词总目［M］.太原：山西古籍出版社,2006.

［69］李增坡.丁耀亢研究——海峡两岸丁耀亢学术研讨会论文集［C］.郑州：中州古籍出版社,1998.

［70］李重华.贞一斋诗说［M］.清诗话本,丁福保辑,上海：上海古籍出版社,1999.

［71］廖奔、刘彦君.中国戏曲发展史［M］.太原：山西教育出版社,2003.

［72］徐朔方、刘辉.金瓶梅论集［C］.北京：人民文学出版社,1986.

［73］刘世德.中国古代小说百科全书(修订本)［Z］.北京：中国大百科全书出版社,2006.

［74］刘廷玑.在园杂志［M］.北京：中华书局,2005.

［75］刘熙载.艺概［M］.上海：上海古籍出版社,1978.

［76］刘叶秋.中国古典小说大辞典［M］.石家庄：河北教育出版社,1998.

［77］刘正宗.逋斋诗［M］.四库未收书辑刊本.

［78］鲁迅.鲁迅全集(第九册)［M］.北京：人民文学出版社,1981.

［79］陆进.巢青阁集［M］.四库未收书辑刊本.

［80］马端临.文献通考［M］.北京：中华书局,1986.

［81］马廉.马隅卿小说戏曲论集［M］.刘倩编,北京：中华书局,2006.

[82] 平步青.霞外捃屑[M].上海：上海古籍出版社,1982.

[83] 蒲松龄.聊斋俚曲集[M].蒲先明整理、邹宗良校注,北京：国际文化出版社,1999.

[84] 蒲松龄.聊斋志异[M].张友鹤辑校,上海：上海古籍出版社,1978.

[85] 齐森华等.中国曲学大辞典[Z].杭州：浙江教育出版社,1997.

[86] 钱廉.东庐遗稿[M].四库未收书辑刊本.

[87] 钱锺书.管锥编[M].北京：三联书店,2007.

[88] 钱澄之.田间文集[M].彭君华校点,合肥：黄山书社,1998.

[89] 卿希泰.中国道教史(第三卷)(修订本)[M].成都：四川人民出版社,1996.

[90] 荑秋散人.玉娇梨[M].古本小说集成本,上海：上海古籍出版社,1990.

[91] 丘石常.楚村文集[M].康熙刻本.

[92] 邱志广.柴村全集[M].四库全书存目丛书补编本.

[93] 裘沙赞.陈洪绶研究[M].北京：人民美术出版社,2004.

[94] 阮葵生.茶余客话[M].丛书集成新编本.

[95] 阮元.两浙輶轩录[M].四库全书存目本.

[96] 阮元.十三经注疏·尚书正义[M].北京：中华书局,1980.

[97] 上官鉽.诚正斋文集[M].四库全书存目丛书本.

[98] 申涵光.聪山集[M].四库全书存目丛书本.

[99] 申涵光.荆园小语[M].四库全书存目丛书本.

[100] 沈德符.万历野获编[M].北京：中华书局,1959.

[101] 沈德潜等.清诗别裁集[C].上海：上海古籍出版社,1984.

[102] 沈季友.樵李诗系[M].文渊阁四库全书本.

[103] 沈兆沄.织帘书屋诗钞[M].四库全书存目本.

[104] 施补华.岘佣说诗[M].清诗话本,丁福保辑,上海：上海古

籍出版社,1999.

[105] 施闰章.施愚山集[M].何庆善、杨应芹点校,合肥：黄山书社,1993.

[106] 石昌渝.中国古代小说总目·白话卷[M].太原：山西教育出版社,2004.

[107] 史为乐.中国历史地名大辞典[M].北京：中国社会科学出版社,2005.

[108] 宋荦.西陂类稿[M].文渊阁四库全书本.

[109] 宋琬.宋琬全集[M].济南：齐鲁书社,2003.

[110] 孙楷第.戏曲小说书录解题[M].北京：人民文学出版社,1990.

[111] 孙默.十五家词[M].文渊阁四库全书本.

[112] 孙书磊.明末清初戏剧研究[M].北京：社会科学文献出版社,2007.

[113] 孙其逢.孙其逢全集[M].郑州：中州古籍出版社,2003.

[114] 谈迁.北游录[M].北京：中华书局,1980.

[115] 谈迁.枣林杂俎[M].北京：中华书局,2006.

[116] 谭元春.谭元春集[M].陈杏珍标点,上海：上海古籍出版社,1998.

[117] 汤显祖.牡丹亭[M].徐朔方、杨笑梅校注,北京：人民文学出版社,1963.

[118] 汤显祖.汤显祖全集[M].徐朔方笺校,北京：北京古籍出版社,1999.

[119] 陶潜.搜神后记[M].北京：中华书局,1981.

[120] 陶宗仪.说郛三种[M].上海：上海古籍出版社,1988.

[121] 王充.潜夫论[M].诸子集成本,上海：上海书店,1986.

[122] 王崇简.冬夜笺记[M].四库全书存目丛书本.

[123] 王赜言.东武诗存[M].北京：中华书局,2003.

［124］ 王恒展.山东分体文学史·小说卷［M］.济南：齐鲁书社,2005.

［125］ 王念孙.广雅疏证［M］.钟宇讯点校.北京：中华书局,2004.

［126］ 王汝梅.《金瓶梅》探索［M］.长春：吉林大学出版社,2007.

［127］ 王汝梅.王汝梅解读《金瓶梅》［M］.长春：时代文艺出版社,2007.

［128］ 王士禛.池北偶谈［M］.济南：齐鲁书社,2007.

［129］ 王士禛.古夫于亭杂录［M］.北京：中华书局,1988.

［130］ 王士禛.香祖笔记［M］.上海：上海古籍出版社,1982.

［131］ 王嗣槐.桂山堂文选［M］.四库未收书辑刊本.

［132］ 王旭川.中国小说续书研究［M］.上海：学林出版社,2004.

［133］ 王永宽等.清代杂剧选［M］.郑州：中州古籍出版社,1991.

［134］ 王运熙、顾易生.中国文学批评史［M］.上海：上海古籍出版社,1985.

［135］ 魏收.魏书［M］.北京：中华书局,1974.

［136］ 魏裔介.溯回集［M］.四库全书存目丛书本.

［137］ 魏子云.金瓶梅探原［M］.巨流图书公司,1979.

［138］ 魏子云.金瓶梅的问世与演变［M］.台北时报文化出版事业有限公司,1981.

［139］ 魏子云.金瓶梅的幽隐探照［M］.台湾学生书局,1989.

［140］ 无名氏.后西游记［M］.山西人民出版社,2000.

［141］ 吴敢.张竹坡与金瓶梅［M］.天津：百花文艺出版社,1987.

［142］ 吴兆骞.秋笳集［M］.北京：中华书局,2008.

［143］ 西周生.醒世姻缘传［M］.上海：上海古籍出版社,1981.

［144］ 先著.张南村先生传［A］.见张潮.虞初新志［M］.北京：文学古籍刊行社,1954.

［145］ 萧统.文选［M］.唐李善注,北京：中华书局,1977.

［146］ 谢国桢.清初流人开发东北史［M］.上海：开明书店,民国 37

[1948].

[147] 徐世昌.晚晴簃诗汇[M].北京：中华书局,2018(2).

[148] 徐朔方.论金瓶梅的成书及其它[M].济南：齐鲁书社,1988.

[149] 徐朔方.汤显祖年谱（修订本）[M].上海：上海古籍出版社,1980.

[150] 徐朔方.汤显祖评传[M].南京：南京大学出版社,1993.

[151] 徐朔方.金瓶梅西方论文集[C].上海：上海古籍出版社,1987.

[152] 徐鼒.小腆纪年附考[M].北京：中华书局,1957.

[153] 许金榜.山东分体文学史·戏曲卷[M].济南：齐鲁书社,2005.

[154] 许瑶光.光绪嘉兴府志[M].中国地方志集成本,南京：江苏古籍出版社,1990.

[155] 薛季宣.浪语集[M].文渊阁四库全书本.

[156] 薛所蕴.澹友轩集[M].四库全书存目丛书本.

[157] 薛所蕴.桴庵诗[M].四库全书存目丛书本.

[158] 烟霞逸士.巧联珠[M].沈阳：春风文艺出版社,1986.

[159] 严迪昌.清诗史[M].杭州：浙江古籍出版社,2001.

[160] 严可均.全上古三代秦汉三国六朝文[M].北京：中华书局,1958.

[161] 颜茂猷.迪吉录[M].四库全书存目丛书本.

[162] 杨宾等.龙江三纪[M].哈尔滨：黑龙江人民出版社,1985.

[163] 杨尔曾.韩湘子全传[M].上海：上海古籍出版社,1990.

[164] 杨际昌.国朝诗话[M].清诗话续编本,郭绍虞编选,上海：上海古籍出版社,1983.

[165] 杨伦.杜诗镜铨[M].上海：上海古籍出版社,1998.

[166] 杨锡春、李兴盛.宁古塔历史文化[M].哈尔滨：黑龙江人民出版社,2005.

[167] 杨犹龙.且亭诗[M].四库全书存目丛书本.

[168] 杨钟羲.雪桥诗话[M].北京：北京古籍出版社,1991.

[169] 叶长海.中国戏剧学史稿[M].上海：上海文艺出版社,1986.

[170] 游国恩等.中国文学史（四）[M].北京：人民文学出版社,1984.

[171] 游子安.劝化金箴——清代善书研究[M].天津：天津人民出版社,1999.

[172] 余嘉锡.余嘉锡文史论集[M].长沙：岳麓书社,1997.

[173] 袁行霈.中国文学史（第四册）[M].北京：高等教育出版社,1999.

[174] 曾衍东.耳食录[M].济南：齐鲁书社,2004.

[175] 张慧剑.明清江苏文人年表[M].上海：上海古籍出版社,1986.

[176] 张缙彦.归怀诗集[M].清顺治刻本.

[177] 张缙彦.菉居诗集[M].清顺治刻本.

[178] 张缙彦.燕笺诗集[M].清顺治刻本.

[179] 张俊.清代小说史[M].杭州：浙江古籍出版社,1997.

[180] 张耒.张耒集[M].北京：中华书局,1990.

[181] 张清吉.丁耀亢年谱[M].郑州：中州古籍出版社,1996.

[182] 张清吉.丁耀亢全集[M].郑州：中州古籍出版社,1999.

[183] 张清吉.醒世姻缘传新考[M].郑州：中州古籍出版社,1991.

[184] 张升.王铎年谱[M].上海：上海书画出版社,2007.

[185] 张维华.晚学斋论文集[M].济南：齐鲁书社,1986.

[186] 张维屏.国朝诗人征略[M].广州：中山大学出版社,2004.

[187] 张贞.杞田集[M].四库未收书辑刊本.

[188] 张惣.南村觞政[M].丛书集成续编本.上海：上海书店,1994.

[189] 章炳麟.新方言[M].四库全书存目本.

［190］赵尔巽.清史稿［M］.北京：中华书局,1977.

［191］赵翼.陔余丛考［M］.石家庄：河北人民出版社,2006.

［192］赵翼.瓯北诗话［M］.江守义、李成玉校注《瓯北诗话》,人民文学出版社,2013.

［193］檇李烟水散人.桃花影［M］.思无邪汇宝本,陈庆浩、王秋桂主编,台湾：台湾大英百科股份有限公司,2000.

［194］钟惺、谭元春.诗归［M］.武汉：湖北人民出版社,1985.

［195］钟羽正.崇雅堂集［M］.四库全书存目丛书本.

［196］周妙中.清代戏曲史［M］.郑州：中州古籍出版社,1987.

［197］周贻白.周贻白戏曲论文选［M］.长沙：湖南人民出版社,1982.

［198］朱保炯、沛霖.明清进士题名碑录索引［M］.上海：上海古籍出版社,1979.

［199］朱一玄、宁稼雨、陈桂声.中国古代小说总目提要［M］.北京：人民文学出版社,2005.

［200］朱一玄.金瓶梅资料汇编［C］.天津：南开大学出版社,2002.

［201］庄一拂.古典戏曲存目汇考［M］.上海：上海古籍出版社,1982.

［202］酌玄亭主人.照世杯［M］.古本小说集成本,上海：上海古籍出版社,1993.

［203］邹祗谟、王士禛.倚声初集［M］.四库全书存目本.

后　记

　　丁耀亢是明清之际有较大成就的文学家。他的《续金瓶梅》赓续《金瓶梅》而能自出新意,丁氏与李渔、陈忱被称为清初三大小说家,洵为的论;他的戏曲创作也自铸伟词,尤其《西湖扇》对孔尚任《桃花扇》有很大的影响;他的诗歌题材广泛,艺术高超。因此,丁耀亢是一位文学史上不可忽视的作家。

　　当下丁耀亢研究受到学界的关注与重视。以丁耀亢为学位论文的大有人在,他的诗歌、戏曲、小说都有专门研究的,也有做综合研究的,都取得了很好的成绩。

　　不过,丁耀亢研究还有许多薄弱环节。其一,《丁耀亢全集》还没有一个较为完善的本子。研究者多以张清吉整理本为参考,这个本子在丁氏研究中功绩卓著,但确实难称善本;其二,丁耀亢研究多处在低层次且重复研究上,当然我的研究也在其中。因此丁耀亢研究的路还很长。下一步,我想整理一部较完善的《丁耀亢全集》。

　　本书是在我的博士论文的基础上稍作修改而成的。我于2009年6月从复旦大学毕业后,回到山东师范大学任教,到现在十二年之久了,一直未能将书稿修改至理想的程度。在修改过程中,我发现了许多问题,一些问题也有了与以前不同的看法,只能尽力在原稿基础上作修修补补,进一步深化阐释只好寄希望于将来。

　　本书是较早全面研究丁耀亢的专著,期在抛砖引玉,为学界尽绵薄之力。由于本人学识浅薄,错误之处在所难免,请专家学者多提宝贵意见。在行文当中,使用前贤成果,尽量注明出处,但挂一漏万,如有掠美,敬请谅解。

洪强 2021 年 7 月于历下